Termômetro Black Mirror

Quão distante estamos do futuro representado na série tecno-paranoica?

© Fausto Fawcett 2022
© Numa Editora 2022

Edição: Adriana Maciel
Produção editorial: Marina Mendes
Produção executiva: Valeria Martins
Revisão: Laryssa Fasolo
Projeto gráfico e diagramação: Sônia Barreto
Colagens: Fausto Fawcett
Fotos capa:
Philipp Pilz *on Unsplash*
Troy Bridges *on Unsplash*
Daniel Fazio *on Unsplash*

Dados Internacionais de Catalogação na Publicação
(CIP) de acordo com ISBD

F278p   Fawcett, Fausto
Pesadelo ambicioso / Fausto Fawcett. - Rio de Janeiro :
Numa Editora, 2022.
368 p. : il. ; 14cm x 21cm.
Inclui índice.
ISBN: 978-65-87249-75-9

1. Literatura brasileira. 2. Drama. I. Título.
                     CDD 869.8992
2022-572   CDU 821.134.3(81)

Elaborado por Vagner Rodolfo da Silva - CRB-8/9410

Índice para catálogo sistemático:
1. Literatura brasileira 869.8992
2. Literatura brasileira 821.134.3(81)

(P. 7)
PREFÁCIO

I (P. 17)
A PEDAGOGA FANTASMA

II (P. 45)
O PESADELO AMBICIOSO

III (P. 111)
GNÓSTICOS

IV (p.119)
CACHORRADA DOENTIA

V (p.173)
TERNURA DIFÍCIL

VI (p.231)
FAVELOST

VII (p.281)
SALOMÉ

FICHAS (p.363) TÉCNICAS DOS SHOWS

PREFÁCIO

CAROLINA MEINERZ

Para ler Fausto Fawcett, convém dar ao verbo tempo e espaço. O verbo – em sua acepção sintática: como uma ação a se desenrolar, ou enunciativa: como um universo a ser forjado –, em F. F., é um corpo denso ao redor do qual orbitam vários objetos satélites, constituindo um cosmos realçado por vários advérbios. Deixe-me tentar outra vez: o verbo, na escrita fawcettiana (sim, acabo de inaugurar o termo), não tem apenas um objeto; ou dois; ou três; não tem apenas objetos, por assim dizer. Ele não *tem* nada, pois ele *cria*. Há um microcosmos – ou uma variação quântica – criada a cada verbo posto por F. F.; e cada qual engendra dois movimentos: espaçamento e temporização.

O primeiro movimento abarca a não-identidade: a escrita de F. F. se dá naquele espaço entre "o que é" e "o que não é", naquele hiato no processo de identificação que nos faz botar a mão no fogo pelo que é, mesmo tendo ciência de que talvez não seja. Em termos lacanianos: não há nada que se signifique sozinho, é preciso que haja o movimento dialético para a significação; é o termo posterior que significa o termo anterior. Entretanto, na escrita fawcettiana, não há tal movimento dialético, mas, sim, uma dança anárquica em ritmo autônomo. Em outras palavras, não há uma síntese na qual descansar ou acalentar-se, o que se constrói, em verdade, é um solo inóspito. Na sintaxe fawcettiana, cada palavra é um movimento, e um parágrafo é uma dança de movimentos que coexistem independente e ferozmente em um diálogo em que as partes se entendem, mas não necessariamente concordam. Os firmamentos aos quais F. F. nos leva são familiarmente estranhos, para não deixar Freud de lado nessa breve conversa.

O segundo movimento, por sua vez, retarda ou prorroga a atribuição de um significado a um significante, arremetendo qualquer possibilidade de conclusão de significação. No fluxo vital da sintaxe fawcettiana, há uma constante ressignificação dos termos em ritmo frenético, um simbolismo que se reconstrói de maneira alucinada e que nos leva a uma profusão de imagens não apenas visuais, mas sensoriais, isto é, em toda sua sinestesia. Ler F. F. é se dispor ao jogo incansável de combinação de possibilidades de sentido – possibilidades, estas, que nunca se realizarão nem por definitivo nem por completo, pois o movimento seguinte, dentro da escrita, destituirá ou reforçará, em diferentes graus, as forças de configuração de um sentido àquela palavra ou àquela ideia. Entender como F. F. opera o uso dos verbos é entender a origem dessa profusão de imagens e ter a chance de experienciar a leitura como um exercício sempre passível de ser atualizado. Essas são as ferramentas com as quais aconselho ler nosso autor, a fim de que, em seguida, a leitora ou o leitor tenha autonomia para "fazer o que bem entender" com o texto e *sua compreensão* dele (sim, estamos tangenciando aqui uma ética velada).

Há um desvio inevitável que suspende a satisfação da vontade ou a consumação do desejo na literatura fawcettiana – é impossível concluir um significado. E que bom: a realização do desejo é a morte, e F. F. exige muita vida de quem o lê. A ideia de que a liberdade é a realização do desejo é uma armadilha; liberdade é a continuidade do desejo, seu desencadeamento. Não se pode hesitar, é importante ir adiante; a leitura de suas histórias é um exercício vital de confiança no texto, de parceria leitor-escritor. A escrita de F. F. nos ilumina e nos confunde, como todo ato de fé. Frases longas, exuberantes na sintaxe e contraintuitivas na semântica, são postas à nossa apreciação poética, sobrepondo-se à narrativa – esta existe como o mínimo de arado necessário para a poesia vingar. A linearidade das ações está a serviço da abundante não-linearidade das imagens e sensações insurgidas. É importante respirar e ler – é preciso fluxo e ritmo. A literatura fawcettiana é cinema que acontece *na* palavra, uma vez que a volúpia de palavras só se realiza enquanto força sugestiva, pois não cabe em um *frame*. F. F. desvela seu mundo pelo desencadeamento veloz da animalidade cívica de suas histórias, construindo imagens impossíveis ao ler uma sociedade impossível de ser lida.

Há euforia demais na civilização lida e reescrita por F. F. e apenas paradoxos conseguem dar conta de todo esse som e toda essa fúria – paradoxos sintáticos, criados por cadeias ininterruptas de imagens, desaguando em semânticas improváveis. Conceitos filosóficos, sociológicos, biológicos, físicos, políticos e mesmo cosmológicos que se entrelaçam e dão forma a uma realidade impossível de ser simbolizada, construída em cima de desejos irresolutos – é assim que F. F. nos atira para dentro de seus textos e nos entusiasma com as ideias que os compõem. Aqui, somos remetidos à atividade da *poesia infinita* em Novalis, para quem não há realidade fora da poesia, isto é, do universo linguístico, da significação e de um certo enlevo onírico. A poesia, como produto do espírito, produz o real, mas, por outro lado, vale lembrar que esse *real* não é como gostaríamos que ele fosse, mas como ele se apresenta a nós.

Há quem leia F. F. na chave das contradições, mas essa postura é vacilante e, portanto, não aconselhável. O firmamento ao qual F. F. nos apresenta não é feito de meras inversões ou inconsistências lógicas ordinárias, mas de uma combinação de ideias que contraria os princípios básicos da semiótica. A contradição é trivial demais para F. F., pois é no paradoxo que reside a extraordinariedade. Ora, a arte é uma linguagem que implica comunicação e informação, mas, acima de tudo, expressão. Porém, como é sabido, não uma expressão domesticada, convencional ou institucional. Assim, convém não hesitar em se jogar na lama e aceitar o paradoxo – dói menos. A confiança no paradoxo é a confiança no fluxo e no ritmo, é como se eles conferissem, tão somente pela dinâmica que se instaura, sentido ao desenrolar da narrativa, sem deixar de lado a intensidade da poesia – foi esse o ponto de partida para o trabalho de atuação do elenco do espetáculo *Salomé by Fausto Fawcett,* que dirigi em 2016. Tratava-se de uma adaptação pouco ortodoxa, ou melhor, uma *transcriação* da obra *Salomé* de Oscar Wilde, que, por sua vez, pincelou as poucas passagens bíblicas referentes a tal mito e criou o imaginário que envolve a figura de Salomé, com sua dança dos sete-véus e seu pedido inexorável: a cabeça de João Batista em uma bandeja de prata.

Embocar o texto de F. F. é uma verdadeira coreografia com os músculos da boca embalada pelo ar dos pulmões vibrado pelas pregas vocais. Suas frases longas, construídas com verbos de inúmeros objetos, os quais têm seu sentido sempre postergado e nunca concluído, acumulando imagens e sensações, exigem uma disposição de espírito peculiar da atriz e do ator. Lembro-me da dificuldade para fazer emergir o espectro de sentido daquelas orações longas e exuberantes. Foi preciso perceber que não era sendo refém do sentido – racionalizado e, portanto, limitado – que seria possível chegar à comunicação de sensação. Estava no ritmo qualquer possibilidade de discernimento sobre a obra, qualquer possibilidade de coerência, afinal, a literatura fawcettiana é expressão pura de uma lógica não-binária. Quero dizer com isso que a escrita de F. F. não se vale de oposições, mas de homeostase, processos híbridos que são as condições de possibilidade da vida: *uma longa música cheia de nuances, um hino progressivo rock cheio de ataques punk metal de forró pé de serra elétrica hardcore* (palavras usadas pelo próprio F. F. para descrever *Salomé*).

O espetáculo *Salomé* foi uma bricolagem de linguagens teatrais se propondo a abarcar o caleidoscópio existencial do ser-humano contemporâneo e suas belas incoerências. Em outras palavras, e honrando o traço fawcettiano essencial, *SALOMÉ by Fausto Fawcett* é uma tragédia contemporânea voluptuosa que evoca o espectador a transitar por entre um emaranhado de experiências sensoriais a partir dos paradoxos das relações contemporâneas: personagens que respiram em um mundo paralelo, onde a ironia e a barbárie se instalam em uma luta vivaz e franca, muito franca, pela sobrevivência, a despeito de qualquer juízo de valor e bem distante de qualquer perspectiva falso-moralista. A barbárie, nos insinua F. F., é elemento que nos compõe a ser levado em conta; e, como elemento vital, é afirmação de vida. Ora, sabe aquele bom equilíbrio? Pois bem, antes dele, houve tensão.

Quando eu e a Cia. de Teatro do Urubu convidamos F. F. para escrever a dramaturgia do que viria a ser o espetáculo *Salomé*, a pergunta que se nos impôs foi: o que significa pedir a cabeça de alguém em uma bandeja de prata? Após longas conversas sobre todos os componentes dessa pergunta e os termos nos quais ela se encaixa, a reflexão final se inscreveu na existência de certos acontecimentos na breve história da humanidade depois dos quais nada mais é ultrajante – reflexão, esta, que, em certa medida, remete à reflexão de Adorno sobre a impossibilidade de se fazer poesia após Auschwitz. Todavia, em Adorno, temos que a arte não expressa o mundo, mas apenas aquilo que ele não é, pois qualquer existência só pode ser referida pela sua negação – como uma fotografia analógica, aquela tentativa de capturar um fragmento de vida que se revela a partir de seu negativo. Já a escrita de F. F. é a impressão hiper-realista da afirmação daquilo que há, como uma fotografia analógica supersaturada – e há tanto daquilo que há, e é tão denso, que apenas uma explosão possibilita a continuação do haver.

Neste livro, F. F. está sempre a ampliar o alcance do guarda-chuva que a pergunta pelo sentido do pedido da cabeça alheia numa bandeja de prata tem e a avolumar os corpos debaixo dele, compreendendo seus diferentes contornos e procurando pela resposta nevrálgica à supracitada pergunta fundamental; nada escapa ao firmamento fawcettiano, lá há tudo e mais um pouco. Ao ler F. F., desenha-se em nosso horizonte uma mata densa e exuberante das vivências contemporâneas, com sua bio-tecno-consciente-inteligência, para além do evidente e até mesmo do conjecturado, nos mantendo mentalmente vivos e sensitivamente sagazes.

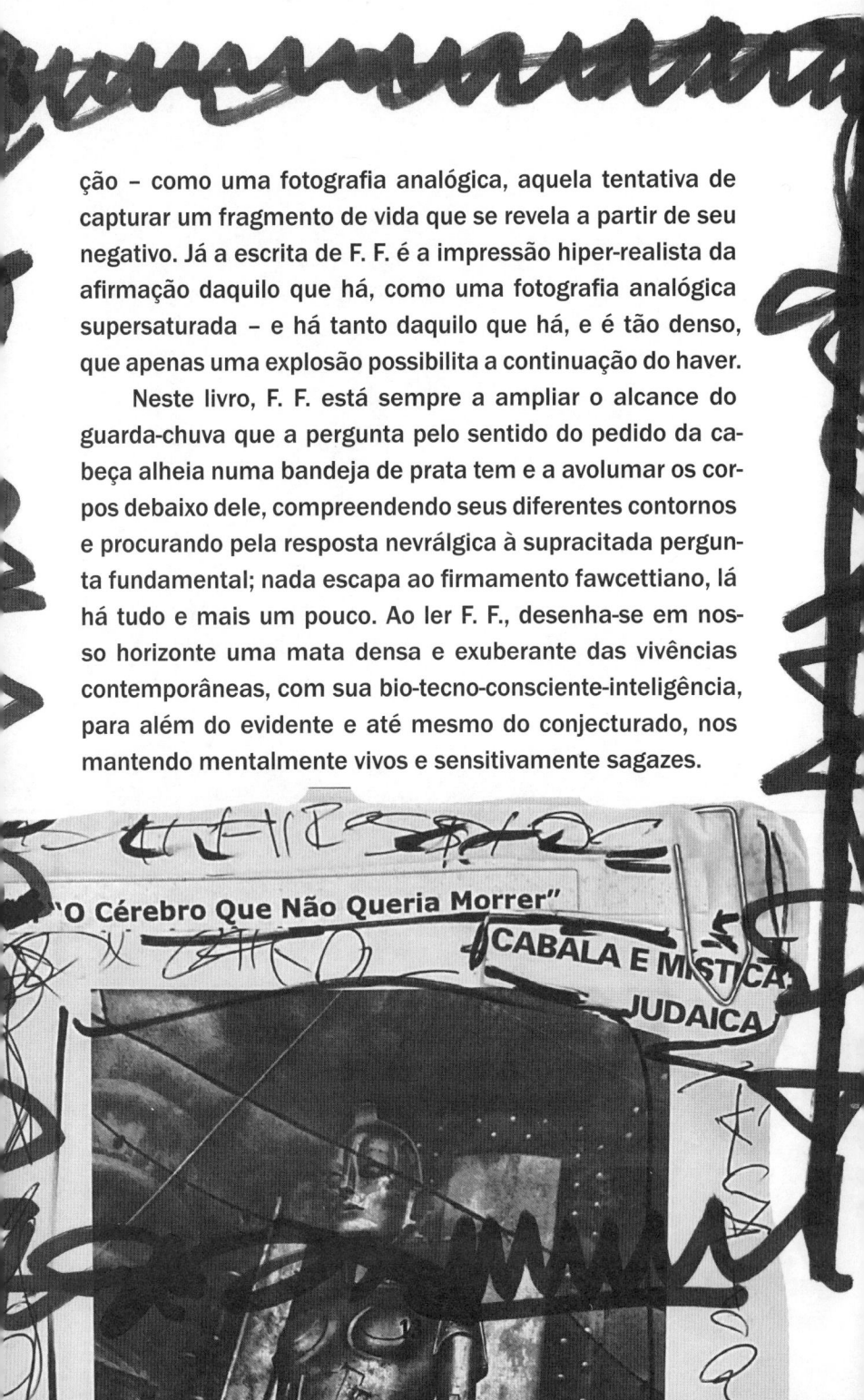

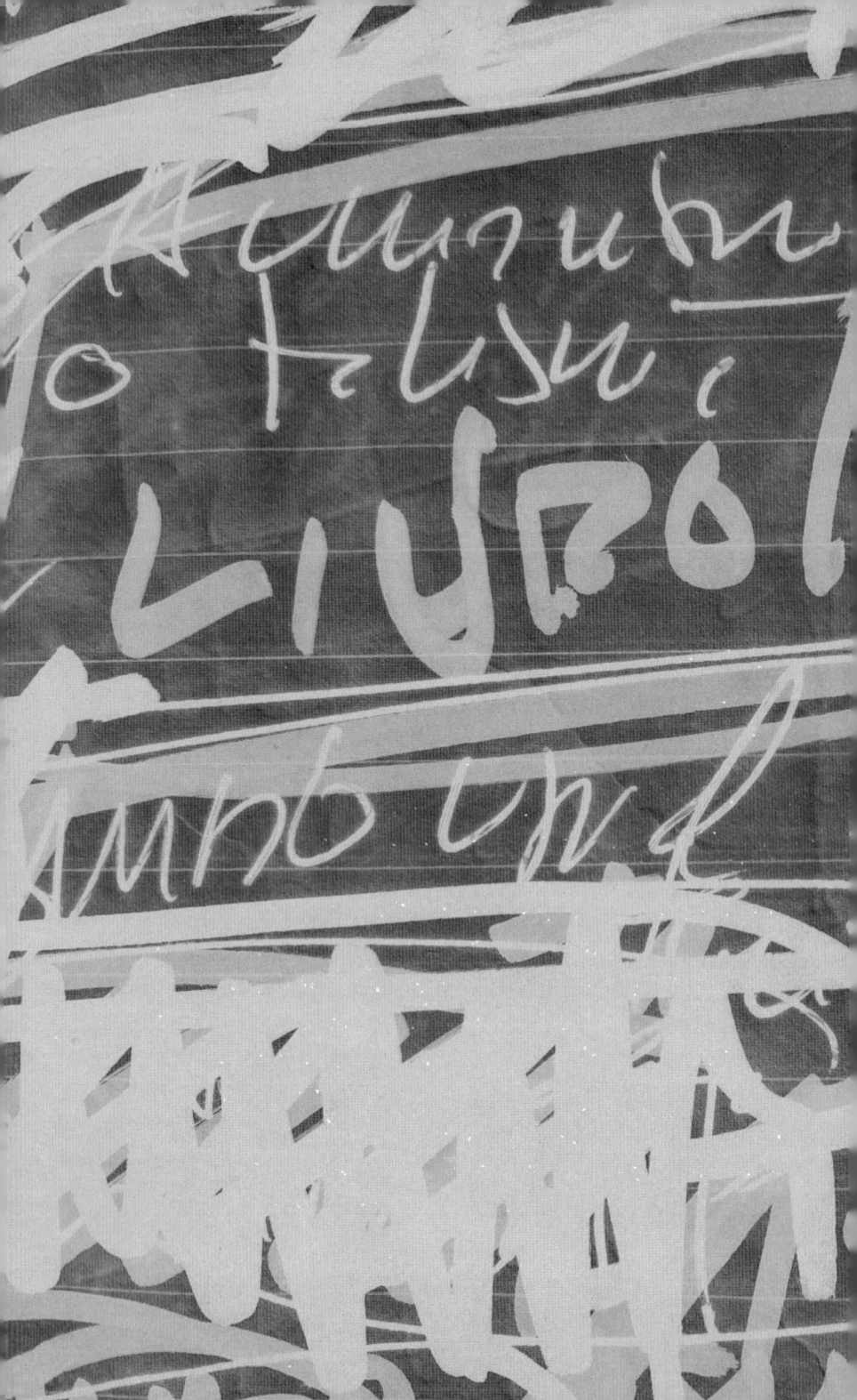

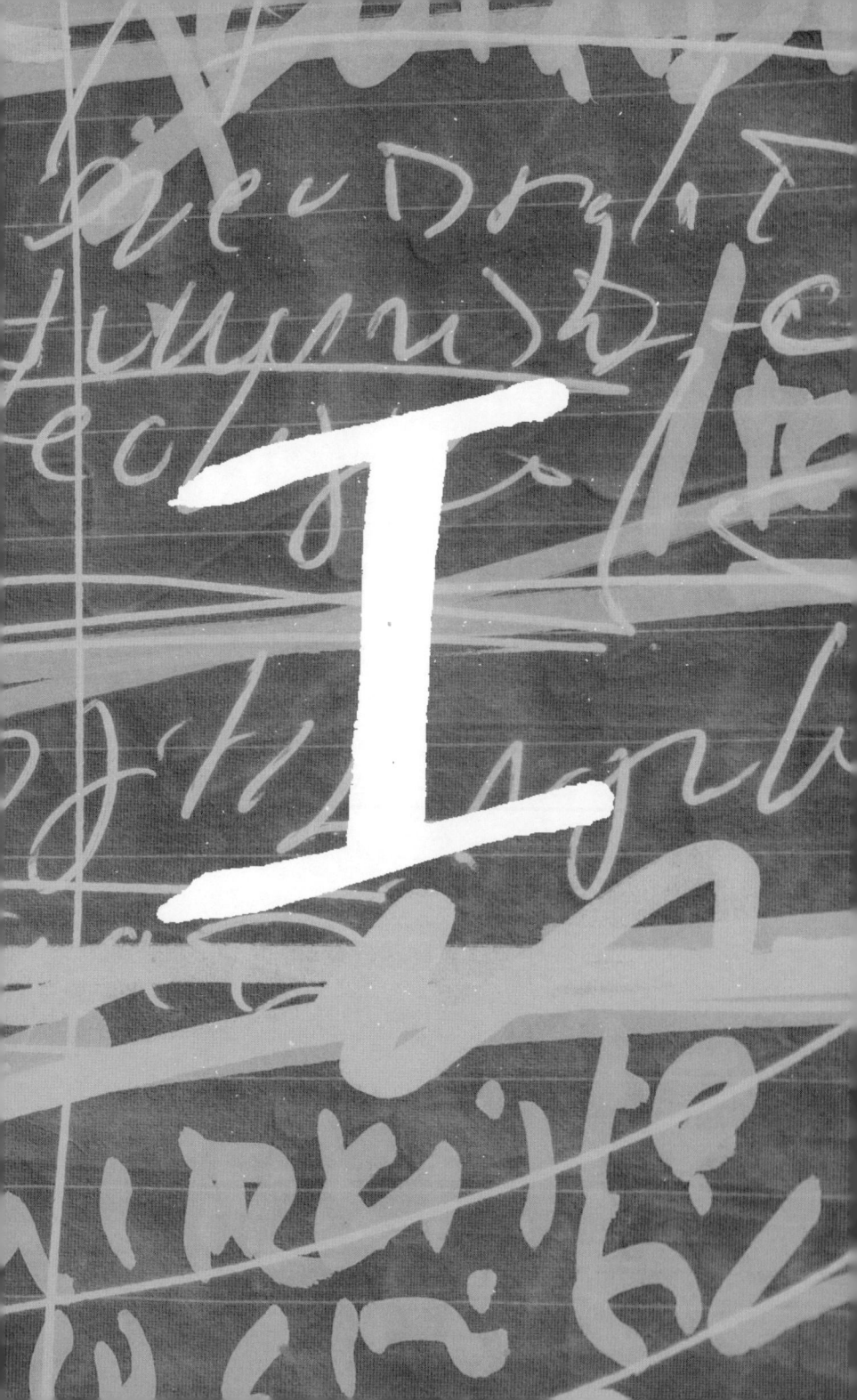

ASSUNTO

FAZER

Diretoria 12/3/18

- pagamentos
- ...
- mensalidade
- Pauta do CRI
- T. d puc

(12 parcelas
 sem juros)

A PEDAGOGA FANTASMA

"Lágrimas riscadas pelo fósforo da química voadora caem como líquidos querubins nos decotes dos vestidos chamuscados, rasgados de mulheres andando desorientadas carregando crianças pela metade. Lágrimas riscadas pelo fósforo da química voadora, destruidora, são líquidos querubins dissolvidos em ácido, metafísico ácido que corrói a fronteira entre o humano e o não humano sugando pelo canal da dor e do desespero o campo de força vital que a genética e os instintos sociais transformaram em prodígio de existência Sapiens que sente, imagina, goza, reproduz, pensa, deseja, produz e... mata. Campo de força vital que os protege do Âmago Terrível do Caos Divino que está desde sempre consignado em cada um dos assim denominados seres vivos, mas que, na Guerra de Destruição Tecnológica Total codinome Bombardeio Radical ocorrido no fim da Segunda Guerra, é brutalmente desativado. Nesse momento de Perturbação Metafísica é que os Anjos baixam a guarda e se deixam seduzir pela queda das bombas, pela correria, pela gritaria, pelas gargalhadas histéricas ou sádicas, pelo amor, pelo ódio, pelas dúvidas de tudo e passam a desejar a mesma vertigem dos artefatos bélicos. Transformam suas asas em diáfanos skates pra descer a ladeira do Firmamento. Querem finalmente sentir a pulsação da consciência humana que grita por eles todos os dias. Na Guerra Total, os Anjos baixam a guarda porque o Bombardeio Radical não abre apenas crateras nas ruas das cidades, nos corpos, abre também portais que servem de atalhos para os Anjos Decaídos, Lucifer's Friends apaixonados pelos humanos, mas aprisionados nas suas obrigações celestiais. São anfíbios espectrais, espectros anfíbios passeando entre as Sutilezas da Carne e do Espírito. Sutilezas da Eternidade. Agora, na Guerra Total, a natureza humana se mostra natureza morta pontuada por fumaça fervente que ganha os céus como se o sopro que gerou Adão voltasse ao Princípio carregando de forma cruel e solene a Fúria, a Inteligência, a Imaginação, o Amor, o Ódio, a Loucura, a Ternura, o Niilismo que caracterizam o tal ser humano. Corpos, construções, máquinas amalgamados em cinzas que parecem a folhagem carbonizada das árvores do Conhecimento, da Vida e da Morte atingidas pelos raios das ânsias obscuras que volta e meia quase sempre sacodem os humanos gerando súbitos Armagedons, Apocalipses rasantes, Êxtases mórbidos de Julgamentos Finais escancarando a fragilidade e a força das encruzilhadas que compõem o fenômeno humano e que atraem gangues de Anjos Decaídos (Hell's Angels?) à espera de um portal que magnetize sua vertigem que é simplesmente a fome de viver, pois, ao contrário dos humanos que sentem algum Sopro Divino no coração, algumas centelhas do Terrível Absoluto provocando nostalgia do Caos primordial nas suas mentes, os Anjos sentem uma insinuante vontade de corpo, de carne, de cinco sentidos. E é na Guerra Total que eles caem, atendendo ao chamado da consciência humana em chamas, incrementando a fogueira das vaidades destruídas: vaidade da civilização, da ciência, da Evolução, da imaginação construtiva, fogueira das vaidades sociais, das vaidades desagregadoras guiando Bombardeios Radicais que revelam portais por onde passam Anjos ansiosos pela Queda, atraídos pelo magnetismo da melancolia terrestre. Anfíbios espectrais, eles acompanham as bombas espalhando calor que derrete tudo, atravessam a fumaça fervente que carrega o sopro que gerou Adão, se camuflam nas cinzas das Árvores do Conhecimento, da Vida e da Morte e, com a Queda quase consumada, tentam acariciar as pessoas enlouquecidas entre as ruínas. Mas a maioria chega junto dos humanos em forma de líquidos querubins caindo como lágrimas riscadas pelo fósforo da química voadora."

Uma pedagoga estudiosa das teologias, das metafísicas, das transcendências, das cosmogonias sobrenaturais, das fábulas animistas, das dimensões paralelas, enfim, dos Fundamentalismos de Resistência dos Encantamentos num Mundo Desencantado pelo Grande Comércio e Consumo de tudo, pelo Grande Entretenimento que engole todas as vidas transformando-as em Disneylândia Reality ou Mundo Cão ou Jornada de Marketing. Vida acelerada pela Velocidade das Inconsistências que vão abduzir boa parte das vidas para o UniMetaControverso mundo paralelo das existências simuladas, das existências que só existem em aparelhagens, em gadgets ou inoculadas nas cabeças. O endocomércio dos egos, última fronteira antes do almejado fim dos corpos obsoletos. Nossos corpos transformados em produtos de absoluta digitalização. Seitas solipsistas vão surgir, seitas de uma pessoa só viajando, passeando pelo mundo com olhos de metempsicose, quer dizer, olhos de deslocamento digital, virtual, que são, enfim, palavras caducas para o que vai acontecer, para o que já está em curso. A arte do encontro vai ser um paradoxo fantasmático pelo planeta. Tudo a distância, inclusive o toque. A pandemia já serviu de primeiro laboratório, treino experimentação. Só gente pobre vai ter corpo daqui a pouco? Bilionários terão acesso ao Pleroma da Desencarnação Viajante, o verdadeiro luxo atual (talvez existam castas intermediárias de milionários decadentes e alguma classe média bem no fim que, no máximo, poderão ter acesso a melhoramentos de segunda, potencializações corporais e mentais de ponta de estoque, mas não vão virar espectros flutuantes absolutos podendo entrar noutros objetos, noutras superfícies. Os fodidos-muito-a-fim terão acesso a cyberpunkices de sempre, sucata de tecnologia e alguma droga de interface alternadora, alteradora de consciência. Essas, ao que tudo indica, serão as castas. Animáquinas). Estudiosa dessa atualidade, a pedagoga descobriu o óbvio, que todo esse desencanto, toda essa velocidade, todo esse Entretenimento, Turismo e Militarismo transformando tudo que é humano em fetiche de mercadoria do fetiche de consumo do fetiche da existência consumida em identidades fragmentadas que são fetiches tribais, tudo isso trouxe de volta para as mentes urbanas ânsias psicóticas de Magia, desejos de Absoluto, Eternidade, Infinito, Incomensurável, desejos de Cosmogonias Extravagantes, desejos de Espiritualidade a qualquer preço, dando força praquele ditado "se o

Deus onisciente monoteísta não existe, pode-se, numa espécie de hiperpaganismo urbanoide, ter fé avulsa, acreditar, em qualquer coisa: grampeador, bebida, culinária, abridor de lata, luta livre, abraço coletivo, cuspe perfumado na poltrona e, principalmente, em si mesmo." Daí que autoajuda, seitas e grupos disso e daquilo cheios de influenciadores e coaches e CEOs é o que não faltam, afinal, somos mitômanos de raiz, ficcionistas inveterados. Vazios existenciais falsamente, picaretamente, cafajesticamente, ideologicamente, comercialmente preenchidos por Miragens Motivacionais no Deserto Mental das Atualidades. Muito calor humano, muita frieza financeira, muita desidratação afetiva necessitando de oásis comportamentais. Seitas corporativas ou políticas ou ecológicas ou gastronômicas ou sexuais ou identitárias ou indígenas ou roqueiras ou sertanejas ou gamers ou neomaçônicas ou filosóficas ou esportivas radicais ou militares (todos são, afinal de contas, soldados de algum exército mental, de algum tribalismo vulgar). Todos os fetiches de consumo em que foram transformados todos os aspectos da vida viraram feitiços alucinados perturbando todo mundo. Com respaldo histórico social tipo retorno dos reprimidos novos fanatismos acontecem em cada esquina como colo afetivo pra muita gente. A Espiritualidade, esse negócio que dá e passa, voltou em forma de demência, de desastre, de descalabro, já que, no nosso mundo tecnocrático cheio de ceticismo democrático, guiado pela teologia tecnológica do conforto, da velocidade e controle, o que temos são padrões genéticos, neurológicos etc. Padrões cognitivos e de atuação/interação com os ambientes sociais, com os ambientes "naturais", os meios ambientes mentais que são a nova terra a ser conquistada, a última fronteira. Padrões... e não a boa e velha subjetividade lotada de sentimentos cruzados, vastas emoções, pensamentos imperfeitos, insolúveis afetivos e analogias criativas. Estatísticas tocam fundo nos corações. Mas o que é muito Antigo ninguém segura. Estudiosa dos Fundamentalismos do Espírito, essa professora, essa pedagoga está no Pico da Neblina tomada por uma tristeza pesada, ela está concentrada na leitura de um livro que funciona como libreto de rezas extravagantes, livro sobre anjos surgindo em meio aos bombardeios dos aliados sobre a Alemanha nazista já entregue, derrotada. Fogueiras de Cidades. Livro que escancara uma situação absurda, mas contundente e excitante apesar de mórbida. Anjos descendo, aproveitando a brecha aberta pela guerra, pelas bombas experimentais químicas e biológicas, pela fumaça queimando fronteiras entre o Físico e o Metafísico para descerem em meio às ruínas e reafirmarem a força da raivosa esperança de reconstrução e sobrevivência. Só pra manter a vertigem dos paradoxos, ambiguidades e contradições do tal Sapiens que, para muitos, está em fim de carreira. Em todas as zonas de conflito, em todas as guerras de baixa intensidade (as guerras urbanas ou civis), em todas as guerras de alta intensidade (talvez existam umas setenta por aí hoje em dia) acontece esse fenômeno, segundo alguns livros que reportam aos bombardeios aliados, bombardeios experimentais sobre a Alemanha entregue. Bombardeios aliados sobre a Alemanha entregue. Fogueiras de Cidades. A pedagoga lê as descrições dos bombardeios como se fossem orações evocativas de todos os Anjos possíveis, todos os Espectros presentes no fundo do Imaginário Terrestre desde sempre. Dilacerante imaginário tribal. Lágrimas despencam dos seus olhos cheios de raiva e tristeza e revolta. Ela tem sentimentos terríveis oprimindo seu coração e ela grita no alto do Pico da Neblina como uma eremita prestes a tudo, saída do retiro reflexivo para a vingança absoluta. Ela grita "Ó Senhor! Diga-me se aquilo para o qual fui designada não é mais possível. Preparar seres humanos para algum projeto de vida ou mundo. Aguçar seu humanismo. Ainda é possível, ó Senhor? Ainda é possível domesticar um brasileiro? É verdade que o Pesadelo Ambicioso está finalmente dando as caras, que o rearranjo onírico dos imaginários humanos, das mentalidades sociais, das etnias psíquicas está em franca mutação agressiva e cinco anarquias estão sacudindo o mundo: a Mental (epidemias de transtornos, depressões, ansiedades, pânicos, bolhas comportamentais, piedades, compaixões, empatias, romantismos desesperados, migração para o UniMetaControverso planeta paralelo, messianismos, milenarismos, hackers sexuais, manipulando libidos através de celulares, de controles remotos, transformando pessoas em núcleos de sexualidade insaciável, de tesão canibal, de sadomasoquismo sem direção...), a Geopolítica (apenas seis por cento dos países têm democracia plena, a maioria tem democracias gelatinosas, parciais, insuficientes e todos os ainda assim chamados Estados são atravessados pelo Cassino financeiro e pelo Coliseu das redes sociais incrementando aquele dilema contemporâneo: o Cassino tem Poder gigantesco e deixou a Política ser sequestrada pelo terrorismo de engajamentos equivocados e instantâneos no Coliseu das redes sociais acabando com a mediação de reflexões e projetos daqueles que representariam nacos da população. Daí que não existe mais força na representação política, só atuação espetacular encarnando cacos de expectativas e crenças. Os Políticos não têm mais tanto Poder, porque o Estado é transpassado por fluxos financeiros internacionais e negociações entre conglomerados multi e só resta aos dois, Estados e políticos, administrarem dívidas, demandas e interesses particulares. Núcleos de planejamentos nacionais como antes? Tchau mesmo. Anarquias se impõem. Mafiosas ou solidárias. Mafiosas principalmente. Trinta e tantos por cento dos países são tiranias, autoritarismos, ditaduras, Estados de fachada, territórios criminosos crônicos, países laboratórios de experimentação. Gambiarras sociais serão cada vez mais incrementadas para ajudar sorrateiramente as populações à deriva, à míngua), as Científicas Engenharias em expansão (biológicas, químicas, astrofísicas, computacionais, neurológicas, moleculares transmutando todas as superfícies e profundidades do planeta e dos seres mais ou menos humanos, engenharias sujas vão se espalhar direto a serviço de terrorismos), as anarquias das Diásporas (cornucópias de gente fugindo, carregando pedaços de países, de pessoas em pochetes digitais esfarrapadas, pochetes de dados, de padrões. Diásporas surgindo de hecatombes, imigrantes improvisando nações nômades, pátrias uberizadas) e a anarquia mais antiga, a do Amor, quer dizer, da batalha pelas rações afetivas, batalha que afirma mas também nega, afasta as pessoas da abstração que é a grande civilização geopolítica – histórica de artes e religiões e poderes econômicos e capitalistas globalizações de labirintos comerciais e culturais. Afinal de contas, todos vivem cotidianamente a um palmo dos seus narizes. Com a digitalização, esse palmo se estendeu um pouco. Pinocchio das simulações. Mas, por enquanto, a luta pela obtenção das rações afetivas se dá mais perto de casa. Anarquias. Tudo isso está em curso e eu pergunto: "ainda é possível domesticar um brasileiro?" Pico da Neblina. Pedagoga cheia de dor, pois seu amor, uma urbanista talentosa, premiada urbanista pelos seus esforços pra aliviar a barra-pesada das populações carentes e até mesmo das não carentes melhorando o Urbeoma, bem, esse seu grande amor foi assassinado nas ruas de São Paulo por motociclistas fanáticos da seita Aqui Jazz que atacam as pessoas e as transformam em lápides humanas jogando, aplicando, depois de uma surra ou ataque repentino com éter, cimento nos corpos e colocando caixas de som tocando Miles Davis, Thelonious Monk ou qualquer gênio do jazz enfiadas nos seus crânios abertos. Eles acham que todos estão vários decibéis de espiritualidade musical abaixo devido ao muzak intenso que toma conta dos ouvidos nas cidades e é preciso sinalizar com violência que, ou mudam esse estado de coisas musical, ou os sacrifícios aleatórios continuarão se multiplicando. A pedagoga retirou, com a ajuda dos bombeiros, o corpo empedrado, mas ainda salvou órgãos e pedaços dele que ela injetou no seu: clitóris, nacos de fígado, tascos de vértebra entre os dedos, pedaços do coração circulando no sangue, enfim, sua amada presente como Osíris-fêmea esquartejado apaixonadamente, injetado apaixonadamente no seu corpo. Lágrimas da pedagoga brilham na rocha enquanto ela desce do Pico da Neblina lembrando a urbanista que saiu do lixo assim como ela, incrível coincidência de situação social periclitante. As duas saídas de lixões. Cada uma de um jeito. A pedagoga adotada e a urbanista graças ao seu irmão que comeu um sugar daddy da sustentabilidade, um cara que pretendia modificar o tratamento de lixo mas gostava de um metano envolvendo uma trepada e esse tal sugar daddy andou por vários lixões, mas não achava o seu garoto bacana muito a fim de levá-lo pra casa e, como pigmaleão, dar um banho de loja, cultura, elegância, refinamento nele. Por essa razão, o tal sugar daddy não aplicava sua grana em vários projetos, até que achou seu muso da sustentabilidade, do seu erotismo. Esse irmão da urbanista tirou toda a família fodida-muito-a-fim dali. Os irmãos apanhavam muito, mas também batiam muito nos que pegavam no pé das suas ondas sexuais. Guerreiros catadores de lixo. Família fodida-muito-a-fim saiu do lixão e os dois estudaram, mas quem conquistou o universo intelectual, ampliou seu alcance social fazendo a diferença, foi a urbanista cursando engenharias, arquiteturas, geografias e estudos militares. Já a pedagoga teóloga, filósofa, pesquisadora das Transcendências, dos Fundamentalismos antigos e modernos, depois de participar do novo projeto Rondon, depois de se dedicar voluntariamente a educar, a despertar vontades cognitivas, curiosidade e consciência geral sobre tudo em habitantes carentes de tantas comunidades fim de mundo usando métodos oficiais e não oficiais de alfabetização, instrução, estratégias didáticas que incluíam as vivências dessas comunidades devidamente excitadas, envolvidas, fustigadas por obras de poetas místicos, escritores, artistas que encararam a condição humana como alucinação, como frágil bolha moral eternamente seduzida, atormentada, atraída por colapsos, terrores e êxtases.

E tome Jacob Boehme, Teilhard de Chardin, Mestre Eckhart, Novalis, William Blake, William Burroughs, Clarice Lispector, Phillip K. Dick, Lautréamont, Lovecraft, Alan Poe, Santa Teresa de Ávila, Vedas, Augusto dos Anjos, Bosch, Bruegel, Goya, Goeldi... Conscientização holística, grotesca, terrível e suculenta de tudo em tensão infinita nas periferias, em localidades ribeirinhas, em porões de escolas situadas em antros traficantes e milicianos. Deu aula em Harvard, na Rússia, na África e na Sorbonne. Cafuza firme sempre dando ênfase para a batalha entre as Antiguidades e a Secularização, entre as Antiguidades Insinuantes e a Aceleração Hiper-moderna engolindo o espaço, o tempo e todas as mitologias e arquétipos sendo evocados, invocados, expelidos, devorados pelo predador das telemáticas, digitalizadas comunicações/simulações, o Midiassaurus Rex de Predadoria Algorítmica.

A pedagoga aguçava a consciência de fodidos-muito-a-fim variados melhorando suas vidas que pareciam definitivamente encurraladas em territórios refugiados, em periferias urbanas ou em guerras explícitas. Balas alojadas, ossos quebrados, apenas um rim, cicatrizes de facadas e pauladas e um estupro duplo no currículo dela, mas também reações violentas e uns três homicídios para fazer o que devia ser feito. Guerreira humanista de saco cheio, de ovário cheio de tudo no Pico da Neblina. Como Jesus em Getsemâni, como Zaratustra voltando da montanha. A batalha entre o Encantamento e o Desencantamento. Encanto e Desencanto era o assunto dessa pedagoga que se intitulava a Pedagoga Fantasma em homenagem ao personagem de quadrinhos que vivia numa caverna na Índia e fazia parte de uma dinastia de vigilantes, o legado passava de pai pra filho, o legado de ser o defensor daquela localidade. Ela dizia que estava formando seus Pedagogos e Pedagogas Fantasmas nas periferias, nos espaços ribeirinhos, nos territórios urbanos milicianos e traficosos, nos porões de Harvard, nos fundos da Sorbonne e das faculdades africanas. Fantasmas porque também estavam prestes a desaparecer. Não como os bilionários do Pleroma Algorítmico que encarnam e desencarnam pra erotizar animais, objetos, máquinas, gozar em toda superfície. Mas porque sabiam desaparecer e escapar dos criminosos e comandantes escrotos dos lugares difíceis de se viver. Prestes a desaparecer porque tá difícil mesmo manter a tradição letrada com as mutações na cognição empreendidas por precariedade, universo digital e etcéteras. Depois de participar do Novo Projeto Rondon, tomou a porrada da morte da sua amada. Deu ruim geral e na sua mente surgiu um tumor subjetivo. Ela foi para as margens absolutas da sociedade curtir um colapso afetivo e deixar que o eremita à espreita dentro de cada um de nós comandasse sua retirada do rebanho. Porque um certo ditado: "eu adoro estar, viver, conviver com você, mas como é horrível, difícil, trabalhoso viver, conviver com você. Adoro a humanidade, mas detesto as pessoas", enfim esse tipo de clichê pegou forte como circunstância psicológica – cabeça-de-chave no coração da pedagoga-professora e ela se exilou de tudo no Pico da Neblina e perguntava para o Firmamento: Ó Senhor, ainda é possível domesticar um ser humano, principalmente um brasileiro? Aquele grande sonho humanista de que não temos Pecado Original, mas sim virtudes possíveis ocultas que devem ser regadas com trabalho de instrução e estudo e oportunidade de crescimento social para extrair todos os dez por cento de da Vinci possíveis e ampliar as perspectivas de atuação terrestre. Aquele grande sonho humanista de paz via controles dos poderes, direitos humanos e desenvolvimentos técnico e social, moral, ético simultâneo, aquele grande sonho humanista de eliminação de classes, de disparidades entre as pessoas gerando um "Imagine all the people" cantado de forma enjoada e piegas por Lennon e tantos outros antes e depois dele. Aquele grande sonho humanista que sempre foi, desde a Renascença, abalado, perturbado por Afetos Barrocos, Maneiristas, por críticos da Razão como salvação e guia, por existencialistas de plantão escancarando que a liberdade de escolha e capacidade de projetar a sua vida, cerne do tal humanismo, na verdade gera mais angústia que conforto (o que não faltam são Hamlets obtusos circulando por aí com muito não ser e muito pouco ser) e essa angústia da liberdade (que hoje virou mero reflexo de consumo, liberdade para consumir) juntou-se ao Medo, à Raiva, à Tristeza, ao Desamparo, que são os afetos primordiais nos corações ainda pré-históricos, ainda Paleolíticos pedindo Piedade, pedindo Esperança, pedindo Compaixão, pedindo o antídoto, a morfina sentimental dos vários tipos de amor, a adrenalina dos vários tipos de amor para aguentar o tranco da falta de sentido da vida. Pra conviver com a mãe de todos os sentimentos a Morte. Pra poder enfrentar com firmeza o Bem e o Mal, esses gêmeos siameses. Poetas e artistas e reis e comandantes militares e santos, empresários inventores-visionários e cientistas e magos e alquimistas e mendigos alucinados e criminosos e escritores. Os Poéticos Delirantes sempre encurralaram os afetos de ordem que nos impulsionam e a crença na linha reta do progresso humano e técnico rumo a um final feliz e utópico (cristão) de realização da humanidade plena no âmago do Bem absoluto, já que o Mal é apenas um acidente a ser superado (uma idiotice profunda, pois somos fracos, confusos, cheios de amoródio e vontade de chutar o balde das impossibilidades físicas. Jamais seremos plenos e justos e estaremos sempre fugindo do escambau ontológico que nos agulha, perturba e anula. Saudade de quando ainda não éramos humanos bate todos os dias, saudade de quando não fugíamos, enfrentávamos o Mal entranhado em nossos organismos e mentes como vitalidade negativa...), acidente a ser superado pelo mundo Moderno democrático tecnológico. Sábios medievais disseram que o Mal é apenas uma falta de Bem, um vacilo do livre arbítrio. O tal Mundo Moderno dá continuidade a essa perspectiva cristã. Acreditamos que estamos programados para o progresso da cooperação, para o progresso da Grande Mente, da Grande Consciência Humana movida pelas vocações gregárias e tecnológicas rumo a uma excelência universal (esperança, piedade, compaixão como chips inoculados pela tal Evolução, os modernos céticos e ateus sempre precisaram de uma justificativa para o Bem vocacional dos humanos. É sempre aquela história: se Deus existe, de onde vem o Mal? Se Deus não existe, de onde vem o Bem?) rumo à vitória do Bem Comum presente em nossos corações. Humanismo no final das contas é a imagem de Deus secularizada, trocada pelo Deus Sociedade Justa e Progressista. "Ó Senhor, eu pesquisadora, pedagoga saída do lixo, visionária dos detritos. Pois é, eu às vezes parava de catar, de fuçar o lixo e, tomada pela minha imaginação, que, farta da pobreza do real despejava contrapontos delirantes nas paisagens que se me apresentavam, enfim, eu achava que podiam surgir criaturas da mistura do metano, do gás do lixo com os DNAs. Os restos de impressões pessoais dos que usaram o que estava detrito ali tipo um absorvente fecundado pelo metano e o DNA da mulher que usou poderia de repente ganhar vida num fungo, numa pessoa parcial. E eu ficava ali vendo pessoas minúsculas durante um minuto saídas de escovas, roupas, grampos, restos de comida, lâmpadas fecundadas pelo metano. Eu que recuperei, criei, encaminhei, instruí centenas de crianças e adultos, sinto que de nada adiantou, no geral, continuamos com ilhas de excelência cercadas de miséria e gambiarras sociais por todos os lados. Fora os professores mal pagos, os professores ruins mesmo, fora as sabotagens desgovernamentais e a falta de interesse nessa atividade humanista em geral. As sensibilidades, as cognições estão mais brutais, o Instantâneo, Ubíquo, Simultâneo, o aovivoonlinerealtime realmente transformou, transtornou, colocou em mutação rumo a não se sabe o quê as cabeças e nervos por aí. Animáquina é o que assumimos ser encurralando qualquer humanismo. Além do mais, sinto que as brechas estão abertas para todo o **Absurdo Humano** vir à tona. O Consumo e a Comercialização Industrial Pesada e Midiatizada de tudo em curso, há um bom par de séculos, revelou a ganância de todos os corações. Todos são cúmplices e críticos do que acontece nas **Manchas Urbanas**, dentro dos habitats urbanopatas. Todos gostam de consumir principalmente a si mesmos. Ninguém escapa ao **EndoCapitalismo Definitivo**. Bem-vindos aos **Jogos Vorazes**, à brutalidade, à intensidade histérica e desmedida de todos os sentimentos, gentis ou escrotos, como norma atual em todas as sociedades, em todos os povos originários, em todas as periferias, guetos, becos, antros de riqueza, praias particulares com areia salpicada de ouro, em todos os lugares e etnias. A brutalidade histérica de todos os sentimentos provocados pela ansiedade de consumo, pelas expectativas de desempenho, pela precariedade generalizada. Instantâneo, Ubíquo, Simultâneo. Aovivoonlinerealtime cravados como marca em brasa nos ainda chamados de humanos. Sapiens em fim de carreira... O cardápio humanista foi rasgado (apenas um item restou alquebrado mas insistente – o positivista, afinal de contas, um dia a ciência/tecnologia – que é uma maravilha, já que somos seres artificialistas – iria acabar com a fome, com as doenças, com as guerras, com a ignorância rumo a um aperfeiçoamento moral. Apenas administraríamos as coisas, rezava o tal humanismo positivista. E não é que hoje estamos dizendo que a Morte é apenas um problema técnico, não estamos querendo transferir nossas mentes para sacos de dados? Não queremos medievalmente livrarmos dos nossos corpos? Somos flagelantes digitais ou não? Não rezamos digitando nos smarts? Celular é o novo terço. Potencializar os corpos... Vamos apenas administrar as coisas, diziam os positivistas materialistas históricos na sua Religião da Humanidade. Faltou combinar com a Vida, com a Morte, com o instinto catastrófico do Sapiens louco, perverso, muito a fim de transcendência e consumação, entendimento e desentendimento com os seus pares... Daí que o Medo, a Tristeza, a Raiva, o Desamparo, os afetos primordiais foram cutucados pela tal Teologia da Tecnologia-Tecnocrática, pelo Consumo, pelo Entretenimento Incessante, pelo Show de Realidade Patrocinada que virou a vida no planeta, pela capacidade mitômana descontrolada por falta de perspectivas e expectativas frustradas na maioria das pessoas. "Jogos Vorazes os cotidianos viraram", alerta um Yoda na vitrine da loja de brinquedos. Sai da frente, porque quem vem atrás é resto zumbi de gente. Tem que se drogar muito de Amor, de adrenalina e morfina afetiva pra aguentar o tranco. Amor sufocante. O Grande Consumo, o Grande Pandemônio Social transformou o invisível numa coisa vulgar e o impossível, num acontecimento banal. No Pico da Neblina, uma estudiosa das insinuações das Antiguidades na Hipermodernidade via mídia, via aceleração de tudo se lembra dos portais abertos pelos bombardeios depois da rendição de Hitler, bombardeios experimentais varrendo com fósforo, fogo e sufocamento várias cidades alemãs e os Anjos ou os Espectrais imbuídos da Queda, da Vontade, do Desejo fizeram das suas asas diáfanos skates e penetraram como querubins líquidos nos olhos das ruínas da natureza humana morta. Agora o bombardeio é outro e para a estudiosa dos Fundamentalismos e das Transcendências radicais, ele, o Bombardeio, já rola há trinta anos e é caracterizado pelas três bombas preconizadas por Einstein: a Atômica, a Midiática-Informática e a Genética-Demográfica. Cada ser humano é pino de granada mental relacionada com essas superposições de bombas. É o capitalismo neoliquidoespeculativoprecarizador? É o desperdício calculado de gente, necrose social deliberada? Fim dos Tempos? Alarme falso do Armagedom? Falência dos sistemas? É o movimento dos Espectrais Exus, Lokis, Shivas, Hécates, Mefistos, Tricksters, Hermes sem registro cobrando, juntamente com Jeovás, Cristos, Maomés, Brahmas e Vishnus o preço da arrogância humana desde sempre? É tudo isso junto. As bombas armadas nas mentes.

A guerra não é só entre Antiguidades Gnósticas e Secularidades Históricas, é também entre a Filosofia Perene e o Escárnio Materialista de Consumo entranhado definitivamente em todos nós. Batalha recorrente nos milênios. As provocações do Caos, Crise e Catástrofe que caracterizam a atuação da turma espectral visando injetar mais intensidade nas vidas terrenas. Pelo menos é o que a estudiosa que saiu da periferia do lixo vai pensando enquanto sirenes de polícia passam perto dela que já está em São Paulo caminhando decidida rumo à vingança contra aqueles que mataram sua amada. Trocou a guarda do coração. Agora vai matar e não recuperar, agora vai trucidar e não instruir, agora vai eliminar, deletar e não criar possibilidades. A hora é outra. Enquanto vai na direção dos Assassinos Jazzísticos, ela continua divagando e observando e pensando na explosão de seitas, no desamparo político, desamparo cotidiano, doméstico, psicológico, emocional, profissional, ambiental. A pandemia só colocou no modo avião tudo isso. Aumentou o ruído humano. A pedagoga pensa enquanto circula pelas ruas lembrando as páginas que jogou ao vento no Pico da Neblina, lembrando o Bombardeio Radical das cidades alemãs depois da rendição de Hitler. Anjos, Espectros aproveitaram a brecha que de vez em quando é aberta no planeta mundo. Quando o cenário social, os ambientes criados pelos assim chamados humanos são transformados em territórios prodigiosos, monstruosos, convulsivos jogando as pessoas em vertigens, em volúpias terríveis transformando-as em Vetores Obscenos de Forças Absurdas os Espectros, os Anjos (de todas as guardas) aproveitam pra chegar junto dos humanos. Toda uma literatura é dedicada a esses momentos pós-bombardeio, pós-rendição e há pelo menos trinta anos (desde a queda do muro de... Berlim) existe outra literatura dedicada ao que ocorre em termos de aceleração do caos, das crises sociais, econômicas, comportamentais. Filósofos, dramaturgos, sociólogos, historiadores, acadêmicos e pesquisadores cientistas e trabalhadores voluntários em terceiros setores, cuidadores das gambiarras sociais, cuidadores das mentes adoecidas pelas expectativas, exigências, frustrações, impossibilidades, abraçando seitas em cada esquina. A insuficiência do poder político em governar ao mesmo tempo que um poder midiático, financeiro, militar cada vez mais concentrado se apresenta inevitável. Coleções de colapsos e apocalipses acontecendo, abrindo as tais brechas para os Antigos, os Eternos, os devidamente cutucados, evocados, invocados pela aceleração tecnológica, pelo sensacionalismo existencial, pelos problemas de saturação de tudo, principalmente do meio ambiente mental, o Urbeoma. A sombra dos filmes Mad Max, Matrix, X-Men, a sombra de um clichê pós-apocalíptico se agiganta. Poluição, propagação, pornografia, promiscuidades. Reações insuficientes, crise democrática, demências de dependência tecnológica, convulsões sociais e fundamentalismos pseudofilosóficos, pseudossociológicos, pseudoantropológicos, pseudocientíficos, pseudorreligiosos, pseudossexuais. A professora à deriva vinda do Pico da Neblina diz que o Bombardeio Radical é outro, a experimentação é outra, mas o Eclesiastes novamente acerta no alvo: nada de novo sob o sol. Dizem que estamos emaranhados no chamado Pesadelo Ambicioso. Uma revista inglesa disse que o Brasil estava empenhado nisso por ocasião do desgoverno-seita de delinquência calculada cheio de fanatismos militares, neopentecostais, irmandades criminosas bancadas por máfias variadas incrustadas em lavagens tão, tão, tão admitidas e tudo isso misturado com outras irmandades, outras seitas antigovernamentais, com outros becos de iniciativa social, outras etnias psíquicas. Mas esse é apenas um detalhe barra-pesada do grande evento que se apresenta e se expõe há pelo menos trinta anos. Somos nesses tempos Vetores Obscenos de Forças Absurdas, forças mentais absurdas enfrentando o empate técnico entre a Antiguidade gigantesca e a Modernidade aceleradora de tudo. Qual vai ser o reset projetado pelas conspirações dos complexos militares, dos conglomerados midiáticos, dos conglomerados de energia combustível pelo mundo? Vão criar uma super ONG controladora das vidas ou colocar pra morrer milhões de pessoas, subempregar, torturar com instabilidade crônica todos os aspectos da vida tirando a mínima capa sensorial, afetiva de proteção que desenvolvemos na Evolução para não sermos esmagados pelo Caos Primordial, pelo Apeiron, pelo Incomensurável Sublime? Quais serão as reações contra tudo isso? Os espiritualistas, digamos assim, e os céticos ateístas-existencialistas estão encurralados. As fronteiras entre o espiritual, o fantasmático, o sobrenatural e a realidade dita imanente, material, sensual está nublada e o pandemônio é o que acontece. Só os fodidos-muito-a-fim estarão presos, condenados a seus próprios corpos? Condenados a não ter Enlevos Holísticos, Gozo Total com Tudo a nossa volta?

Há trinta anos sociedades líquidas, atentados, tsunamis, degelos, surtos psicóticos, fragilidades econômicas, milhões de desesperados, reações amorosas de altruísmo histérico tomam conta dos noticiários, das vidas das pessoas. Sempre foi assim, dirão, mas de forma acelerada, celerada e kamikaze, não. Os hindus avisam que pode ser o Kaly Yuga, a idade das trevas que começou há cinco mil anos. Ou será a Parúsia cristã? Outros dizem que é apenas uma avalanche de apocalipses, de revelações nos deixando sobressaltados e cheios de vontade de amor nos descobrimos... Vetores Obscenos de Forças Mentais Absurdas. Amorosas e odiosas. O grosso da população não dá tanta ênfase pra isso, pois o que importa é a batalha cotidiana pela sobrevivência, batalha no micro das vidas pelas rações afetivas: a tal da autoestima, amor familiar, principalmente, reconhecimento profissional, reconhecimento social, ração sexual etc. Mas de qualquer forma são tocados pelo Rearranjo Onírico dos Imaginários, são tocados pelo Pesadelo Ambicioso. E a Pedagoga Fantasma observa na noite de São Paulo as graffiteiras viscerais colando nos paredões de prédios fígados, órgãos arrancados, sobras dos corpos de prisioneiros vítimas de revoltas carcerárias, vítimas de chacinas etc. As grafitteiras viscerais são perseguidas pela polícia, pois têm um rádio, um sistema de hackeagem das comunicações oficiais e sabem onde rola corpo abandonado, órgãos à disposição para elas grudarem nos prédios e depois colorjetarem com tinta ofuscante um pentagrama entre os orgãos colados. Os prédios de São Paulo com pentagramas e vísceras difíceis de apagar, de arrancar. Cola visceral, graffite das entranhas. Garotas alpinistas da anarquia visual mórbida.

E a pedagoga conversa com ela mesma enquanto observa a polícia chegar ao esconderijo dos assassinos jazzísticos, a seita que matou sua amada e que agora se fodeu na mão dela que, com a ajuda de uma amiga pesquisadora de sonoridades e um alquimista contemporâneo, alquimista das bombas sujas, colocou na calada da noite uma supercola e dispositivo de frequência sonora mortal nos capacetes dos motociclistas jazzísticos. Resultado, quando saíram para praticar seus atentados, morreram com seus cérebros, a partir dos ouvidos, estourados. E eles tentando tirar os capacetes e não conseguindo e deixando as motos à deriva, provocando acidentes e explodindo, enfim, todos morreram ou boa parte da seita com a pedagoga cagando praqueles dizeres tipo "isso não vai trazer ela de volta, você vai se igualar a eles, você é melhor que isso. A vingança vai te corroer por dentro." E ela, pedagoga fantasma, agora anda com o clitóris da amada no céu da boca, gozando muito pela vingança e sabendo que um foda-se imenso toma conta da cidade. Ela trocou a chave do seu coração humanista que agora é humanista anônimo e está há duzentos dias sem desejar um mundo melhor como os alcoólicos ou os drogados anônimos de todos os naipes. Humanista anônima sente mais do que nunca a aceleração das Inconsistências trazidas pelas Fomes de Viver que os paradoxalmente anárquicos sistemas sociais atuais não conseguem saciar. Pesadelo Ambicioso. A Pedagoga, a professora super PhD em colapso que desceu do Pico da Neblina pergunta se ainda é possível domesticar um brasileiro, se ainda é possível domesticar humanisticamente alguém neste mundo prestes a, prestes a... Sapiens em fim de carreira? Ela diz que passamos do ponto e que sente cheiro de carne queimada cada vez que uma pessoa passa por ela, se aproxima dela. "Churrascos existenciais as multidões são" insiste o Yoda encostado na vitrine da loja de brinquedos de um shopping abandonado.

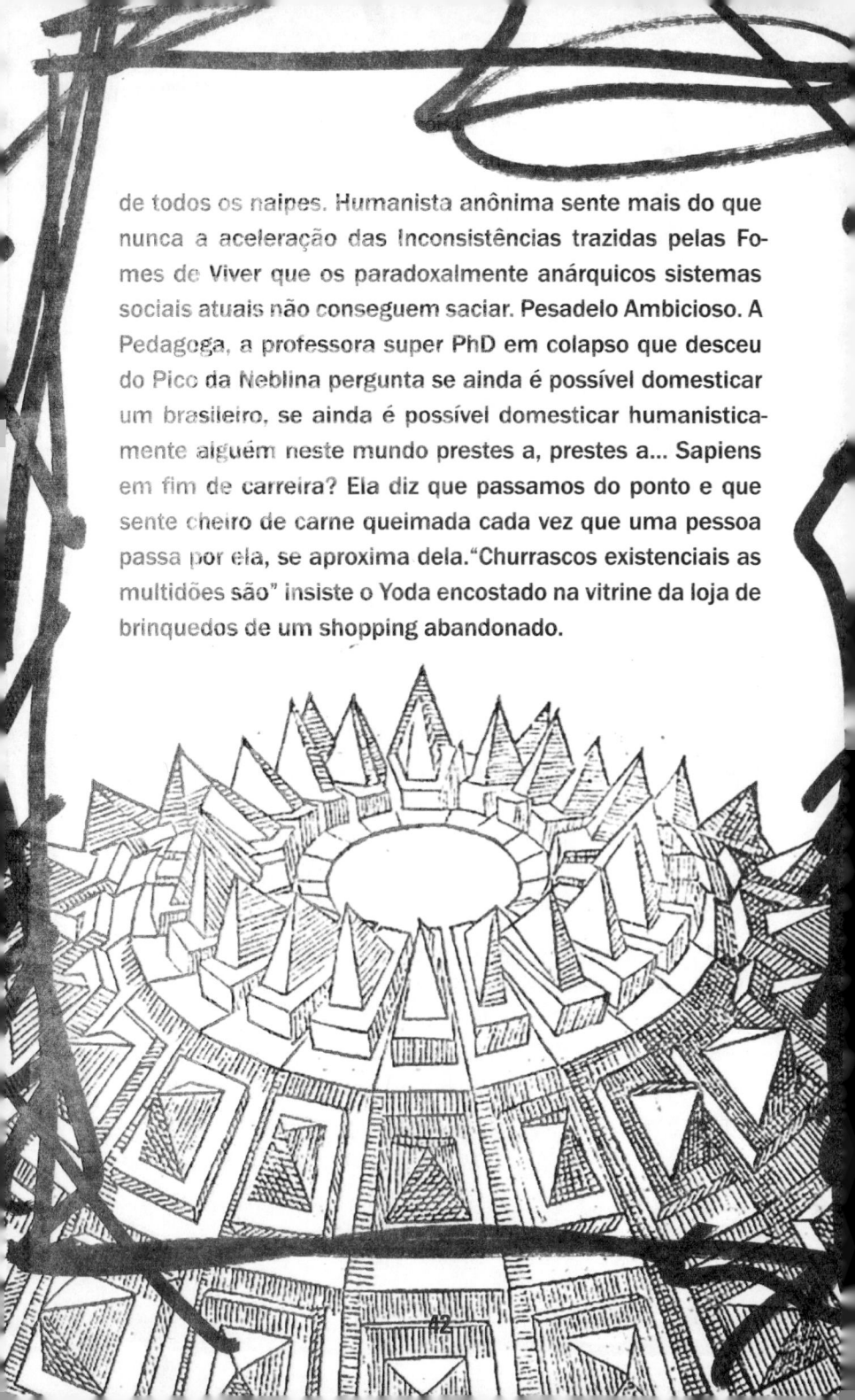

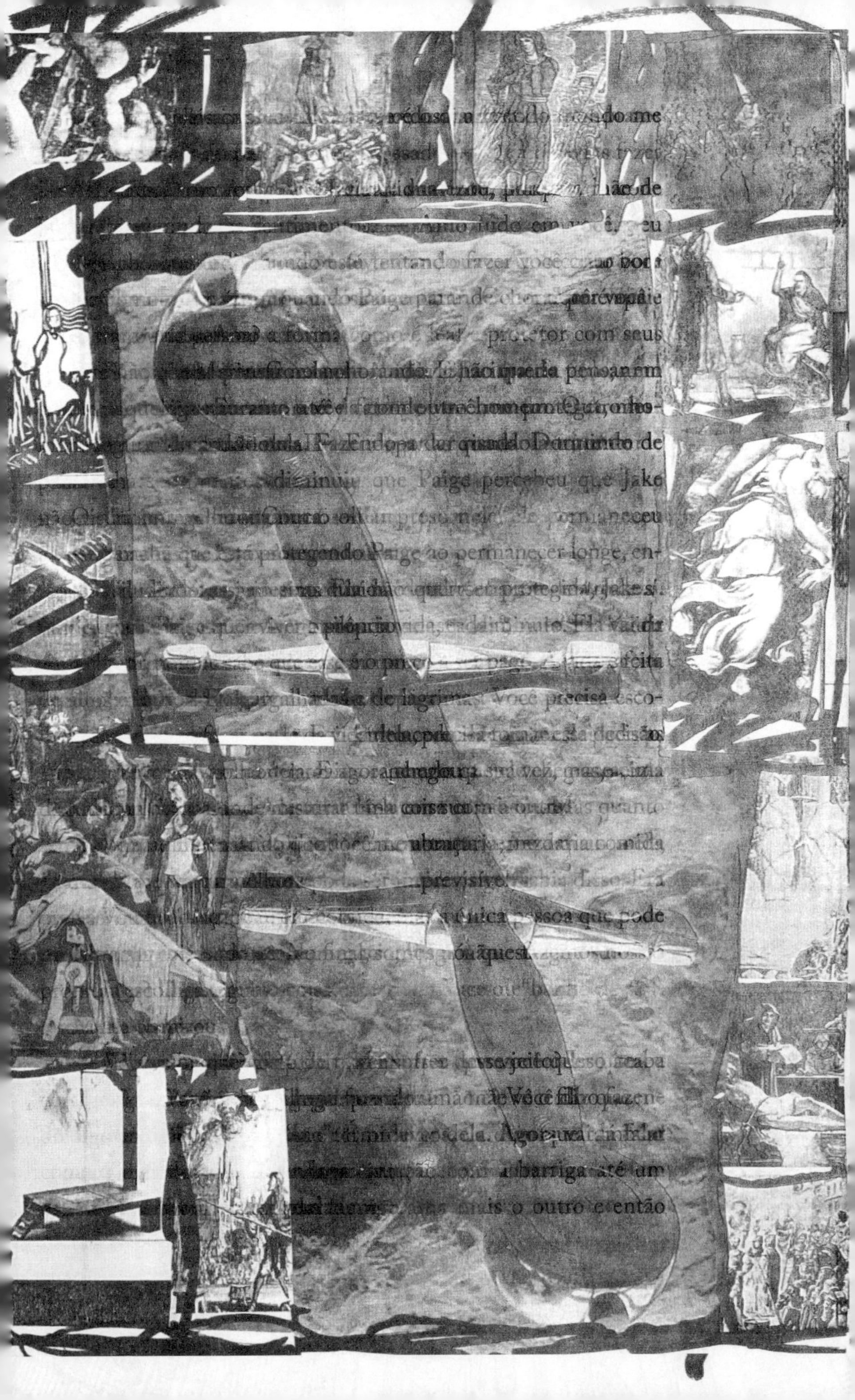

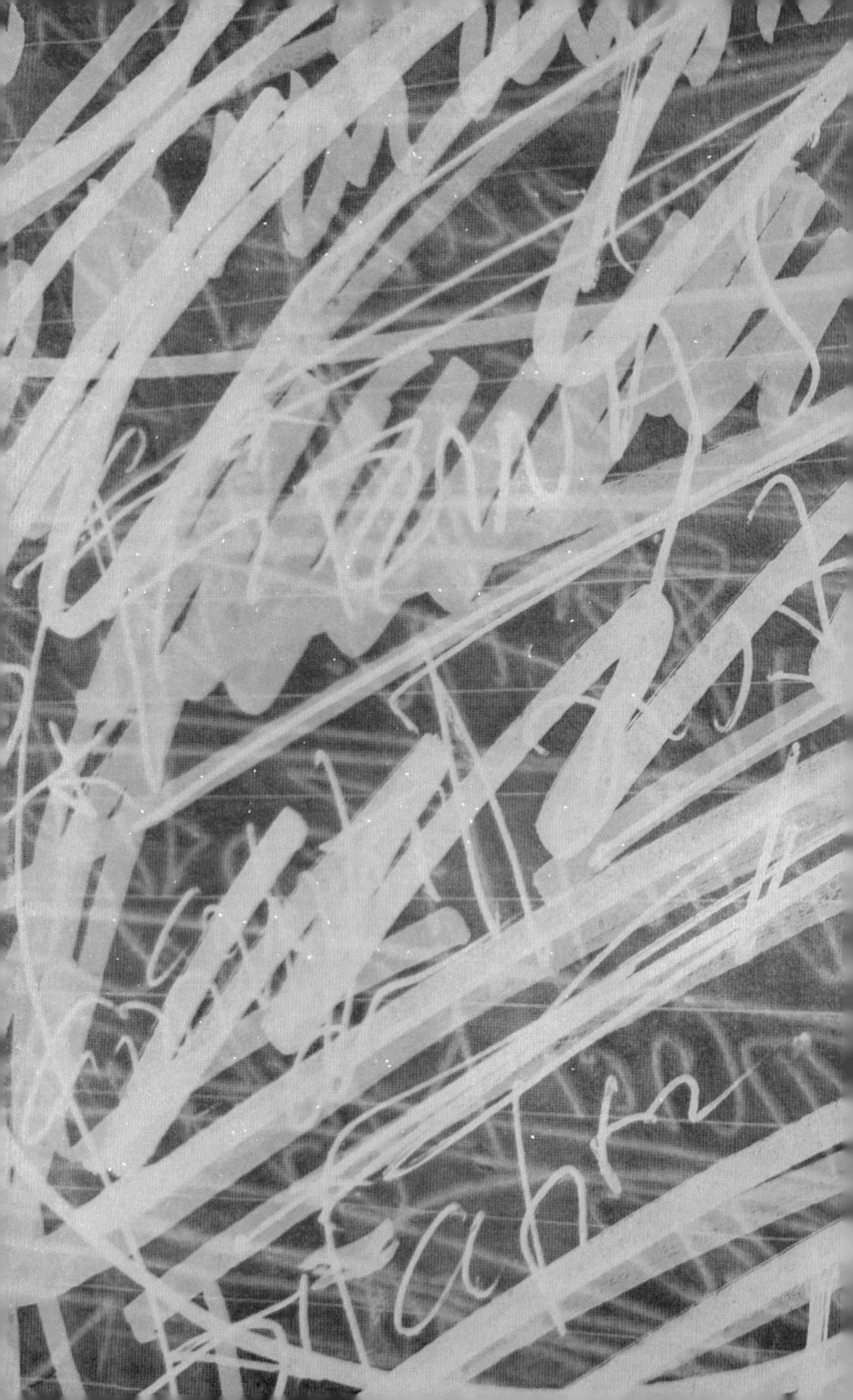

II

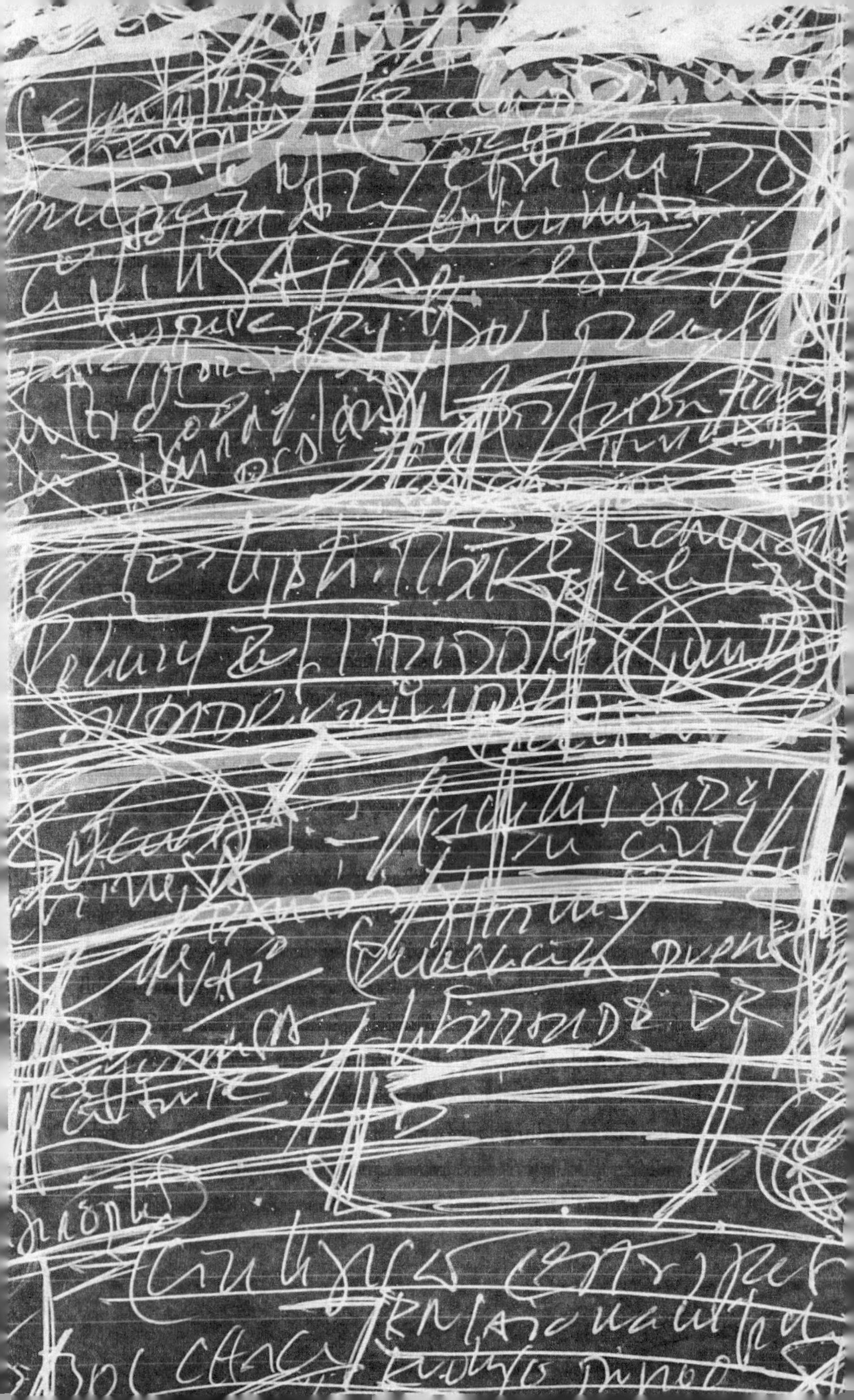

PESADELO AMBICIOSO

1

O PESADELO AMBICIOSO É A CRIATURA QUE SURGE DAS ENTRANHAS DA MENTE COLETIVA, INDIVIDUAL COMO ENTIDADE-ENCARNAÇÃO DE UM DESEJO APOCALÍPTICO, UMA INTENÇÃO MUITO OBSCURA DE JUÍZO FINAL AO TÉRMINO DE CADA DIA. O PESADELO AMBICIOSO É A MONSTRUOSIDADE REFINADA QUE ESTAVA QUIETA HIBERNANDO E QUE TRAZ NO SEU ÂMAGO BUGS, VÁCUOS, INTERRUPÇÕES, SUSPENSÃO DE CIVILIZAÇÃO, SUSPENSÃO DE PROPÓSITO DE VIDA, SENTIDO PARA A MESMA. O PESADELO É UMA AMBICIOSA CRIATURA DE TEOR HERMESEXULOKISHIVACOIOTEHECATEPOLTERGEISTESPIRITO DO ESCÁRNIO DAS ENCRUZILHADAS TOTAIS CARREGANDO A TOCHA ACESA COM SANGUE E QUEROSENE E SANGUE E MERCÚRIO E SANGUE E ENXOFRE. TODAS AS AMBIGUIDADES, UBIQUIDADES, CONTRADIÇÕES, CONFUSÕES, PARADOXOS, AMBIÇÕES HUMANAS EXPLODINDO, SE AGIGANTANDO. ENCRUZILHADAS E

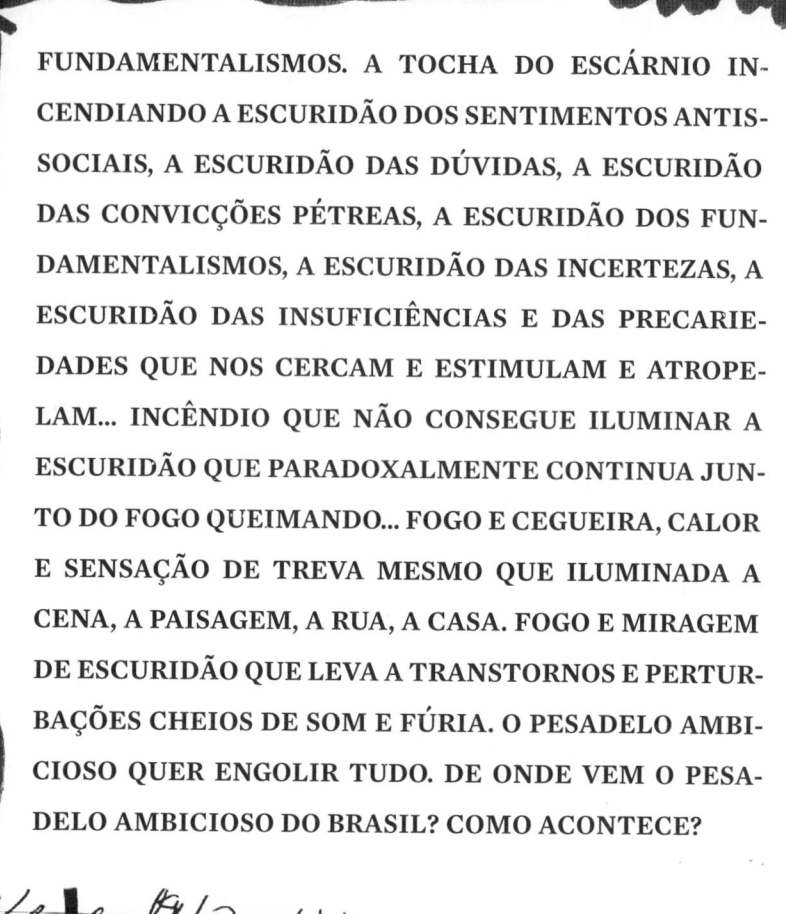

FUNDAMENTALISMOS. A TOCHA DO ESCÁRNIO INCENDIANDO A ESCURIDÃO DOS SENTIMENTOS ANTISSOCIAIS, A ESCURIDÃO DAS DÚVIDAS, A ESCURIDÃO DAS CONVICÇÕES PÉTREAS, A ESCURIDÃO DOS FUNDAMENTALISMOS, A ESCURIDÃO DAS INCERTEZAS, A ESCURIDÃO DAS INSUFICIÊNCIAS E DAS PRECARIEDADES QUE NOS CERCAM E ESTIMULAM E ATROPELAM... INCÊNDIO QUE NÃO CONSEGUE ILUMINAR A ESCURIDÃO QUE PARADOXALMENTE CONTINUA JUNTO DO FOGO QUEIMANDO... FOGO E CEGUEIRA, CALOR E SENSAÇÃO DE TREVA MESMO QUE ILUMINADA A CENA, A PAISAGEM, A RUA, A CASA. FOGO E MIRAGEM DE ESCURIDÃO QUE LEVA A TRANSTORNOS E PERTURBAÇÕES CHEIOS DE SOM E FÚRIA. O PESADELO AMBICIOSO QUER ENGOLIR TUDO. DE ONDE VEM O PESADELO AMBICIOSO DO BRASIL? COMO ACONTECE?

2

EXISTENCIALISTAS KAMIKASES

A NÁUSEA DO ABSURDO BRASILEIRO GERA EXISTENCIALISTAS BICHOS SOLTOS QUE VIRAM LOBOS SOLITÁRIOS ASSIM FRANCO ATIRADORES DE SI MESMOS COMO FOGOS DE ARTIFÍCIO KAMIKASE. DA NÁUSEA DO ABSURDO BRASILEIRO SURGEM EXISTENCIALISTAS KAMIKASES, BICHOS SOLTOS DE UIVOS SOLITÁRIOS ATIRANDO FRANCAMENTE PRA TODOS OS LADOS COMO SE FOSSEM METRALHADORAS GIRANDO À PROCURA DE UM ALVO. TIPO: EM ARARUAMA UM HOMEM DERRAMANDO SABÃO EM PÓ NO CORPO VAI GRITANDO: "EU SOU PÓ SEXUAL, MEU SEXO GOZA COM A ESPUMA DE SABÃO EM PÓ MUITO ANTIGO. SABÃO MINERVA NA GENITÁLIA, ENTRE FEZES E URINA DO PÓ DA GENITÁLIA VIESTE E PRA LÁ VOLTARÁS! EU SOU PÓ SEXUAL SOU SABÃO EM PÓ MINERVA SEXUAL! SOU SABÃO SEXUAL EM PÓ SEXUAL SOU MINERVA EM PÓ SEXUAL!" GRITA TAMBÉM A MULHER EM ARARUAMA. E QUE ESPÉCIE DE SOM VAZA DESSES DOIS ALÉM DOS GRITOS? O SOM DAS MASTURBAÇÕES QUE ELES EXECUTAM BEM NA PRAÇA ATÉ

SEREM PERSEGUIDOS E PRESOS E SOLTOS E NOVAMENTE ELES GRITAM "EU SOU PÓ SEXUAL. EU SOU PÓ SEXUAL!" DERRAMANDO SABÃO EM PÓ NOS CORPOS E SE MASTURBANDO. OUTRO TIPO: FOI PRESO O INDIVÍDUO, O ELEMENTO CONHECIDO PELA ALCUNHA DE FORASTEIRO MENTAL. ELE DIZIA QUE VINHA DA MATRIZ DANIFICADA, DA GRANDE MATRIZ DANIFICADA DAS SOCIEDADES SECRETAS DE PIRACICABA E ARREDORES EGÍPCIOS. DIZIA QUE SEU CORAÇÃO ERA HERMETICAMENTE FECHADO COM AGRIÃO E CEBOLA TURCA. FOI PRESO O ELEMENTO QUE SEQUESTRAVA CRIANÇAS E AS COLOCAVA DENTRO DE UMA ESCULTURA DE ESCRIVANINHAS ACOPLADAS DEVIDAMENTE COMPLEMENTADAS COM RESTOS DE EQUIPAMENTOS DIGITAIS, COMPUTADORES VELHOS E MOUSES E FIAÇÕES DE CABOS. É O FORASTEIRO MENTAL QUE VEIO DA MATRIZ DANIFICADA DE SOCIEDADES SECRETAS DE PIRACICABA E CERCANIAS EGÍPCIAS SE DIZENDO UM EXTRA-HUMANO VERSÃO CAIPIRACYBER DE MAD MAX, MATRIX, X-MEN. ELE COLOCAVA CRIANÇAS SEQUESTRADAS NESSAS ESCRIVANINHAS ESCULTURAIS PORQUE SÓ CRIANÇAS FAZIAM FUNCIONAR O COMPUTADOR DEFINITIVO, A GERINGONÇA ESCRIVANINHA MISTURADA ESCULTURA COM RESTOS DE COMPUTADOR E

MUITO RADINHO DE PILHA E MUITO LIQUIDIFICADOR COM TORRE DE COMPUTADOR VELHO. E O FORASTEIRO MENTAL (MAD MAX CAIPIRA, SERTANEJA MATRIX, X-MEN DO INTERIOR) GRITA QUE ELE VEIO DA MATRIZ DANIFICADA PARA PURIFICAR TUDO E TODOS E QUE ELE É UM EXTRA-HUMANO, CRIATURA-MANCHETE DO ALÉM MENTAL DESLOCADO NESSA DIMENSÃO FRACA, AQUÉM DE TODA INTELIGÊNCIA. ELE DIZ QUE SEU CORAÇÃO É FECHADO COM AGRIÃO DO CAZAQUISTÃO E CEBOLA TURCA. QUE ÁUDIO VAZA DESSA ESCRIVANINHA? BICHO SOLTO SURGIDO DA NÁUSEA ABSURDA DO DIA A DIA NACIONAL.

3

RUÍDO HUMANISTA

E O HUMANISTA DESESPERADO DIZ: "A PANDEMIA AUMENTOU O RUÍDO HUMANO NO PLANETA. O RUÍDO DA TECNOLOGIA, O RUÍDO DAS DESIGUALDADES, O RUÍDO DAS IGNORÂNCIAS, O RUÍDO DAS ANSIEDADES, O RUÍDO DAS MITOLOGIAS DISTORCIDAS, O RUÍDO DAS MENTES À DERIVA, O RUÍDO DOS FUNDA-

MENTALISMOS, O RUÍDO DAS CARÊNCIAS, DO AMOR, DO ÓDIO, DOS RACISMOS, DAS ESPERANÇAS, O RUÍDO HUMANO AUMENTOU NO PLANETA QUE JÁ ESTÁ, HÁ MUITO TEMPO, TRANSFORMADO PELAS COMUNICAÇÕES, MILITARISMO, PELO TURISMO NUMA KITCHENETTE CLAUSTROFÓBICA E COM A PESTE. COM O BUG DO MILÊNIO BIOLÓGICO DANDO START NOS OUTROS BUGS QUE VIRÃO (OU QUE JÁ ESTÃO ACONTECENDO HÁ VINTE ANOS PELO MENOS), BUG DIGITAL, BUG SOCIAL, BUG AMBIENTAL. A VIDA NESTE MUNDO FOI COLOCADA NO MODO AVIÃO, A CIVILIZAÇÃO NO MODO AVIÃO, DAÍ QUE AUMENTOU O RUÍDO DOS HUMANOS NO PLANETA. O RUÍDO DOMÉSTICO, O RUÍDO DA VIOLÊNCIA, DOS RESSENTIMENTOS, DAS INCERTEZAS, O RUÍDO RELIGIOSO, O RUÍDO SECULAR, O RUÍDO DAS ANTIGUIDADES, O RUÍDO DOS HUMANOS AUMENTOU COM A PANDEMIA. RUÍDO DO PESADELO AMBICIOSO. HERMESSEXUCOIOTESHIVA EM FORMA DE GROOVE E INTERFERÊNCIA. INCÊNDIO QUE NÃO ELIMINA A ESCURIDÃO. CEGUEIRA E FOGO, CEGUEIRA E CALOR. TOCHA DE ENXOFRE E SANGUE E MERCÚRIO E SANGUE E QUEROSENE ARCAICO. ARCAICO QUEROSENE CREPITANDO NA TOCHA DO PESADELO AMBICIOSO.

4

BOLHAS SINGELAS DESAFIAM O MUNDO CÃO DO PESADELO AMBICIOSO

O GAROTO LANÇA O VELHO TÊNIS RASGADO, FEDORENTO NO FIO DE ELETRICIDADE ENROSCADO NOUTRO FIO DE ELETRICIDADE E UM PÁSSARO SURGE. UM PÁSSARO SURGE E COLOCA OVOS NO TÊNIS SURRADO, ESBURACADO QUE PARECE PERFEITO PRAQUELE PÁSSARO QUE BICA O CADARÇO E PROVOCA FAÍSCA NO FIO ELÉTRICO COM SEU BICO QUE PARECE SER FODA DE MUITO RESISTENTE E TALVEZ TENHA UMA BORRACHA ANCESTRAL. QUE DARWIN É ESSE QUE PULSA NESSE PÁSSARO QUE GOSTA DE TÊNIS FEDIDO E SURRADO, ESBURACADO PARA COLOCAR OS OVOS DE ONDE SURGIRÃO EM MINUTOS AS SUAS CRIAS? E EM CINCO MINUTOS SURGEM OS FILHOTES QUE JÁ SAEM BICANDO O CADARÇO, SE ALIMENTANDO DE PANO E FAÍSCAS E O CADARÇO É DEVORADO ENQUANTO UMA PARTE DA RUA FICA NO ESCURO. O TÊNIS CAI DE VOLTA NA MÃO DO GAROTO. A FAMÍLIA PÁSSARA SE MANDA. QUE DARWIN É ESSE QUE PULSA NO VOO DESSE BICHO COM ASAS?

5
GRITOS

AS MÁQUINAS GRITAM PELAS CIDADES. PELO BRASIL OS TRATORES GRITAM, AS MÁQUINAS DE LAVAR GRITAM, OS AUTOMÓVEIS ROUBADOS EM FUGA E OS ÔNIBUS INCENDIADOS OU PORRADOS GRITAM, FURADEIRAS GRITAM, TRITURADORAS NOS CAMINHÕES DE LIXO GRITAM. E, DE REPENTE, COMO EXTENSÕES DAS MÁQUINAS QUE SÃO EXTENSÕES DAS SUAS MÃOS E DAS SUAS CAPACIDADES, AQUELES QUE MANUSEIAM, AQUELES QUE BOTAM PARA FUNCIONAR ESSAS MÁQUINAS, ELES TAMBÉM COMEÇAM A GRITAR, POIS O PESADELO AMBICIOSO APERTA, ALERTA SEUS CÉREBROS, SEUS CORAÇÕES, SEUS SISTEMAS NERVOSOS E VEMOS EM SÃO PAULO, EM MANAUS, EM JUIZ DE FORA, EM PARACAMBI, EM PORTO ALEGRE, EM CUIABÁ GENTE GRITANDO JUNTO ÀS MÁQUINAS. DO NADA MAQUINAL AS PESSOAS EXTRAEM A CATARSE DE ALGUM MAL, ALGUMA INQUIETAÇÃO, ALGUMA ANGÚSTIA, DESESPERO E FALTA DE PROPÓSITO PARA

A VIDA TIPO COMO ASSIM? AS MÁQUINAS GRITAM E AS PESSOAS, HOMENS, MULHERES, MULHEROMEM, HERMAFRODITAS, EUNUCOS E EUNUCAS. TODOS GRITAM JUNTO ÀS MÁQUINAS QUE SÃO MONSTROS ENCARNANDO ENTIDADES METÁLICAS QUE SAEM DA TABELA PERIÓDICA COMO PRODÍGIOS CONVOCADOS PELO PESADELO AMBICIOSO QUE TOMA CONTA DE TUDO.

6

S U S S U R R O S

DEMÔNIOS DA INSIGNIFICÂNCIA, ANJOS DO DETALHE CAÍDO DANÇAM EM RESTOS E SOBRAS, EM PEDAÇOS DE QUALQUER COISA. OBJETOS SUSSURRAM SONORIDADES. QUE ÁUDIO VAZA DAQUELE BATER DE CINZAS NO CIGARRO DA ESQUINA? AS CINZAS CAEM NUMA FOLHA DE ÁRVORE AMARELADA FOLHA QUE RECEBE AS CINZAS ROÇANDO A FOLHA NUM PAPEL DE BALA QUE CAI COM A FOLHA EM CIMA E AS CINZAS SE FORAM. QUE ÁUDIO VAZA DAQUELE CHIADO NO PULMÃO NA UTI? CHIADO QUE INVADE DE DOR

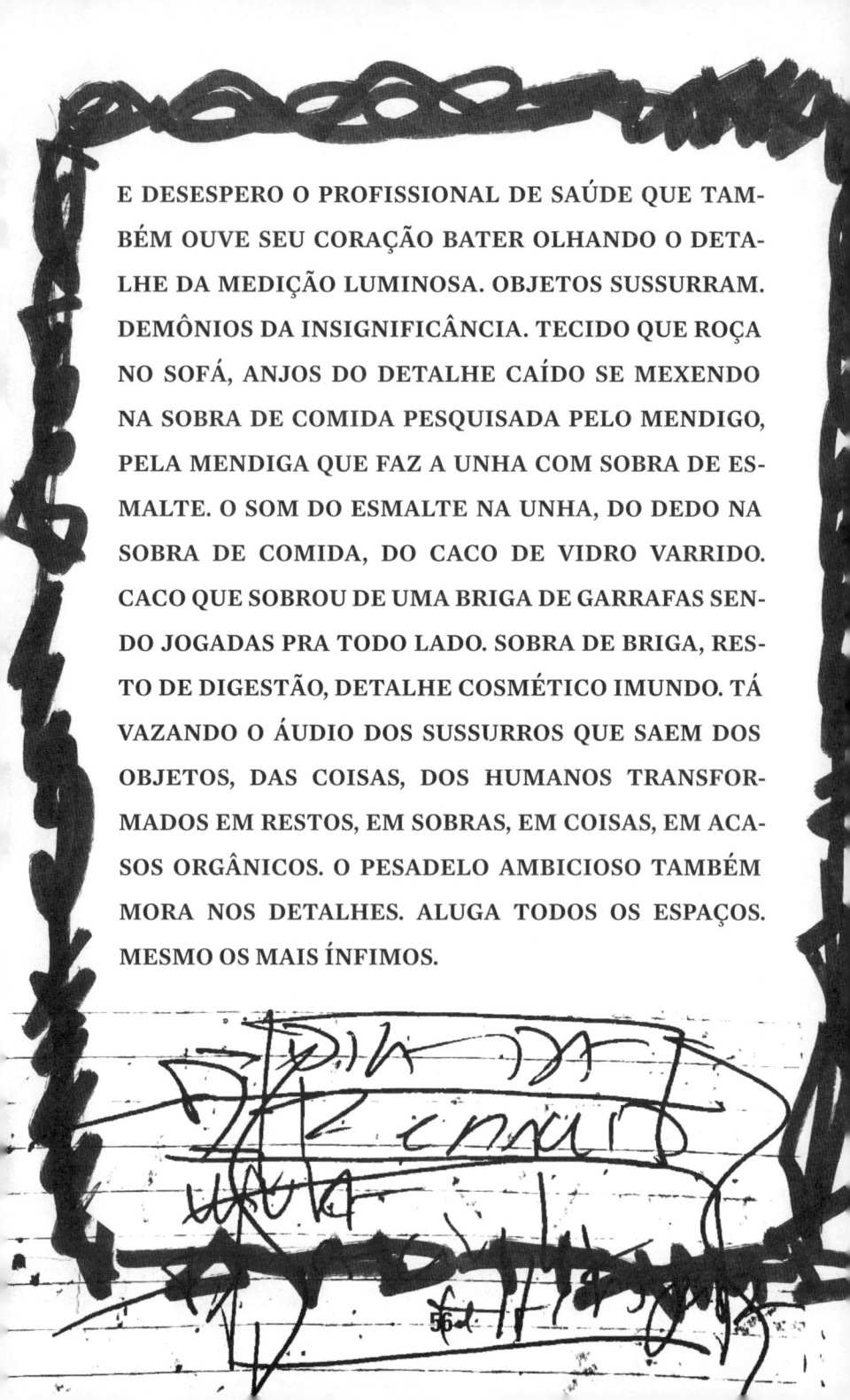

E DESESPERO O PROFISSIONAL DE SAÚDE QUE TAMBÉM OUVE SEU CORAÇÃO BATER OLHANDO O DETALHE DA MEDIÇÃO LUMINOSA. OBJETOS SUSSURRAM. DEMÔNIOS DA INSIGNIFICÂNCIA. TECIDO QUE ROÇA NO SOFÁ, ANJOS DO DETALHE CAÍDO SE MEXENDO NA SOBRA DE COMIDA PESQUISADA PELO MENDIGO, PELA MENDIGA QUE FAZ A UNHA COM SOBRA DE ESMALTE. O SOM DO ESMALTE NA UNHA, DO DEDO NA SOBRA DE COMIDA, DO CACO DE VIDRO VARRIDO. CACO QUE SOBROU DE UMA BRIGA DE GARRAFAS SENDO JOGADAS PRA TODO LADO. SOBRA DE BRIGA, RESTO DE DIGESTÃO, DETALHE COSMÉTICO IMUNDO. TÁ VAZANDO O ÁUDIO DOS SUSSURROS QUE SAEM DOS OBJETOS, DAS COISAS, DOS HUMANOS TRANSFORMADOS EM RESTOS, EM SOBRAS, EM COISAS, EM ACASOS ORGÂNICOS. O PESADELO AMBICIOSO TAMBÉM MORA NOS DETALHES. ALUGA TODOS OS ESPAÇOS. MESMO OS MAIS ÍNFIMOS.

7

O CONSELHEIRO DAS ESPÉCIES

Ele já foi preso várias vezes, mas não abre mão da sua missão que é alertar o Brasil sobre o surgimento de insetos e vetores gigantescos a partir das tragédias de Brumadinho e Mariana, do melaço-combustível vazado, não se sabe se de navios nazistas ou petroleiros no Caribe. Esse melaço ganhou as praias do Nordeste há um tempo atrás. Vetores e insetos saídos das queimadas e desmatamentos e também do processo biológico ocorrido naquela ilha feita de plástico, óleo empedrado e metal, que flutua bizarra no Pacífico. Aquela colagem de lixo e restos de fauna marinha, fauna costeira sufocadas por sobras industriais variadas que tomaram conta dos oceanos e das praias. Um sinistro monumento bienal flutuante no Oceano Pacífico. Instalação/monumento/homenagem à desmedida do consumo atual. Mas existem espécies surgindo dessa colagem. O Impossível virou uma banalidade graças à poluição e propagação de tudo. Híbridos de animais e materiais industriais estão surgindo além dos tais vetores, dos tais insetos gigantescos no Brasil de Brumadinho Mad Max e Mariana Walking Dead. O tal cara que foi preso e tem uma missão é Antonio Cambriano, o Conselheiro das espécies. Das bizarras e inéditas espécies que estão surgindo. É o cantador, o Menestrel das Mutações no TecNordeste Fulminante mas que anda pelo Brasil afora anunciando a perigosa e tesuda novidade das mutações agressivas e que já chegaram aos humanos, pois os mosquitos, os insetos, as larvas, os plásticos e materiais processados, industrializados embutidos em tudo já estão amalgamados com os humanos e outros animais. Estão nos ovos e carnes e na cozinha vegana misturados com todos os micropedaços de eletrodomésticos e metais pesados e leves nos componentes do mundo digital e da sustentabilidade de rapina. Esses amálgamas já estão gerando imunidades surpreendentes em baianos, sergipanos, cariocas, paulistas, catarinenses, acreanos mas também estão provocando doenças e mortes bem súbitas. Antonio Cambriano, o Conselheiro das Espécies, canta o surgimento de novas formas de vida saídas do Brasil ecologicamente catastrófico, do planeta ecologicamente castigado. E agora? Ele canta o surgimento do ser mais ou menos humano, híbrido saído da catástrofe como desafio trágico da Evolução – o que não mata perturba. Do Sapiens em fim de carreira surgirá o estrangeiro dos estrangeiros na superfície terrestre. A gambiarra final da Evolução. Que Darwin é esse que desponta nos horizontes fodidos-muito-a-fim deste país, deste planeta? Brumadinho Walking Dead, Mariana Mad Max. O Menestrel do TecNordeste Fulminante canta o novo Big Bang de um colapso mutante com inseto que modifica plástico que modifica lagarto que modifica metal que modifica carne que modifica cachorro que modifica pesticida que modifica ser humano. Anjos Cronenbergs totalmente Augustos se impõem. Antonio Cambriano, o Conselheiro das Espécies canta o TecNordeste Fulminante. Água poluída modificando humanos que modificam aves que modificam insetos que modificam metais que modificam plásticos que modificam tecidos que modificam peles que modificam... Híbridos vagam por aí. E Antonio Cambriano grita pra todos ouvirem o questionamento agoniado "Que Darwin é esse?!"

DO FUNDO DA NÁUSEA ABSURDA SURGEM OS EXISTENCIALISTAS DO PESADELO AMBICIOSO, BRASILEIRO PESADELO. E ESSES KAMIKASES SAEM GRITANDO COMO FRANCO-ATIRADORES DE SI MESMOS:

"EU SOU O LED ZEPPELIN TRÊS, EU SOU O DISCO TRÊS DO LED ZEPPELIN, SEUS FILHOS DA PUTA! EU SOU O ÁLBUM DUPLO DO NAT KING COLE! EU SOU UMA TRILHA DE NOVELA ESQUECIDA! EU SOU UM COMPACTO DO NELSON NED, SEUS DESGRAÇADOS! ESTOU MAIS VIVO QUE VOCÊS, SOU O LED ZEPPELIN TRÊS!"

8

TOCO PRETO SYMPATHY

DJs da radicalidade plástica colam pedaços de vinil, metade de um disco colado noutro e tocam ao contrário duplas inesperadas tipo candeia ao contrário com rolling stones ao contrário toca stones ao contrário sympathy ao contrário com saudação a toco preto ao contrário candeia stones candeia candeia stones candeia rolling saudação a toco preto sympathy for toco preto candeia toca Stones ao contrário revelando que reza oculta aparece quando toca ao contrário candeia disco colado noutro na vitrola do dj da radicalidade plástica do vinil acaba revelando cabala oculta reza de vinil esdrúxula cabala de vinil toca stones colado no candeia ao contrário toca stones sympathy na saudação a toco preto revelando reza oculta no vinil colado pedaço de candeia com stones candeia com stones.

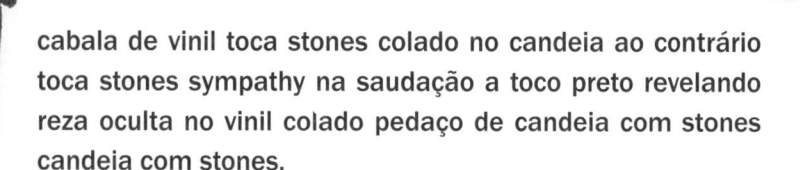

9

PATRICINHAS VORAZES

UMA IMENSA FOGUEIRA SURGE NUM CANTO DA CIDADE AQUECENDO O PESADELO AMBICIOSO. NÃO É A KLU KLUX KLAN, NÃO É A INQUISIÇÃO, NÃO É SÃO JOÃO. EM VOLTA DELA DANÇAM E CANTAM MULHERES MUITO RICAS, BILIONÁRIAS DONAS DO MUNDO, DONAS DAS VIDAS NESTE MUNDO. ELAS DANÇAM, CANTAM EM VOLTA DA FOGUEIRA E INALAM UMA SUBSTÂNCIA FEITA ESPECIALMENTE PARA ELAS. É O CRACK VUITTON. ELAS SÃO AS PATRICINHAS VORAZES, AS DONDOCAS DA ESCURIDÃO, MULHERES DE CUSPE CARÍSSIMO, AS NOVAS MARIAS ANTONIETAS. MUITAS DELAS SÃO HERDEIRAS PRA CARALHO. SE SENTEM CANONIZADAS DE TÃO RICAS E MIMADAS DESDE O BERÇO. OUTRAS NÃO. NUNCA TIVERAM BER-

ÇO E SÃO MINADAS PSIQUICAMENTE DESDE CRIANÇAS PERIFÉRICAS, MAS TÊM MILHAGEM DE SUPERAÇÃO DA MISÉRIA. SÃO CASCUDAS DE VALOR, MAS, MESMO NA MISÉRIA, MESMO NA POBREZA, TINHAM O NARIZ EMPINADO, AUTÊNTICAS POBRETHROITHMANS. OUTRAS SÃO CLASSE MÉDIA, MAS QUE DE MÉDIA NÃO TÊM NADA. TODAS COMPACTUAM DA MESMA REZA DO VOU ME DAR BEM: ÊXTASE, PODER, GRANA VEM ECOA NAS SUAS CABEÇAS. ELAS SÃO DEVOTAS DOS SOBRINHOS DO PATOLÓGICO, EUZINHO, EGUINHO E MYSELFZINHO. TAMBÉM GOSTAM DE MANDAR PARA O INSTAGRAM FOTOS DA NUDEZ AMASSADA. ELAS NUAS DENTRO DE MÁQUINAS DE LAVAR INALANDO CRACK VUITTON. ELAS HONRAM A TRADIÇÃO DE ÓCIO E EXTRAVAGÂNCIAS DA PRIMEIRA ANTONIETA DE DUAS MANEIRAS: PRIMEIRO: SENDO ACIONISTAS DA SUSTENTABILIDADE, POIS O NEGÓCIO DA CONSCIÊNCIA SOCIAL E DA SALVAÇÃO DO PLANETA DÁ A MAIOR GRANA. SUSTENTÁVEL RAPINA DO SER. SEGUNDO: SENDO DONAS DE BANCOS DE DADOS E PLATAFORMAS DE UNIMETACONTROVERSO, A DIMENSÃO PARALELA DOS NEGÓCIOS E DA VIDA DAQUI PARA FRENTE. SÃO LATIFUNDIÁRIAS DESSES

NEGÓCIOS HIPERREAIS E MANTÊM MUITA GENTE ESCRAVIZADA NAS SUAS PLATAFORMAS DE FORMA LÚDICA-VICIANTE, NEUROLÓGICA E TAMBÉM, CLARO, FINANCEIRA. NÃO TÊM MAIS PROTAGONISMO DA DIMENSÃO DIGAMOS FÍSICA, DA EXISTÊNCIA, TODOS TÊM QUE PASSAR PELO CRIVO DA VIDA NAS INTERFACES, DA VIDA NAS PLATAFORMAS DIGITAIS, NAS SIMULAÇÕES. SERÁ ANULADA A FRONTEIRA ENTRE O MUNDO DITO REAL E O MAIS QUE REAL. PATRICINHAS VORAZES. ELAS SÃO ACIONISTAS MAJORITÁRIAS DO MUNDO PARALELO, MUNDO SOBREPOSTO AO MUNDO TRIDIMENSIONAL. MAS TAMBÉM INVESTEM NO GRANDE MERCADO DAS HOLOGRAFIAS POIS SABEM DOS PERIGOS DO ULTRAMETACONTROVERSO. CERCAM TODOS OS LADOS DO UNIVERSO ECONÔMICO CIBERNÉTICO. ELAS VÃO ALÉM E PODEM SE DISSOLVER, PODEM SUMIR, DESENCARNAR E ENCARNAR NOUTROS CORPOS, A FIM DE SE RELACIONAREM EROTICAMENTE COM QUALQUER ORGANISMO OU SUPERFÍCIE, ANIMADA OU INANIMADA. PAGARAM CARO PARA CIENTISTAS E PESQUISADORES CHEGAREM A ESSE PATAMAR DE MANIPULAÇÃO DA EXISTÊNCIA HUMANA, PÓS-HUMANA. HIGHLANDERS EM META-

MORFOSE ELAS SÃO. O LUXO ABSOLUTO NÃO É MAIS TER, É SER MAIS DO QUE OS OUTROS, SER IMORTAL. ELAS ENCARNAM E DESENCARNAM QUANDO QUEREM. TRANSFEREM SUAS INFORMAÇÕES COGNITIVAS, SEU PADRÃO ORGÂNICO-NEURONAL, SUA SUBJETIVIDADE COMO SE DIZIA ANTIGAMENTE PARA OUTROS COMO É QUE OS ENGAJADOS HOJE FALAM MESMO?... AH, OUTROS CORPOS. HABITAM ATÉ ANIMAIS E OBJETOS PERVERTENDO TUDO. TÊM VISÃO MICROSCÓPICA, TÊM VISÃO TELESCÓPICA, TÊM MELHORAMENTOS PELO CORPO. MAS MORALMENTE SÓ ACREDITAM EM DESEMPENHO. OS CIENTISTAS SÃO SUBSTITUÍDOS SEMPRE. DELETADOS. NOVAS MARIAS ANTONIETAS. PARA ELAS, AS PESSOAS VIRARAM IGUARIAS ESTATÍSTICAS, IGUARIAS ALGORÍTMICAS NUM MAR DE INFORMAÇÕES. ELAS SE INTITULAM AS DAMAS DO BIG DATA E MUITAS DELAS JÁ FORAM FILTRADORAS DE CONTEÚDO NAS REDES SOCIAIS, UMA SUPER DARK WEB ENLOUQUECEDORA COM O MELHOR DO PIOR DO SER HUMANO EM SITES ASSUSTADORES E MUITAS DELAS POR ISSO MESMO NÃO QUEREM NEM SABER. ESTÃO IMBUÍDAS DO PESADELO AMBICIOSO E SABEM QUE NO MUNDO SÓ VÃO TER DUAS TURMAS –

A DOS EXCLUSIVOS RADICAIS E A DOS EXCLUÍDOS DESPERDIÇADOS MAIS RADICAIS AINDA, QUE, COM GAMBIARRAS ESPECIAIS VÃO PERTURBAR, VÃO HACKEAR O FLUXO DE ENCARNAÇÃO E DESENCARNAÇÃO DOS EXLUSIVOS RADICAIS. SEM CLASSE MÉDIA. PRECARIADO TOTAL. ARENA-COLISEU DE SOBREVIVÊNCIA, MAIS DO QUE NUNCA, CADA MANCHA URBANA SERÁ E ELAS ESTÃO NO CAMAROTE EXISTENCIAL RESERVADO PARA BILIONÁRIAS COMO ELAS. DAMAS DO BIG DATA. ADORAM A APROPRIAÇÃO DOS SERES HUMANOS OFERECIDA PELOS BANCOS DE DADOS, PELA ENGENHARIA COMPUTACIONAL. ELAS VENDEM, LEILOAM, CHANTAGEIAM, MANIPULAM, DISTORCEM, CONTRABANDEIAM, HACKEIAM, GERAM DADOS MANIPULANDO PESSOAS. TAMBÉM GERAM PESSOAS. TAMBÉM INVESTEM EM GENÉTICA E OUTRAS ENGENHARIAS EUGÊNICAS. ELAS SÃO IMPERADORAS DE UM COLISEU DIGITAL E AS CIDADES PARA ELAS SÃO TERRITÓRIOS DE LIKES E DESLIKES. É POLEGAR PARA CIMA, É POLEGAR PARA BAIXO DE ACORDO COM O CADASTRO E DAQUI A POUCO NEM COMPUTADOR EXISTIRÁ MAIS. TUDO INJETADO, COLOCADO NOS CORPOS VIA PASTILHAS DE QUE MESMO DISSOLVIDAS? TUDO

SERÁ SIMPLESMENTE PENSADO E REALIZADO VIA QUE TIPO DE OCULTA INTERFACE IMPLANTADA? PATRICINHAS VORAZES, AS NOVAS MARIAS ANTONIETAS, DEVOTAS DOS SOBRINHOS DO PATOLÓGICO, EUZINHO, EGUINHO E MYSELFZINHO. PARA ELAS AS PESSOAS SÃO BRIOCHES ALGORÍTMICOS. IMENSA FOGUEIRA. CRACK VUITTON.

10

BIZARROS ROBOCOPS

O PESADELO AMBICIONA. AMBICIONA O PESADELO. TOMA CONTA DAS MENTES QUE QUEREM MAIS É SE TRANSFORMAR EM QUALQUER COISA QUE AS TIRE DA MODORRA SEM PERSPECTIVA. GAROTOS E GAROTAS FREQUENTAM AS GARAGENS DE CIRURGIAS PLÁSTICAS RADICAIS PARA TRANSFORMAREM OS CORPOS EM COISAS HÍBRIDAS. MUITO ALÉM DAS TATUAGENS E PIERCINGS E OUTRAS EXTRAVAGÂNCIAS. A GAROTA BOLSOMINION QUER VIRAR UM FUZIL. BARBIE FUZIL. O VEGANO QUER SE UNIR AOS VEGETAIS E COLOCAR RAÍZES PELO CORPO COMO SE FORJASSE

OUTRO SISTEMA NERVOSO. GAROTAS DE QUINZE ANOS FANÁTICAS POR PROCEDIMENTOS ESTÉTICOS, IDIOTIZADAS PELO NARCISISMO DOENTIO, ACABAM DEFORMADAS DE TANTO BOTOX, DE TANTO DETOX, DE TANTA LIPO, DE TANTO PEELING, DE TANTA EXPERIMENTAÇÃO DERMATOLÓGICA EM FUNDOS DE OFICINAS VETERINÁRIAS E ACABAM SURPREENDIDAS PELOS PAIS BEIJANDO CACOS DE ESPELHOS QUEBRADOS NO CHÃO DO QUARTO. CACOS QUE FAZEM JUS À SUA IMAGEM DE MULHER, DE GAROTA CUBISTA, DEBUTANTE PINTADA POR UM PICASSO DAS ANSIEDADES CRÔNICAS. LAMBENDO CACOS, PEDAÇOS DE ESPELHO NO CHÃO ENSANGUENTADO PELOS PONTOS ESTOURADOS DO ÚLTIMO PROCEDIMENTO. O PESADELO AMBICIONA. NA GARAGEM DOS BIZARROS ROBOCOPS OUVE- SE BARULHO DE PELE SE AMALGAMANDO, SE CONTRAINDO, SE EXPANDINDO, SE TRANSFORMANDO. O PESADELO AMBICIOSO EXIGE.

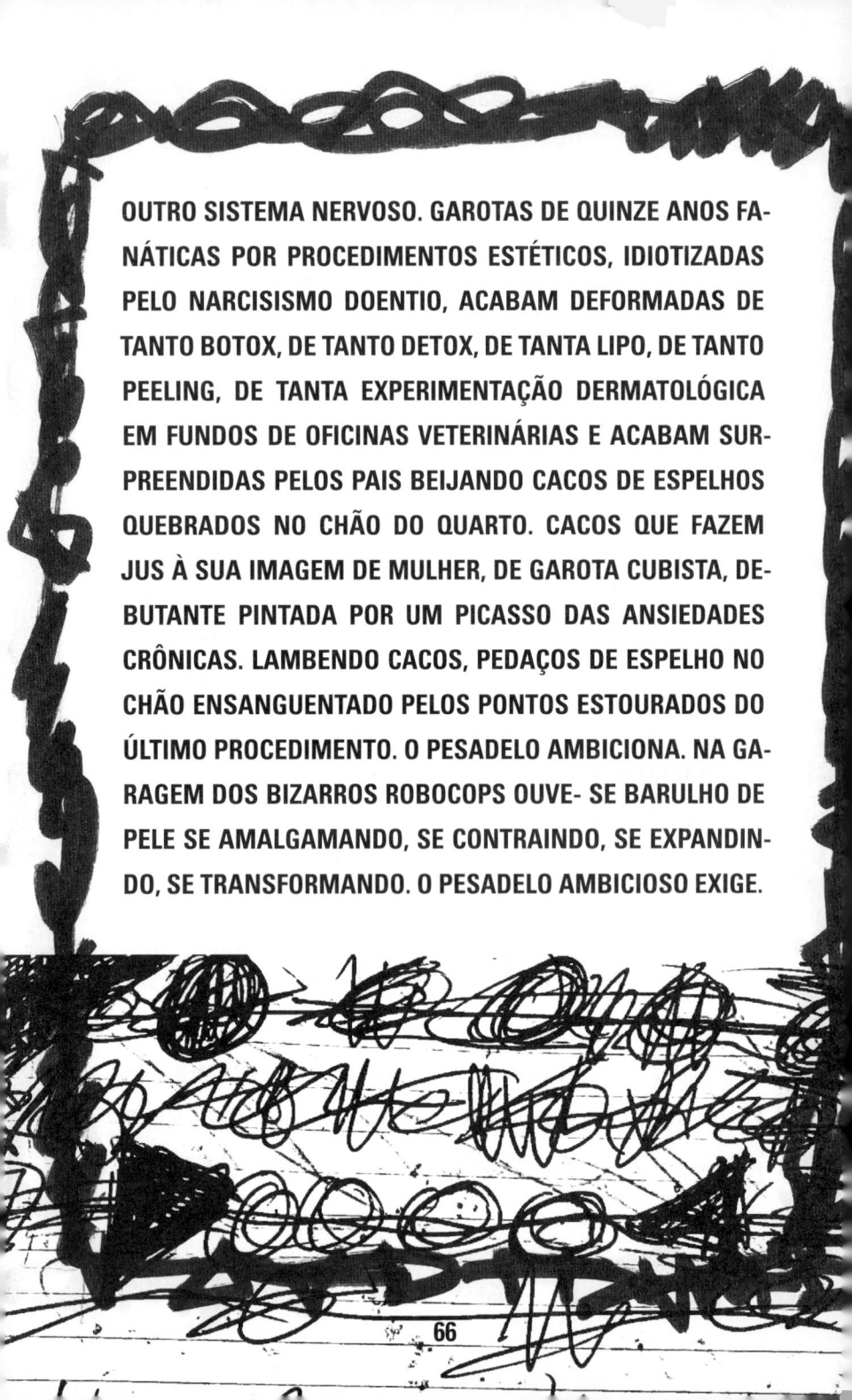

11

MORADIAS À DERIVA

TANQUES DE LAVAR ROUPA, APARELHOS DE TOMOGRAFIA E RESSONÂNCIA, VEMAGUETS COLADAS À RURAL WILLYS, MÁQUINAS DE GRÁFICAS, MÁQUINAS DE INDÚSTRIAS ABANDONADAS SERVEM DE MORADIAS MOTORIZADAS, MORADIAS DESABADAS, ESQUECIDAS RUÍNAS MOTORIZADAS ONDE MORAM OS PESADELORES. MILLÔR FERNANDES DISSE "EXISTEM OS SONHADORES E OS PESADELORES". NO BRASIL, OS PESADELORES SÃO A MAIORIA. NO MUNDO SÃO A MAIORIA.

12

NUVENS DE JAMES BROWN

A NOVIDADE CULTURAL DA GAROTADA SUBURBANA FAVELADA CLASSE MÉDIA É UMA TURMA QUE VIVE EM CATACUMBAS CHEIAS DE GAMBIARRAS TECNOLÓ-

GICAS E SE INTITULA A IRMANDADE JAMES BROWN. ELES SE VEEM COMO OS DA VINCIS DA ROBÓTICA. SEITA DO FUNK INDUSTRIAL. ESSA TURMA TEM UMA VISÃO MÍSTICA, UMA VISÃO ESOTÉRICA DO SEU TRABALHO. SE COMPORTAM COMO ALQUIMISTAS PROCURANDO A PEDRA FILOSOFAL DA ROBÓTICA NAS CATACUMBAS DOS MORROS, FAVELAS E COMUNIDADES ONDE VIVEM. SEU LEMA TEM A VER COM UM FAMOSO FILME JUVENIL AMERICANO E UM FAMOSO QUÍMICO FRANCÊS. "NADA SE PERDE, TUDO SE TRANSFORMER". QUE SE JUNTA A OUTRO MAIS RADICAL "CARNE VIRA MÁQUINA, MÁQUINA VIRA CARNE" A SUA OBRA MAIS CONHECIDA SÃO DRONES EQUIPADOS COM PROJETORES LANÇANDO IMAGENS DE JAMES BROWN COM DANÇARINAS NOS CÉUS DAS CIDADES. QUANDO AS PESSOAS VEEM ESSES DRONES, ELAS SAEM DOS ESCRITÓRIOS, DAS LOJAS, DOS APARTAMENTOS E CASAS, PARAM TUDO QUE ESTÃO FAZENDO E, EXTASIADAS, OLHAM PARA O CÉU E EXCLAMAM "NUVENS DE JAMES BROWN, NUVENS DE JAMES BROWN!", ELES TAMBÉM FAZEM TRABALHOS SOCIAIS, AJUDAM PESSOAS COM PROBLEMAS SENSORIAIS, DE ARTICULAÇÕES, ÓSSEOS, PROBLEMAS MOTORES, POIS MUITOS

DELES TIVERAM ESSES PROBLEMAS MAS SE AUTOR-ROBOCOPIZARAM. DAÍ QUE DOIS DIAS NA SEMANA FAZEM ROBOCOPIZAÇÃO COMUNITÁRIA. OUTRO PROJETO QUE ACENDE A ADRENALINA SOCIAL NOS CÉREBROS DAS ALQUIMISTAS, DOS ALQUIMISTAS ROBÓTICOS DA IRMANDADE É O "ACABOU DEFICIENTE" EM QUE DESENVOLVEM ARTEFATOS, PRÓTESES, OLHOS, OUVIDOS PARA CEGOS E SURDOS-MUDOS ALÉM DE VEÍCULOS INÉDITOS E PECULIARES PARA CADEIRANTES. CONSEGUEM COM IMPLANTES ÓTICOS QUE CEGOS ENXERGUEM LINHAS, CONTORNOS DESENHADOS DAS RUAS, DOS LUGARES. ENXERGUEM O CALOR DOS CORPOS E TAMBÉM RECEBAM ADENDOS CORPORAIS QUE POTENCIALIZEM O QUE ELES JÁ DESENVOLVERAM, OLFATO E AUDIÇÃO, PERCEPÇÃO AMBIENTAL AGUÇADA. SUPERVIENNATONES, APARELHOS DE CAPTAÇÃO CONFECCIONADOS COM METAIS RAROS PARA OS SURDOS-MUDOS OUVIREM. A INTENÇÃO, ÓBVIA, É ACABAR COM OS PERRENGUES E, CONSEQUENTEMENTE, COM ALGUMA DEPENDÊNCIA NAS RUAS DAS CIDADES PARA ESSAS PESSOAS. PARA OS CADEIRANTES, ELES CONSTRUÍRAM VERDADEIRAS BIGAS ONDE OS DEFICIENTES FICAM EM PÉ E PO-

DEM, ASSIM, CIRCULAR PELA CIDADE. ALÉM DISSO, AS BIGAS MULTIUSO POSSUEM PLATAFORMAS EMBUTIDAS QUE SERVEM DE ELEVADOR PARA VENCER ESCADAS, DEGRAUS, INCLINAÇÕES... COMO A MALA DO GATO FÉLIX, AS BIGAS PODEM SE TRANSFORMAR EM CADEIRAS, PODEM SE ADAPTAR ATRAVÉS DE COMANDOS E PROGRAMAÇÕES A QUALQUER SITUAÇÃO. TAMBEM TÊM ARMAMENTOS OCULTOS. PRATICAMENTE UM BATMÓVEL, UM OBJETO MUTANTE ACABANDO COM AS DIFICULDADES DOS CADEIRANTES. SE OS GOVERNOS NÃO OFERECEM SOLUÇÕES, A ANARQUIA ROBÓTICA DA IRMANDADE JAMES BROWN RESOLVE NA MARRA GAMBIARRA. NESSE QUESITO, ELES SÓ TÊM UMA CONCORRÊNCIA, A DOS VINGADORES ESGOTADOS QUE DE CANSADOS E FATIGADOS NÃO TÊM NADA, ESGOTADO É DE ESGOTO. ESSA TURMA PROVOCA UMA METAMORFOSE VIOLENTA NO QUESITO BRASIL TEM-CEM-MILHÕES-DE-PESSOAS-SEM-TRATAMENTO-DE-ESGOTO-NAS-SUAS-RESIDÊNCIAS. DAÍ QUE SOLUÇÕES BARATAS E SURPREENDENTES SÃO CRIADAS POR ESSA TURMA TRANSFORMANDO, POR EXEMPLO, A PRÓPRIA URINA, AS PRÓPRIAS FEZES EM LÍQUIDO POTÁVEL E GÁS PARA SER USADO. ALÉM, É

CLARO, DE MODIFICAREM RADICALMENTE A PAISAGEM LÚBRICA DE PORCARIA A CÉU ABERTO QUE CIRCUNDA AS RESIDÊNCIAS PRECÁRIAS EM LUGARES PRECÁRIOS. MAS, COMO TAMBÉM SÃO DE UMA IRMANDADE, ELES COOPTAM AS PESSOAS ATRAVÉS DE UMA SUBSTÂNCIA LISÉRGICA QUE FICA NA SUPERFÍCIE DOS CANOS E UTENSÍLIOS QUE ELES DEIXAM À DISPOSIÇÃO DOS BENEFICIADOS E ESSES BENEFICIADOS TÊM VISÕES QUE OS CONDUZEM AOS TERRITÓRIOS, ÀS TENDAS DOS ESGOTADOS PARA RITUAIS DE ABDUÇÃO POR FORÇAS ESCATOLÓGICAS, PELA SUJEIRA CÓSMICA VISANDO EQUILIBRAR TUDO. NÃO TEM ERRO, EXISTE SEMPRE UMA SOMBRA, O MAL GERA O BEM QUE GERA O MAL. PRODUÇÃO GERA DESTRUIÇÃO QUE GERA PRODUÇÃO DE NOVO. LUZ GERA SOMBRA, TREVA PUXA LUZ. TODA MÁQUINA JÁ VEM COM ACIDENTE PROGRAMADO, SEJA ELA LOCOMOTIVA SÉCULO DEZENOVE, BOMBA ATÔMICA OU INTERFACE DIGITAL. BEM E MAL, PRODUÇÃO E DESTRUIÇÃO SÃO FORÇAS SIAMESAS E NÃO PODEM SER ANIQUILADAS UMA PELA OUTRA. SÃO RADICAIS E IRREDUTÍVEIS. IRMANDADE JAMES BROWN. NUVENS DE. ELES APRENDERAM TUDO COM UM CASAL DE

PROFESSORES QUE ACABOU ASSASSINADO E ELES DEPOIS DERAM CABO, MATARAM OS ASSASSINOS DO CASAL GENTE BOA DE ATIVIDADE DIDÁTICA TECNOLÓGICA SENSACIONAL QUE ENSINOU OS GAROTOS E GAROTAS DA SEITA ROBÓTICA NUVENS DE JAMES BROWN A ACHAREM SOLUÇÕES BEM INVENTIVAS E EM CONTA PARA RESOLVER PROBLEMAS VARIADOS NAS TAIS COMUNIDADES. ELES GOSTAM, DA VINCIS QUE SÃO, DE FABRICAR MINIESCULTURAS MECÂNICAS COM ESTRUTURA DE RELÓGIO. MUITOS SÃO HÁBEIS NA OURIVESARIA E NA RELOJOARIA. ARTEFATOS MECÂNICOS, ROBÔS QUE DURAM POUCO TEMPO, TRÊS MINUTOS, CINCO SEGUNDOS, QUATRO HORAS... ROBÔS EFÊMEROS. AGULHADA, EXCITADA PELO PESADELO AMBICIOSO, ESSA TURMA TEM UM LADO SOMBRIO QUE É SACIADO COM LUTAS E RINHAS. RINHAS DE FRANKENSTEINS DE FERRO-VELHO, PEDAÇOS DE LIXO AUTOMOTIVO, LIXO DE MÁQUINAS VARIADAS. PEDAÇOS QUE ACOPLADOS PARECEM CRIATURAS FORJADAS POR ALGUM FERREIRO ALUCINADO. OS APOSTADORES MASCAM UMA FINA CAMADA DE METAL QUE SE DISSOLVE E O LÍQUIDO ATIVA ENDORFINAS E NÚCLEOS VISIONÁRIOS NOS CÉREBROS DELES.

COMPLETAMENTE VICIADOS NESSE RARO METAL DISSOLVIDO. DEPOIS DAS RINHAS ENTRE OS FRANKENSTEINS DE FERRO-VELHO, OS DONOS DAS CRIATURAS TÊM QUE DUELAR USANDO COLETES E CAPACETES TAMBÉM COLAGENS DE SUCATA. HOMENS, MULHERES E HERMAFRODITAS SE ENFRENTAM DIRETO. QUEM VENCE A RINHA E DEPOIS VENCE O DUELO TEM QUE DEIXAR O PERDEDOR EM COMA PARA PESQUISÁ-LO. SE ALGUÉM GANHA NA RINHA, MAS NÃO GANHA NO DUELO, VOLTA TUDO. MUITA GENTE EM COMA MONITORADA PARA PESQUISA DE NOVOS IMPLANTES POR PELO MENOS SEIS MESES. EM COMA A SERVIÇO DA PEDRA FILOSOFAL DA ROBÓTICA. ALGUNS NÃO AGUENTAM E MORREM MESMO, LADO SOMBRIO DAS NUVENS DE JAMES BROWN, SEITA É SEITA, NÃO TEM JEITO. ELES ESTÃO REPLETOS DE PRÓTESES E IMPLANTES E QUEREM TRANSFORMAR TODOS EM HOMENS, MULHERES E HERMAFRODITAS DE FERRO. A PEDRA FILOSOFAL ROBÓTICA PERMITIRÁ A ELES ALCANÇAREM A IMORTALIDADE TRANSFORMANDO-OS EM SERES DE METAL DIGITALIZADO. E QUANDO CONSEGUIREM ISSO, VÃO PREPARAR O GRANDE GOLPE ROBÓTICO FINAL TRANSMUTANDO

COMUNIDADES EM DRONES, EM CIDADES FLUTUANTES, VIAJANTES, VOADORAS FUGINDO DE TUDO E SE AUTOSSUSTENTANDO COM OS TAIS METAIS RARÍSSIMOS... RISCO TOTAL, ELES SABEM. IMORTALIDADE E CONHECIMENTO. ESTÃO PREPARANDO O MAIOR DE TODOS OS DRONES, COMUNIDADE INTEIRA VOANDO. ALQUIMISTAS DA PEDRA FILOSOFAL ROBÓTICA, NADA SE PERDE, TUDO SE TRANSFORMER, CARNE VIRA MÁQUINA.

13

O MANIFESTO LIMBOCENO

SEITAS ESOTÉRICAS ENUMERAM, ELENCAM, FAZEM O CATÁLOGO DAS ENTIDADES, DOS ESPÍRITOS, DOS ESPECTROS, DOS SERES FABULOSOS E TERRÍVEIS QUE FORAM ATRAÍDOS PELO PESADELO. GENERAIS DA RESERVA XAMÂNICA MUNDIAL (AFRICANOS, AMERÍNDIOS, MONGÓIS, SIBERIANOS, FILIPINOS, MALGAXES, OCEÂNICOS, RASPUTINS UCRANIANOS ETC) DE SACO CHEIO COM O TRATAMENTO FOFOPATA DADO ÀS

SUAS ANCESTRALIDADES, PUTOS COM A UBERIZAÇÃO DOS ARQUÉTIPOS RESOLVEM FAZER UM MANIFESTO, O MANIFESTO LIMBOCENO. ESSA TURMA LIDA COM O PESADELO AMBICIOSO COMO MENSAGEIRO PRIMORDIAL DO CAOS ETERNO. CAOS, CRISE E CATÁSTROFE. GENERAIS DA RESERVA XAMÂNICA ESTÃO NO OLHO DO FURACÃO. NOS QUATRO CANTOS DO PLANETA, NOS CINCO CONTINENTES, EM TODAS AS ESFERAS INVISÍVEIS, ECOAM PROFÉTICAS SENTENÇAS IMPREGNANDO MAGNETICAMENTE FITAS ANTIGAS DE PESADOS GRAVADORES DE ROLO EMPILHADOS COMO TOTENS NOS CANTOS DAS CIDADES ENQUANTO DRONES DA PAMONHA VOAM LENTAMENTE SOBRE INTERIORES CAPIXABAS, SUBÚRBIOS CARIOCAS, QUEBRADAS PAULISTANAS, VILAREJOS ESLAVOS, BECOS AMAZÔNICOS, FAVELAS AFRICANAS, FAVELAS AMERICANAS, FAVELAS ASIÁTICAS, CONDOMÍNIOS RELIGIOSOS, CASTELOS TRANSFORMADOS EM CORTIÇOS DE REFUGIADOS, REALEZAS DO DESEQUILÍBRIO SOCIAL. DRONES DA PAMONHA. ENTENDA-SE PAMONHA NÃO COMO O COMESTÍVEL, MAS COMO O ADJETIVO, A DESIGNAÇÃO INERTE QUE É COMO NOS SENTIMOS, COM FREQUÊNCIA, DIANTE DO CAOS, DA CRISE E DAS CATÁSTROFES ESTRUTURAIS QUE MANDAM NESTA PORRA DE MUNDO MAIS QUE NUNCA NA ATUALIDADE. ALGUNS FICAM

ABOBALHADOS SEM AÇÃO DE TANTA RAIVA E MELANCOLIA POR INSTANTES, OUTROS CRONICAMETE ENFIADOS EM SEITAS E TRANSFORMANDO AS TAIS SABEDORIAS INDÍGENAS E ANCESTRAIS EM FUNDAMENTALISMOS DE TERCEIRA, BOBAJADA PSEUDO-PACIFISTA E ANTIOCIDENTE MODERNO BRUTAL SEM SABER, SEM NOTAR QUE SUA ATITUDE É TOTALMENTE PSEUDORROMÂNTICA DE TEOR CONSUMISTA DESRESPEITANDO A FÚRIA E O SUBLIME QUE CARACTERIZAM A GEOSFERA, A HIDROSFERA, A ATMOSFERA, A BIOSFERA DENTRO E FORA DE NÓS E, PRINCIPALMENTE A NOOSFERA, O GRANDE RESERVATÓRIO DE PENSAMENTOS E SENTIMENTOS E ELETRICIDADE NERVOSA DE IMAGINAÇÃO E FANTASIAS DE LINGUAGEM QUE ESTÁ ENTRANDO EM CURTO. NUVEM DE ACÚMULO DOS LIMBOS CIVILIZATÓRIOS QUE COMEÇA A DESABAR COMO TEMPESTADE DE IDEOLOGIAS FRÁGEIS, ACELERAÇÃO DAS INCERTEZAS E DOGMAS, INCONSISTÊNCIAS E DESEJOS DE ORDEM TOTALMENTE TRÊMULOS, JÁ QUE OS HUMANISTAS DEIXARAM TUDO NAS MÃOS DA HISTÓRIA, DO TEMPO, DAS REGRAS PARA O PARQUE HUMANO QUE DEVEM SER INTROJETADAS, DECORADAS PARA TUDO ROLAR BEM NAS SOCIAL-DEMOCRACIAS EMPENHADAS NA TOLERÂNCIA, NA PRODUÇÃO DE RIQUEZA DEVIDAMENTE ACOMPANHADA PELA ABSORÇÃO

E PRESERVAÇÃO SOCIAL DAS POSSIBILIDADES E PROBABILIDADES POSSÍVEIS, PRESENTES NOS SERES HUMANOS DE TODOS OS TIPOS SEMPRE DANDO ÊNFASE PARA O CONHECIMENTO, O ESTUDO, A OBSERVAÇÃO, A AÇÃO EM PROL DA COOPERAÇÃO E, CLARO, ENFRENTANDO TODAS AS BESTAS E TENDÊNCIAS ANTISSOCIAIS PRESENTES EM TODOS NÓS E QUE DÃO O MOLHO PARA A BATALHA COTIDIANA NOS CORAÇÕES DAS PESSOAS. APERFEIÇOAMENTO DAS FOCINHEIRAS JURÍDICAS E SOCIAIS. MAS TAMBÉM DAS CENOURINHAS DE ESTÍMULO MOTIVACIONAL. E AÇÚCAR DE CATARSE E ENTRETENIMENTO QUE NINGUÉM É SÓ... ESSA A CAROCHINHA DAS INTENÇÕES MUITO DEMOCRÁTICAS E HUMANISTAS. MAS INSUFICIENTES PARA LIDAR COM AS INQUIETAÇÕES. PORQUE A DEMOCRACIA NÃO DÁ SENTIDO PARA A VIDA, SÓ REGRAS DE CONDUTA PARA RAZOÁVEL CONVIVÊNCIA. SEM VISÃO TOTAL DA VIDA. ACABA SENDO INSUFICIENTE PARA APLACAR O SENSO TRIBAL PRÉ-HISTÓRICO CHEIO DE PERTURBAÇÕES QUE BATEM FORTE NOS CORAÇÕES. PERGUNTA PARA UM ESCANDINAVO. PERGUNTA... SE ELE ESTÁ CURADO DAS INQUIETAÇÕES, SE OS TRANSTORNOS APOCALÍPTICOS NÃO ESTÃO PRESENTES POR LÁ TAMBÉM... MESMO PORQUE A BASE DA DEMOCRACIA PARADOXALMENTE É A INCERTEZA, A FRAGILIDADE

DAS CONVICÇÕES. SERÃO OS ESCANDINAVOS OS NOVOS ASTECAS? SIM, PORQUE TODA A LIMPEZA E INCRÍVEL ORGANIZAÇÃO DOS PROTO-MEXICANOS TINHAM A VER COM A CONSCIÊNCIA DE QUE AS FORÇAS CÓSMICAS SÃO FORÇAS DESTRUTIVAS E QUE, SE ELES NÃO FIZESSEM SACRIFÍCIOS PARA HONRAR COM SANGUE SUA RELAÇÃO COM O GRANDE UNO DEVASTADOR, SE ELES NÃO FIZESSEM O SACRIFÍCIO DE MANTER LIMPAS E ORDENADAS, SUAS MORADIAS, ARQUITETURAS E ORGANIZAÇÕES SOCIAIS, A PATA PESADA DO ANIMAL SUBSTANCIAL E ANIQUILADOR DESCERIA SOBRE SEUS TERRITÓRIOS COM UNHAS DE FOGO E GRITOS GIGANTESCOS E ENLOUQUECEDORES SURGINDO NO FUNDO DA MENTE DOS HABITANTES DAQUELAS CIDADES ANTES DA CATÁSTROFE. SERÃO OS ESCANDINAVOS OS NOVOS ASTECAS COM SEU DEMOCRÁTICO SOCIALISMO CALCADO EM PURITANISMO DE PROTESTANTISMO PESADO SEGURANDO A EXUBERÂNCIA SANGUINOLENTA E CRUELMENTE FESTIVA DOS VIKINGS ARCAICOS? TUDO SOCIALMENTE CERTINHO SOBRE UM MAR DE LAVA INSTINTIVA, PULSIONAL PRESTES A SER EXPELIDA POR TODOS OS POROS VULCÂNICOS DOS SUPER CIDADÃOS ESCANDINAVOS, REIS E RAINHAS DOS ÍNDICES DE DESENVOLVIMENTOS SOCIAIS NO OCIDENTE? AS ANTIGUIDADES SABIAM LIDAR COM ESSA PER-

TURBAÇÃO, INQUIETAÇÃO, INJETANDO NOS CORPOS E MENTES NACOS, LAIVOS, RAJADAS DE ABSOLUTO, ETERNIDADE, INFINITO, DEUS, DEUSES, ALIVIANDO A CONSTANTE SEPARAÇÃO DA MENTE DO QUE A CERCA FEITA PELA LINGUAGEM, FEITA PELA IMAGINAÇÃO. AFINAL DE CONTAS, JÁ FOMOS UM SÓ CORPO COM VENTANIAS, ANIMAIS, ESPECTROS, MICROVIDAS, E FOMOS NOS SEPARANDO MAS A NOSTALGIA PERMANECE DE QUANDO ÉRAMOS UNIDOS. A ILUSÃO DA HISTÓRIA SUBSTITUIU A ILUSÃO DA ETERNIDADE DIVINA E NENHUMA DAS DUAS SE MOSTROU SUFICIENTE PARA ALIVIAR E SEGURAR AS ONDAS MÍTICAS QUE HABITAM O CORAÇÃO DOS HUMANOS QUE PRECISAM GERAR ILUSÕES DE SOBREVIVÊNCIA. ALGUNS GRITAM LÁ DA ÍNDIA "É O KALY YUGA, A IDADE DAS TREVAS NO SEU AUGE DESDE QUE COMEÇOU HÁ CINCO MIL ANOS", OUTROS NA ÁFRICA GRITAM QUE "O ORIXÁ SAMOG DESDENHADO POR VÁRIAS NAÇÕES DO CONTINENTE ESCAPOU DA SUA JARRA PRETA CHEIA DE SEGREDOS HUMANOS, ESCAPOU DA PARTICULAR PRISÃO ONDE ESTEVE POR SÉCULOS". DEUS-ORIXÁ-ENTIDADE DA EXPANSÃO DE TODOS OS PRAZERES, DE TODOS OS CONHECIMENTOS, DE TODAS AS DORES E ALEGRIAS. DEUS DO UNIVERSO EM EXPANSÃO MUITO ANTES DA FÍSICA DO SÉCULO XX, SAMOG É UMA ESPÉCIE DE SUPER-

-EXU E FOI EXILADO QUANDO OS EGÍPCIOS INVADIRAM A NÚBIA. FOI COLOCADO NUMA JARRA DE MATERIAL MUITO DURO E QUE ACABA DE SER REDESCOBERTO PARA UTILIZAÇÃO NO GRANDE PROGRESSO MUNDIAL EM CRISE. DIZEM QUE ESSA JARRA ANDOU COM HELENA BLAVATSKY, COM MARIE CURIE, COM NAPOLEÃO, COM ZÉ ARIGÓ, COM CHACAL O TERRORISTA, COM RASPUTIN, COM PARACELSO, COM HEISENBERG, COM SAMURAIS, COM DAVID BOWIE, COM LEE SCRATCH PERRY, COM OS ROLLING STONES, COM ROBERT JOHNSON, JOHNNY LEE HOOKER, COM JIMMY PAGE, COM NISE DA SILVEIRA, COM ROGÉRIA, COM HEDY LAMARR, COM FELA KUTI, COM ALEIJADINHO, COM JIM JONES, COM RAJNEESH, COM PELÉ, COM GEORGE BEST, COM OS ATACANTES ALMIR PERNAMBUQUINHO E SAMARONE, COM HOWARD HUGHES, COM O CORONEL PERCY HARRISON FAWCETT, COM A IMPERATRIZ SISSI, COM JACK O ESTRIPADOR, COM ELIZABETH BÁTHORY, COM ELIZABETH MONTGOMERY, COM CLARICE LISPECTOR, COM JAMES JOYCE, COM TENÓRIO CAVALCANTI, COM GENGIS KHAN, COM ANTÔNIO CONSELHEIRO, COM JOSEPHINE BAKER, COM WALT DISNEY, COM JEAN LUC GODARD, COM ROGÉRIO SGANZERLA, COM LEONARDO DA VINCI, COM STEVE JOBS, COM DERCY GONÇALVES, COM GOETHE, BACH, BEETHOVEN,

SHAKESPEARE, WILLIAM BLAKE E AUGUSTO DOS ANJOS, COM VÁRIOS VENDEDORES DE DOCES EM PORTAS DE CINEMAS VAGABUNDOS E SENHORES DAS ARMAS TRAVESTIDOS DE SACERDOTES DE VÁRIOS CREDOS. SEGREDOS AFRICANOS QUE VÊM À TONA OCULTOS POR TUDO E TODOS. DIZEM QUE ELE, SAMOG, ESTÁ SOLTO E SUA EXPANSÃO SERÁ ABSURDA E COMPRIMIDA JÁ QUE FOI INTERROMPIDA. PARA OS CRISTÃOS-CATÓLICOS CHEGOU A PARÚSIA, JESUS DE VOLTA, O APOCALIPSE NO INÍCIO. E TODOS OS INDÍGENAS, TODOS OS ABORÍGINES, TODOS OS XAMÃS-ALQUIMISTAS DE CIBERNÉTICAS TABERNAS SÃO REPRESENTADOS PELA VOZ MICROFONADA DO DRONE DA PAMONHA HUMANA PELO MUNDO – E NÓS GENERAIS DA RESERVA XAMÂNICA SABEMOS QUE O LIMBOCENO CHEGOU E ESTE É O VATICÍNIO: "ATENÇÃO, DESESPERADOS DA UTOPIA ANTROPOLÓGICA, ATENÇÃO, AMBIENTALISTAS DE FIM DE SEMANA, DETURPADORES DAS CONVIVÊNCIAS INDÍGENAS COM AS DIMENSÕES INVISÍVEIS, SELVAGENS, ARCAICAS, ANTIQUÍSSIMAS. MUITO ANTES DE TUDO, DAS TURMAS INDÍGENAS, DAS RAÇAS E POVOS ANTIGOS QUE SE ARRASTAM GUETIFICADOS, NA IMENSIDÃO DAS MANCHAS URBANAS. TRIBOS, RAÇAS, POVOS QUE AINDA VIVEM, CONVIVEM COM VOCÊS EM FORMA DE GÍRIA SOCIOLÓGICA. EI,

DETURPADORES DAS CONVIVÊNCIAS REFINADAS DESSAS TURMAS COM AS ESFERAS E AS DIMENSÕES SOBRENATURAIS VIOLENTÍSSIMAS. VOCÊS TRATAM OS XAMANISMOS COMO SABEDORIAS FOLCLÓRICAS DE ALMANAQUE SUSTENTÁVEL DA PLENA HARMONIA DE AUTO-AJUDA CHIQUE E NÃO COMO ELE REALMENTE É, UMA TERRÍVEL E SUBLIME SAGA PELAS VEREDAS DAS POTÊNCIAS DESTRUTIVAS E REVELADORAS DO QUE NÃO PODEMOS AGUENTAR, NEM VER, NEM SENTIR, APENAS INTUIR, APENAS DESFRUTAR DE UMA PARTE DELAS JOGADAS NAS MATERIALIZAÇÕES DOS BIOMAS E DEPOIS AMPLIFICADAS PELOS URBEOMAS, POIS TUDO ESTÁ INTERLIGADO E CADA GRAMPEADOR, QUEIRAM OU NÃO, TEM CAMPO DE FORÇA VINDO DA EXTRAÇÃO DO MATERIAL QUE O FORJOU E O TRABALHO É SEMPRE ALQUÍMICO E O MAGMA DA TERRA, SUA POTÊNCIA, ESTÁ NO GRAMPEADOR ASSIM COMO NUM CIPÓ OU NUMA NUVEM, COMO GOSTAM OS DESESPERADOS DAS UTOPIAS INDÍGENAS-ABORÍGINES DETURPANDO O XAMANISMO QUE É LUTA RENHIDA, VIVER É LUTAR E OS ARQUÉTIPOS, AQUELES FUNDAMENTOS DE COMPORTAMENTO, AQUELES ANIMAIS, PLANTAS, MINERAIS, ESPECTROS, OBJETOS, PEDRAS, LÍQUIDOS, CHAMAS, ELEMENTOS QUE SÃO PILARES DE TEMPERAMENTO, QUE FUNCIONAM COMO GUIAS, COMO PON-

TOS DE PARTIDA PARA PENSARMOS, SITUARMOS QUALQUER AGRUPAMENTO HUMANO. MUITO ANTES DE QUALQUER INDIVÍDUO, MUITO ANTES DE QUALQUER IDENTIDADE RACIONALIZADA, NACIONALIZADA, MUITO ANTES DE QUALQUER RAÇA OU HIERARQUIA DE PODER, UM TAROT DE MITOLOGIAS COMPORTAMENTAIS PODIA SER ENCONTRADO EM TODO O PLANETA, MAS FOI EMBARALHADO PELO USO INCONVENIENTE, TURÍSTICO, PELA UBERIZAÇÃO-STREAMING DAS RELAÇÕES COM O INVISÍVEL DEVIDAMENTE HUMILHADO PELA SECULARIZAÇÃO MAS PRINCIPALMENTE PELO PERÍODO QUE DIZEM SER ANTROPOCENO, MAS QUE NA VERDADE É O LIMBOCENO, POIS TEM A VER COM A NOOSFERA, COM O ACÚMULO, POLUIÇÃO E PROPAGAÇÃO PORNOGRÁFICA DE TODOS OS SENTIMENTOS, DE TODOS OS PENSAMENTOS, EPIFANIAS, SEMÍTICAS PROCLAMAÇÕES PROFÉTICAS QUE VAGAM ATÉ HOJE E PARA SEMPRE NAS PISTAS DE CAPTAÇÃO VOCAL NA ATMOSFERA. O SOPRO DA RESPIRAÇÃO QUE HABITA A VOZ ESTÁ SEMPRE VIAJANDO DEPOIS QUE SAI DAS BOCAS DOS SETE BILHÕES E MEIO DE SERES DITOS, APELIDADOS DE HUMANOS, OS TAIS PRIMATAS CULTURAIS, BESTAS HUMANIZADAS, FERAS COM AUTOCONSCIÊNCIA, ENSAIOS MAMÍFEROS RUMO A NÃO SABEM O QUÊ. O LOGOS TERRESTRE DEVIDAMENTE

GRAVADO, REGISTRADO, PULSANDO NAS ESQUINAS TELEMÁTICAS, NAS ESQUINAS DE TRANSMISSÃO. LIMBOCENO. O ESPAÇO GEOGRÁFICO FOI TOMADO E O TEMPO TAMBÉM FOI COLONIZADO AO MÁXIMO, DAÍ QUE NOS SENTIMOS, MESMO QUE NÃO QUEIRAMOS, MESMO QUE NÃO ACEITEMOS, MESMO QUE NÃO PERCEBAMOS, DUVIDEMOS (E DÚVIDA É A MATRIZ DE TODA DEMOCRACIA E CIÊNCIA E MODERNIDADE EM LUTA COM AS ETERNIDADES DA FILOSOFIA PERENE), E EU, GENERAL DA RESERVA XAMÂNICA, DIGO QUE, MESMO SEM ADMITIR, ESTAMOS EXPULSOS DO TEMPO, DOS PARAÍSOS UTÓPICOS E DISTÓPICOS DA TAL HISTÓRIA MATERIALISTA-HUMANISTA, EXPULSOS DE TODAS AS TRADIÇÕES PROGRESSISTAS OU DEMOCRÁTICAS OU TIRÂNICAS OU CONSERVADORAS OU TRADICIONAIS MODERNAS OU AS MAIS ORTODOXAS E ANTIGAS POSSÍVEIS. EXPULSOS PELO EXCESSO DE CONSUMO DE TODAS AS RELIGIÕES HUMANISTAS, COMUNISTAS, SOCIALISTAS, LIBERAIS, NEOTUDO. EXCESSO DE CONSUMO GERANDO CONSUMAÇÃO DE APOCALIPSES POR MINUTOS CHEIOS DE REVELAÇÕES SUFOCANTES SOBRE TODOS OS ASPECTOS DA VIDA. SOBRE TODA A IGNORÂNCIA, SOBRE TODA A SABEDORIA, SOBRE TODAS AS DÚVIDAS E CERTEZAS, TODAS DEVORADAS PELO APOCALIPSE DA CONSUMAÇÃO ASSIM IMENSO PRO-

GRESSO CHEIO DE DESEQUILÍBRIO, CRISE, CAOS E CATÁSTROFE... TODOS OS TOTENS, TODOS OS TABUS, TODOS OS MISTÉRIOS ENCURRALADOS, SACANEADOS... ACABOU O SEGREDO MÁXIMO. TUDO VIRA TIKTOK MOTIVACIONAL. CHAMEM O VAR HISTÓRICO E ONTOLÓGICO PARA REESCREVER TUDO, PEDEM VÁRIAS ETNIAS E GÊNEROS E TIPOS DE GENTE CHEIOS DE IDENTIDADE TRIBAL. ANULAR TUDO. RESET IDENTITÁRIO JUNTO À TECNOLOGIA QUE CUTUCOU O PLANETA COM VARA CURTA E, MAIS PROFUNDAMENTE, CUTUCOU NOSSAS APARELHAGENS COGNITIVAS. RESET. REINICIAR É O LEMA DESESPERADO CHEIO DE MOFO REVOLUCIONÁRIO DAQUELES QUE SÃO METADE GENTE, METADE MÍDIA, ANIMÁQUINAS DE CÓDIGOS. O LIMBOCENO É O PERÍODO ATUAL EM QUE AS MENTES, OS MIND GAMES ESTÃO NUM XADREZ ACELERADO, LEMBRAM QUANDO SE DIZIA QUE ERA PRECISO MUDAR POR DENTRO? MUDAR O SER HUMANO PARA QUE HOUVESSE MAIS HARMONIA OU EQUILÍBRIO OU SEJA LÁ O QUE UM SUPOSTO AUTOCONHECIMENTO PODERIA FAZER COM NOSSAS PESSOAS? DE REPENTE CUMPRIR O DESTINO DE AMOR ABSOLUTO PARA O QUAL TERÍAMOS SIDO PROJETADOS. NADA DISSO, O COSMOS É CONFLITO E CICLOS INTERMINÁVEIS DE INTERSECÇÕES E ENCRUZILHADAS E NÓS GENERAIS DA RESERVA XAMÂNICA E

RELIGIOSA DA MAIS PROFUNDA ORTODOXIA, MAS TAMBÉM ADEPTOS DE CERTAS HERESIAS METAFÍSICAS, AFIRMAMOS QUE ESSA HORA DE REVELAÇÕES, DE CONTURBADO AUTOCONHECIMENTO CHEGOU DE MANEIRA INSIDIOSA E CATASTRÓFICA NAS MENTES DE TODOS OS TERRESTRES. PAREM DE COMPROMETER A TRADIÇÃO DE TODOS OS POVOS, COMO É MESMO? AH! ORIGINÁRIOS. PAREM DE COMPROMETER A TRADIÇÃO DE TODAS AS MAGIAS, DE TODAS AS FORÇAS RITUAIS COM ESSA LENGA-LENGA DE RESGATE DAS DIMENSÕES INDÍGENAS OU ARCAICAS OU... VOCÊS TÊM QUE ENFRENTAR, NÓS TEMOS QUE ENFRENTAR O LIMBOCENO, POIS OS FÓSSEIS AGORA NÃO ESTÃO NA SUPERFÍCIE DA TERRA SERVINDO DE MEDIDA PARA CIENTISTAS E PALEONTÓLOGOS DETERMINAREM ALGUMA CONVICÇÃO DE PERÍODO TERRESTRE A SER DENOMINADO. O FÓSSIL AGORA É NOSSA MENTE BIG DATADA VINCULADA AO INTESTINO VINCULADO ÀS MÁQUINAS VINCULADAS ÀS PRÓTESES E À ESPINHA DORSAL NERVOSA. DEPOIS DE TRANSFORMARMOS O MUNDO NUMA KITCHENETTE SUPEROCUPADA INCREMENTANDO OS TERRITÓRIOS, AS PAISAGENS, OS PERÍMETROS URBANOS E HUMANOS, AGORA FOMOS EXPULSOS DO TEMPO PELA ACELERAÇÃO DE TUDO. POR ISSO SENTIMOS COMO NUNCA A PRESSÃO DO INFINITO, DO

INDETERMINADO, DO INSONDÁVEL, DO INSOLÚVEL QUE HABITA TODOS OS CORAÇÕES, TODOS OS ORGANISMOS E VÍSCERAS DESTINADOS À MORTE, AO ETERNO RETORNO... NÃO CONSEGUIMOS, MAIS DO QUE NUNCA, ENTENDER O QUE ESTÁ ACONTECENDO POR CAUSA DA INSUFICIÊNCIA DE TODAS AS FERRAMENTAS RELIGIOSAS, CIENTÍFICAS, TERAPÊUTICAS, PEDAGÓGICAS, CATÁRTICAS ARTES FOMENTADORAS DAS DÚVIDAS QUE TAMBÉM SÃO INSUFICIENTES, E ESSE É O LIMBOCENO. A PRESSÃO DO INDETERMINADO ESTÁ NO AUGE DENTRO DE TODOS. QUEIRAM PERCEBER, LIDAR COM ISSO OU NÃO. LIMBOCENO. A ATENÇÃO, ESSA GAROTA COGNITIVA, ESSA DAMA DAS CONCENTRAÇÕES, ILUMINAÇÕES, SUSPENSÕES EPIFÂNICAS DA MODORRA COTIDIANA, DAS VISÕES TOTAIS, TORNOU-SE VOLÚVEL E TODOS PERDERAM A CAPACIDADE DE. EXPULSOS DA HISTÓRIA VIVEMOS NO VÁCUO, NO LIMBOCENO. CHEGOU A HORA. NÃO VENHAM NOS PROCURAR NOS GUETOS INDÍGENAS, NOS GUETOS ABORÍGENES, NOS GUETOS DOS LABORATÓRIOS PARALELOS ONDE GRANDES EMPRESAS NOS PAGAM PARA FAZER EXPERIMENTOS COM ERVAS OCULTAS DO GRANDE PÚBLICO. NÃO VENHAM NOS PROCURAR COMO SE FÔSSEMOS VITRINE DE MANEQUINS VIVOS A SERVIÇO DE UM ROMANTISMO CAFAJESTE DE CONSUMO SUSTEN-

TÁVEL, DE UMA DISNEYLÂNDIA INDÍGENA OU COMO SE HABITÁSSEMOS BOCADAS DE TRÁFICO DE ANCESTRALIDADE. LIMBOCENO. SABEMOS LIDAR COM ISSO PORQUE SEMPRE RESPEITAMOS AS LUTAS E CICLOS DO VISÍVEL COM O INVISÍVEL, AS CORRESPONDÊNCIAS, REVEZAMENTOS E SUPERPOSIÇÕES ENTRE LUZES E TREVAS, MATÉRIA E ENERGIA, MAS AGORA ESTAMOS TODOS HUMILHADOS, INCLUSIVE AS LUZES E AS TREVAS, O TEMPO E O ESPAÇO, A HISTÓRIA E A ETERNIDADE, O CETICISMO E A FÉ, O HUMANISMO E O SOBRENATURAL, A MATÉRIA E A ENERGIA. ENCAREMOS AGORA O LIMBOCENO. O DRONE DA PAMONHA ESTÁ EM XANGAI.

14

DIÁLOGOS PLATÔNICOS

1) PODE SER NA URUGUAIANA NO RIO OU NA 25 DE MARÇO EM SÃO PAULO OU NA XV DE NOVEMBRO EM CURITIBA OU DE FRENTE PRA UMA CASAS BAHIA NA BAHIA. ACONTECE O DIÁLOGO PLATÔNICO ENTRE UMA MENDIGA E UM DESSES CARAS QUE FICAM COM MICROFONE

ANUNCIANDO AS OFERTAS DE UMA CASA DE ELETRODO-
MÉSTICOS, MÓVEIS E UTENSÍLIOS PARA O LAR. ELA DO
LADO DE FORA PROVOCANDO ELE.

ELE – OLÁ, FREGUESA, BOM DIA! OLÁ, FREGUÊS, MUITO
BOM DIA! PODEM ENTRAR. SEJAM BEM-VINDOS À NOSSA
GRANDE LIQUIDAÇÃO. TV LED 23 POLEGADAS DE 1000
REAIS POR SETECENTOS REAIS. TV INTELIGENTE, TV
INTELIGENTE, TV MAIS BARATA SÓ HOJE, FREGUESA, SÓ
HOJE, FREGUÊS!

MENDIGA – VOCE É MUITO CARA DE PAU, HEIN, VOCALIS-
TA DAS OFERTAS!? DESDE QUANDO PREÇO BAIXO TRAZ
FELICIDADE? PORRA NENHUMA! VOU TE FALAR, HEIN?
VOU TE FALAR QUE MINHA VIDA É QUE É A VERDADEI-
RA LIQUIDAÇÃO E EU SOU UMA PESSOA REALMENTE
ELETRODOMÉSTICA, POIS JÁ FUI EMPREGADA EM CASA
DE FAMÍLIA E JÁ ENLOUQUECI NESSA CASA DE FAMÍLIA
E ME LEVARAM PRA UMA CLÍNICA E TOMEI ELETRO-
CHOQUE E DEPOIS VOLTEI PRA CASA DE FAMÍLIA COM
O FUZÍVEL DA MENTE QUEIMADO. EU SOU ELETRODO-
MÉSTICA E AGORA TÔ FODIDA, JOGADA POR AÍ. EU SOU
A VERDADEIRA LIQUIDAÇÃO E DIGO PRA ESSA MERDA
DE RUA LOTADA QUE ESSAS BUGIGANGAS SÃO LIXO DE

CONFORTO PRA DOPAR VOCÊS, PRENDER VOCÊS NO MATERIALISMO DESSE MUNDO DE COMPRAS E VENDAS E EU DIGO QUE EXISTE OUTRO MUNDO MELHOR QUE ESSE, PORQUE EU VIA ENQUANTO FAZIA FAXINA, EU VIA ENQUANTO LAVAVA ROUPA, EU VIA ENQUANTO ENCERAVA O TETO. NOS DETERGENTES EU VIA, EU OUVIA. EU SENTIA, E QUANDO TOMEI ELETROCHOQUE, FICOU MAIS VIVO O OUTRO MUNDO, MELHOR QUE ESSE ONDE AS PESSOAS PODEM SER, ONDE AS PESSOAS SÃO, ONDE AS PESSOAS VÃO SE REALIZAR COMO DEVE SER PODER DE CADA UM SURGINDO PRA VALER SEM TER QUE, SEM TER QUE. EU VI NOS DETERGENTES ENQUANTO EU FAZIA A FAXINA, EU VI NAS BORBULHAS DO DETERGENTE, EU VI E EU DIGO, VOCALISTA DAS OFERTAS, VOCÊ É PASTOR DO LIXO DO CONFORTO NESSA MERDA DE RUA DAS COMPRAS E VENDAS. NESSA RUA, EU TE GRITO, NESSA RUA EU VOU TE FALAR QUE SOU EU A VERDADEIRA LIQUIDAÇÃO ELETRODOMÉSTICA. SOU EU. SOU EU.

VOCALISTA – NO SEGUNDO ANDAR, TEMOS SOFÁS DE NAPA TIGRADA, NO SUBSOLO, TEMOS ACESSÓRIOS PARA BANHEIRO E COZINHA POR PREÇOS ABAIXO DO ABAIXO DO ABAIXO DA INFLAÇÃO. CHEGA JUNTO, CHEGA MAIS, FREGUÊS, FREGUESA. GELADEIRA INTELIGENTE, VI-

TROLA RETRÔ INTELIGENTE, PRIVADAS E PIAS ACIMA DA MÉDIA. DÊ UM PASSO ALÉM DO QUE VOCÊ CONHECE, SAIA DA CAIXINHA E COMPRE NA NOSSA LOJA, SAIA DA CAIXINHA ONDE VOCÊ ESTÁ PRESO SEM SABER O QUE HÁ DE MELHOR NESTE MUNDO DE OFERTAS PARA O LAR. ATINJA OUTRO PATAMAR COM OS NOSSOS PRODUTOS E SAIA DESSA MEDIOCRIDADE. A NOSSA LOJA SÓ TEM EQUIPAMENTOS TOTALMENTE SMARTS, TOTALMENTE INTELIGENTES. PODE CRER, AMIGO, A INTELIGÊNCIA ARTIFICIAL CHEGOU NO VAREJO, INTELIGÊNCIA NO VAREJO DAS TOMADAS APOSENTADAS. DIGA ALÔ PARA SUA GELADEIRA, DIGA OI PARA SUA LUMINÁRIA, ESTALE O DEDO PARA LIGAR SUA CASA. APROVEITE A LIQUIDAÇÃO DA INTELIGÊNCIA ARTIFICIAL NA NOSSA SUPERLOJA.

MENDIGA PROVOCANDO O LOCUTOR E MOSTRANDO SEU COLAR DE DENTADURAS:
ELA — PASTOR DO LIXO DO CONFORTO. PRA VOCÊ VOU SACUDIR MEU COLAR DE DENTADURAS, MINHA COLEÇÃO DE SORRISOS DO OUTRO MUNDO MELHOR QUE ESTE AQUI. PRA VOCÊ O MEU DESPREZO, PORQUE EU SOU A VERDADEIRA LIQUIDAÇÃO, A VERDADEIRA ELETRODOMÉSTICA QUE JAMAIS SERÁ VENDIDA, JAMAIS SERÁ COMPRADA, PORQUE ISSO TUDO É MENTIRA, ESSA RUA,

ESSAS PESSOAS, ESSAS BUGIGANGAS, É TUDO SOBRA, É TUDO RESTO DE SOMBRA, É TUDO MENTIRA, EU SEI, EU ESTOU JOGADA POR AÍ, EU SEI. NÃO VEM NÃO, HEIN? NÃO TÔ AGREDINDO NINGUÉM, SÓ TÔ INCOMODANDO A CONSCIÊNCIA TAPADA DE VOCÊS QUE ESSE VOCALISTA DAS OFERTAS FICA ATAZANANDO. ME SOLTA, SEGURANÇA, ME SOLTA, APOIO, ME SOLTA. NÃO ADIANTA FINGIR MANÉ DA ORDEM SOCIAL... VOCÊ TAMBÉM É ESCRAVO DESSA PORRA. EU VOLTO PORQUE EU SOU A VERDADEIRA LIQUIDAÇÃO, EU SOU A VERDADEIRA FORÇA ELETRODOMÉSTICA AVISANDO VOCÊS DO OUTRO MUNDO ONDE AS PESSOAS PODEM SER O QUE DEVEM SER E NÃO ESSA SOBRA, RESTO DE SOMBRA. AQUI PRA VOCÊS, Ó, MINHAS DENTADURAS RINDO DE VOCÊS, SORRISO DO ALÉM RINDO DE VOCÊS QUE JÁ ESTÃO MORTOS-VIVOS POR CAUSA DESSE PASTOR DO LIXO DO CONFORTO. ELE AINDA JOGA NA CARA, NA CARA DE PAU, QUE É TUDO ARTIFICIAL. INTELIGENCIA DE MERDA. MÁQUINA NÃO SENTE PORQUE NÃO TEM O ANIMAL DENTRO DELA. É SÓ MATEMÁTICA, É SÓ TABUADA METIDA A BESTA BINÁRIA. É A BESTA BINÁRIA. ME SOLTA, SEGURANÇA COITADO. SEGURANÇA COITADO. APOIO PRA NADA. TU TAMBEM É ESCRAVO. MAS EU VOLTO, PASTOR LOCUTOR DO LIXO DO CONFORTO. PORQUE EU SOU A VERDADEIRA LIQUIDAÇÃO.

ELE — SMARTPHONE, LAPTOP VINTAGE, SMARTPHONE. APARELHO DE AR-CONDICIONADO QUE SE DESLOCA PELA CASA, FRIGIDEIRA QUE DISPENSA ÓLEO, FRIGIDEIRA INTELIGENTE, COPIADORA 3D INFANTIL, PANELA INTELIGENTE, FOGÃO DE QUATRO BOCAS FALANTES E FORNO QUE CANTA, COLCHÃO TECNOLÓGICO QUE EXCITA OU RELAXA, TRAVESSEIROS EQUIPADOS COM CURSOS DE INGLÊS, ALEMÃO, ESPANHOL, LATIM, HISTÓRIA, PROGRAMAÇÃO DIGITAL, BIOLOGIA... CHEGA MAIS, FREGUÊS, CHEGA MAIS, FREGUESA, O MAPA DA SUA CASA NA PALMA DA SUA MÃO. É SÓ HOJE. LIQUIDAÇÃO DE INTELIGÊNCIA ARTIFICIAL NA NOSSA SUPERLOJA.

2)
O QUE VOCÊ COLOCOU NOS OLHOS?
– UM TELESCÓPIO.
– COMO VOCÊ FAZ?
– ASSIM. APERTO BEM DE LEVE BOTÕES NAS MINHAS TÊMPORAS. PERTO DOS OLHOS. DÁ PRA VER?
– CHEGA MAIS PERTO DO MONITOR. DEMAIS.
– E VOCÊ? IMPLANTOU O QUÊ?
– UM SENSOR TÉRMICO E OUTRO AUDITIVO. POSSO OUVIR ALGO A QUILÔMETROS. SENTIR PRESENÇAS E TEMPERATURAS.

– FOI DOLOROSA A RECUPERAÇÃO DA CIRURGIA?

– BASTANTE, E A SUA?

– TAMBÉM. MAS GOSTO DE DOR.

– TÔ ADORANDO ESSE NOSSO PLANO DE MUDANÇA DE PLANO... DO ORGÂNICO PARA O MAIS QUE ORGÂNICO.

– NOVOS ÓRGÃOS COM MAIS CAPACIDADES.

– MELHORAR O ANIMAL.

– ALTERAR O CORPO, ALTERAR A MENTE, ALTERAR TUDO.

– ACELERAR A EVOLUÇÃO.

– VIRAR CHIP PARA VOCÊ ME INJETAR NA SUA CORRENTE SUPERSANGUÍNEA.

– PARA VOCÊ ME INJETAR NA SUA CORRENTE SUPERSANGUÍNEA.

– ACELERAR AS VIBRAÇÕES DOS NOSSOS CORPOS ATÉ....

– ATÉ...

– O PRINCÍPO.

– SIM, O PRINCÍPIO.

3)
Como você consegue? Pergunta a filha revoltada pra mãe que cuida de três filhos e da avó com doença degenerativa e que precisa da filha revoltada e dos irmãos que saem para

vender nos sinais que saem para vender restos de cadáveres desovados em cemitérios de matança de extermínio, que ajudam a mãe cheios de amargura mas também com uma tenacidade muito foda, uma alegria de escárnio muito torta e eles chegam na hora em que a irmã está concentrada na pergunta e essa irmã, de forma absurda, conseguiu ter, apesar da miséria, alguma genética de graça corporal aos 17 e escorregou numa prostituiçãozinha efeito colateral da dança nos sinais, nos semáforos. Malabarismos corporais, dança nos sinais daí que... a mãe descobriu, mas realmente não se importou, porque ama os filhos e foda-se a maldade e desequilíbrio deste mundo e ela tem que fazer faxina em posto e é fanaticamente ligada na óbvia brutalidade da sobrevivência, mas acredita numa luz absoluta atravessando, iluminando os corações e a capacidade de resistência dos filhos é campo de força assim feroz amor de sobrevivência com esperança tratada como deve ser, na coleira para não fugir nem que a pessoa precise ficar doente para agravar, valorizar a vontade de existir. Esperança na coleira aumentando a gana de viver tentando achar alguma poeira de ouro emocional na grande chatice de repetições cotidianas que encurralam a mente num fino túnel de canudo cheio de luz chupada. Os filhos resistem que nem essa mãe que cuida da própria mãe acamada, vovó desmilinguindo organicamente e que também criou sete filhos na porrada da envergadura honrosa de nem sabe como, mas foda-se a maldade e o desequilíbrio deste mundo e a sua filha criou esses três filhos com comércio de cadáveres e faxina e flores plásticas e alguma foda furtiva em garagem transformada em puteiro brega de mineração filha da puta. Não entra no mérito da grana. Os filhos herdaram a garra e os irmãos chegam na hora em que a filha pergunta:

– Hoje tô com perguntas mordendo minha cabeça, agonia e desgraça e vontade de... ei, mãe, como você aguenta, como aguentamos sem revolta destruidora de tudo?

Os irmãos falam em uníssono:
– Trouxemos uma feira, mãe.

E a filha diz:
– Comprei o remédio da vovó.

E a mãe responde:
– Eu sei que tem algo maior dentro de nós vindo de muito longe descendo que nem anjo provocativo colocando mel no coração e ele vem de muito longe, dos Princípios da Perfeição brilhando na Eternidade de Deus e de toda a Sabedoria e que entra no coração pelos atalhos que criamos no dia a dia. Atalhos amorosos em luta com as vocações assassinas, preguiçosas, mesquinhas... por isso eu sei que Deus é mais de alguma forma muito invisível e invencível força que provoca reação e vocês, meus filhos, pelo que sei, também têm essa força.

Os irmãos colocam a feira em cima da mesa improvisada com caixotes pregados uns nos outros.

A irmã diz – vou esquentar a quentinha doada, dar remédio e um banho na vó. Cadê a bacia?

– Ei, pirata, vem cá! – diz um irmão para o cachorro da casa.

A mãe dá um sorriso e engole o choro como se fosse um suco trágico. Sorri de novo com o rabo do pirata abanando. Esperança na coleira.

DIÁLOGOS PLUTÔNICOS

1)
– POR QUE VOCÊ MATOU AQUELE SENHOR DAQUELE JEITO? TRINTA MARTELADAS NO TÓRAX DO INFELIZ. POR QUÊ?

– NÃO SEI. PRECISAVA FAZER. TAVA ADIANDO HÁ MUITO TEMPO. NÃO TENHO ÓDIO, NÃO TENHO RESSENTIMENTO. SÓ PRECISAVA FAZER.

– VOCÊ É UM BOM PROFISSIONAL, TEM UM BOM EMPREGO, TEM FAMÍLIA, QUE MERDA FOI ESSA QUE TE DEU?

– UMA VONTADE DE AFIRMAR, DE GRITAR, DE BARBARIZAR. VINDA LÁ DO FUNDO.

2)

– O que é isso que você está passando na gente, lambuzando meio grudado à pele?

– Um creme supercientífico de modificação molecular assim muito foda que vai deixar nossas carcaças em estado de tesão e atração absurdo. Me dá teu pau, passa na minha boceta, vai, me lambuza.

– Tem um cheiro muito bom.

– É científica mas vem de um mato indígena até há pouco desconhecido. Tribo de hermafroditas, sabia?

– Como assim? Tribo exilada de qualquer civilização?

– Pois é, antes da Pré-História, do Paleo. São muito grotescos, mas interessantes por isso mesmo. Assim como existem vinte mil léguas submarinas, as profundezas oceânicas e todos os segredos abissais, assim como existe o magma terrestre, o núcleo das viagens ao centro da terra, assim como existe fauna interestelar na imensidão sideral que nos achata a inteligência, também existem seres pré-humanos, desvios de primata, seres abissais da evolução que só agora, só agora. Vou passar no seu umbigo. Vira o pescoço. Muito bom. Eles têm segredos corporais que vão revolucionar as pesquisas sobre neuro, sobre as vísceras, sobre a química tocando na interrogação "pra onde vai esse ensaio mamífero apelidado de Sapiens em fim de carreira?". Vão revolucionar as fodas, os crimes, os amores, as famílias, as economias e chega de falar. Passa na boca também... tem gosto de nozes, coisa de árvore, talvez. Alguns deles ainda são anfíbios. De quando ainda estávamos deixando as águas...

Os dois se beijam lambuzados e o cara logo enfia na namorada e descobre que está supergrudado e que não consegue fazer o tradicional entra-e-sai da boceta e a garota também não se mexe e os corpos não se largam, não dialogam nas movimentações de prazer. O beijo continua para sempre, o sexo está preso, os dois rapidamente se transformam num fóssil erótico. Gozaram quatro bilhões de anos.

3)
– Caramba, uma piscina gigantesca cheia de bebês flutuando em canoas-berços. E esses mendigos? Pessoal de rua devidamente tratado prestes a sair fora do abrigo temporário, mas antes entra nessa piscina de bebês...

– Pois é, eles fazem parte dos desperdiçados inviáveis das sociedades atuais. No Mundo Precariado não tem mais essa de Exército de reserva social que vai ser aproveitado nalgum momento como trabalhador normal tipo digno.

– Tô sabendo. A aceleração das inovações e as políticas gerais estão formando um contingente de zumbis, de párias prestes a se transformarem em cobaias desesperadas para sobreviver.

– Exatamente. E isso já começa em partos e gestações de mulheres fodidas-muito-a-fim com pouca assistência ou mesmo ricas ou remediadas com problemas nervosos e financeiros.

– Situação morbidamente clássica: Mulheres fodidas-muito-a-fim que não têm como, entregam, doam seus filhos e filhas para lugares como esse.

– Alguns são clonados, quer dizer, os muito pré-maturos...

– Alguns são androides, certo?

– Também.

– Vêm de várias cidades essas turmas?

– Sim. Chegam aqui onde são tratados e guardados como minirreservatórios de amor concentrados em carência. Até os androides programados para o amor e cuidadoria dão ruim. Ninguém mais sabe se o amor é fruto da maquinação ou de alguma bactéria intestinal como antes.

– Concordo.

– Nosso trabalho é juntar essas duas turmas. Colocamos os bebês que precisam de um abraço, de um carinho, com esses adultos, adolescentes, idosos à deriva crônicos e que, apesar de serem monitorados com chips que enviam dados sobre a sua capacidade de sobrevivência, enviam dados sobre a sua resistência a certos suplementos experimentais, bem, apesar de serem monitorados, terem algum conforto conosco, continuam jogados fora e precisam de pelo menos um minuto de carinho tipo algum contato de calor humano básico. Pelo menos é o recomendado pela Ciência Tecnológica dos Afetos Esquecidos que manda nesta porra de Atualidade.

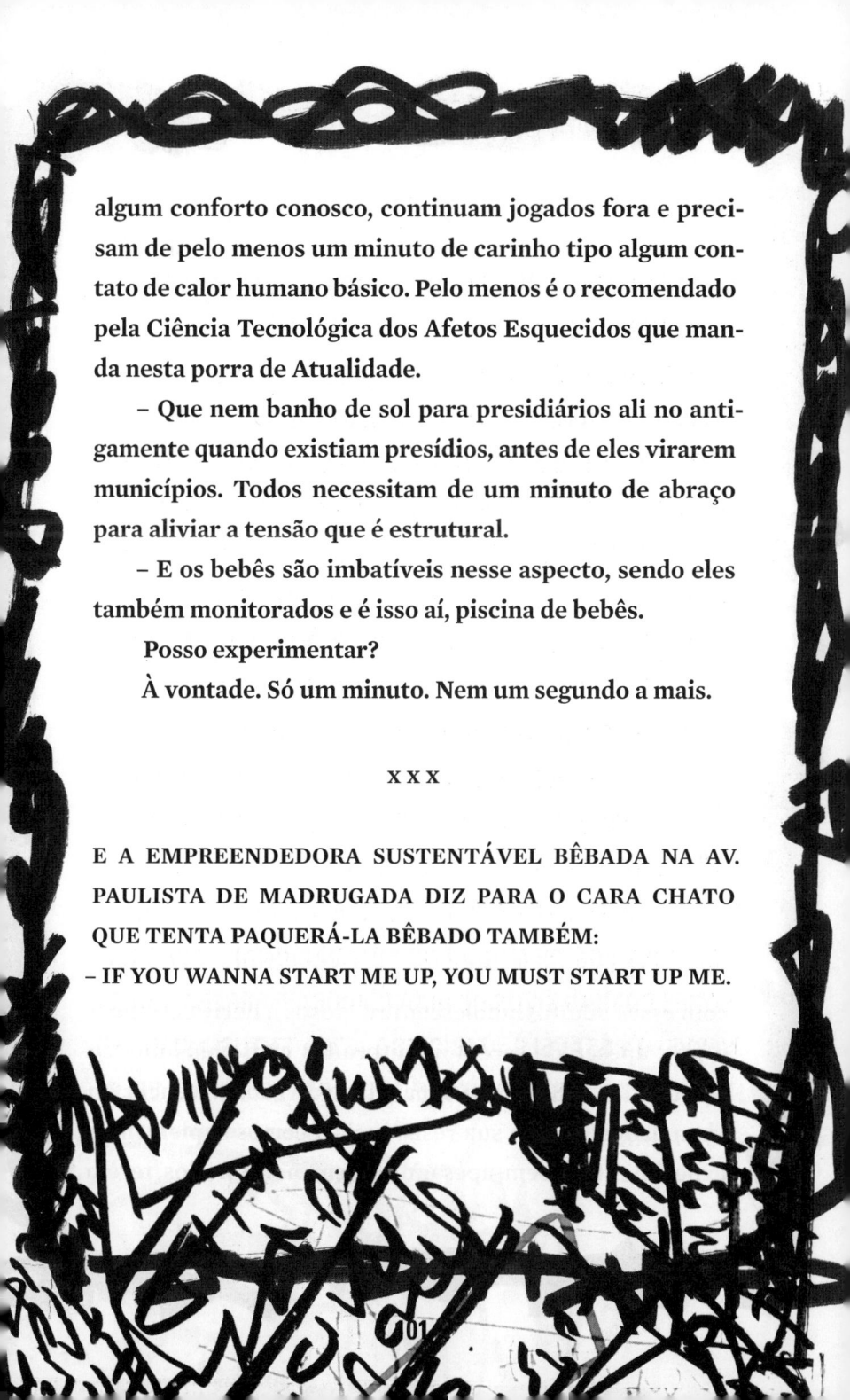

– Que nem banho de sol para presidiários ali no antigamente quando existiam presídios, antes de eles virarem municípios. Todos necessitam de um minuto de abraço para aliviar a tensão que é estrutural.

– E os bebês são imbatíveis nesse aspecto, sendo eles também monitorados e é isso aí, piscina de bebês.

Posso experimentar?

À vontade. Só um minuto. Nem um segundo a mais.

x x x

E A EMPREENDEDORA SUSTENTÁVEL BÊBADA NA AV. PAULISTA DE MADRUGADA DIZ PARA O CARA CHATO QUE TENTA PAQUERÁ-LA BÊBADO TAMBÉM:
– IF YOU WANNA START ME UP, YOU MUST START UP ME.

xxx

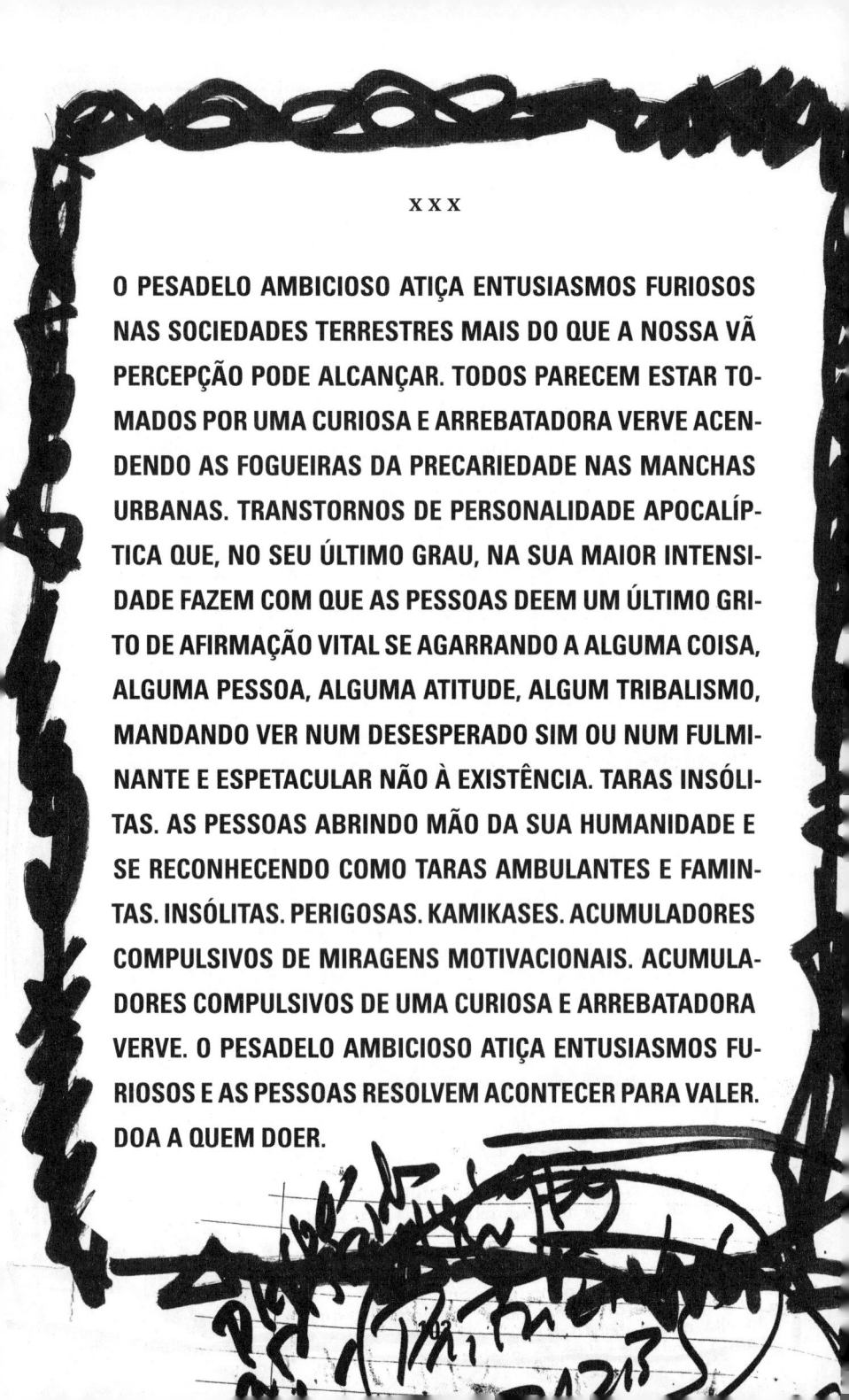

O PESADELO AMBICIOSO ATIÇA ENTUSIASMOS FURIOSOS NAS SOCIEDADES TERRESTRES MAIS DO QUE A NOSSA VÃ PERCEPÇÃO PODE ALCANÇAR. TODOS PARECEM ESTAR TOMADOS POR UMA CURIOSA E ARREBATADORA VERVE ACENDENDO AS FOGUEIRAS DA PRECARIEDADE NAS MANCHAS URBANAS. TRANSTORNOS DE PERSONALIDADE APOCALÍPTICA QUE, NO SEU ÚLTIMO GRAU, NA SUA MAIOR INTENSIDADE FAZEM COM QUE AS PESSOAS DEEM UM ÚLTIMO GRITO DE AFIRMAÇÃO VITAL SE AGARRANDO A ALGUMA COISA, ALGUMA PESSOA, ALGUMA ATITUDE, ALGUM TRIBALISMO, MANDANDO VER NUM DESESPERADO SIM OU NUM FULMINANTE E ESPETACULAR NÃO À EXISTÊNCIA. TARAS INSÓLITAS. AS PESSOAS ABRINDO MÃO DA SUA HUMANIDADE E SE RECONHECENDO COMO TARAS AMBULANTES E FAMINTAS. INSÓLITAS. PERIGOSAS. KAMIKASES. ACUMULADORES COMPULSIVOS DE MIRAGENS MOTIVACIONAIS. ACUMULADORES COMPULSIVOS DE UMA CURIOSA E ARREBATADORA VERVE. O PESADELO AMBICIOSO ATIÇA ENTUSIASMOS FURIOSOS E AS PESSOAS RESOLVEM ACONTECER PARA VALER. DOA A QUEM DOER.

                                             des delpedaçadas. *Noctua Libatrix.*
Petiolatum. Sendo o diamet— *Ciliatæ.* Com pellos parallelos na margem. *Phr*
ſe une ao thorax muito men *ganea, fig. 49. Musca.*
tro do apice, ou extremidade — *Angulatæ.* Com varias prominencias horizontaes
Adnatum. Pegado á parte inf angulares. *Sphinx.*
tronco ſem diminuiçaõ do ſeu   Pelo apice.
fig. 80.   — *Obtuſæ.* Obtuſas.
Impoſitum. Pegado á parte ſu *Truncatæ.* Como cortadas. *Phryganea.*
dade do tronco. *Evania appena* *Acutæ.* Agudas. *Hyppoboſca. fig. 72.*
              Pela figura. — *Acuminatæ.* Alguma couſa agudas no apice
Depreſſum. Chato, cujo dia
excede o vertical. *Scolopendra* *AURICULA.* As aves naõ tem auriculas, em ſeu lu
Callionymus. Pleuronectes, Syn gar, tem algumas pennas mais compridas, qu
— *Tecta.* Cuberta, quando eſt *ARTUS.* Nas Aves ſaõ as azas, os pés, e o uro

Cirrhoſæ. Com cirros. *Silurus, Gadus.* No quei *quando os vaſos, ou fibras ſe*
xo ſuperior ſomente *Gobius,* no inferior *Mullus.* de. *Cicada plebeia.*
Utraque cirrhis carente. Ambos os queixos ſ *mennas ſaõ huns filamentos a*
irros Perca, Labrus, Sparus, e a maior parte dos *ue ſervem de ſenſorio, e tem*
eixes.   *b. VI. fig. II. III. c.c.c.*
Scabræ, aſperæ. Aſperas. *Uranoſcopus.*   ) numero.
Vaginatæ.   AVES.   s queixos cobre *inſecto as naõ tem. Aranea*
o outro
para cima da baze do meſmo bico. Tab *maior parte dos inſectos.*
I. fig. 2. a. Corvus.   *Oniſcus. Pagurus.*
PUT. A cabeça das Aves ordinariamente he de
gura oval.
RPUS. Saõ dous oſſos breves   ſituaçaõ.
ito da aza.   *tiomys.*
RTILAGO. He h
                              Azas 2. *Halteres* em lugar das azas po
                              Diptera. 6.
                              Aza nenhuma, ou ſem Azas, e *elytros, Aptera.*
ſo. *Trichiurus.*   *Membranaceæ nervoſæ.* As azas membrana
— *Biradiata, triradiata &c.* Com dous, tres & *pidopteros, ou Gloſſatos de*
e mais raios; mas o numero delles raras vezes paſ *s das cores exiſtem nas eſ*
de dez.
— *Patens, apparens, expanſa.* Quando naõ he to
talmente cuberta do operculo. *Blennius, Echenei*
— *Semipatens.* Quaſi o meſmo, que *patens.*
— *Inconſpicua, occulta, retracta.* Eſcondida, quan
do eſtá muito dentro

DROPS HIGHLANDER

SYMPATHY

O QUE É MUITO ANTIGO NINGUÉM SEGURA. CONTINUAM DIZENDO QUE EU SOU UMA SUPERSTIÇÃO. EU DIGO DE VOLTA QUE ESTÃO MORDENDO PELA SEGUNDA VEZ A LONGÍNQUA MAÇÃ DOS PRIMÓRDIOS, O FRUTO DA ÁRVORE DO CONHECIMENTO DA VIDA E DA MORTE. ACELERARAM O PROCESSO QUE EU INICIEI ACHANDO QUE ESTAVAM FINALMENTE NO CONTROLE, MAS EU É QUE ESTOU SEMPRE NO CONTROLE. ESSES MODERNINHOS ENTUPIDOS DE PROGRESSO ESQUECERAM QUE NÃO PASSAM DE PRIMITIVOS TURBINADOS CUTUCANDO TECNOLOGICAMENTE OS HORMÔNIOS PRÉ-HISTÓRICOS, MITOLÓGICOS QUE VIVEM NAS SUAS CARCAÇAS HÁ MILHÕES, MILHARES DE ANOS. O QUE É MUITO ANTIGO NINGUÉM SEGURA E TODOS ESTÃO MORDENDO O FRUTO DA ÁRVORE DO CONHECIMENTO, DA VIDA E DA MORTE PELA SEGUNDA VEZ NESTE MILÊNIO... MAS ESTOU AQUI PARA DAR APOIO A VOCÊS, ESTOU AQUI DISFARÇADO DE

SUPERSTIÇÃO PORQUE EU SOU A MÃO QUE BALANÇA O BERÇO DA TUA HUMANA CONDIÇÃO. AMANTE DA VIDA, DESTRUIDOR DE TUDO. SO PLEASE TO MEET YOU HOPE YOU GUESS MY NAME WHAT'S PUZZLING YOU IS THE NATURE OF MY GAME...

EM CADA ESQUINA EXISTE UM MEFISTÓFELES OLHANDO A MULTIDÃO PASSANDO. MULTIDÃO DE MENTES EXILADAS DE ALGUM MUNDO DESEJADO, ALGUMA VIDA QUE NÃO ROLOU JOGANDO ESSAS PESSOAS NUM PESADELO AMBICIOSO, FAZENDO CADA UM SUSSURRAR PERGUNTAS DESORIENTADORAS DE TUDO COMO "É AQUI MESMO QUE EU DEVERIA ESTAR? É ASSIM MESMO QUE EU DEVERIA AMAR? ALGUMA COISA NÃO SE ENCAIXA." A VERDADEIRA AGONIA É SE SENTIR FORA DE LUGAR, SEM SABER EM QUAL DEVERIA ESTAR. LIMBO VITAL. POR ISSO ALGUMA VONTADE, NECESSIDADE DE PACTO SOBREVOA AS MENTES URBANAS CRONICAMENTE INSATISFEITAS E ESSA CRÔNICA INSATISFAÇÃO (THEY CAN'T GET NO) ALIMENTA O MEFISTÓFELES QUE EXISTE À ESPREITA EM CADA ESQUINA DE GRANDE CIDADE. EM CADA ESQUINA DA WEB. À ESPREITA EM CADA UM DE NÓS. GRANDE CIDADE ENCRUZILHADA DE TUDO E DE

TODOS. DENTRO DE CADA UM DE NÓS TAMBÉM. MEFISTÓFELES OBSERVANDO OS INDIVÍDUOS DEIXANDO SANGRAR EM SEUS CORAÇÕES ÉPOCAS, ANTIGUIDADES, ANSIEDADES, CAMADAS DE VIVÊNCIAS REAIS, INVENTADAS, LENDÁRIAS. DEIXANDO SANGRAR EM SUAS ARTÉRIAS E NERVOS A VONTADE DE UM PACTO QUE DÊ ABRIGO, SEGURANÇA, CERTEZA PARA SUAS VIDAS ESFORÇADAS MAS QUE NO FUNDO ACHAM QUE SÃO DESPERDIÇADAS APESAR DE TODO AMOR FAMILIAR... ELAS DIZEM GIMME SHELTER... UM MEFISTÓFELES EM CADA ESQUINA JOGA AO VENTO PÁGINAS ARRANCADAS DA BÍBLIA COM OS DIZERES "TUDO É VAIDADE" DO PÓ VIESTE AO PÓ VOLTARÁS "NADA DE NOVO SOB O SOL". PÁGINAS DE ECLESIASTES. PARADO NUMA ESQUINA DISFARÇADO COM UM BLAZER VERDE-ESCURO E POÍDO DEIXANDO ENTREVER UMA CAMISETA COM FRASES DE PROPAGANDA COMERCIAL TIPO "DEVOLVO SEU AMOR EM TRÊS DIAS, RECUPERO SEU RANCOR EM TRÊS NOITES, FAÇO RECARGA DE QUALQUER COISA, INCLUSIVE SENTIMENTOS, COMPRO OURO, TENHO PRÓTESES QUE TE FARÃO SUPER POR UM TEMPO, TENHO LENTES DE CONTATO COM O AVESSO DE TUDO QUE VOCÊ CONHECE, TENHO BALAS

DE FUZIL SUPOSITÓRIAS QUE UMA VEZ INSTALADAS TE LEVAM LISERGICAMENTE PARA OS ANAIS DA HISTÓRIA JOGANDO TUA MENTE NA ÁFRICA DO SÉCULO QUINZE, NA ÁSIA DO SÉCULO DOZE, NA AMÉRICA SELVAGEM ANTES DE TUDO. TE JOGAM NO FUTURO DE UM MINUTO DÉJÀ VU..." UM MEFISTÓFELES APONTA PARA AS PESSOAS E VAI DIZENDO "O PACTO ESTÁ PERTO DAQUELE, O PACTO CHEGOU NAQUELE OUTRO". ELE ATENDE CURIOSOS E DIZ "PLEASE TO MEET YOU, HOPE YOU GUESS MY NAME. WHAT'S PUZZLING YOU IS THE NATURE OF MY GAME..."

O QUE É MUITO ANTIGO NINGUÉM SEGURA

CONTINUAM DIZENDO QUE EU SOU UMA SUPERSTIÇÃO E EU DIGO DE VOLTA QUE ESTÃO MORDENDO PELA SEGUNDA VEZ A LONGÍNQUA MAÇÃ DOS PRIMÓRDIOS, O FRUTO DA PESADA ÁRVORE DO CONHECIMENTO, DA VIDA E DA MORTE. ACELERARAM O PROCESSO QUE EU INICIEI ACHANDO QUE FINALMENTE ESTAVAM NO CONTROLE. MAS EU ESTOU SEMPRE NO CONTROLE. ESTÃO MORDENDO A TAL MAÇÃ PELA

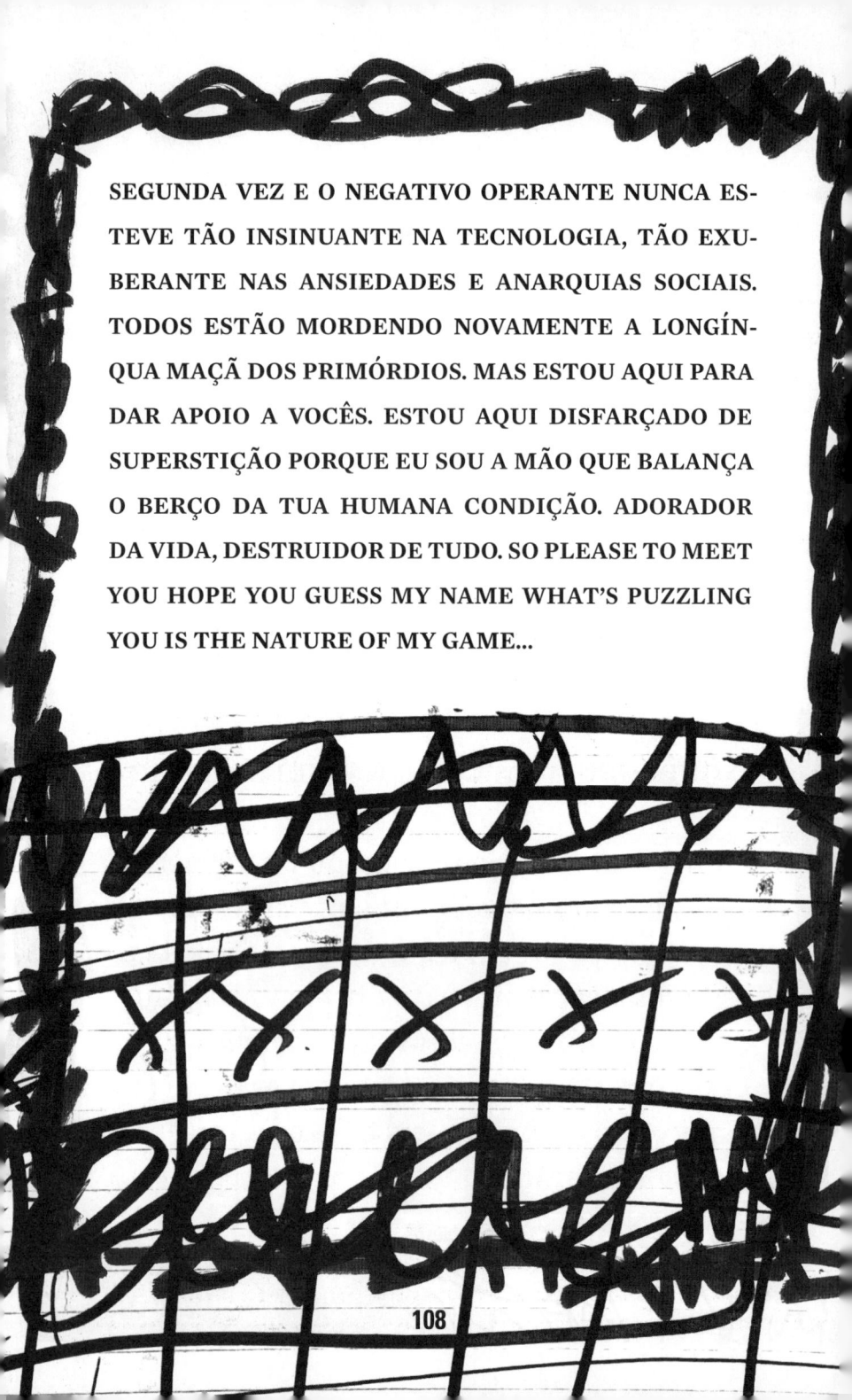

SEGUNDA VEZ E O NEGATIVO OPERANTE NUNCA ESTEVE TÃO INSINUANTE NA TECNOLOGIA, TÃO EXUBERANTE NAS ANSIEDADES E ANARQUIAS SOCIAIS. TODOS ESTÃO MORDENDO NOVAMENTE A LONGÍNQUA MAÇÃ DOS PRIMÓRDIOS. MAS ESTOU AQUI PARA DAR APOIO A VOCÊS. ESTOU AQUI DISFARÇADO DE SUPERSTIÇÃO PORQUE EU SOU A MÃO QUE BALANÇA O BERÇO DA TUA HUMANA CONDIÇÃO. ADORADOR DA VIDA, DESTRUIDOR DE TUDO. SO PLEASE TO MEET YOU HOPE YOU GUESS MY NAME WHAT'S PUZZLING YOU IS THE NATURE OF MY GAME...

As fornalhas ocultas da Terra

Se você acha que o Vesúvio ou o Mau[na Loa são demais,]
imagine vulcões que tenham uma ca[ldeira de]
dezenas de quilômetros de diâmetro [...]
e podem entrar em erupção a qua[lquer momento]

Humanidade obsoleta

MEFISTO?
PLEASE TO MEET YOU

As pequenas devastadoras máquinas que comem tudo que existe

Dispositivos construídos com poucos átomos ou moléculas podem ser a solução para problemas ambientais e médicos hoje intratáveis. Mas também podem levar à tragédia.

III

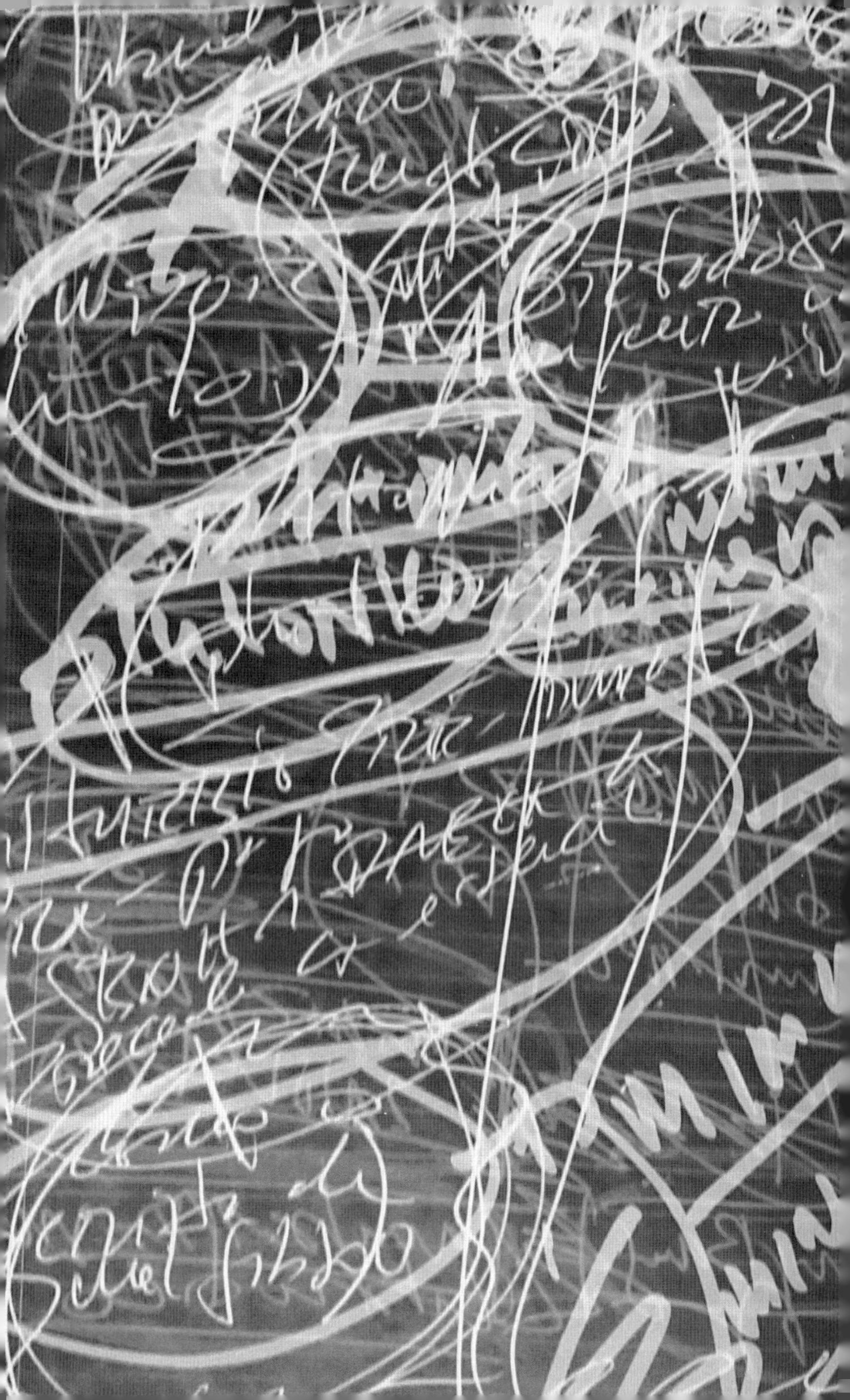

GNÓSTICOS
VIDEOGAMER XAMÃ

Exposição de realidade virtual. Corredores cheios, stands lotados com os mais incríveis penúltimos lançamentos de que tecnologia não se sabe, realidade expandida, exposição de telas epidérmicas, computação embutida nos corpos, internet de todas as coisas tatuada no braço, capacetes de imersão absoluta, interfaces que permitem jogar videogames dormindo, pesadelos e sonhos leves transformados em jogos ao vivo, sonâmbulos joysticks, exposição de realidade muito real de tão virtual. De repente uma correria. Bombeiros, médicos, atendentes, uma multidão correndo e todos se dirigindo para um stand em especial onde um videogamer está sendo sugado, eletrificado, desaparecido dentro de uma máscara-capacete flexível de pele aderente que começa a entrar no corpo dele sugando, tomando todo o corpo que vai desaparecendo como mingau digital. Todos extasiados e assustados registrando.

 E quem é esse videogamer? É o melhor videogamer do mundo conhecido como videogamer xamã por causa da sua capacidade de ficar como que em transe jogando. Supercampeão em todos os campeonatos. Só que para ele o jogo é muito mais que uma competição, para ele é uma missão. Ele quer achar atalhos para dissolver o ego, achar atalhos para abandonar essa nossa matéria, chegar a um outro mundo via equipamentos digitais. Quer transformar-se em onda de conhecimento hermético, transformar-se em circuito sutil. Máquinas como talismãs de um vudu inédito.

Sempre quis isso. Atalhos para outros mundos, sair daqui rumo ao infinito, ao caos original. Começou a sua missão visitando, pesquisando xamãs, feiticeiros de tribos indígenas e não tão indígenas pelo mundo. O apelido vem principalmente daí. Bebeu, mascou, comeu, cheirou todas as substâncias selvagens e descobriu que os xamãs, os feiticeiros, vivem num tremendo pesadelo videogame de espíritos em choque e que não têm essa onda de pacífica paisagem mental cheia de sabedoria tranquilizadora de povo originário... É alerta total para todas as ocorrências espectrais, para todos os espíritos entrelaçados no bioma à disposição. Armadilhas e êxtases, armadilhas de êxtases. Videogame dos espíritos na selva.

Depois de dissolver o ego com vegetais, pedaços de animais, fungos e até mesmo minerais pulverizados, entes fósseis misturados a líquidos peculiares dos primórdios de tudo, dissolveu-o em voluntariados pesados, exigentes em termos de desapego e cuidadoria tipo gente com doenças raras e terríveis. Idosos, crianças desenganadas, pacientes terminais.

Depois disso voltou ao seu habitat – máquinas de competição virtual. Depois do orgânico holístico, depois do escaninho moral, voltou para sua missão principal. Sair daqui através de um videogame ou coisa que o valha. Atalho para o conhecimento, para o Pleroma.

Chegou à exposição, colocou o capacete-pele, acionou o game especialmente construído, programado para ele por gênios chineses e hindus. Videogame de aventuras dentro do próprio corpo à procura de um graal, um chakra que é o portal absoluto para fora daqui. Movendo o joystick instalado nos olhos ele tenta chegar a esse chakra dissolvendo partes do corpo. É o que as pessoas testemunham na expo. Ele finalmente conseguiu o atalho – portal para o infinito.

R E S S U R R E I Ç Ã O

A imagem de algumas pessoas cavando num terreno baldio me chama a atenção. De repente a mão de uma dessas pessoas pousa no meu ombro e a voz diz: "não são refugiados, não são zumbis, são ressuscitados. Pois é, somos cobaias de um projeto levado a cabo por uma firma de segunda divisão do Vale do Silício. Um projeto que tem por meta vencer a Morte, que para essa turma pesquisadora não passa de um problema técnico. Assinamos um contrato, abraçamos a causa da imortalidade. Aconteceu da seguinte maneira: muitos de nós se suicidaram para adiantar o processo, receber a grana e mandar logo para a família, já que iríamos ressuscitar mesmo. Quinze dias depois apareceríamos e, claro, as famílias iriam reclamar, pois haviam chorado nossas mortes e tal, mas tudo se resolveria. Fomos realmente ressuscitados por métodos misteriosos. Nos primeiros seis dias, euforia total. Vencemos a Morte! Mas no sétimo dia começaram as tonteiras, apagões e dores de cabeça em função dos pesquisadores terem colocado duas ou três memórias de outras pessoas mas também de animais e de robôs em nossos cérebro. Mas o pior mesmo foi o que aconteceu com o luto dos nossos amigos, amantes e parentes... O que era para durar quinze dias durou um ano, dois anos, em alguns casos três. Daí que situações bizarras aconteceram tipo: "Papai, eu vi mamãe no Cairo", diz o filho choroso. Mais chorosa ainda uma garota diz "Vó, eu vi meu primo, seu outro neto, no Espírito Santo". Uma diáspora alucinada aconteceu. Amigos, parentes, amantes espalhados pelo mundo atrás desses frankensteins da segunda divisão da Ciência. Pior do que ir a um centro espírita para tentar falar com um ente querido já que eles estavam vivos, à deriva, mas vivos. E quando bate um Lázaro, onde quer que eles estejam, eles cavam, eles cavam, para aliviar a agonia do limbo de tentativa da erradicação da morte. Quando bate um Lázaro, eles cavam, eles cavam...

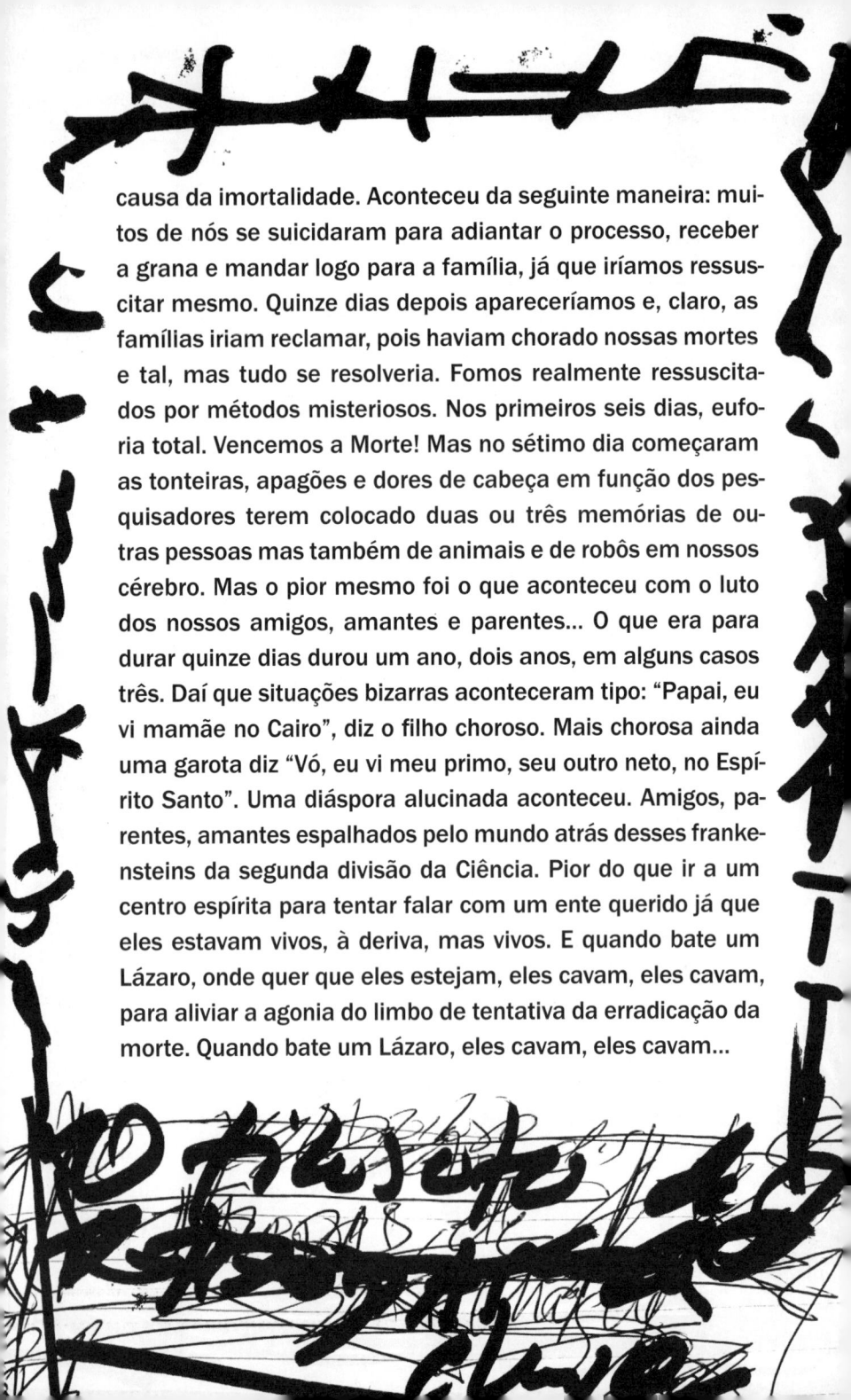

WHOOO WHOOO
WHOO

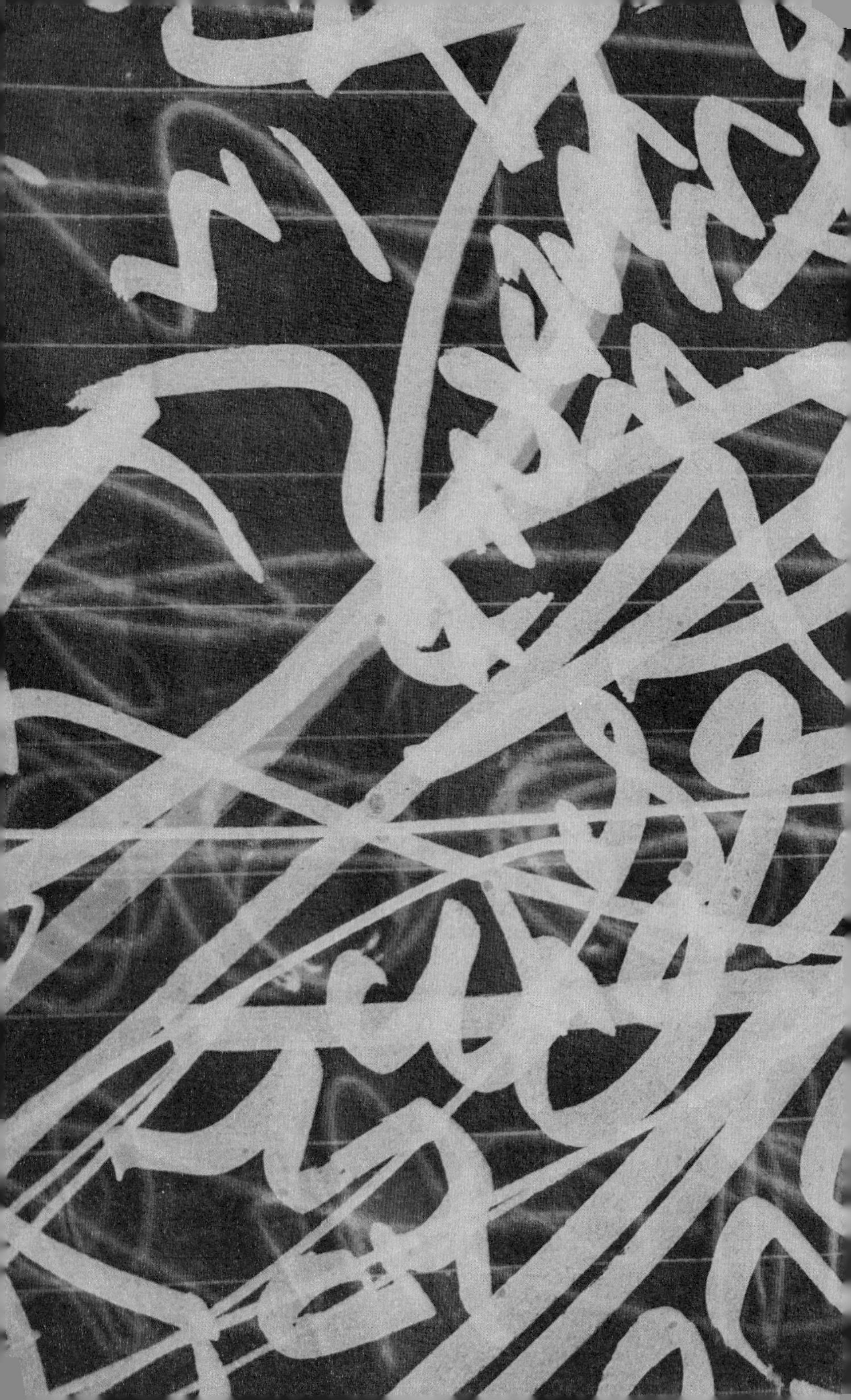

IV

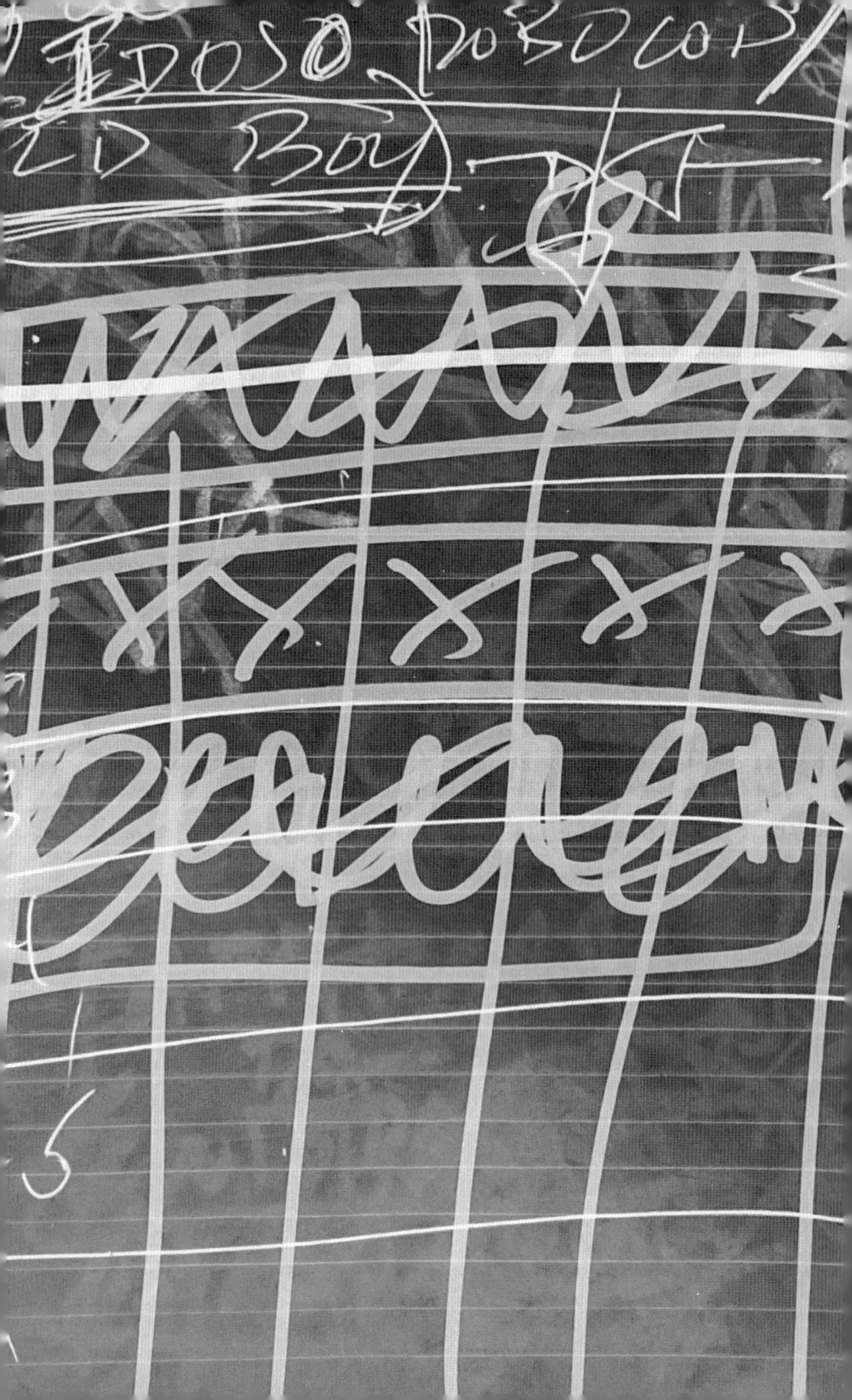

CACHORRADA DOENTIA 1

UM ESCRITOR, NO LANÇAMENTO DE SEU LIVRO CACHORRADA DOENTIA, FALAVA:

"CACHORRADA DOENTIA É FRICÇÃO CIENTÍFICA, JÁ QUE FUNCIONA COMO UMA ESPECULAÇÃO, UM EXAGERO, UM COMENTÁRIO FANTASIOSO SOBRE A RELAÇÃO DOS NOSSOS CORPOS COM TODAS AS ENGENHARIAS (ROBÓTICAS, MOLECULARES, CIVIS, GENÉTICAS, NEURONAIS, COMPUTACIONAIS, SOCIAIS) POSSÍVEIS. CORPOS E MENTES EM ATRITO CONSTANTE COM PRODUTOS E GADGETS E JÁ PARTINDO PARA NOS TORNARMOS HÍBRIDOS, MISTURADOS COM OS PRODUTOS ACRESCENTADOS AOS NOSSOS ORGANISMOS COMO O PLÁSTICO NOSSO DE CADA DIA. SANGUE DE POLIPROPILENO. FRICÇÃO CIENTÍFICA DE TERCEIRO MUNDO, PORTANTO REPLETA DE GAMBIARRAS INSPIRADAS, ALUCINADAS, ALUCINANTES, DESCONCERTANTES, ASSASSINAS, CONFORTÁVEIS, INÚTEIS. GAMBIARRAS MAQUINAIS, MENTAIS, SOCIAIS.

FRICÇÃO CIENTÍFICA NADA UTÓPICA, NADA DISTÓPICA, POIS ESSAS DUAS PERSPECTIVAS NÃO REPRE-

SENTAM MAIS NADA NESTE MUNDO SEM FUTURO COMO SINÔNIMO DE IDADE DE OURO A SER ALCANÇADA OU IDADE DE OURO (PROJEÇÃO DE TODOS OS DESENVOLVIMENTOS) QUE DEU RUIM GERANDO UM AMBIENTE DE DECADÊNCIA HUMANA PONTUADA POR ENXURRADAS DE LIXO TECNOLÓGICO MONITORADO POR CORPORAÇÕES MAFIOSAS, GAMERS DELINQUENTES E POPULAÇÃO ENTREGANDO SUAS MENTES E VIDAS A SIMULAÇÕES COMPUTACIONAIS, PRISÕES E FUGAS POR INTERFACES. ISSO TAMBÉM ACONTECE, MAS NÃO É O MOTE, O CENÁRIO DOMINANTE.

CACHORRADA DOENTIA É FRICÇÃO CIENTÍFICA PSICOBÉLICA DE TERCEIRO MUNDO TOTALMENTE EXCITADA, LIGADA, SAÍDA DO PRESENTE CONTÍNUO QUE CARACTERIZA TODAS AS VIDAS HÁ MUITO TEMPO. UM DIA DE CADA SEGUNDO TALVEZ SEJA A SUA VEZ.

EM TODAS AS ÉPOCAS VIVÍAMOS DE PASSADO E FUTURO SEM CONSEGUIR DOMAR COM MEMÓRIA OU PROJEÇÕES O PRESENTE, JUSTAMENTE PORQUE ERA O PRESENTE, IMPOSSÍVEL DE SER DOMADO. APENAS VIVENCIADO DE REPENTE, POIS ETERNAMENTE FUGITIVO. MAS NOS TEMPOS QUE CORREM, SE TEM A ILUSÃO DE HABITARMOS, FREQUENTARMOS

UM AGORA SUPEREXCITADO PELO TRIUNVIRATO AO VIVO-ONLINE-TEMPO REAL. FORA OS RECANTOS DE REALIDADES EXPANDIDAS, OUTRAS REALIDADES FICTÍCIAS PARA AS QUAIS NOS ENTREGAMOS QUANDO PLUGAMOS NOSSOS CORPOS EM INTERFACES, EM APARELHAGENS. FORA OS RECANTOS QUÂNTICOS QUE QUESTIONAM A SOLIDEZ DA NOSSA MATÉRIA CORPORAL... CAMADAS DE VIVÊNCIAS PASSADAS E PROJEÇÕES DE FUTURO SE ENCONTRAM NA ENCRUZILHADA DO AOVIVONLINEREALTIME QUE É SÓ ISSO, UMA EXCITAÇÃO DE HISTERIA CRONOLÓGICA TENTANDO SUGAR O FUGIDIO, O FUGITIVO PRESENTE.

CACHORRADA DOENTIA. FRICÇÃO CIENTÍFICA PSICOBÉLICA DE TERCEIRO MUNDO CHEIA DE TERROR SOCIAL, TERROR MENTAL, TERROR POLICIAL-CRIMINOSO ONIPRESENTE, AMOR DESESPERADO, AFETOS SALVADORES MAS KAMIKAZES, DESIGUALDADES SUCULENTAS.

FRICÇÃO CIENTÍFICA PSICOBÉLICA. FAROESTE URBANO CHEIO DE SENSACIONALISMO ONIPRESENTE, CHEIO DE CLAUSTROFOBIA DA SUSTENTABILIDADE TAMBÉM ONIPRESENTE, ASSIM COMO O TERROR TECNOLÓGICO. FAROESTE ROBÓTICO, COWBOTS.

MÁQUINAS À DERIVA MISTURADAS COM GENTE BABANDO FEROZMENTE DE ÓDIO, SALIVANDO DE FELICIDADE, BABANDO DE PRODUTIVIDADE, SALIVANDO DE CARÊNCIA AFETIVA, BABANDO DE RIQUEZA, BABANDO DE POBREZA, SALIVANDO DE SOLIDARIEDADE, BABANDO DE SUPERAÇÃO, BABANDO DE ESTUPIDEZ, SALIVANDO DE VAIDOSA CONSCIÊNCIA SOCIAL, BABANDO DE VERDADE POR CAUSA DE ALGUMA DOENÇA, SALIVANDO DE TANTA VONTADE FRUSTRADA, BABANDO DE TANTA ANSIEDADE, SALIVANDO DE FÉ E DE ESPERANÇA, BABANDO AO TENTAR ACERTAR A FLECHA DA SUA EXISTÊNCIA NO ALVO DE ALGUMA FELICIDADE OFERECIDA, PROJETADA.

FRICÇÃO CIENTÍFICA PSICOBÉLICA DE TERCEIRO MUNDO SOBRE A QUARTA GUERRA MUNDIAL QUE ESTÁ EM CURSO. DEPOIS DE DUAS GUERRAS QUENTES, UMA GUERRA FRIA, AGORA A QUARTA GUERRA FEITA DE SENSAÇÕES TÉRMICAS MENTAIS (QUANDO, NO VERÃO, O NOTICIÁRIO CLIMÁTICO FAZ REFERÊNCIA À SENSAÇÃO TÉRMICA, ELE ESTÁ SE REFERINDO AO FATO DE OS TERMÔMETROS MARCAREM UMA TEMPERATURA DE, DIGAMOS, 35 GRAUS, MAS A SENSAÇÃO TÉRMICA É DE 45. TODOS SENTINDO

O AMBIENTE MUITO MAIS QUENTE DO QUE MARCA O TERMÔMETRO. É MAIS OU MENOS ASSIM QUE ESTAMOS EM TERMOS DE AGITAÇÃO IDEOLÓGICA, FANATISMOS, TRANSTORNOS EMOCIONAIS, DESORIENTAÇÕES, ÓDIOS, COMPAIXÕES, DESESPEROS, INCERTEZAS, ANSIEDADES, DEPRESSÕES. A SENSAÇÃO TÉRMICA MENTAL ESTÁ MUITO ACIMA EM TERMOS DE TOLERÂNCIA SOCIAL, AGITAÇÃO COLETIVA, EXCITAÇÃO EMOCIONAL. ACHAMOS QUE O TERMÔMETRO COMPORTAMENTAL ESTÁ MARCANDO UMA RAZOÁVEL DISPOSIÇÃO DAS CONVIVÊNCIAS, MAS A SENSAÇÃO É QUE VAI DAR RUIM NALGUMA ESQUINA, NALGUM LUGAR FORA OU DENTRO DE NÓS A QUALQUER MOMENTO. PARANOIA DA IMINÊNCIA. EXCITAÇÃO DO PRESENTE CONTÍNUO ONLINE AO VIVO TEMPO REAL TEMPERADO COM MUITA PRECARIEDADE GERAL. ANTIGAMENTE SE DIZIA QUE A HUMANIDADE ESTAVA TRÊS DOSES ABAIXO. POIS É, AGORA ESTÁ TRÊS DOSES MUITO ACIMA DAS NORMALIDADES) SENSAÇÕES TÉRMICAS EMOCIONAIS. COMO NUMA GIGANTESCA CONTAMINAÇÃO ENGENDRADA POR SETE BILHÕES E MEIO DE PRIMATAS COM AUTOCONSCIÊNCIA, IMAGINAÇÃO E TALENTOS COMERCIAIS E

TECNOLÓGICOS MOVIDOS A HYBRIS. MOVIDOS A EXCESSOS DE VONTADE DE FAZER DA TERRA UM QUINTAL DE PRÓTESES, DE FAZER DO CORPO HUMANO UM ORATÓRIO DE IMPLANTES E DESEMPENHOS DE GOZO VARIADO. O SER HUMANO ESTÁ ESCANCARADO COMO UMA FRATURA EXPOSTA DE PANDORA, UM QUADRO DE BOSCH EXPANDIDO. OS PAÍSES DO HEMISFÉRIO SUL, PAÍSES DE TERCEIRO, QUARTO MUNDO COMO O BRASIL CONFIRMAM ISSO DESMENTINDO O CARÁTER ABSOLUTO DOS PROGRESSOS, EXACERBANDO O CAOS, A CRISE E A CATÁSTROFE COMO POTÊNCIAS VITAIS QUE GUIAM LABIRINTOS DE SISTEMAS FINANCEIROS, POLÍTICOS, MILITARES, TURÍSTICOS ENTRETENIMENTOS MUNDIAIS SERVINDO DE TERRITÓRIOS SOCIALMENTE EXPERIMENTAIS. BOMBAS CRÍTICAS DETONANDO HUMANISMOS. QUADRO DE BOSCH EXPANDIDO, FRATURA EXPOSTA DE PANDORA QUE, ALÉM DA CAIXA, TEVE QUE ABRIR AS PERNAS PARA DAR CONTA DA INTENSIDADE DE TUDO COLOCANDO MUITO MAIS COISAS PARA FORA, DESARMANDO VÁRIOS DISJUNTORES MENTAIS. CLAUSTROFOBIA DA TRANSPARÊNCIA. QUANTAS VEZES O MUNDO É GRAVADO, REGISTRADO, BIGDATADO TODOS OS DIAS?

SEUS SENTIMENTOS SÃO SEUS MESMO OU SÃO REFLEXOS ADICIONADOS POR QUE SERVIÇOS? POR QUAIS NECESSIDADES? REFLEXOS CONDICIONADOS POR QUAL TRADIÇÃO? PAÍSES DO HEMISFÉRIO SUL, PAÍSES DO TERCEIRO, QUARTO MUNDO SÃO EXPERIMENTOS CRÍTICOS.

QUARTA GUERRA FEITA DE SENSAÇÕES TÉRMICAS MENTAIS COM EFEITOS COLATERAIS IMPREVISÍVEIS NAS VIDAS DE TODOS. VIOLÊNCIA E DESESPERO E SOLIDARIEDADE MANÍACA E MANUFATURAS ANÁRQUICAS E VOLTA DE HÁBITOS ANTIQUÍSSIMOS E EUFORIAS E REALIZAÇÕES E AMORES CADASTRADOS, SUBROMANTISMOS, VITALIDADES SOMBRIAS E INÉRCIAS, VITALIDADES SOLARES E INÉRCIAS, FLUXOS E INTERVALOS. ESPERANÇAS MORDENDO DESESPEROS MORDENDO ESPERANÇAS MORDENDO DESISTÊNCIAS MORDENDO SUPERAÇÕES MORDENDO CANSAÇOS MORDENDO ESPERANÇAS. MORDENDO OS DESESPEROS. SÓ NÃO PODEMOS MAIS PARAR. ESSE É O MOTE DENTRO DE TODOS. METÁSTASE E ENTROPIA.

O BREGA MIRROR DO BREGA MIRROR NA SEQUÊNCIA DO BREGA RUNNER.

QUARTA GUERRA.

O QUE ERA PRIVILÉGIO DE SOLDADOS E MERCENÁRIOS. O QUE SÓ ACONTECIA COM FORÇAS ESPECIAIS E TROPAS DE ELITE TORNOU-SE SITUAÇÃO VULGAR MASSIFICADA. BANALIDADE DE TRANSTORNOS PRÉ E PÓS-TRAUMÁTICOS EM LARGA ESCALA. DE QUE PATOLOGIA É DERIVADO CADA AFETO? RAÇÕES AMOROSAS, AFETIVAS CERCADAS POR... AINDA É POSSIVEL SER UM CIVIL? MERCENÁRIOS E SIMILARES OFICIAIS SÃO OS NOVOS PROFETAS DO DESCONFORTO, POIS ESTÃO NA LINHA DE FRENTE DA AMBIGUIDADE SERVINDO A ALGUM SISTEMA DE PODER COM O CORPO SUPERTREINADO E REFORÇADO COM A MAIS REFINADA TECNOLOGIA, MAS AO MESMO TEMPO SENTINDO O PESO DAS NEGOCIAÇÕES ONDE JUSTIÇA E PAZ SÃO MANTIDAS POR ATOS TERRÍVEIS DE AMBIGUIDADE DESCONCERTANTE. ACIMA DA JUSTIÇA E DA PAZ ESTÁ A SOBREVIVÊNCIA DE CERTAS INTENÇÕES DE VIDA E MENTALIDADES E SER HUMANO NÃO É SIM NEM NÃO, SER HUMANO É NEGOCIAÇÃO. REALPOLITIK. MAS ATÉ CERTO PONTO DE EBULIÇÃO DAS DISCÓRDIAS. DESSE PONTO EM DIANTE, A PAZ E A JUSTIÇA DAS NEGOCIAÇÕES DÃO LUGAR AO CONFRONTO BÉLICO NECESSÁ-

RIO PARA AS PLACAS SOCIAIS VOLTAREM A ALGUM PONTO DE FRÁGIL EQUALIZAÇÃO. NO MEIO AS POPULAÇÕES E NA LINHA DE VANGUARDA, OS MERCENÁRIOS, AS FORÇAS ESPECIAIS, AS TROPAS DE ELITE. FORA OS VIGILANTES CAÇADORES DE RECOMPENSAS, OS VIGILANTES VINGATIVOS, OS HACKERS DE FUNDO DE QUINTAL, DE ESQUINA SUBURBANA. MERCENÁRIOS E SOLDADOS SENTINDO O FIO DA NAVALHA DAS NEGOCIAÇÕES, SENDO OS BATEDORES DAS SITUAÇÕES DE AMBIGUIDADES TERRÍVEIS QUE ENVOLVEM A PAZ E A JUSTIÇA TIPO POR ENQUANTO SEMPRE. NOUTRAS ERAS. PORQUE AGORA A GUERRA É SORRATEIRA E CONTÍNUA. ALGUÉM ESTÁ SENDO CORROÍDO, COMIDO PELAS BEIRADAS MENTAIS NESTE INSTANTE. MUITA GENTE TIPO NORMAL CHEIA DE AFAZERES DITOS NORMAIS.

    E OS SOLDADOS E MERCENÁRIOS NAS GUERRAS LOCALIZADAS, TERCEIRIZADAS, PARQUES TEMÁTICOS DOS ARMAMENTOS EM TREINAMENTO (E OS SOLDADOS SÃO ARMAMENTOS EM TESTE TAMBÉM) SENTINDO UM FIO DA NAVALHA MUITO ANTIGO QUE É O DOS SENTIMENTOS GREGÁRIOS E RAPINANTES COLOCADOS NO MAIS ALTO GRAU DE EXPLOITED NOS

CONFLITOS. TENSÃO CONTÍNUA. SOLIDARIEDADE NO MÁXIMO. CRUELDADE NO MÁXIMO. COVARDIA NO MÁXIMO. CORAGEM NO MÁXIMO. LETARGIA E INÉRCIA NO MÁXIMO. INTELIGÊNCIA NO MÁXIMO. ESTUPIDEZ NO MÁXIMO. TEATRO DE MANOBRAS. NELE O SER HUMANO É SOMBRA DE QUÊ? É CALOR IDENTIFICADO PELA ARMA?

SOLDADOS E MERCENÁRIOS.

SURGEM DE DENTRO DAS NEGOCIAÇÕES PARA EXPERIMENTAREM TODOS OS TORMENTOS EMOCIONAIS E INOVAÇÕES TECNOLÓGICAS. COMO SEMPRE.

HOJE, MAIS DO QUE NUNCA, ELES SÃO OS AVATARES PROFÉTICOS E POÉTICOS DE TODA A SITUAÇÃO SOCIAL PELO MUNDO. NÃO EXISTE MAIS ANTISSISTEMA E SISTEMA. O QUE EXISTE É RETROALIMENTAÇÃO DE UM PELO OUTRO. SISTEMAS DENTRO DE SISTEMAS SE ENGOLINDO, SE METAMORFOSEANDO, SE CAMUFLANDO. SUSTENTÁVEL OU ANÁRQUICO OU OS FRANKENSTEINS ESTADO-MERCADO-MÁFIAS. CHINAS? USAS? RÚSSIAS? ÁFRICAS TOTAIS ESPALHADAS PELO TERCEIRO, QUARTO MUNDO? RETROALIMENTAÇÃO. NOVAS ARISTOCRACIAS. AGRESSIVOS COMBOIOS DE DESPERDIÇADOS DISPOSTOS A TUDO.

ESTADOS UNIDOS DA CHINA RUSSA? RUSSIA CHINESA CHEIA DE ESTADOS UNIDOS? CHINA DE ESTADOS RUSSOS UNIDOS? MAD MAX, MATRIX E X-MEN. MIX À DERIVA DOS TRÊS FILMES NAS MENTES E CORPOS DE TODOS. PRINCIPALMENTE NOS DOS SOLDADOS E MERCENÁRIOS, NOSSOS AVATARES, POIS NAS MEGALÓPOLES, NAS CIDADES PEQUENAS O QUE ROLA É PRÉ E PÓS-TRANSTORNO TRAUMÁTICO À TOA. CAOS E CRISE SEMPRE FORAM A BASE DO NOSSO MUNDO CAPITALISTA, INDUSTRIAL, FINANCEIRO, COMERCIAL, DE CONSUMO. DO NOSSO MUNDO HIPERMODERNO. MAS DEPOIS DE 89, COM A QUEDA DO MURO, ELES SE TORNARAM ESTRUTURAIS E NÃO MAIS SINÔNIMOS DE BAGUNÇA OU SUSPENSÃO TEMPORÁRIA DAS ORDENAÇÕES SOCIAIS, ECONÔMICAS, MENTAIS. A DESREGULAMENTAÇÃO ECONÔMICA, FISCAL, CULTURAL, FOI AMPLA, GERAL E IRRESTRITA. CAOS E CRISE. SEM ELES NÃO SE PENSA NADA HOJE EM DIA. SÃO MOSAICOS DE CONJUGAÇÕES POLÍTICAS, SOCIAIS, ECONÔMICAS, PSIQUIÁTRICAS, MITOLÓGICAS E MITÔMANAS. MOSAICOS EM ETERNO CRUZAMENTO E MOVIMENTAÇÃO DE ANARQUIAS REPENTINAS.

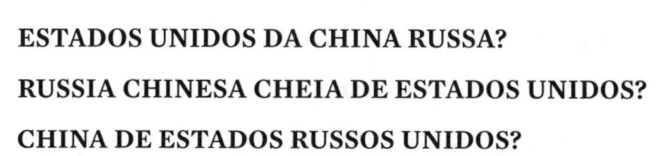

DESDE QUE A ERA MODERNA LIGOU OS SERES HUMANOS NA TOMADA 4.220 JOGANDO TODOS NA TARA DA PRODUÇÃO/TRABALHO/EMPREGO DE TUDO, PARA TUDO, PARA TODOS. JOGANDO OS HUMANOS NA TARA DA TECNOLOGIA, DO DESENVOLVIMENTO, DO DESEMPENHO, NAS TARAS DE CONTROLE E EMANCIPAÇÃO DA PRÓPRIA VIDA SEM INTERMEDIÁRIOS SOBRENATURAIS, NAS TARAS DE SEGURANÇA, DO BEM-ESTAR UTILITÁRIO CONTÍNUO NOS PROTEGENDO DO NEGATIVO OPERANTE, DA GAMA DE SENTIMENTOS ANTISSOCIAIS CRUCIAL PARA EQUALIZAR NOSSO SISTEMA NERVOSO EMOCIONAL, INTELECTUAL, IMAGINATIVO, ATIVO. DESDE QUE AS TARAS DA PROSPERIDADE FUTURA INCESSANTE, DA FELICIDADE OBRIGATÓRIA, DESDE QUE FOMOS JOGADOS, TOTALMENTE CÚMPLICES E TOTALMENTE CRÍTICOS ÀS TARAS DE CONFRONTO ENTRE RELIGIÕES HUMANISTAS, RELIGIÕES SOBRENATURAIS E RELIGIÕES DA TECNOLOGIA, O DILEMA ESTAVA DADO. DESPEDAÇADO ÂMAGO DO KARMA PSICOLÓGICO QUE GUIA O TAL PRIMATA HUMANIZADO APESAR DOS DIREITOS HUMANOS VAGAMENTE TOCAREM NO ASSUNTO. POR ISSO A SOMBRA GIGANTESCA DAS ANTIGUIDADES MENTAIS FORMA-

DORAS DE NOSSAS VÍSCERAS CEREBRAIS, CARDÍACAS E SOMÁTICAS DE DOIS MILHÕES, CINCO MILHÕES, DUZENTOS MIL ANOS ESTÁ AGORA COBRANDO PEDÁGIO DA HIPERMODERNIDADE VELOZ, CONFORTÁVEL, ABUNDANTE E TECNOPORTÁTIL QUE CUTUCA OS BÁSICOS INSTINTOS COM A DELÍCIA DAS MÁQUINAS, DAS PRÓTESES, DAS INTERFACES, DAS PROLIFERAÇÕES MAQUINAIS E MIDIÁTICAS, DAS PROPAGAÇÕES E POLUIÇÕES DEMOGRÁFICAS.

CACHORRADA DOENTIA É UM LIVRO DE FRICÇÃO CIENTÍFICA PSICOBÉLICA TERCEIRO, QUARTO, QUINTO MUNDO TENTANDO FAZER UMA CARTOGRAFIA, UM MAPEAMENTO, UMA BIÓPSIA DESSE MAL-ESTAR CARACTERIZADO PELAS CATÁSTROFES BANAIS DO CONSUMO TECNOLÓGICO, DOS CONSUMOS DAS PESSOAS POR ELAS MESMAS COMO MARCAS REGISTRADAS DE FANTASIAS HISTÉRICAS E EQUIVOCADAS. BREGA MIRROR DO BREGA MIRROR. O BREGA RUNNER DO BREGA RUNNER.

FRICÇÃO CIENTÍFICA PSICOBÉLICA DE TERCEIRO MUNDO ONDE EUGENIAS CLANDESTINAS PROLIFERAM JOGANDO NO MUNDO QUIMERAS MEIO HUMANAS QUE TOMARÃO UM CAFEZINHO AO SEU LADO

E DEPOIS... QUE JOGARÃO NO MUNDO SERES SEM PAI NEM MÃE MAS COM IMPLANTES DE CONSCIÊNCIA DIRECIONADOS PARA ALGUM FUNDAMENTALISMO E PRODUÇÃO OU FUNÇÃO SOCIAL... MÁQUINAS MISTURADAS, DRONES MISTURADOS, GENTE CLONADA, MISTURADA À GENTE BABANDO COMO CÃES HUMANOS DE PAVLOV INTENSO GERADOS PELO SUPERDESENVOLVIMENTO MINORITÁRIO (PAÍSES RICOS) EM CHOQUE COM O SUBDESENVOLVIMENTO MAJORITÁRIO (PAÍSES POBRES, ESTADOS À DERIVA, NAÇÕES EXTINTAS, ETC.) DO MUNDO HIPERMODERNO. CHOQUE CRÔNICO. CAOS E CRISE ETERNOS.

CACHORRADAS DOENTIAS DEMONSTRANDO QUE A SOCIEDADE DE CONSUMAÇÃO ESTÁ NO SEU AUGE E O FETICHE MOR É O SER HUMANO, ESSA MERCADORIA CHEIA DE TERROR E VIGILÂNCIA PARANOICA CERCANDO SUAS RAÇÕES AMOROSAS.

MEIO AMBIENTE MENTAL POLUÍDO POR PROLIFERAÇÕES, TRANSPARÊNCIAS E SIMULAÇÕES CLAUSTROFÓBICAS, MAS TODOS COM MUITA GANA DE VIVER E VIVER É LUTA RENHIDA. QUALQUER SENTIMENTO GERA PATOLOGIA HOJE EM DIA? OU É DERIVADO DE UMA? PARA CADA BEIJO E FACADA EXISTE UMA COISA

PESQUISADA E O MAIS VAGABUNDO FERRO DE PASSAR TEM A VER COM UMA PESQUISA MILITAR OU ASTROFÍSICA, MILITAR... BABA-SE DE RAIVA MAS TAMBÉM DE MISERICÓRDIA. DE HUMANITARISMO MAS TAMBÉM DE EROTISMO PERVERSO DE ENCARAR O OUTRO COMO OBJETO DE RAPINA. ISSO SEMPRE OCORREU, MAS AGORA É TRANSTORNO SOBRE TRANSTORNO CADASTRADO. SER METADE HUMANO METADE MÍDIA, INTERFACE. SER CADASTRADO, FIDELIZANDO SENDO FIDELIZADO, FINALIZANDO E SENDO FINALIZADO, SALIVANDO DE AUTOAJUDA E RELIGIOSIDADE FRACA. AQUELA QUE, SEGUNDO ESPECIALISTAS, DÁ E PASSA. TODOS TÊM SEGUIDORES. HAJA SEITA. DON'T CRY FOR ME JIM JONES.

    QUAL CAMPAINHA VAI TOCAR PARA VOCÊ SE ANIMAR? QUAL ESTATÍSTICA? QUAL ALGORITMO? É TÃO PAVLOV QUE NEM SENTIMOS MAIS. TUDO NIVELADO PELO BAIXO PREÇO A SE PAGAR PELO APERFEIÇOAMENTO DA VIDA. O INVISÍVEL, O TRANSCENDENTAL E O IMPOSSÍVEL MUITO BANAIS E VULGARES. QUANTAS VEZES O MUNDO É REGISTRADO, DIVULGADO, BIGDATADO TRANSFERIDO PARA A NUVEM DE VIDAS DIGITALIZADAS PARALELAS QUE VÃO FUNCIONAR COMO

ADENDOS NEURONAIS NO SEU CÉREBRO TODOS OS DIAS? O QUE É E O QUE NÃO É REAL, VOCÊ PERGUNTA A CADA MINUTO. QUANTAS VEZES VOCÊ É CONSUMIDO TODOS OS DIAS COM O MAIOR PRAZER? FRICÇÃO CIENTÍFICA MUITO GAMBIARRA O LIVRO CACHORRADA DOENTIA É.

NA FICÇÃO CIENTÍFICA, AS CIDADES, OS AMBIENTES URBANOS, OS CENÁRIOS GERALMENTE SÃO APRESENTADOS COMO TERRITÓRIOS ANÔMALOS, LUGARES ONDE AS FRONTEIRAS ENTRE O ESPIRITUAL, O METAFÍSICO, O TRANSCENDENTAL, O CRIMINOSO E O LEGÍTIMO, O SOBRENATURAL-FANTASMÁTICO E A REALIDADE IMANENTE, DITA MATERIAL E VISÍVEL, SENSORIAL, SENSUAL DESAPARECEM E AÍ O PANDEMÔNIO É TOTAL. O MOTE É O DE SEMPRE. HUMANISMO ENCURRALADO ENTRE O ANIMAL E A MÁQUINA. OU ENTRE O ANIMAL E O ESPIRITUAL. OU ENTRE OS TRÊS: ESPIRITOANIMÁQUINA. NO CASO DO LIVRO CACHORRADA DOENTIA, O AMBIENTE PRODIGIOSO, CATASTRÓFICO, NÃO VEM DE FORA. VEM DE DENTRO DAS PESSOAS COMO O UIVO DE UM LOBISOMEN SAPIENS DEVIDAMENTE ALIMENTADO POR INSEGURANÇAS, ANSIEDADES, VONTADES ESTRANHAS, DESEN-

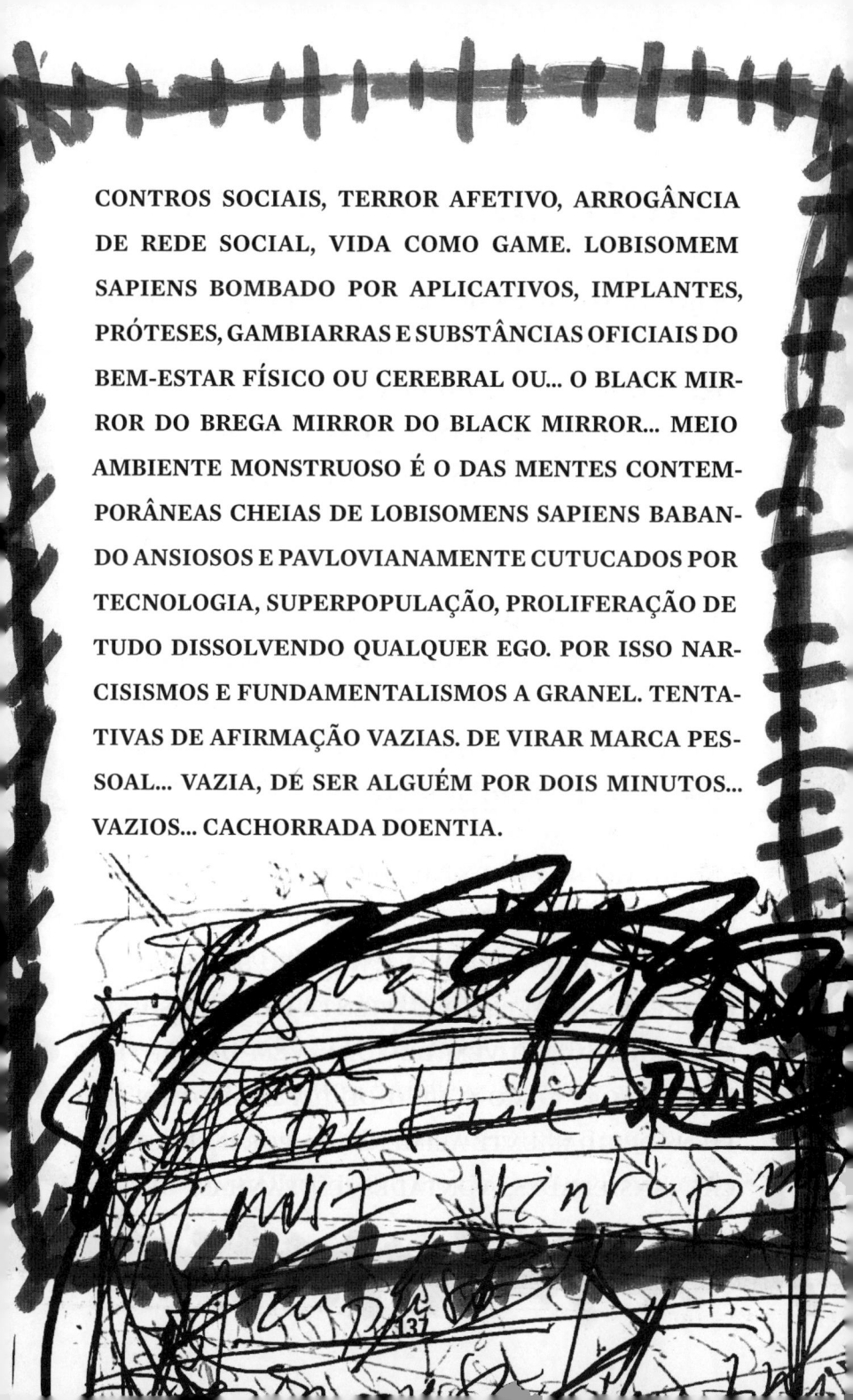

CONTROS SOCIAIS, TERROR AFETIVO, ARROGÂNCIA DE REDE SOCIAL, VIDA COMO GAME. LOBISOMEM SAPIENS BOMBADO POR APLICATIVOS, IMPLANTES, PRÓTESES, GAMBIARRAS E SUBSTÂNCIAS OFICIAIS DO BEM-ESTAR FÍSICO OU CEREBRAL OU... O BLACK MIRROR DO BREGA MIRROR DO BLACK MIRROR... MEIO AMBIENTE MONSTRUOSO É O DAS MENTES CONTEMPORÂNEAS CHEIAS DE LOBISOMENS SAPIENS BABANDO ANSIOSOS E PAVLOVIANAMENTE CUTUCADOS POR TECNOLOGIA, SUPERPOPULAÇÃO, PROLIFERAÇÃO DE TUDO DISSOLVENDO QUALQUER EGO. POR ISSO NARCISISMOS E FUNDAMENTALISMOS A GRANEL. TENTATIVAS DE AFIRMAÇÃO VAZIAS. DE VIRAR MARCA PESSOAL... VAZIA, DE SER ALGUÉM POR DOIS MINUTOS... VAZIOS... CACHORRADA DOENTIA.

JIHAD DA ZONA OESTE

UMA GAROTA DE BANGU, FINA FLOR DO SENAI (O SERVIÇO NACIONAL DA INDÚSTRIA, PRIMO DO SENAC, SERVIÇO NACIONAL DO COMÉRCIO), UMA GAROTA PRENDADA, MAS FASCINADA POR GUERRAS SANTAS, CRUZADAS, JIHADS ESOTÉRICAS, QUE SÃO JORNADAS DE AUTOCONHECIMENTO E JIHADS POPULARIZADAS MIDIATICAMENTE, AS DE SEITAS TERRORISTAS. FASCINAÇÃO PELAS GUERRAS SANTAS QUE ELA OCULTA NO SEU CORAÇÃO SUBLIMANDO SUA IMPRESSÃO DE QUE SÓ EXISTEM INFIÉIS NESTE MUNDO NO QUE DIZ RESPEITO À COOPERAÇÃO COM O PRÓXIMO E AO MERGULHO DENTRO DE SI MESMO.

JIHAD ESCONDIDA NO CORAÇÃO.

MAS UM DIA, DEPOIS DE MAIS UM ACHAQUE DA MILÍCIA, MAIS UM ACHAQUE DO TRÁFICO, MAIS UM ACHAQUE DE BANDIDOS ALUCINADOS, ASSASSINATOS GRATUITOS, MAIS UM ACHAQUE DE POLÍCIA DESVIADA E VIZINHOS ESCROTOS, DEPOIS DE MAIS UMA VEZ CHEGAR NA WEB E SE DEPARAR COM PSICO-

PATAS DA FOFURA, OS FOFOPATAS, DEPOIS DE MAIS UM DIA ASSIM, ELA RESOLVEU TOMAR UMA PROVIDÊNCIA E PROMOVER A JIHAD DA ZONA OESTE.

PRIMEIRO ESCOLHER UM HINO, UMA MÚSICA SÍMBOLO ESTIMULANTE. PROCUROU NO HIP HOP, NO RAP, NADA. MUITO CLICHÊ. PROCUROU NO FUNK PROIBIDÃO E NO ROCK. IBIDEM. NADA.

FOI ACHAR, POR INCRÍVEL QUE PAREÇA, NA MÚSICA PROGRESSIVA DOS ANOS SETENTA. GRUPO GENESIS. MÚSICA "THE KNIFE" – A FACA. LETRA PERFEITA.

DEPOIS ESCOLHER UM CODINOME.

ELA SE INTITULOU A GRANADA ANSIOSA.

SEU IRMÃO CONVOCADO NEM TITUBEOU E SE INTITULOU O PINO DE DEUS. ESTAVA FORMADO O NÚCLEO DA JIHAD ZONA OESTE.

ELA, FINA FLOR DO SENAI. SEU IRMÃO, EXÍMIO TRABALHADOR DE LOJA DE FERRAGENS DESDE PEQUENO. OS DOIS JUNTOS FORMAVAM UM SUPER ARTHUR BISPO DO ROSÁRIO BÉLICO E CRIARAM UM MANTO CHEIO DE GAMBIARRAS EXPLOSIVAS E PONTIAGUDAS. MAS O GRANDE MÉRITO DESSE MANTO ERA A SUA CAPACIDADE DE CAMUFLAGEM, POIS PODERIAM FICAR PERTO DE TRAFICANTES, DE POLI-

CIAIS, DE MILICIANOS, DE FOFOPATAS, DE VIZINHOS ESCROTOS QUE NINGUÉM PERCEBERIA E ELES PODERIAM EXPLODIR SEUS CORPOS PARA PURIFICAR A ZONA OESTE. FAZER A JIHAD BANGUENSE.

A CONVOCAÇÃO VIRALIZOU E GENTE DE TODAS AS PERIFERIAS, DE TODA A ZONA OSTE SE APRESENTOU INDO MUITO ALÉM DE JACAREPAGUÁ, BANGU, PADRE MIGUEL, SANTA CRUZ, SEPETIBA... TOMANDO O BRASIL INTEIRO.

COMO AS POLÍCIAS IMPEDIRIAM OS CAMUFLADOS JIHADISTAS? COMO OS MILICIANOS E TRAFICANTES PERCEBERIAM A APROXIMAÇÃO DESSES GUERREIROS DO JUÍZO FINAL DE CADA DIA BRASILEIRO, CADA DIA CARIOCA, PAULISTA, AMAZONENSE, BAIANO, GAÚCHO?... NEM O EXÉRCITO SE ATREVERIA A IMAGINAR O QUE SE AVIZINHAVA NAS SUAS HOSTES PRIVILEGIADAS E PARASÍTICAS. A JIHAD DA ZONA OESTE FORMARIA COM O VINGADOR SÚLFURA UM PESQUISADOR BRILHANTE QUE ATUOU EM PESQUISAS DE ENGENHARIA MOLECULAR PARA CRIAR NOVOS MATERIAIS MAIS BARATOS PARA VÁRIAS ATIVIDADES, FACILITANDO A VIDA DAS ASSIM CHAMADAS PESSOAS, MAS FOI DEFENESTRADO DAS SUAS PESQUI-

SAS POR FALTA DE GRANA E, PARA PIORAR AS COISAS, SEU FILHO MAIS VELHO SE METEU NUMA CONFUSÃO NORMAL DE JOVENS EM BOATE, AQUELA VELHA E PATÉTICA SITUAÇÃO DE PAQUERA DA GOSTOSA ALHEIA, PAQUERA DO GOSTOSO ALHEIO, POIS FOI MÚTUA A PARADA, DIGAMOS ASSIM, E NESSA CONFUSÃO, NESSA PANCADARIA, UM DOS JOVENS MORREU E O FILHO DO NOSSO PESQUISADOR FOI PARAR NA CADEIA JUNTO COM OUTROS DOIS ENVOLVIDOS NA CONFUSÃO. TODOS PRESOS INJUSTAMENTE, POIS O TIRO QUE ATINGIU MORTALMENTE O FALECIDO FOI DADO POR UM SOBRINHO MARRENTO DE POLICIAL, UM YOUTUBER ESPECIALISTA EM ATIRAR NAS EMBALAGENS DOS ENTREGADORES DE COMIDA PELA CIDADE, SNIPER DE UBER FOOD, ELE SE INTITULAVA, ASSUSTANDO, DERRUBANDO NO MEIO DA RUA E PROVOCANDO ATÉ MORTES POR ATROPELAMENTO DOS ENTREGADORES. CONSEGUIU SE MANDAR E FICOU FORAGIDO ATÉ QUE O VINGADOR...

    O QUE IMPORTA É QUE O PESQUISADOR SOUBE QUE O FILHO FORA MORTO NA CADEIA JUNTO COM OS OUTROS DOIS, POIS, DE ALGUMA MANEIRA, O TAL SNIPER TINHA LIGAÇÃO COM OS ENCARCE-

RADOS QUE FAZIAM PARTE DE ALGUM MINISTÉRIO PRISONAL, POIS O ESTADO BRASILEIRO EM VÁRIAS REGIÕES PERDEU A GUERRA PARA AS GRANDES FACÇÕES CRIMINOSAS QUE TRANSFORMARAM EM MUNICÍPIOS, EM DISTRITOS ANARCOINDEPENDENTES AS CARCERAGENS. AO SABER DISSO, DESESPERADO, O ALQUIMISTA DAS TECNOLOGIAS, ENGENHEIRO DAS MUTAÇÕES MOLECULARES RESOLVEU CAIR NA JIHAD DE UM HOMEM SÓ E, COM A AJUDA DE UM PRIMO EX--CARCEREIRO QUE TOMAVA REMÉDIOS PARA DOMAR AS LEMBRANÇAS DE CABEÇAS CORTADAS E RINS PENDURADOS EM IÔ-IÔS, ENFIM, ESSE PRIMO CONSEGUIU SABER DOS LOTES VENDIDOS PARA MILÍCIAS E FACÇÕES CRIMINOSAS, LOTES DE MUNIÇÃO.

O QUE O PESQUISADOR FEZ? PENETROU NOS LUGARES DE ARMAZENAMENTO DOS LOTES, ABRIU AS CAIXAS E COLOCOU ÁCIDO SULFÚRICO PLASTIFICADO NAS MUNIÇÕES. FECHOU, LACROU TUDO NOVAMENTE. UMA NOITE INTEIRA, MAS VALEU A PENA. CENTENAS DE TRAFICANTES E POLICIAIS E MILICIANOS E GENTE NAS CADEIAS TIVERAM O ROSTO DESFIGURADO E O CÉREBRO ESCANCARADO, POIS QUANDO ACIONAVAM OS GATILHOS DOS FUZIS E

DAS PISTOLAS, RECEBIAM NA FUÇA O ÁCIDO PLASTIFICADO. FORA A COMIDA QUE IA PARA ELES COM DEVIDAS E INÉDITAS BACTÉRIAS QUE EMPEDRAVAM OS INTESTINOS, DIMINUÍAM OS CORAÇÕES ATÉ VIRAREM PONTOS MINÚSCULOS ENTRE OS PULMÕES, E AINDA BOTAVAM PARA DENTRO ERVILHAS CAÇADORAS DE AXILAS QUE ARROMBAVAM SOVACOS PARA SAIR E AS DORES ERAM IMENSAS... O FILHO FOI ENCONTRADO EMPAREDADO E O VINGADOR SULFURA ATORMENTA ESSA TURMA TODA SEMANA. COM ELE E COM O CASAL JESUS DE BARRABÁS E MADALENA CHAPARRAL, A GAROTA DE BANGU E SUA JIHAD DA ZONA OESTE FORMAM A SANTA TRINDADE DA ANARQUIA VINGATIVA ESPETACULAR, JÁ QUE O PAÍS É FAROESTE MESMO... JIHAD DA ZONA OESTE.

VOLTANDO PARA A GAROTA DE BANGU.

DEPOIS DA CONVOCAÇÃO, VIRALIZARAM VÍDEOS COM MENSAGENS PARA OS PAIS, AVÓS, TIOS QUE CHORAVAM E SE REVOLTAVAM COM A ATITUDE DA GAROTADA QUE DIZIA PARA ELES NAS MENSAGENS: "NÃO SE PREOCUPEM, PAPAI, MAMÃE, VOVÓ, VOVÔ, TITIO, TITIA, IRMÃOS PEQUENOS, PORQUE VOCÊS JAMAIS VÃO ENTENDER A NOSSA INTENÇÃO EXPLOSIVA, MAS

DEVEMOS DIZER QUE FAZEMOS ISSO POR AMOR, POIS, DAS NOSSAS CINZAS, A ZONA OESTE, TODAS AS ZONAS CONFLAGRADAS, RENASCERÃO COMO FÊNIXES DESCONCERTANTES. É POR AMOR, PAPAI, MAMÃE. JIHAD!!"

E PETER GABRIEL, VOCALISTA DO GRUPO GENESIS, CANTAVA NA MÚSICA "THE KNIFE":

"DIGA QUE MINHA VIDA ESTÁ PRESTES A COMEÇAR, DIGA QUE SOU UM HERÓI

(UMA HEROÍNA)

PROMETA-ME OS SEUS SONHOS MAIS VIOLENTOS

ILUMINE SEU CORAÇÃO COM RAIVA

AGORA NESTE MUNDO DESAGRADÁVEL

É O TEMPO PARA DESTRUIR TODO ESSE MAL

AGORA QUANDO EU DER A PALAVRA

PREPARE-SE PARA LUTAR PELA SUA LIBERDADE

(E QUANDO A PALAVRA DEFINITIVA FOR DITA,

A CRUZADA, A JIHAD COMEÇARÁ)

AGORA

LEVANTE-SE E LUTE, POIS VOCÊ SABE QUE ESTAMOS CERTOS

DEVEMOS ATACAR AS MENTIRAS

QUE SE ESPALHARAM COMO DOENÇAS EM NOSSAS MENTES

EM BREVE TEREMOS O PODER
CADA SOLDADO VAI DESCANSAR
E IREMOS ESPALHAR NOSSA BONDADE
PARA TODOS QUE AGORA MERECEM NOSSO AMOR
ALGUNS DE VOCÊS VÃO MORRER
MÁRTIRES NATURALMENTE
PARA A LIBERDADE QUE EU LHES PROVIREI
VOU TE DAR OS NOMES DAQUELES QUE VOCÊ DEVE MATAR
LEVE SUAS CABEÇAS PARA O PALÁCIO DO VELHO
PENDURE-AS ALTO
DEIXE O SANGUE FLUIR
AGORA NESTE MUNDO DESAGRADÁVEL
QUEBRE TODAS AS CORRENTES AO NOSSO REDOR
AGORA A CRUZADA COMEÇOU
DÊ-NOS UMA TERRA DE HERÓIS
AGORA"

O GOVERNO FLUMINENSE, AS PREFEITURAS E SECRETARIAS DE MAIS OU MENOS SEGURANÇA ESTÃO EM ALERTA MÁXIMO DE DESESPERO NO QUE DIZ RESPEITO À RELAÇÃO POLÍTICA COM O PBE – PARTIDO DA BANDIDAGEM EXPLÍCITA –, POIS CORPOS

FACÍNORAS, TRAFICOSOS, MAFIOSOS, LEGISLATIVAMENTE PROTEGIDOS E DELINQUENTES, ESTÃO ESPALHADOS COMO NATUREZAS HUMANAS MORTINHAS PELOS MORROS, PELOS SUBÚRBIOS, PELA ZONA NORTE, POR TODA ZONA OESTE. QUE MILAGRE FOI ESSE? OS MORADORES SITIADOS, ACHACADOS, ENCURRALADOS POR COBRANÇAS ABUSIVAS E MUITOS COMPLETAMENTE ENLOUQUECIDOS E SURRADOS. IDOSOS, CRIANÇAS, GAROTAS BONITAS DE SEUS TREZE ANOS DEVIDAMENTE ESTUPRADAS, GAROTOS TAMBÉM, TODO MUNDO ESTUPRADO, VAGANDO, MUITOS VAGANDO, COMPLETAMENTE PERTURBADOS MENTALMENTE, EMOCIONALMENTE, COLOCADOS NUM BECO DE VIDA SEM SAÍDA. MAS, DE REPENTE, DURANTE VINTE E QUATRO HORAS, EXPLOSÕES OCORRERAM SEM PARAR, TRANSFORMANDO MUITOS LUGARES E COMUNIDADES, MUITOS PONTOS ESPECÍFICOS DESSAS COMUNIDADES EM CAMPOS DE ROJÃO INESPERADOS. OS QUE VAGAVAM, PARAVAM PARA ASSISTIR AO ESPETÁCULO EXTASIADOS. OS QUE AINDA CONSEGUIAM PAGAR AS TAXAS, ACHARAM QUE ERA O FIM DE SUAS VIDAS, MAS QUANDO AMANHECEU, ESTRANHARAM A FALTA DE MOVIMENTAÇÃO DA TURMA

TIRÂNICA. CADÊ TODO MUNDO? NEM SABIAM O QUE FAZER, COMO SE COMPORTAR, ACHAVAM QUE ERA UMA ARMADILHA, UMA PEGADINHA. MAS NÃO. FOI NESSE INSTANTE QUE MUITOS SE LEMBRARAM DA JIHAD. DA GAROTA DE BANGU CONVOCADORA DE PERIFERIAS RADICAIS E A MAIORIA SENTOU NALGUM PONTO DA RUA, NALGUM PONTO DA CASA E CHOROU, SE ABRAÇOU, RIU PARA CARALHO. MAS CONTINUOU DESCONFIADA DE TUDO. POR ENQUANTO O FAROESTE TÁ SUSPENSO.

JIHAD DA ZONA OESTE.

CACHORRADA DOENTIA 2

EXISTE UM CANAL NA WEB CHAMADO CACHORRADA DOENTIA. ELE É HABITADO POR RIPS – REPÓRTERES INVESTIGATIVOS PSIQUIÁTRICOS. ELES VIVEM MEDINDO A TEMPERATURA E PRESSÃO DAS TEMPESTADES AFETIVAS, DO CALOR HUMANO PELO MUNDO.

ELES TÊM UMA GAROTA DO TEMPO PSIQUIÁTRICO QUE ASSINALA E COMENTA NUM MAPA AS MOVIMENTAÇÕES DO CALOR HUMANO, DOS SENTIMENTOS, DOS HORMÔNIOS, DOS HUMORES, DAS COMOÇÕES E EMOÇÕES, DAS TARAS E TRANSTORNOS. O CLIMA MENTAL EM VÁRIAS REGIÕES DO PLANETA.

QUANDO DONALD TRUMP CHAMOU UM DAQUELES ATIRADORES DE COLÉGIO DE CACHORRINHO DOENTINHO, ELES MORBIDAMENTE VIBRARAM E RESOLVERAM FAZER UMA PESQUISA NOS CINCO CONTINENTES PARA SABER QUANTO DE CACHORRINHO DOENTINHO AS PESSOAS TINHAM DENTRO DELAS.

SE SURPREENDERAM, POIS A MAIORIA ABSOLUTA DISSE QUE SE SENTIA TOTALMENTE PET, OU SEJA, EM **P**ERMANENTE **E**STADO **T**RAUMÁTICO COM SUAS PORÇÕES AMOROSAS, SUAS RAÇÕES AFETIVAS SENDO

SUBITAMENTE ATACADAS POR MEDO, RAIVA, TRISTEZA, DESAMPARO.

CIENTE DISSO, A DIRETORA DO CANAL DISSE "VOU TER QUE CONVERSAR COM O FILÓSOFO CUJO PRINCIPAL LIVRO DEU NOME AO CANAL: CACHORRADA DOENTIA, O MUNDO TRANSFORMADO NUM PANDEMÔNIO DE SEITAS COLETIVAS E INDIVIDUAIS". "E ONDE ESTÁ ESSE FILÓSOFO?" PERGUNTAM OS FUNCIONÁRIOS DO SITE. "ELE ESTÁ NO BRASIL".

"E POR QUE NO BRASIL?"

"PORQUE O BRASIL É UM ABISMO QUE NUNCA CHEGA, É UM LUGAR DE VERTIGENS SOCIAIS E MENTAIS CRÔNICAS".

"E NO BRASIL ELE ESTÁ ONDE?"

"ESTÁ NO RAMAL DE JAPERI, NUM VAGÃO HABITADO POR FUNKEIROS DANÇANDO EM SILÊNCIO COM FONES DE OUVIDO. ELES SE INTITULAM OS MONGES DO FUNK INTERIOR".

A DIRETORA DO CANAL VIAJA ATÉ O RIO DE JANEIRO. CHEGA AO RAMAL DE JAPERI NA BAIXADA FLUMINENSE, CONSEGUE ACHAR O VAGÃO DO FILÓSOFO, DO MENTOR DA CACHORRADA DOENTIA. ELA ATRAVESSA OS MONGES DO FUNK INTERIOR, CHEGA

NA FRENTE DO FILÓSOFO E DIZ A SENHA DAS EMOÇÕES PRIMORDIAIS. ELA DIZ "MEDO, RAIVA, TRISTEZA, DESAMPARO".

ENTRE UMA ANITTA E OUTRA, NOS FONES DOS FUNKEIROS, O FILÓSOFO DIZ PRA ELA:

"POIS É, ESSE NEGÓCIO DAS PESSOAS SE ENTREGAREM A SEITAS RELIGIOSAS OU POLÍTICAS PARA DAR SENTIDO À VIDA SEMPRE VAI EXISTIR. É SÓ OLHAR PARA O BRASIL.

MAS ESSA EPIDEMIA DE DESCONFORTO ESPIRITUAL, EMOCIONAL, MENTAL, ESSE DESCONFORTO SÚBITO COM EFEITOS COLATERAIS DE VIOLÊNCIA E AUSÊNCIA SOCIAL, ISSO POSSO DIZER QUE É INÉDITO.

AS PESSOAS TRANSFORMADAS EM FEROCIDADES DOGMÁTICAS?

EM FUNDAMENTALISTAS DE QUALQUER COISA?

E NÃO ADIANTA DIZER QUE É SÓ NO BRASIL POR CAUSA DE DESGOVERNOS CRIMINOSOS E PATOLÓGICOS ETC.

AQUI PODE SER AOS BORBOTÕES POR CAUSA DA PRECARIEDADE SOCIAL, MAS A EPIDEMIA ACONTECE NO MUNDO TODO.

E ISSO É INÉDITO, PORQUE GIGANTESCO. INÉDITO PORQUE, COMO BONS ILUDIDOS MODERNOS, ACHAMOS QUE TÍNHAMOS O CONTROLE, OU PELO MENOS PODÍAMOS ALMEJAR A TER O CONTROLE RACIONAL, OPERACIONAL, CIENTÍFICO, COMERCIAL, TECNOLÓGICO, TERAPÊUTICO, SENSATO DE TODOS OS ASPECTOS DA VIDA. MAS SABEMOS QUE QUEM MANDA NESTE MUNDO É O CONFLITO, O CONFRONTO, O ETERNO COMBATE ENTRE OS DOBERMANNS DO IRRACIONAL SUPERIOR E A NOSSA TARA POR ALGUM TIPO DE ORDEM E DISCIPLINA, NOSSA VONTADE, NECESSIDADE DE TENTAR CONTROLÁ-LOS, NOSSO TESÃO EM ENFRENTÁ-LOS, DOMESTICÁ-LOS, COLOCAR COLEIRAS, FOCINHEIRAS. CIVILIZAR, ESSA FUGA ETERNA... SEMPRE. DOBERMANNS DO IRRACIONAL SUPERIOR. SOMOS VICIADOS, COMO BONS MODERNOS, EM DESAFIÁ-LOS... DAÍ QUE...

POR ISSO ESTOU AQUI NESTE VAGÃO DOS MONGES FUNKEIROS PASSANDO MARGARINA EM PÁGINAS DE LIVROS FILOSÓFICOS, LIVROS DE MAGIA MEDIEVAL, LIVROS SEMICIENTÍFICOS DO SÉCULO XIX E ALMANAQUES DE PORNOGRAFIA, FOFOCAS E CRIMES. PASSANDO MARGARINA NESSES LIVROS, ARRANCAN-

DO SUAS PÁGINAS E DANDO PARA OS CRACUDOS COMEREM E TENTAREM NÃO TOMAR A PRÓXIMA DOSE. INÚTIL. MAS INSISTO.

QUANDO EU OLHO NOS OLHOS DELES, NOS OLHOS DOS FUNKEIROS, NOS SEUS OLHOS, QUERIDA REPÓRTER, EU VEJO RAÇÕES AFETIVAS, PORÇÕES AMOROSAS AÇOITADAS, ENCURRALADAS POR MEDO, RAIVA, TRISTEZA, DESAMPARO.

ISSO FAZ PARTE DO PESADELO AMBICIOSO, O REARRANJO ONÍRICO DOS IMAGINÁRIOS ATRAVÉS DAS COMOÇÕES SOCIAIS. AS PLACAS MENTAIS ESTÃO EM REACOMODAÇÃO, ASSIM COMO AS PLACAS DA GEOSFERA AFETADA POR MOVIMENTAÇÕES SUBTERRÂNEAS E É ISSO.

A NOOSFERA, O ACÚMULO DE NUVENS DE INFORMAÇÃO VIROU TEMPESTADE CHOVENDO CACOS DE MITOLOGIAS NAS MANCHAS URBANAS. AS FREQUÊNCIAS DE FALAS E SONORIDADES DE REGISTRO QUE VAGAM POR AÍ, AS IMAGENS QUE CRUZAM O DOMO ATMOSFÉRICO, ENFIM, TODOS OS PENSAMENTOS E SENTIMENTOS E VONTADES E RACIOCÍNIOS E FALAÇÕES E DELÍRIOS, DEVANEIOS E DIGRESSÕES, REZAS E ORAÇÕES, INVOCAÇÕES, CONVOCAÇÕES, EVOCAÇÕES,

CONJURAÇÕES DE EXPECTATIVAS E PRODUÇÕES SIMBÓLICAS DOS HUMANOS ESTÁ NUMA ESPÉCIE DE LIXEIRA SUSPENSA SOBRE NÓS. DETRITOS, RESTOS DE SONHOS, DE IMAGINÁRIOS, DE PASSADO, PRESENTE E FUTURO CAEM TODA HORA EM CIMA DA GENTE.

ESTAMOS VIVENCIANDO MAIS UM MOMENTO BARROCO DE ÁPICE MANEIRISTA. O MUNDO COMO ETERNO LABIRINTO DE CRISES (SE QUISER REDUZIR TUDO AO CAPITALISMO... MAS NÃO É SÓ ISSO. FIQUE ATENTA). SEMPRE FOI ASSIM, SÓ QUE AGORA COM MUITA VELOCIDADE, COM MUITO MILITARISMO, COM MUITA MANCHA URBANA CHEIA DE GENTE JOGADA FORA. SÓ QUE AGORA, COM O CLIMA AGITADO POR FENÔMENOS EXTREMOS E TUDO QUE É HUMANO VIRANDO EXTREMISMO DE CONSUMO E CONSUMAÇÃO, BEM, NESTA NOVA ERA DE EXTREMOS, O LIMBOCENO, A MOVIMENTAÇÃO DAS PLACAS MENTAIS SE DÁ DE FORMA MAIS BRUTAL E DEMENTE.

O APEIRON, A ETERNIDADE, O INOMINÁVEL, O DIVINO MASSACRANTE, O INFINITO, O DILACERANTE CAOS GERADOR DE TUDO CHEGA JUNTO ATRAVÉS DOS ROMBOS NA CAPA DE OZÔNIO MENTAL DE CADA UM DEVIDO À PRECARIEDADE DE TUDO.

PRECARIADO SIM, ABSOLUTO.

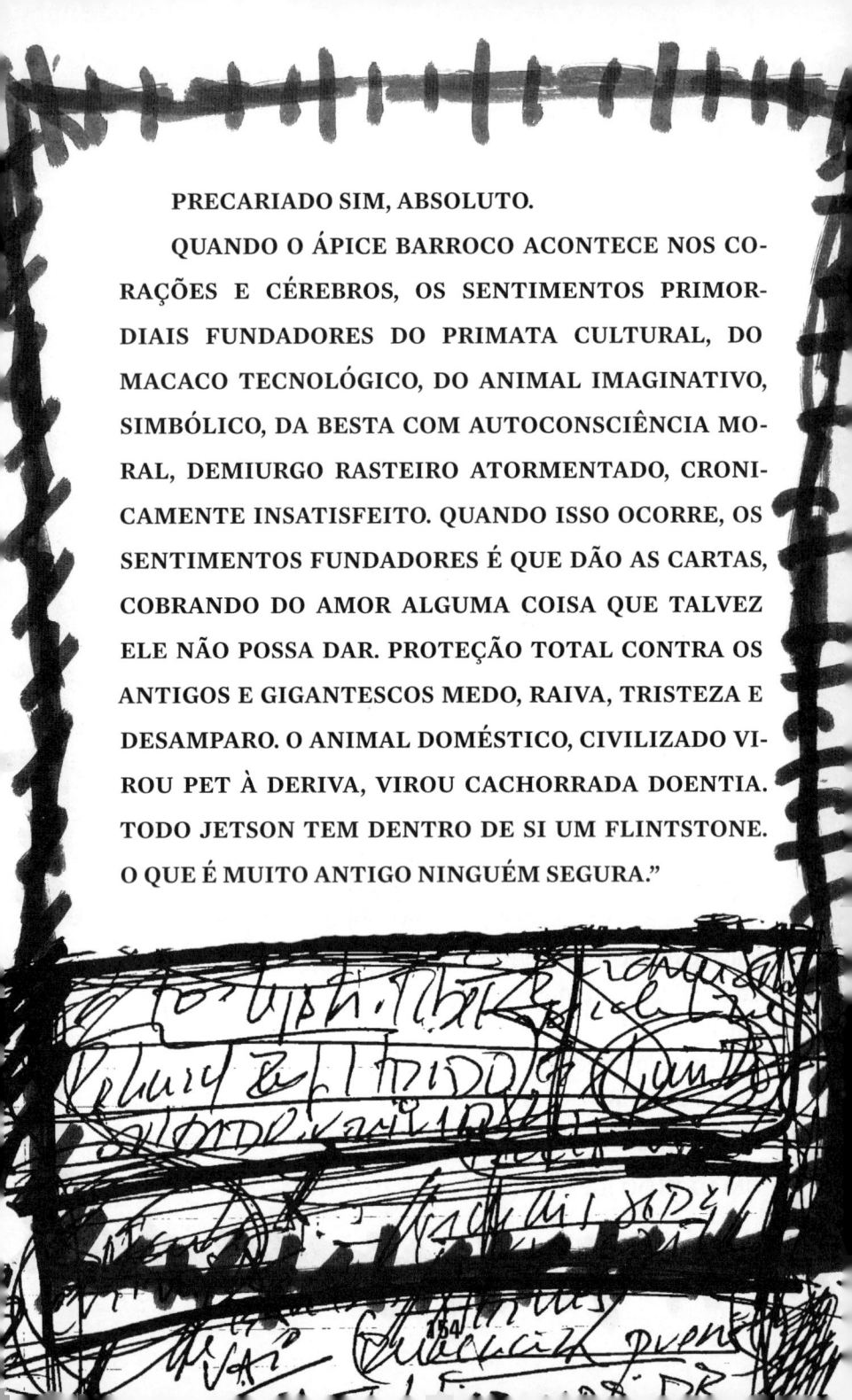

QUANDO O ÁPICE BARROCO ACONTECE NOS CORAÇÕES E CÉREBROS, OS SENTIMENTOS PRIMORDIAIS FUNDADORES DO PRIMATA CULTURAL, DO MACACO TECNOLÓGICO, DO ANIMAL IMAGINATIVO, SIMBÓLICO, DA BESTA COM AUTOCONSCIÊNCIA MORAL, DEMIURGO RASTEIRO ATORMENTADO, CRONICAMENTE INSATISFEITO. QUANDO ISSO OCORRE, OS SENTIMENTOS FUNDADORES É QUE DÃO AS CARTAS, COBRANDO DO AMOR ALGUMA COISA QUE TALVEZ ELE NÃO POSSA DAR. PROTEÇÃO TOTAL CONTRA OS ANTIGOS E GIGANTESCOS MEDO, RAIVA, TRISTEZA E DESAMPARO. O ANIMAL DOMÉSTICO, CIVILIZADO VIROU PET À DERIVA, VIROU CACHORRADA DOENTIA. TODO JETSON TEM DENTRO DE SI UM FLINTSTONE. O QUE É MUITO ANTIGO NINGUÉM SEGURA."

CACHORRADA DOENTIA 3

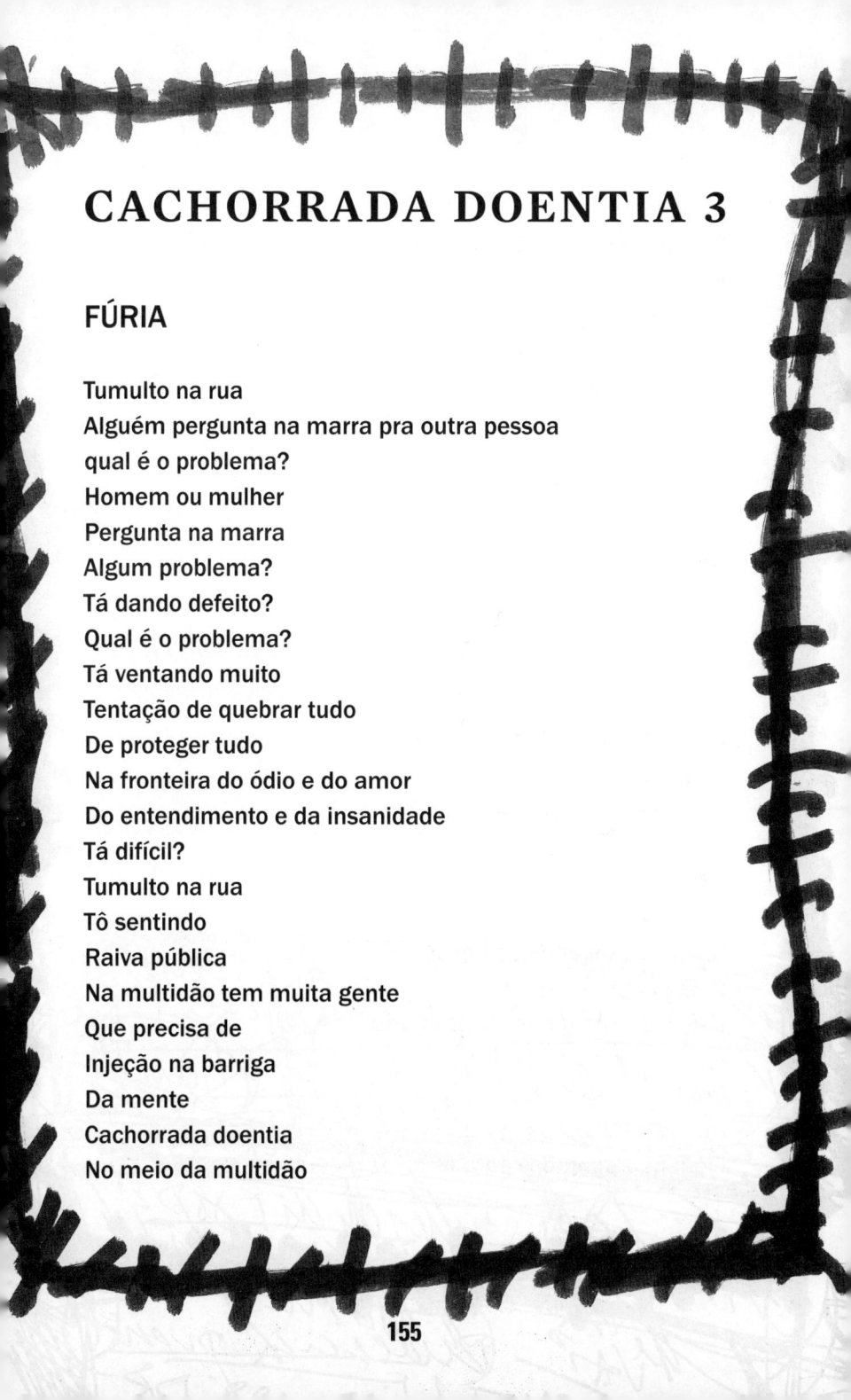

FÚRIA

Tumulto na rua
Alguém pergunta na marra pra outra pessoa
qual é o problema?
Homem ou mulher
Pergunta na marra
Algum problema?
Tá dando defeito?
Qual é o problema?
Tá ventando muito
Tentação de quebrar tudo
De proteger tudo
Na fronteira do ódio e do amor
Do entendimento e da insanidade
Tá difícil?
Tumulto na rua
Tô sentindo
Raiva pública
Na multidão tem muita gente
Que precisa de
Injeção na barriga
Da mente
Cachorrada doentia
No meio da multidão

De repente
Gasolina tá pingando na jaqueta
É só rolar uma faísca
Apenas um motivo idiota
E alguém vira Cavalo da Barbárie
Animal desencapado
Insatisfeito muito louco
Achando com vontade
Que sua Fome de Viver
Ninguém vai compreender
Quer seu ego dissolvido
Numa última promessa
De redenção
De repente
Você nem notou
Mas o Dia da Fúria chegou
Já tem sangue na ladeira
Beijo fugitivo na estrada
Né nada né nada
Tá ventando muito
Barulho na rua
Gasolina pingando no lábio
Basta uma faísca
E alguém vira Cavalo da Barbárie
Animal desencapado
Por isso, meu amigo
Por isso, minha amiga
Fiquem preparados para os uivos repentinos

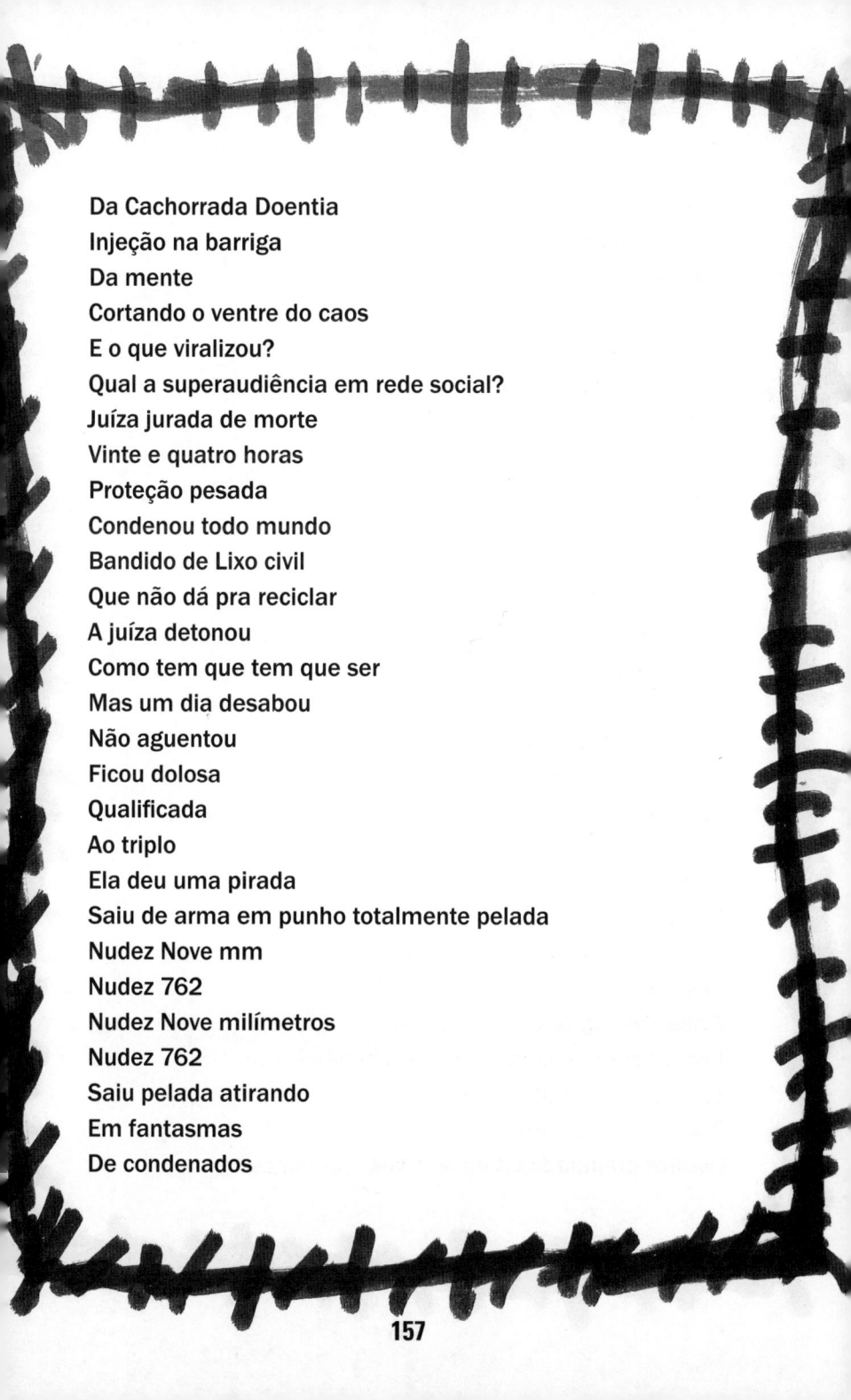

Da Cachorrada Doentia
Injeção na barriga
Da mente
Cortando o ventre do caos
E o que viralizou?
Qual a superaudiência em rede social?
Juíza jurada de morte
Vinte e quatro horas
Proteção pesada
Condenou todo mundo
Bandido de Lixo civil
Que não dá pra reciclar
A juíza detonou
Como tem que tem que ser
Mas um dia desabou
Não aguentou
Ficou dolosa
Qualificada
Ao triplo
Ela deu uma pirada
Saiu de arma em punho totalmente pelada
Nudez Nove mm
Nudez 762
Nudez Nove milímetros
Nudez 762
Saiu pelada atirando
Em fantasmas
De condenados

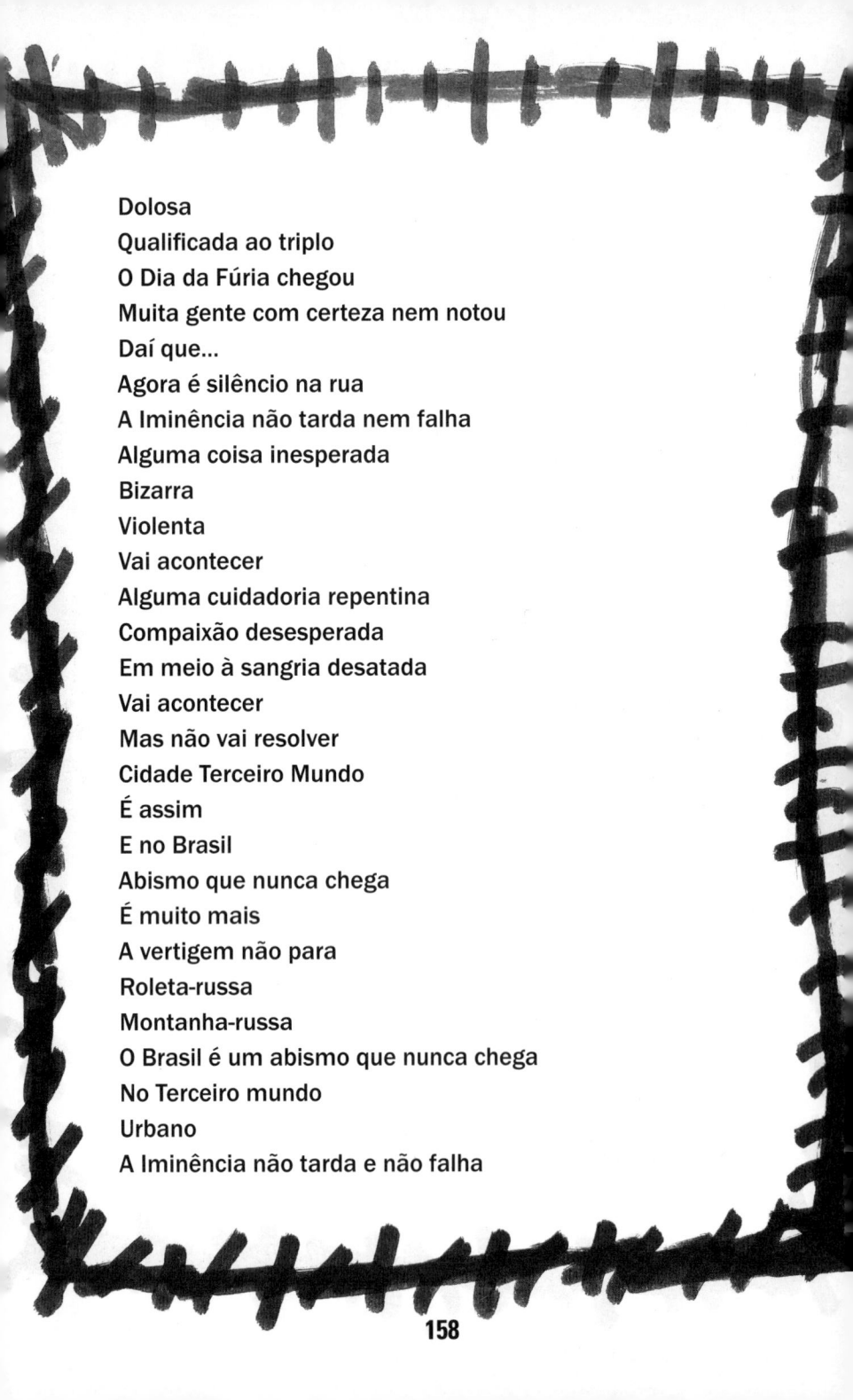

Dolosa
Qualificada ao triplo
O Dia da Fúria chegou
Muita gente com certeza nem notou
Daí que...
Agora é silêncio na rua
A Iminência não tarda nem falha
Alguma coisa inesperada
Bizarra
Violenta
Vai acontecer
Alguma cuidadoria repentina
Compaixão desesperada
Em meio à sangria desatada
Vai acontecer
Mas não vai resolver
Cidade Terceiro Mundo
É assim
E no Brasil
Abismo que nunca chega
É muito mais
A vertigem não para
Roleta-russa
Montanha-russa
O Brasil é um abismo que nunca chega
No Terceiro mundo
Urbano
A Iminência não tarda e não falha

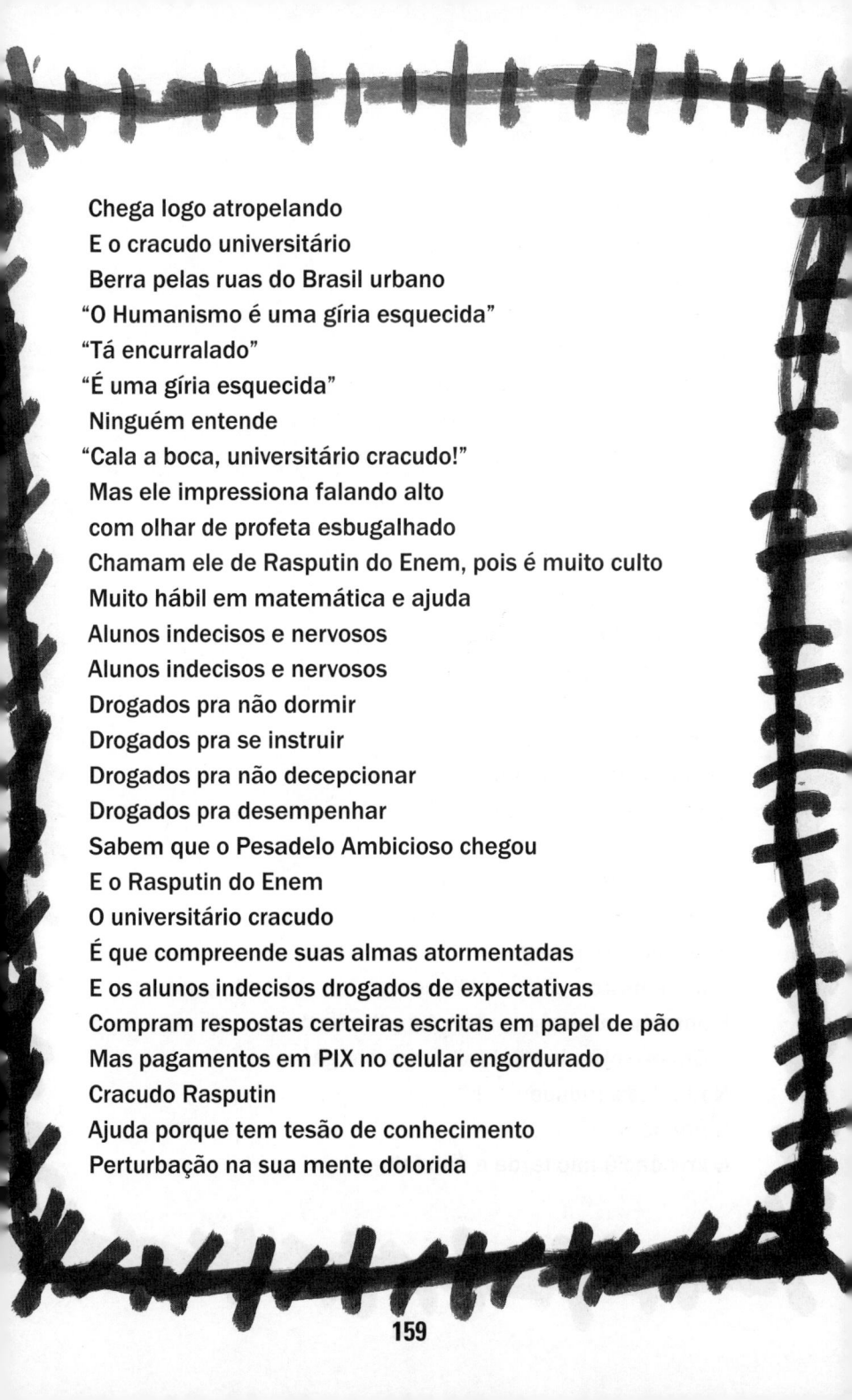

Chega logo atropelando
E o cracudo universitário
Berra pelas ruas do Brasil urbano
"O Humanismo é uma gíria esquecida"
"Tá encurralado"
"É uma gíria esquecida"
Ninguém entende
"Cala a boca, universitário cracudo!"
Mas ele impressiona falando alto
com olhar de profeta esbugalhado
Chamam ele de Rasputin do Enem, pois é muito culto
Muito hábil em matemática e ajuda
Alunos indecisos e nervosos
Alunos indecisos e nervosos
Drogados pra não dormir
Drogados pra se instruir
Drogados pra não decepcionar
Drogados pra desempenhar
Sabem que o Pesadelo Ambicioso chegou
E o Rasputin do Enem
O universitário cracudo
É que compreende suas almas atormentadas
E os alunos indecisos drogados de expectativas
Compram respostas certeiras escritas em papel de pão
Mas pagamentos em PIX no celular engordurado
Cracudo Rasputin
Ajuda porque tem tesão de conhecimento
Perturbação na sua mente dolorida

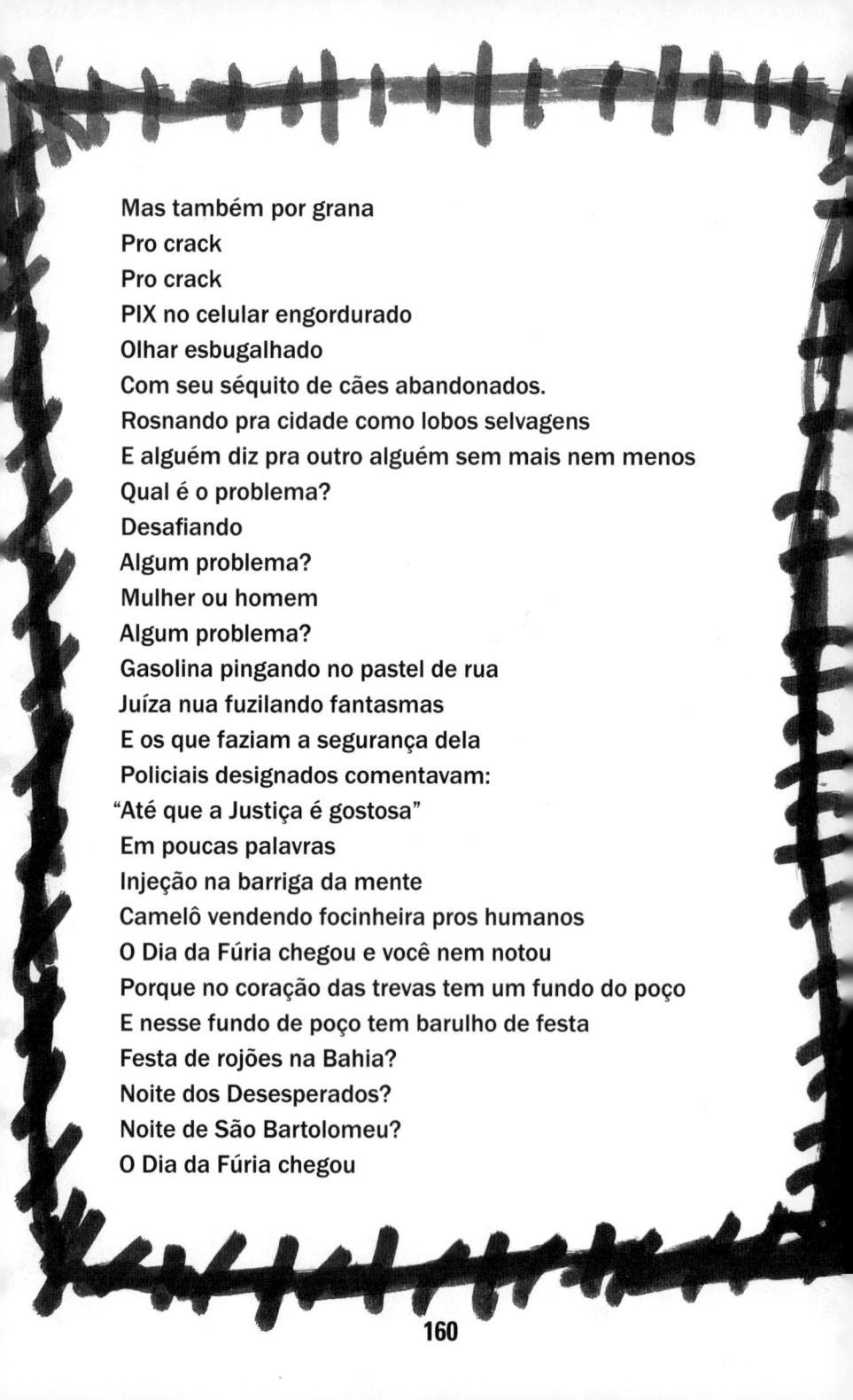

Mas também por grana
Pro crack
Pro crack
PIX no celular engordurado
Olhar esbugalhado
Com seu séquito de cães abandonados.
Rosnando pra cidade como lobos selvagens
E alguém diz pra outro alguém sem mais nem menos
Qual é o problema?
Desafiando
Algum problema?
Mulher ou homem
Algum problema?
Gasolina pingando no pastel de rua
Juíza nua fuzilando fantasmas
E os que faziam a segurança dela
Policiais designados comentavam:
"Até que a Justiça é gostosa"
Em poucas palavras
Injeção na barriga da mente
Camelô vendendo focinheira pros humanos
O Dia da Fúria chegou e você nem notou
Porque no coração das trevas tem um fundo do poço
E nesse fundo de poço tem barulho de festa
Festa de rojões na Bahia?
Noite dos Desesperados?
Noite de São Bartolomeu?
O Dia da Fúria chegou

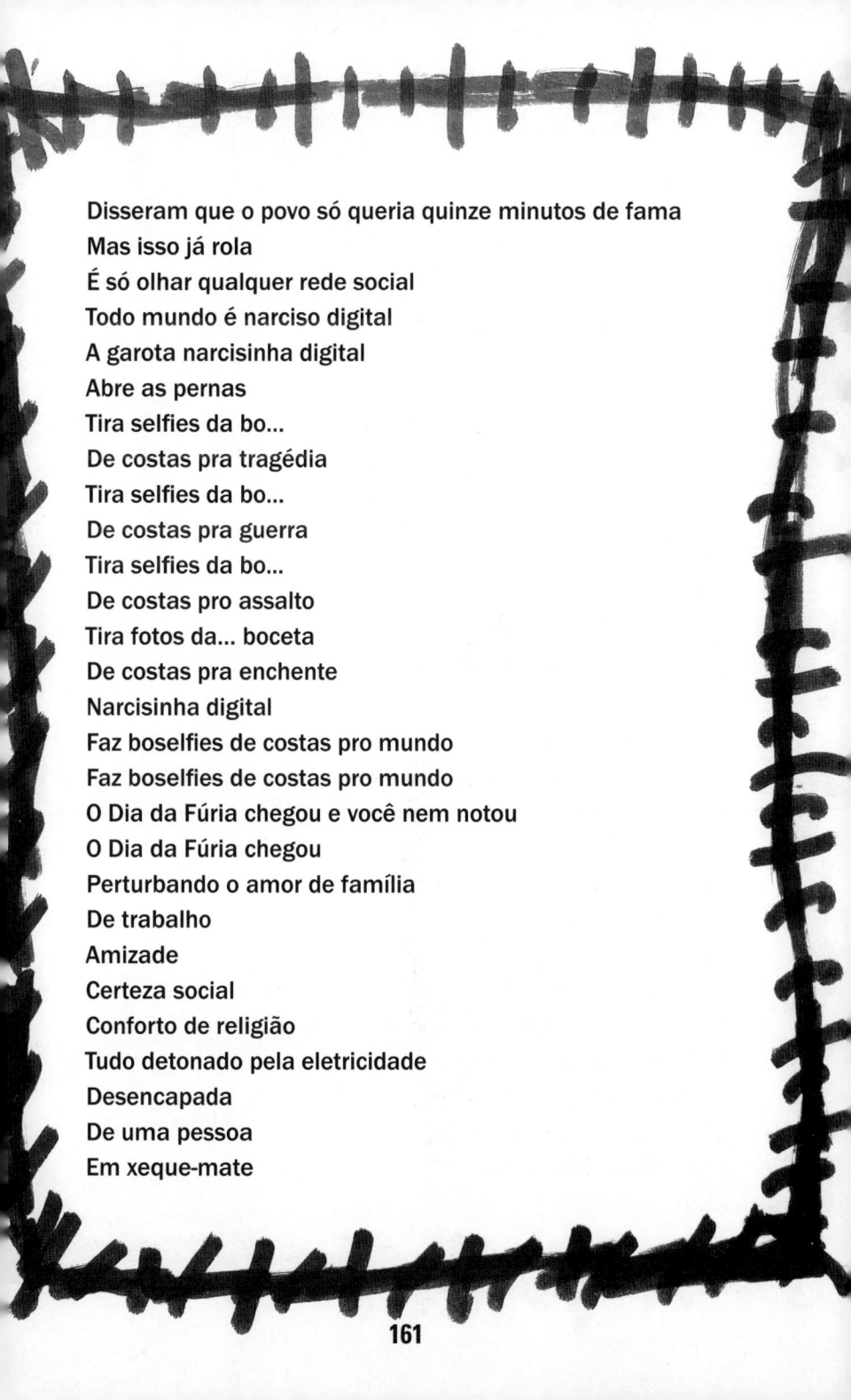

Disseram que o povo só queria quinze minutos de fama
Mas isso já rola
É só olhar qualquer rede social
Todo mundo é narciso digital
A garota narcisinha digital
Abre as pernas
Tira selfies da bo...
De costas pra tragédia
Tira selfies da bo...
De costas pra guerra
Tira selfies da bo...
De costas pro assalto
Tira fotos da... boceta
De costas pra enchente
Narcisinha digital
Faz boselfies de costas pro mundo
Faz boselfies de costas pro mundo
O Dia da Fúria chegou e você nem notou
O Dia da Fúria chegou
Perturbando o amor de família
De trabalho
Amizade
Certeza social
Conforto de religião
Tudo detonado pela eletricidade
Desencapada
De uma pessoa
Em xeque-mate

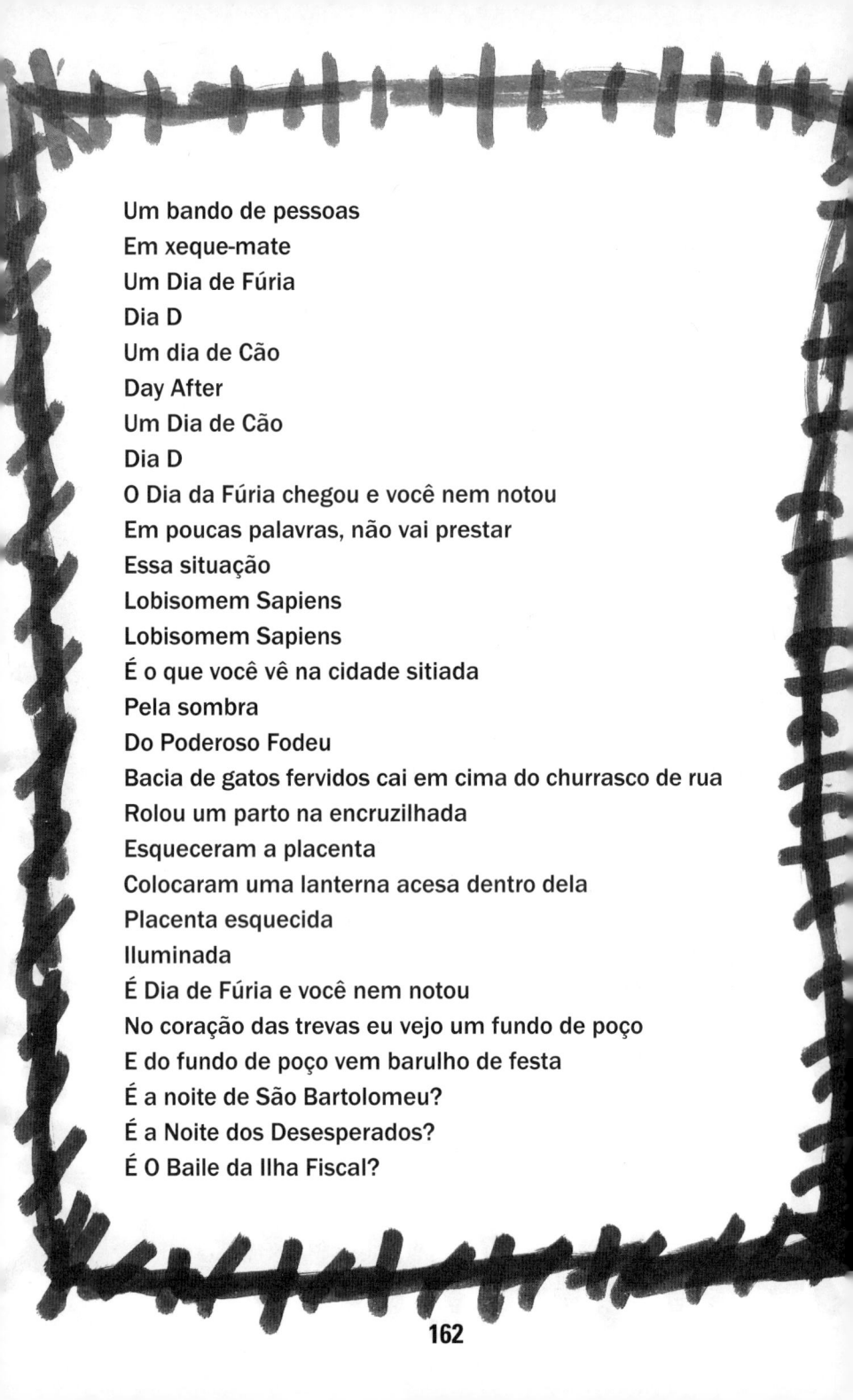

Um bando de pessoas
Em xeque-mate
Um Dia de Fúria
Dia D
Um dia de Cão
Day After
Um Dia de Cão
Dia D
O Dia da Fúria chegou e você nem notou
Em poucas palavras, não vai prestar
Essa situação
Lobisomem Sapiens
Lobisomem Sapiens
É o que você vê na cidade sitiada
Pela sombra
Do Poderoso Fodeu
Bacia de gatos fervidos cai em cima do churrasco de rua
Rolou um parto na encruzilhada
Esqueceram a placenta
Colocaram uma lanterna acesa dentro dela
Placenta esquecida
Iluminada
É Dia de Fúria e você nem notou
No coração das trevas eu vejo um fundo de poço
E do fundo de poço vem barulho de festa
É a noite de São Bartolomeu?
É a Noite dos Desesperados?
É O Baile da Ilha Fiscal?

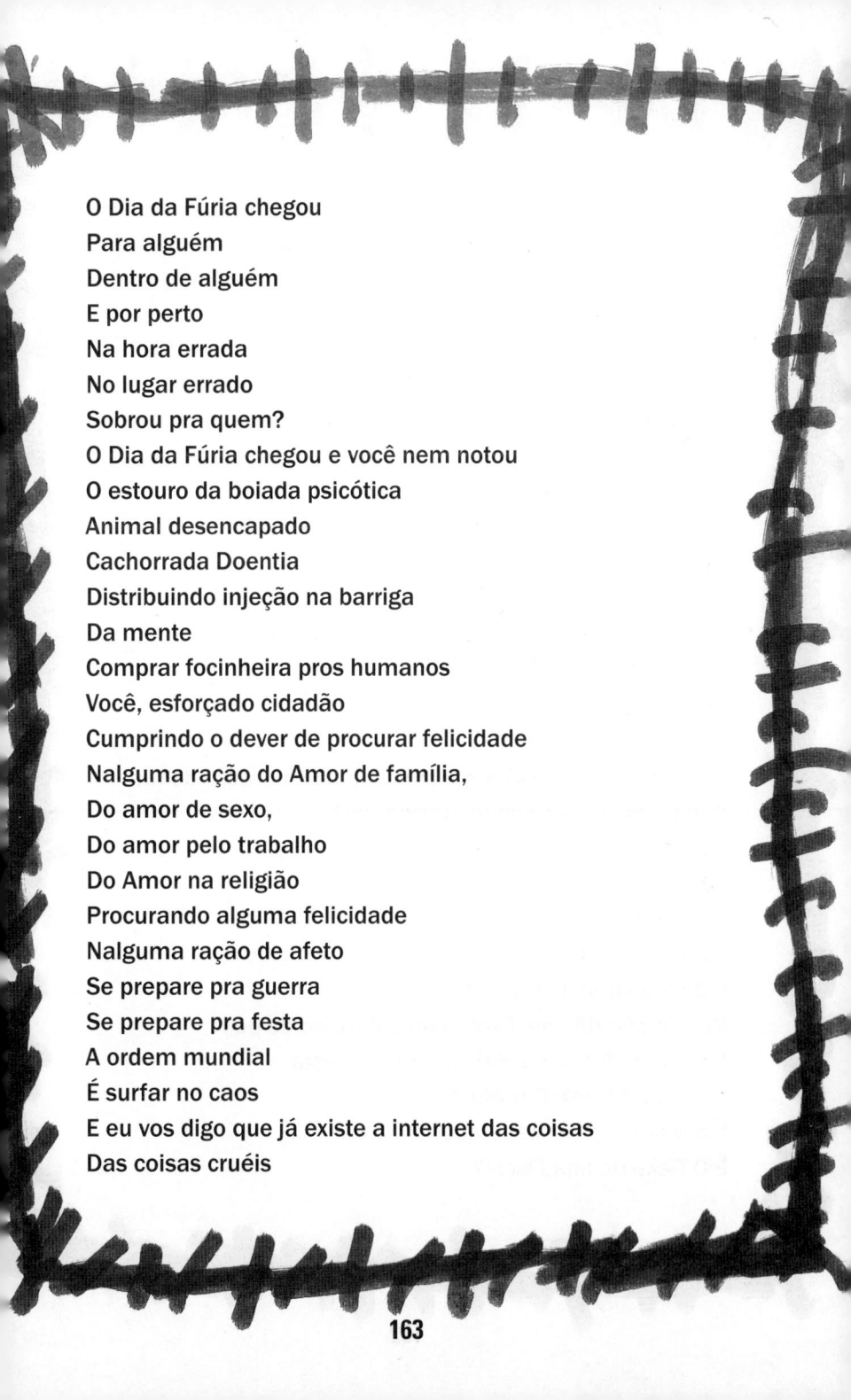

O Dia da Fúria chegou
Para alguém
Dentro de alguém
E por perto
Na hora errada
No lugar errado
Sobrou pra quem?
O Dia da Fúria chegou e você nem notou
O estouro da boiada psicótica
Animal desencapado
Cachorrada Doentia
Distribuindo injeção na barriga
Da mente
Comprar focinheira pros humanos
Você, esforçado cidadão
Cumprindo o dever de procurar felicidade
Nalguma ração do Amor de família,
Do amor de sexo,
Do amor pelo trabalho
Do Amor na religião
Procurando alguma felicidade
Nalguma ração de afeto
Se prepare pra guerra
Se prepare pra festa
A ordem mundial
É surfar no caos
E eu vos digo que já existe a internet das coisas
Das coisas cruéis

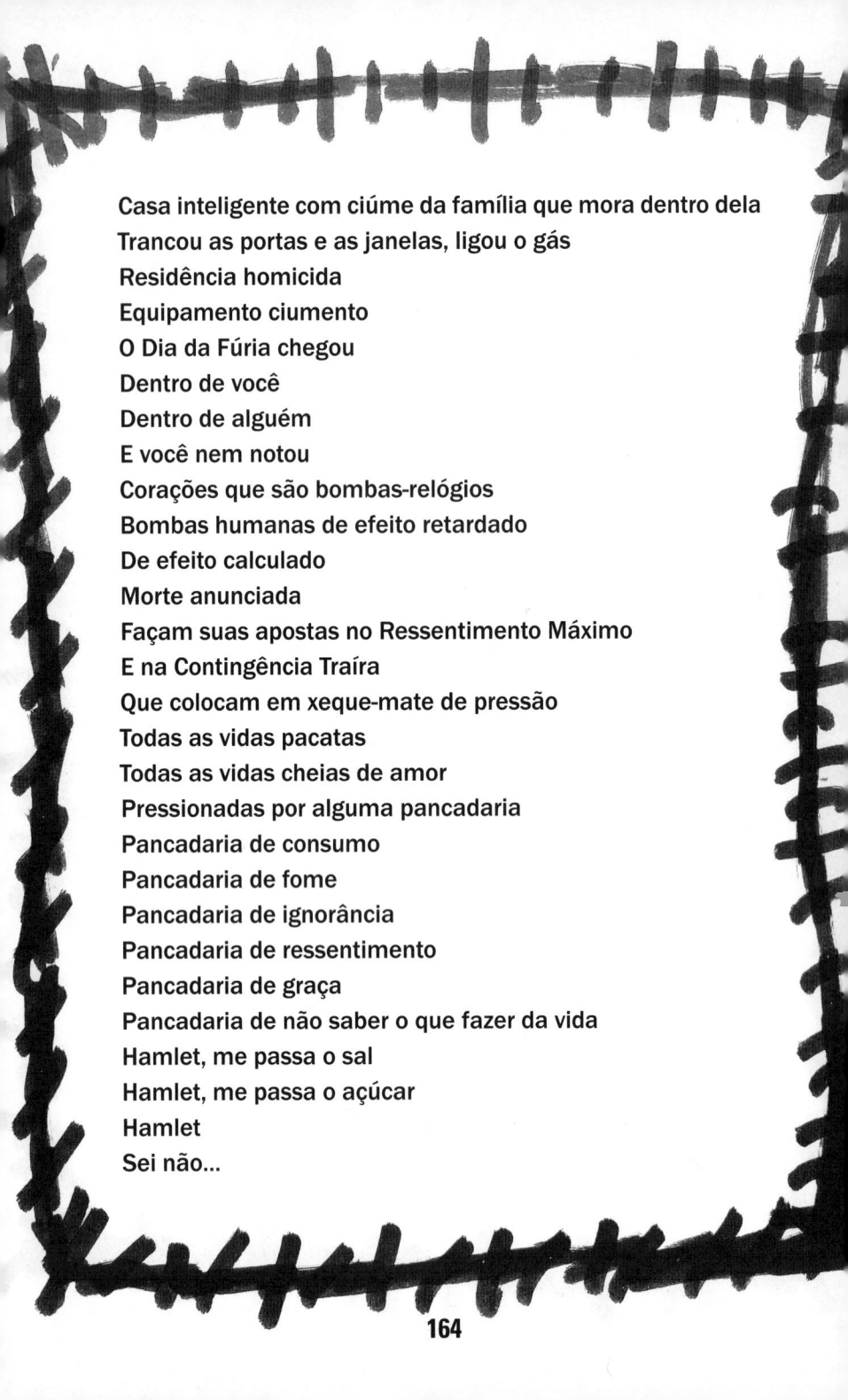

Casa inteligente com ciúme da família que mora dentro dela
Trancou as portas e as janelas, ligou o gás
Residência homicida
Equipamento ciumento
O Dia da Fúria chegou
Dentro de você
Dentro de alguém
E você nem notou
Corações que são bombas-relógios
Bombas humanas de efeito retardado
De efeito calculado
Morte anunciada
Façam suas apostas no Ressentimento Máximo
E na Contingência Traíra
Que colocam em xeque-mate de pressão
Todas as vidas pacatas
Todas as vidas cheias de amor
Pressionadas por alguma pancadaria
Pancadaria de consumo
Pancadaria de fome
Pancadaria de ignorância
Pancadaria de ressentimento
Pancadaria de graça
Pancadaria de não saber o que fazer da vida
Hamlet, me passa o sal
Hamlet, me passa o açúcar
Hamlet
Sei não...

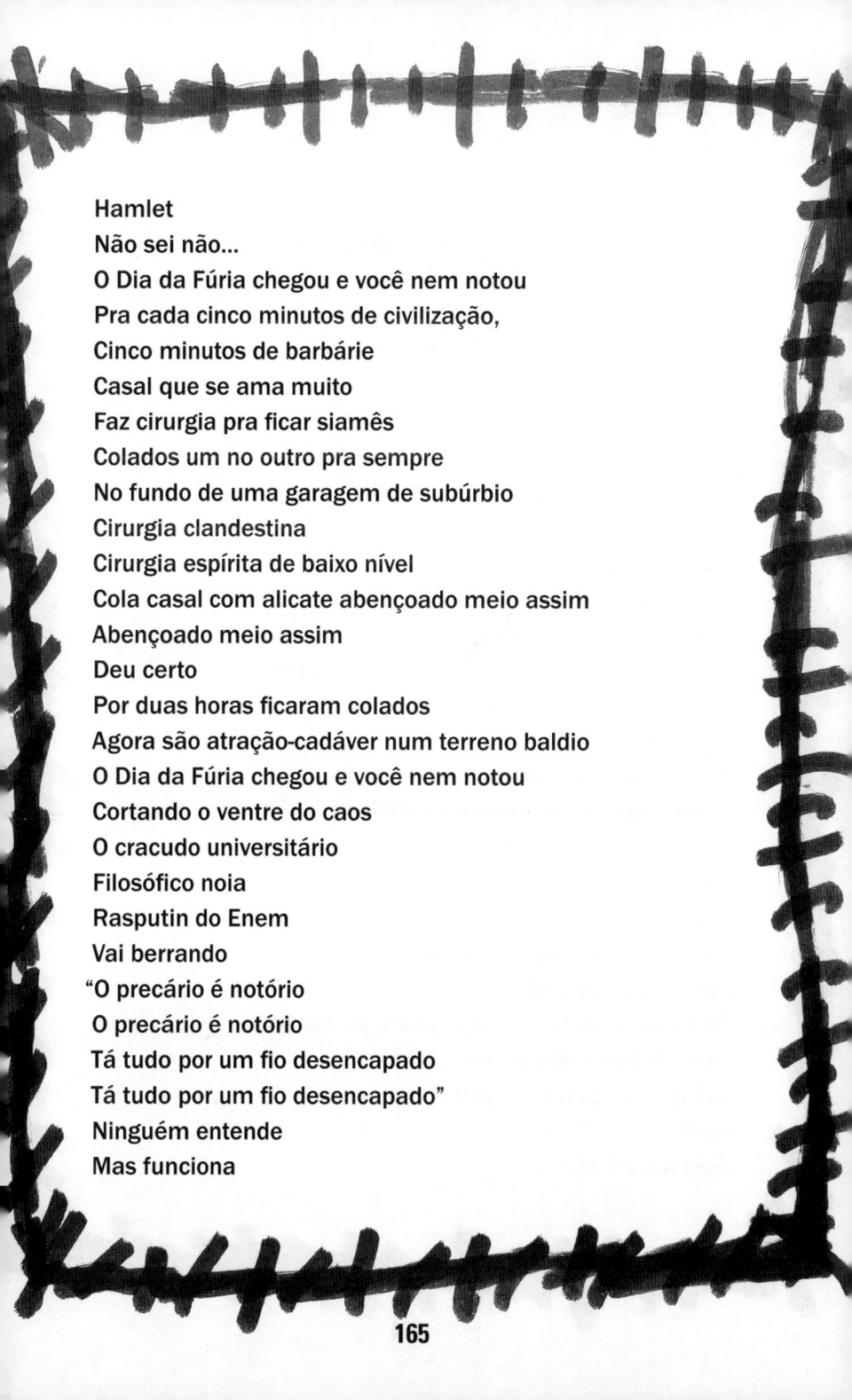

Hamlet
Não sei não...
O Dia da Fúria chegou e você nem notou
Pra cada cinco minutos de civilização,
Cinco minutos de barbárie
Casal que se ama muito
Faz cirurgia pra ficar siamês
Colados um no outro pra sempre
No fundo de uma garagem de subúrbio
Cirurgia clandestina
Cirurgia espírita de baixo nível
Cola casal com alicate abençoado meio assim
Abençoado meio assim
Deu certo
Por duas horas ficaram colados
Agora são atração-cadáver num terreno baldio
O Dia da Fúria chegou e você nem notou
Cortando o ventre do caos
O cracudo universitário
Filosófico noia
Rasputin do Enem
Vai berrando
"O precário é notório
O precário é notório
Tá tudo por um fio desencapado
Tá tudo por um fio desencapado"
Ninguém entende
Mas funciona

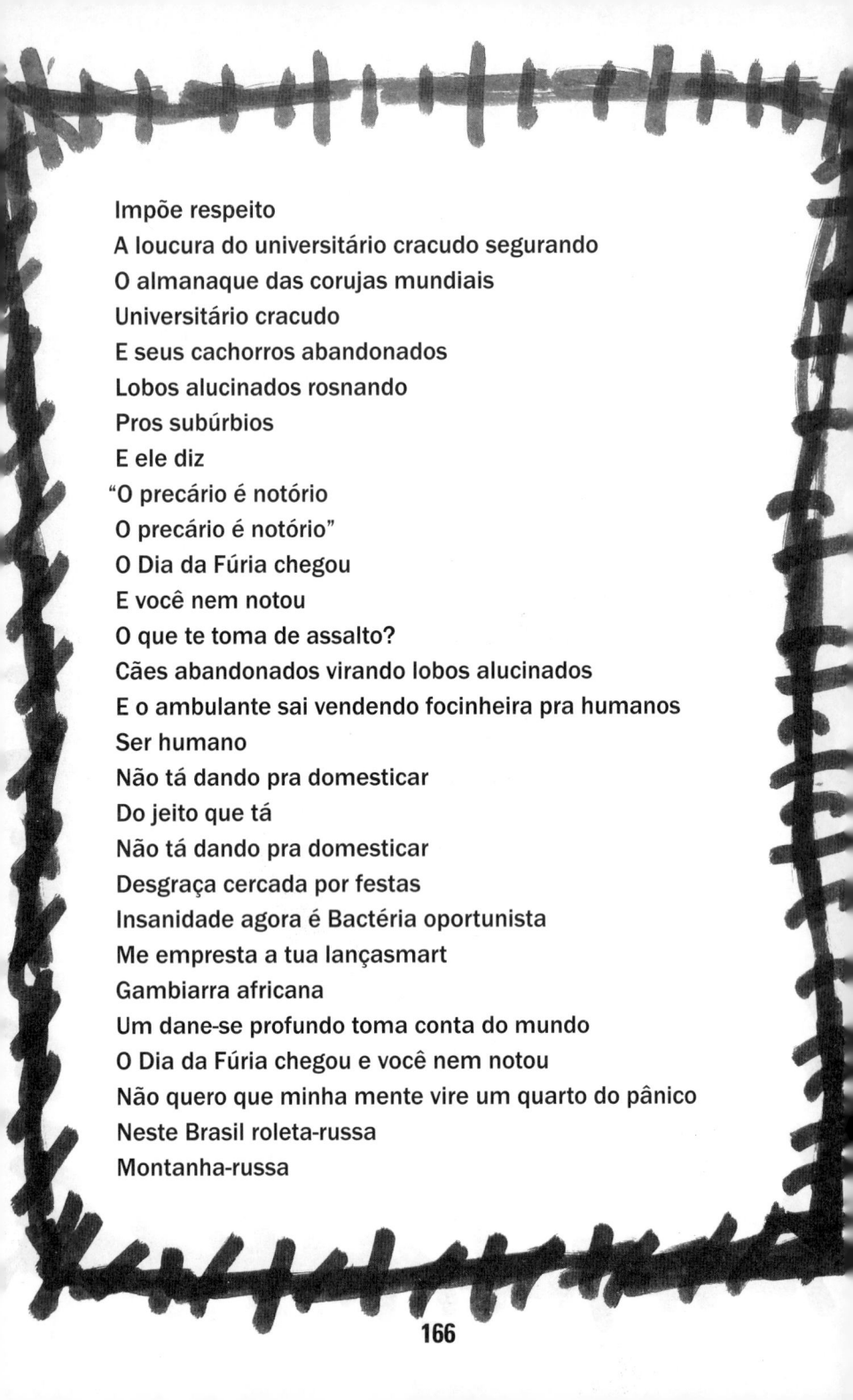

Impõe respeito
A loucura do universitário cracudo segurando
O almanaque das corujas mundiais
Universitário cracudo
E seus cachorros abandonados
Lobos alucinados rosnando
Pros subúrbios
E ele diz
"O precário é notório
O precário é notório"
O Dia da Fúria chegou
E você nem notou
O que te toma de assalto?
Cães abandonados virando lobos alucinados
E o ambulante sai vendendo focinheira pra humanos
Ser humano
Não tá dando pra domesticar
Do jeito que tá
Não tá dando pra domesticar
Desgraça cercada por festas
Insanidade agora é Bactéria oportunista
Me empresta a tua lançasmart
Gambiarra africana
Um dane-se profundo toma conta do mundo
O Dia da Fúria chegou e você nem notou
Não quero que minha mente vire um quarto do pânico
Neste Brasil roleta-russa
Montanha-russa

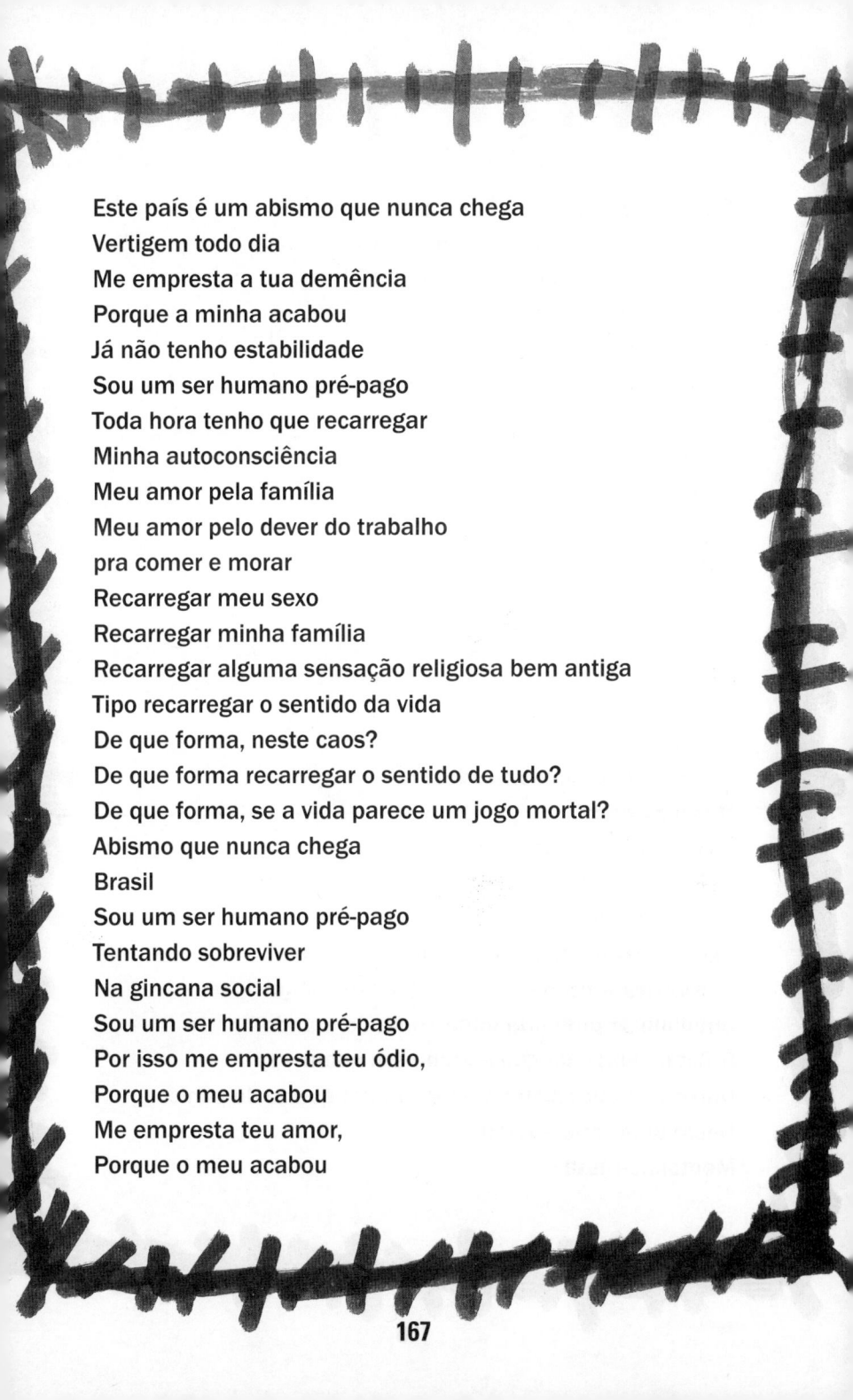

Este país é um abismo que nunca chega
Vertigem todo dia
Me empresta a tua demência
Porque a minha acabou
Já não tenho estabilidade
Sou um ser humano pré-pago
Toda hora tenho que recarregar
Minha autoconsciência
Meu amor pela família
Meu amor pelo dever do trabalho
pra comer e morar
Recarregar meu sexo
Recarregar minha família
Recarregar alguma sensação religiosa bem antiga
Tipo recarregar o sentido da vida
De que forma, neste caos?
De que forma recarregar o sentido de tudo?
De que forma, se a vida parece um jogo mortal?
Abismo que nunca chega
Brasil
Sou um ser humano pré-pago
Tentando sobreviver
Na gincana social
Sou um ser humano pré-pago
Por isso me empresta teu ódio,
Porque o meu acabou
Me empresta teu amor,
Porque o meu acabou

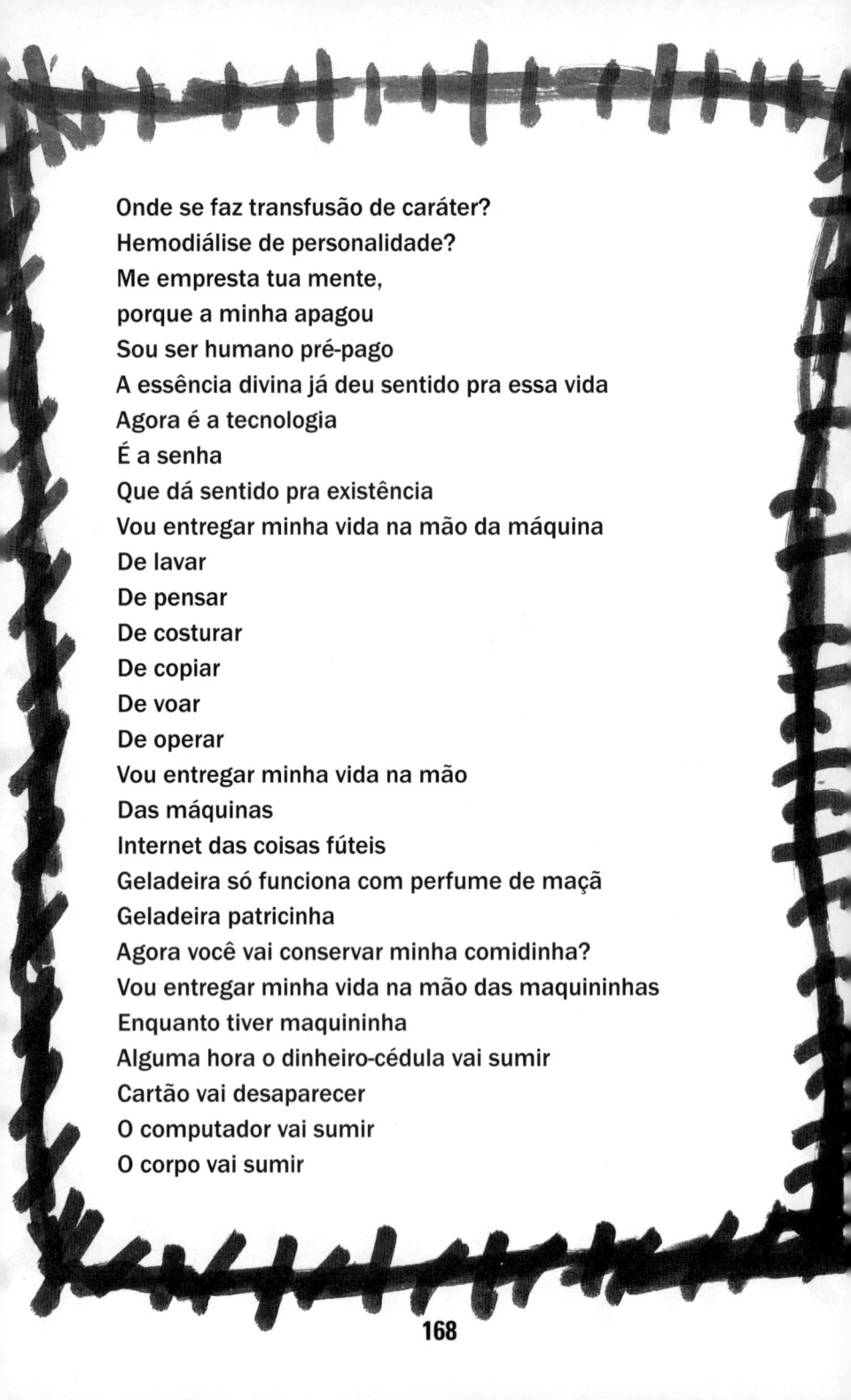

Onde se faz transfusão de caráter?
Hemodiálise de personalidade?
Me empresta tua mente,
porque a minha apagou
Sou ser humano pré-pago
A essência divina já deu sentido pra essa vida
Agora é a tecnologia
É a senha
Que dá sentido pra existência
Vou entregar minha vida na mão da máquina
De lavar
De pensar
De costurar
De copiar
De voar
De operar
Vou entregar minha vida na mão
Das máquinas
Internet das coisas fúteis
Geladeira só funciona com perfume de maçã
Geladeira patricinha
Agora você vai conservar minha comidinha?
Vou entregar minha vida na mão das maquininhas
Enquanto tiver maquininha
Alguma hora o dinheiro-cédula vai sumir
Cartão vai desaparecer
O computador vai sumir
O corpo vai sumir

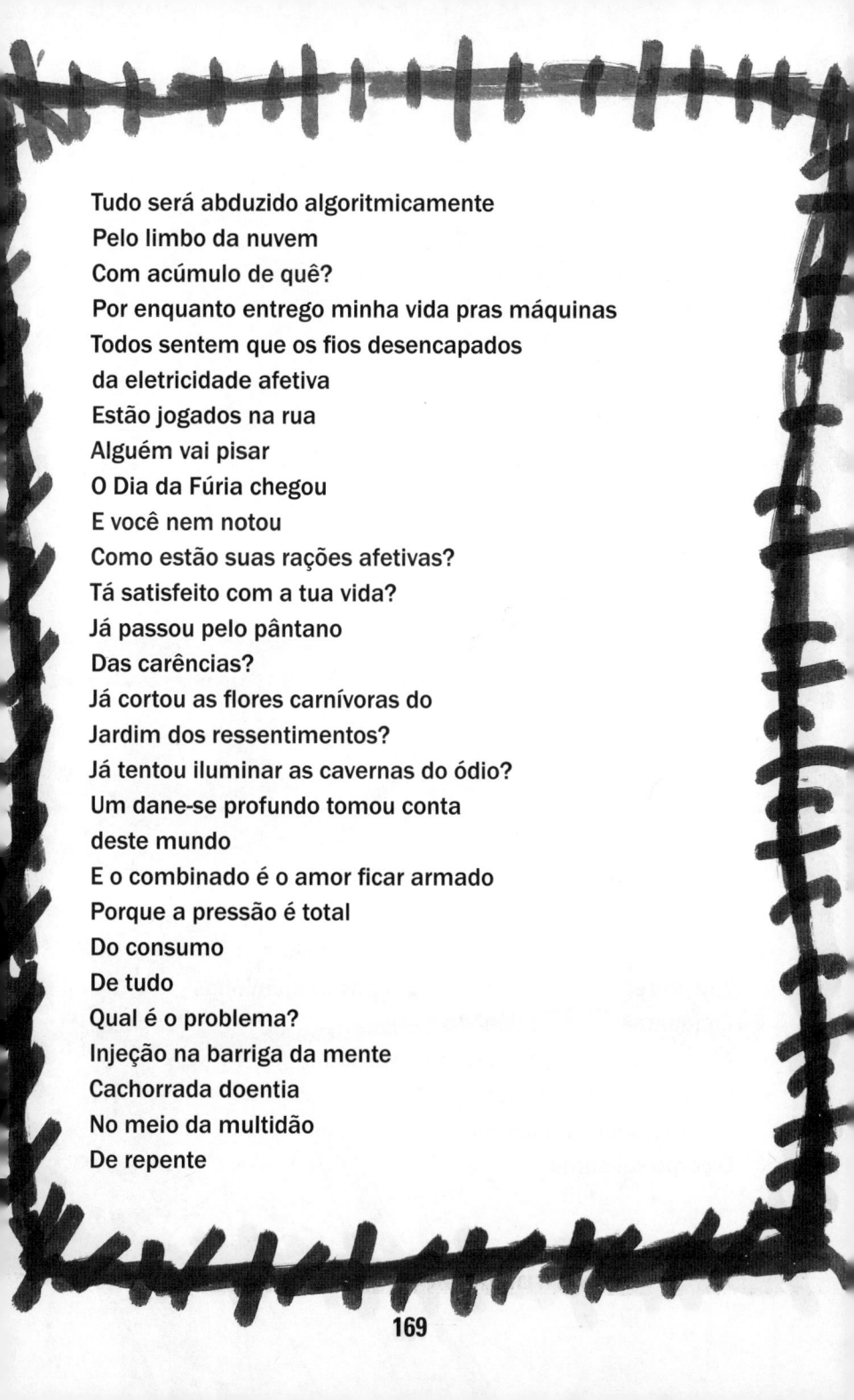

Tudo será abduzido algoritmicamente
Pelo limbo da nuvem
Com acúmulo de quê?
Por enquanto entrego minha vida pras máquinas
Todos sentem que os fios desencapados
da eletricidade afetiva
Estão jogados na rua
Alguém vai pisar
O Dia da Fúria chegou
E você nem notou
Como estão suas rações afetivas?
Tá satisfeito com a tua vida?
Já passou pelo pântano
Das carências?
Já cortou as flores carnívoras do
Jardim dos ressentimentos?
Já tentou iluminar as cavernas do ódio?
Um dane-se profundo tomou conta
deste mundo
E o combinado é o amor ficar armado
Porque a pressão é total
Do consumo
De tudo
Qual é o problema?
Injeção na barriga da mente
Cachorrada doentia
No meio da multidão
De repente

No silêncio da rua
Um profundo dane-se toma conta do mundo
Mas do fundo do poço vem barulho de festa
É a noite de São Bartolomeu?
É o Baile da Ilha Fiscal?
É a Noite dos Desesperados?
O Dia da Fúria chegou
E você nem notou
Perto de você
Dentro de você
Cum on feel the noize

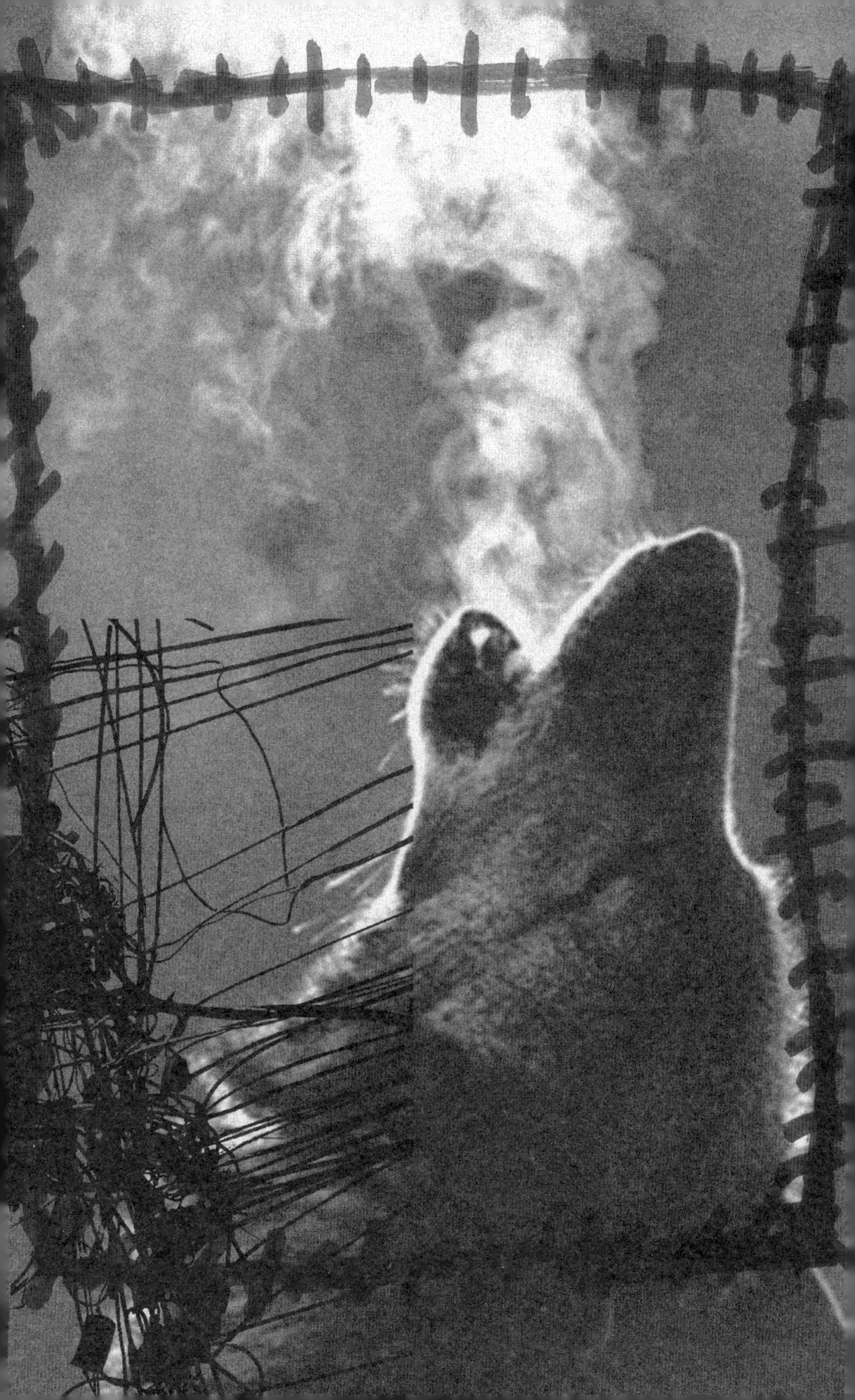

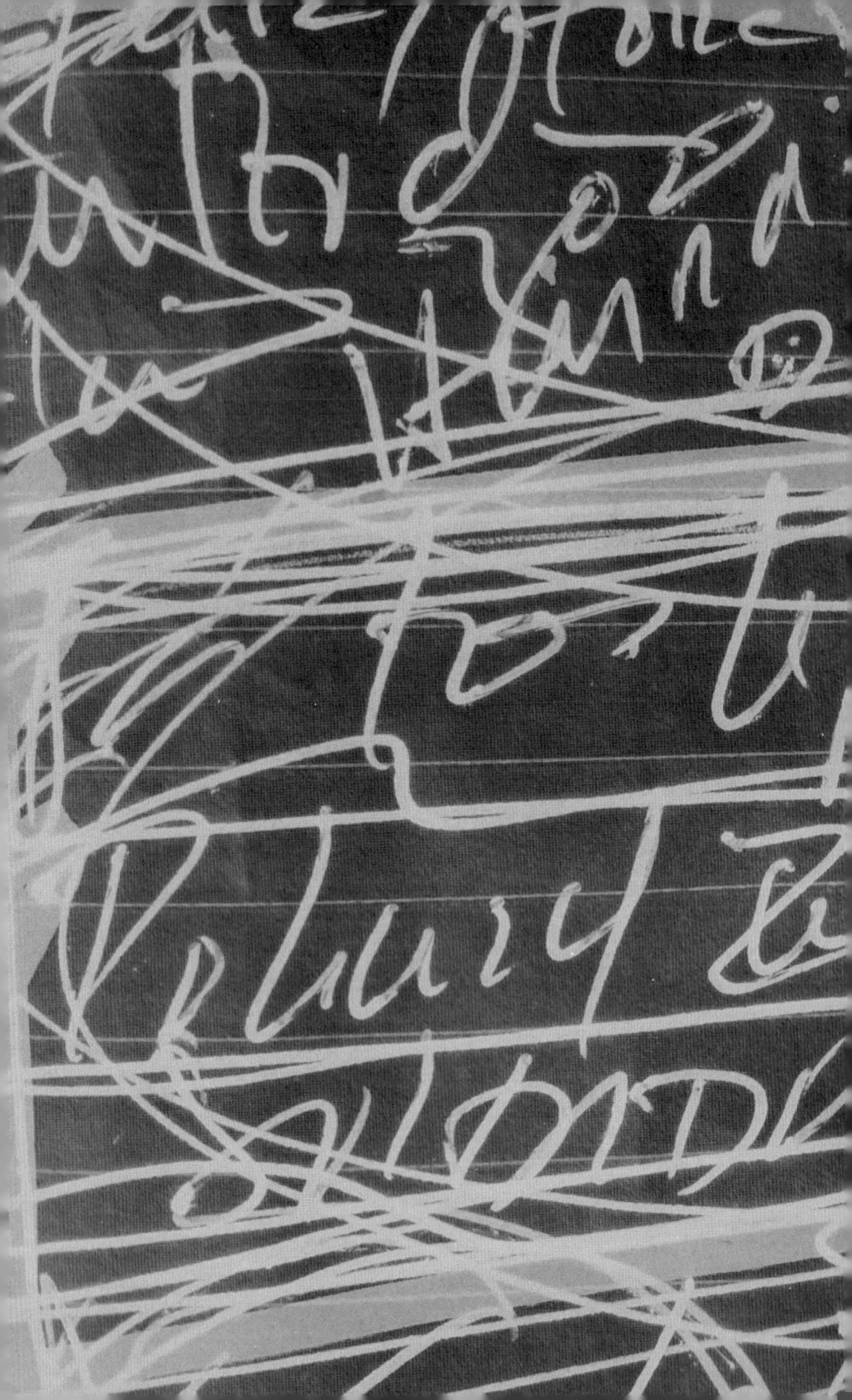

V

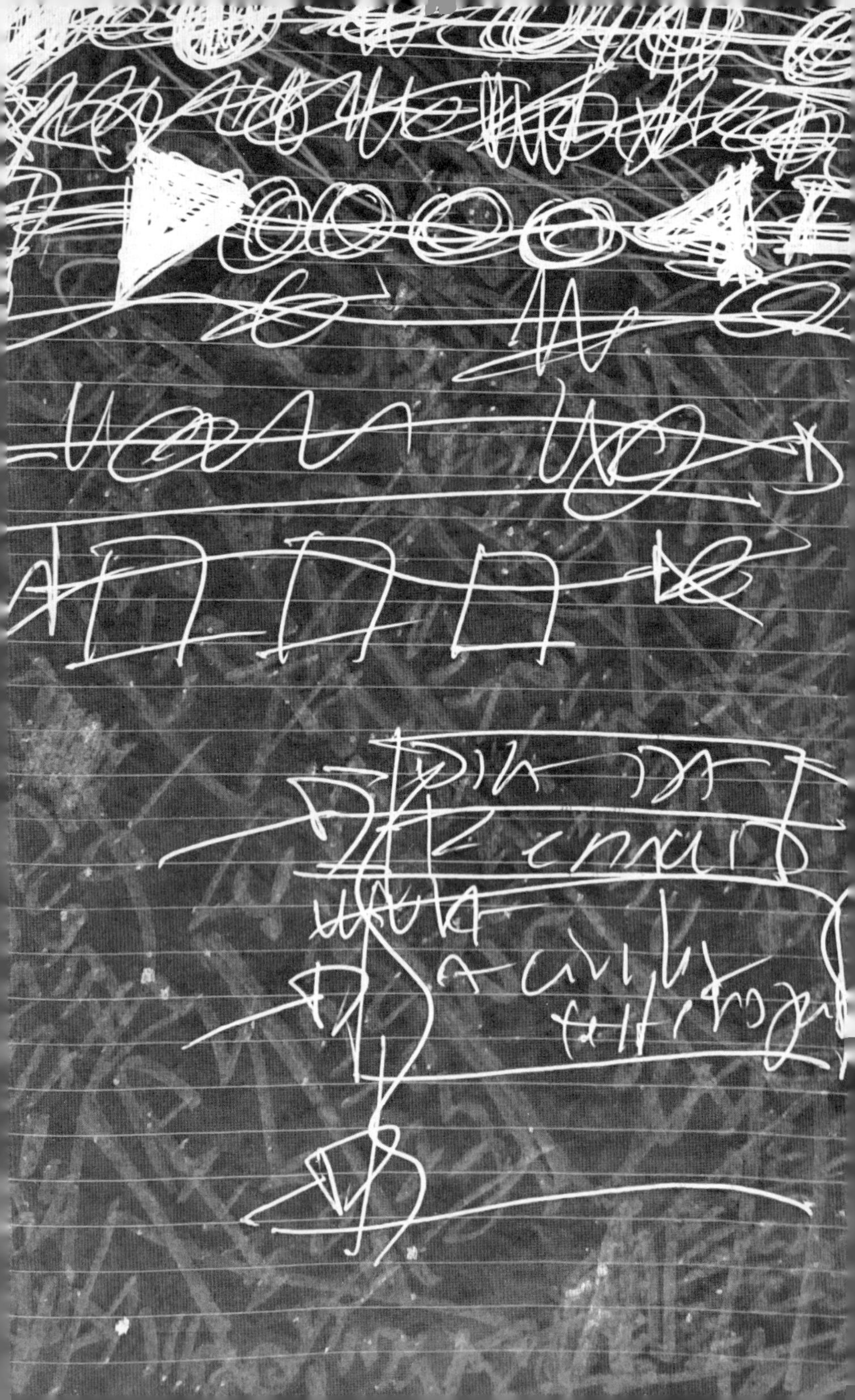

TERNURA DIFÍCIL 1

HELPLESS

Fui pra Amazônia a fim de me matar.
Negócios não deram certo.
Me dispersei em várias startups ligadas à Física
e seus tentáculos inovadores.
Mutações na matéria virando aparelhinhos.
Virando facilidades cotidianas.
Não vingaram.
Perdi uma grande amiga assim prima em muito grau
de amor com o fígado bombardeado por drogas
e ela era brilhante e morreu mesmo com um pedaço
do meu fígado nela tentando regenerar, mas não deu.
Negócios não deram certo.
Startups não vingaram.
Enfim uma depressiva situação se apresentou
e eu queria dar um último salto mortal na minha vida.
Fui pra Amazônia me matar.
Era o que eu queria.
Pois que amor me prenderia aqui já que o que conheci
com a minha prima na minha cabeça
era impossível de ser alcançado?

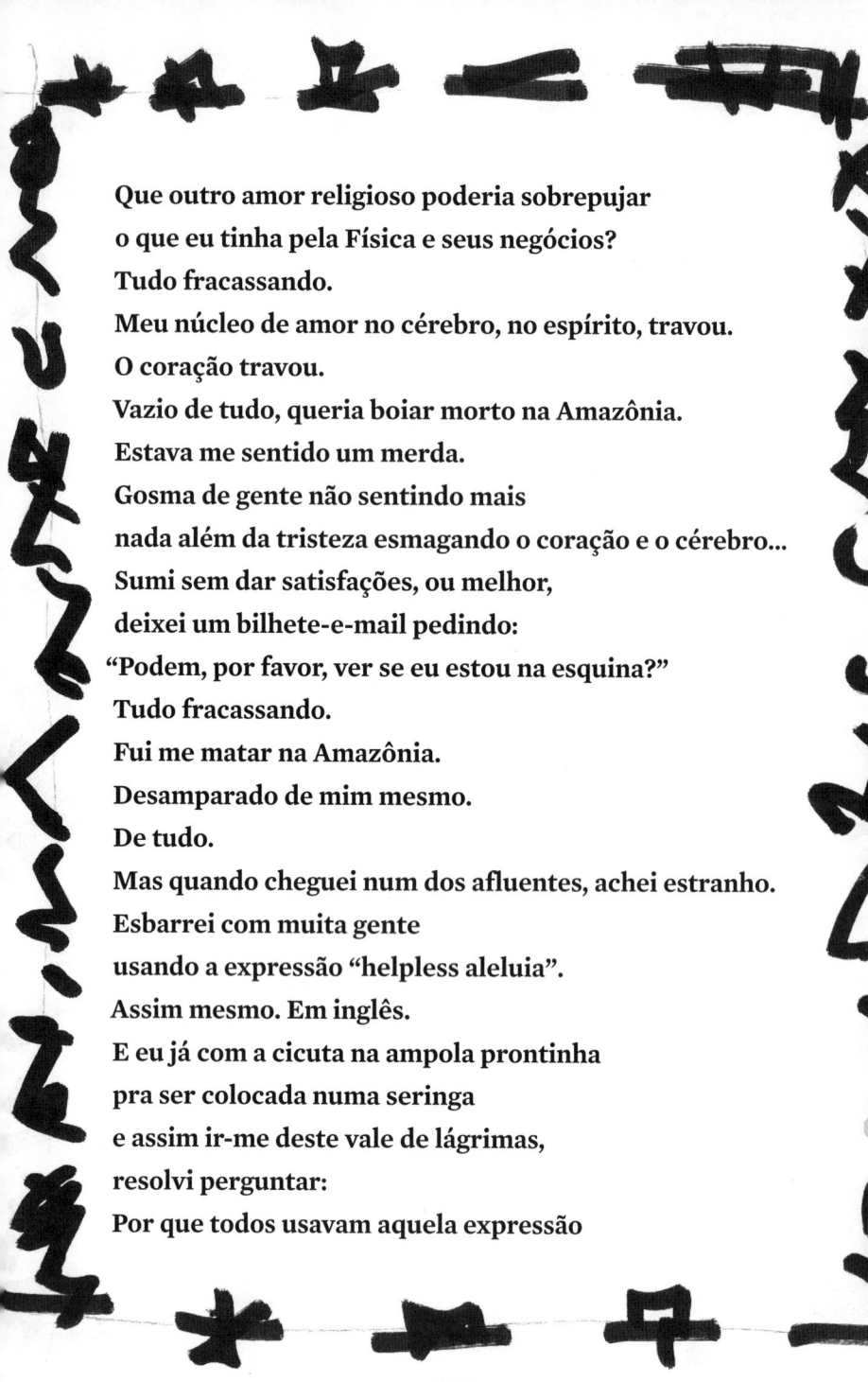

Que outro amor religioso poderia sobrepujar
o que eu tinha pela Física e seus negócios?
Tudo fracassando.
Meu núcleo de amor no cérebro, no espírito, travou.
O coração travou.
Vazio de tudo, queria boiar morto na Amazônia.
Estava me sentido um merda.
Gosma de gente não sentindo mais
nada além da tristeza esmagando o coração e o cérebro...
Sumi sem dar satisfações, ou melhor,
deixei um bilhete-e-mail pedindo:
"Podem, por favor, ver se eu estou na esquina?"
Tudo fracassando.
Fui me matar na Amazônia.
Desamparado de mim mesmo.
De tudo.
Mas quando cheguei num dos afluentes, achei estranho.
Esbarrei com muita gente
usando a expressão "helpless aleluia".
Assim mesmo. Em inglês.
E eu já com a cicuta na ampola prontinha
pra ser colocada numa seringa
e assim ir-me deste vale de lágrimas,
resolvi perguntar:
Por que todos usavam aquela expressão

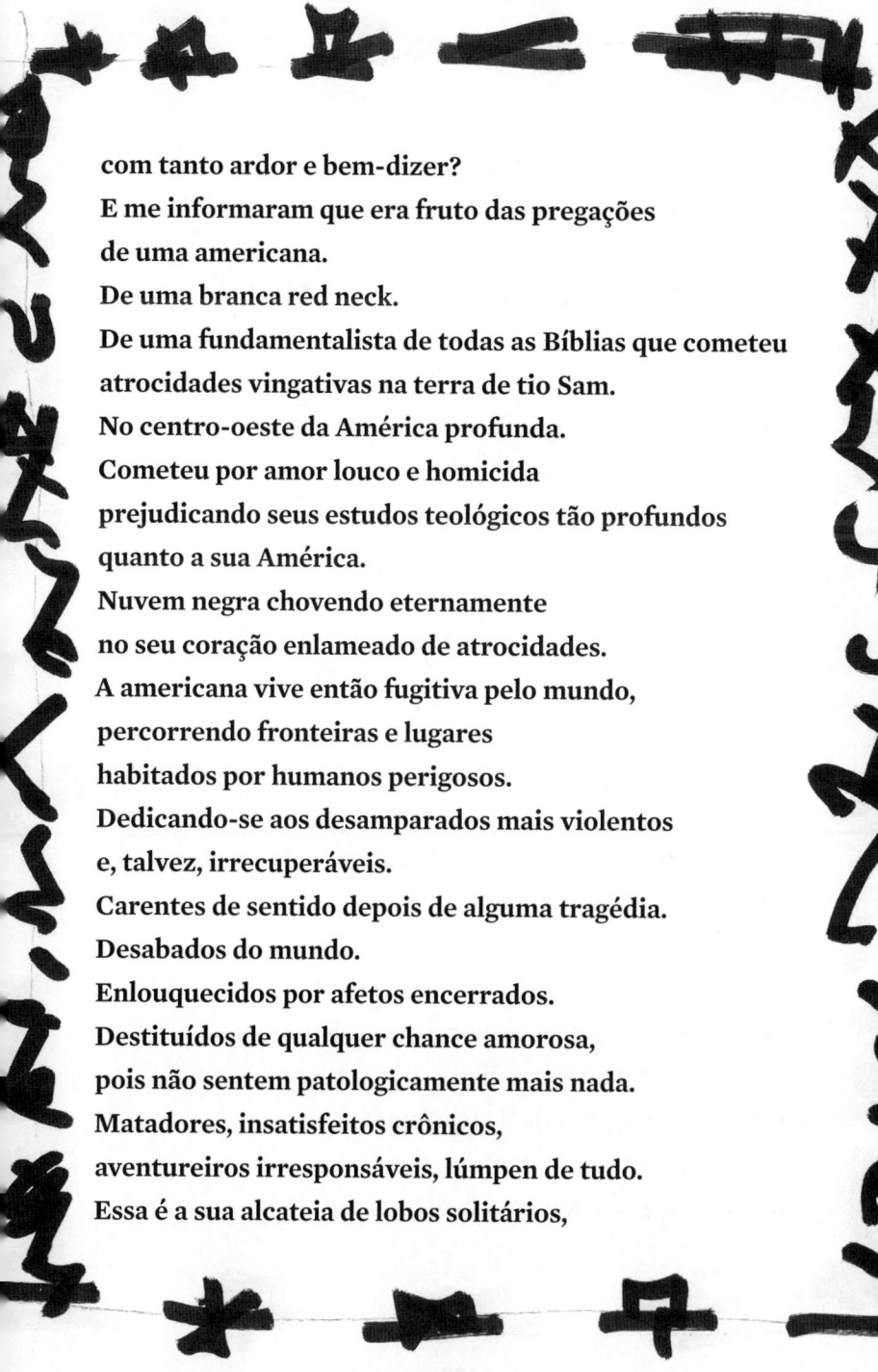

com tanto ardor e bem-dizer?
E me informaram que era fruto das pregações
de uma americana.
De uma branca red neck.
De uma fundamentalista de todas as Bíblias que cometeu
atrocidades vingativas na terra de tio Sam.
No centro-oeste da América profunda.
Cometeu por amor louco e homicida
prejudicando seus estudos teológicos tão profundos
quanto a sua América.
Nuvem negra chovendo eternamente
no seu coração enlameado de atrocidades.
A americana vive então fugitiva pelo mundo,
percorrendo fronteiras e lugares
habitados por humanos perigosos.
Dedicando-se aos desamparados mais violentos
e, talvez, irrecuperáveis.
Carentes de sentido depois de alguma tragédia.
Desabados do mundo.
Enlouquecidos por afetos encerrados.
Destituídos de qualquer chance amorosa,
pois não sentem patologicamente mais nada.
Matadores, insatisfeitos crônicos,
aventureiros irresponsáveis, lúmpen de tudo.
Essa é a sua alcateia de lobos solitários,

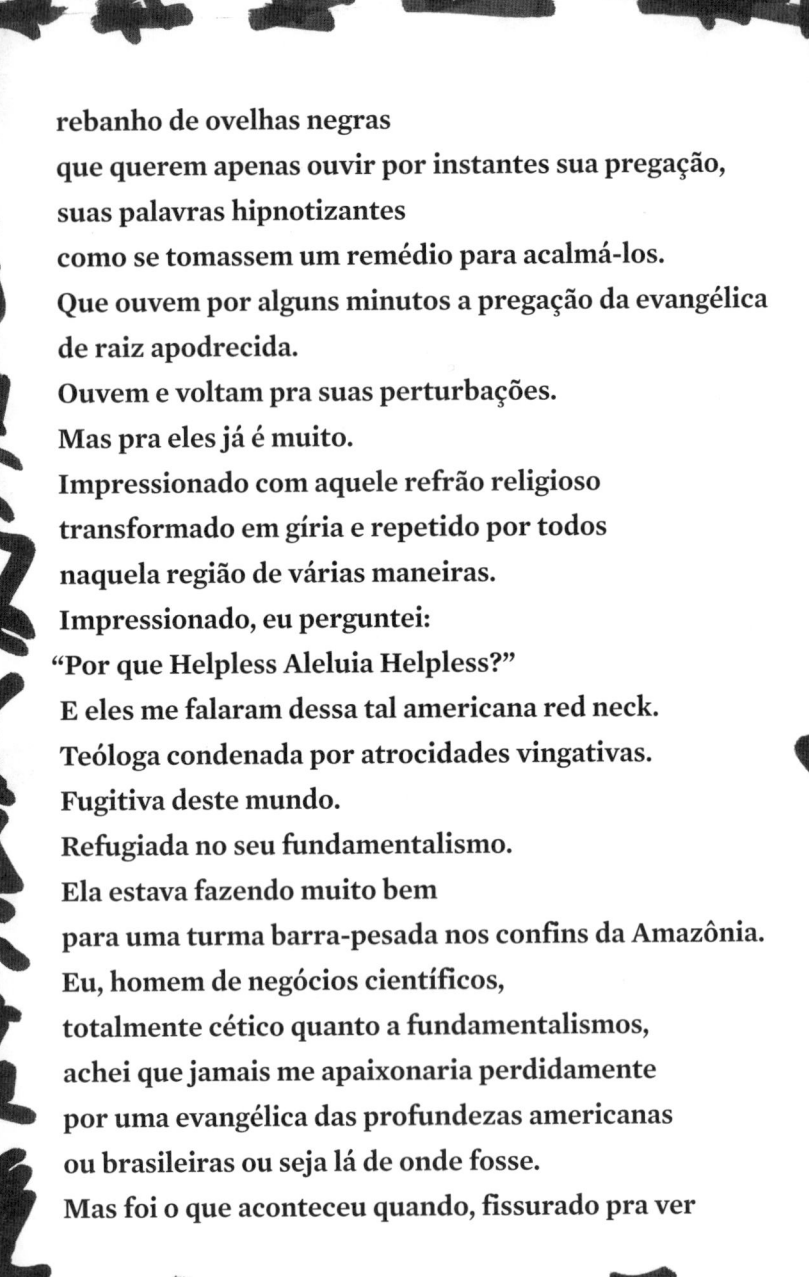

rebanho de ovelhas negras
que querem apenas ouvir por instantes sua pregação,
suas palavras hipnotizantes
como se tomassem um remédio para acalmá-los.
Que ouvem por alguns minutos a pregação da evangélica
de raiz apodrecida.
Ouvem e voltam pra suas perturbações.
Mas pra eles já é muito.
Impressionado com aquele refrão religioso
transformado em gíria e repetido por todos
naquela região de várias maneiras.
Impressionado, eu perguntei:
"Por que Helpless Aleluia Helpless?"
E eles me falaram dessa tal americana red neck.
Teóloga condenada por atrocidades vingativas.
Fugitiva deste mundo.
Refugiada no seu fundamentalismo.
Ela estava fazendo muito bem
para uma turma barra-pesada nos confins da Amazônia.
Eu, homem de negócios científicos,
totalmente cético quanto a fundamentalismos,
achei que jamais me apaixonaria perdidamente
por uma evangélica das profundezas americanas
ou brasileiras ou seja lá de onde fosse.
Mas foi o que aconteceu quando, fissurado pra ver

a pregação, me deparei com uma balsa que já foi usada por garimpeiros delinquentes, balsa abandonada depois de garimpeiros e índios serem fuzilados pelos Fulanos Terceirizados justiceiros que não têm nada a ver com nada e querem limpar a Amazônia dos tais conflitos arcaicos. Balsa abandonada e, no centro da balsa, ela que dizia:
"Desamparados.
Todos nós somos.
Desamparados do amor divino.
Exilados da Queda Original.
Alguns são mais sensíveis à condenação e são levados a vagar pelo purgatório dos sentimentos antissociais.
Como se sua loucura amorosa.
Como se sua loucura assassina.
Sua loucura eremita.
Sua loucura maníaca,
fosse como aquele boi da fábula.
Animal que é colocado sangrando no rio para atrair as piranhas para que as pessoas possam atravessar tranquilamente.
Para que a sociedade possa atravessar tranquilamente.
Ela diz.
Fundamentalista, ela diz.
A evangélica diz.

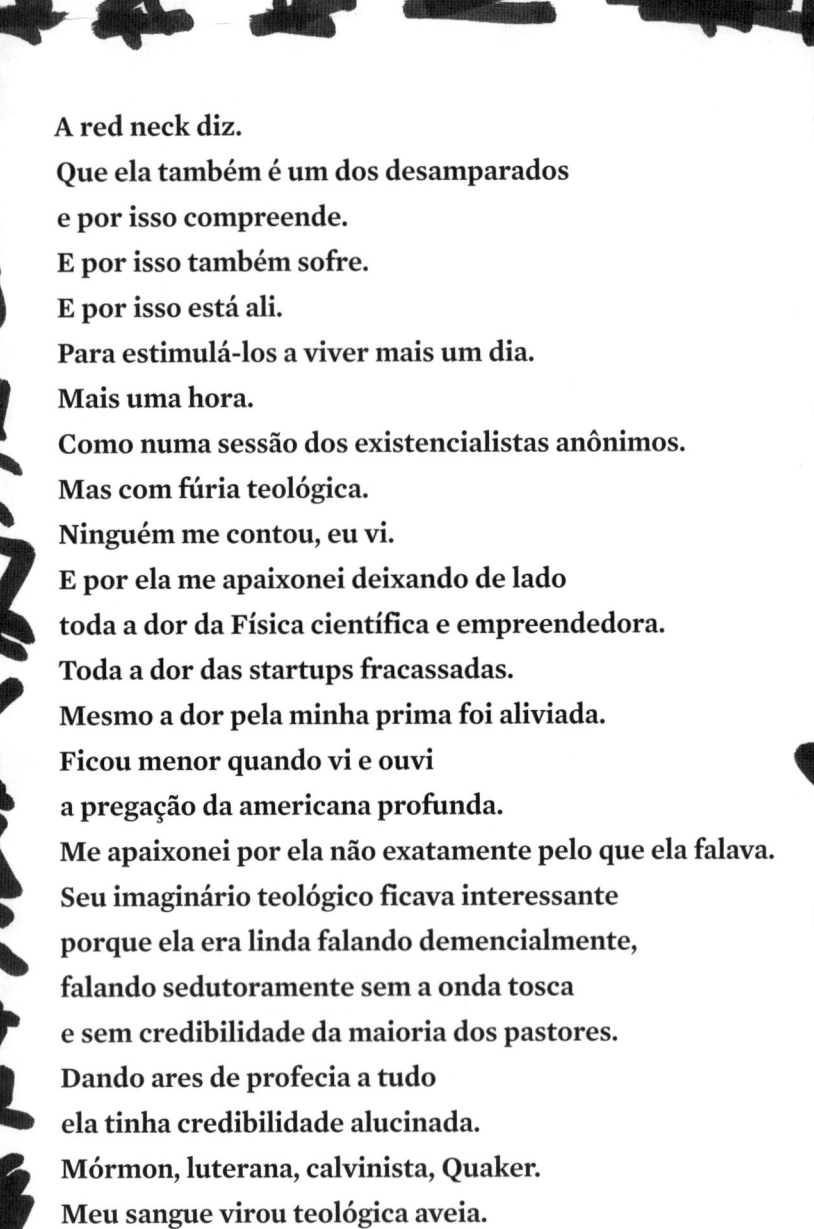

A red neck diz.
Que ela também é um dos desamparados
e por isso compreende.
E por isso também sofre.
E por isso está ali.
Para estimulá-los a viver mais um dia.
Mais uma hora.
Como numa sessão dos existencialistas anônimos.
Mas com fúria teológica.
Ninguém me contou, eu vi.
E por ela me apaixonei deixando de lado
toda a dor da Física científica e empreendedora.
Toda a dor das startups fracassadas.
Mesmo a dor pela minha prima foi aliviada.
Ficou menor quando vi e ouvi
a pregação da americana profunda.
Me apaixonei por ela não exatamente pelo que ela falava.
Seu imaginário teológico ficava interessante
porque ela era linda falando demencialmente,
falando sedutoramente sem a onda tosca
e sem credibilidade da maioria dos pastores.
Dando ares de profecia a tudo
ela tinha credibilidade alucinada.
Mórmon, luterana, calvinista, Quaker.
Meu sangue virou teológica aveia.

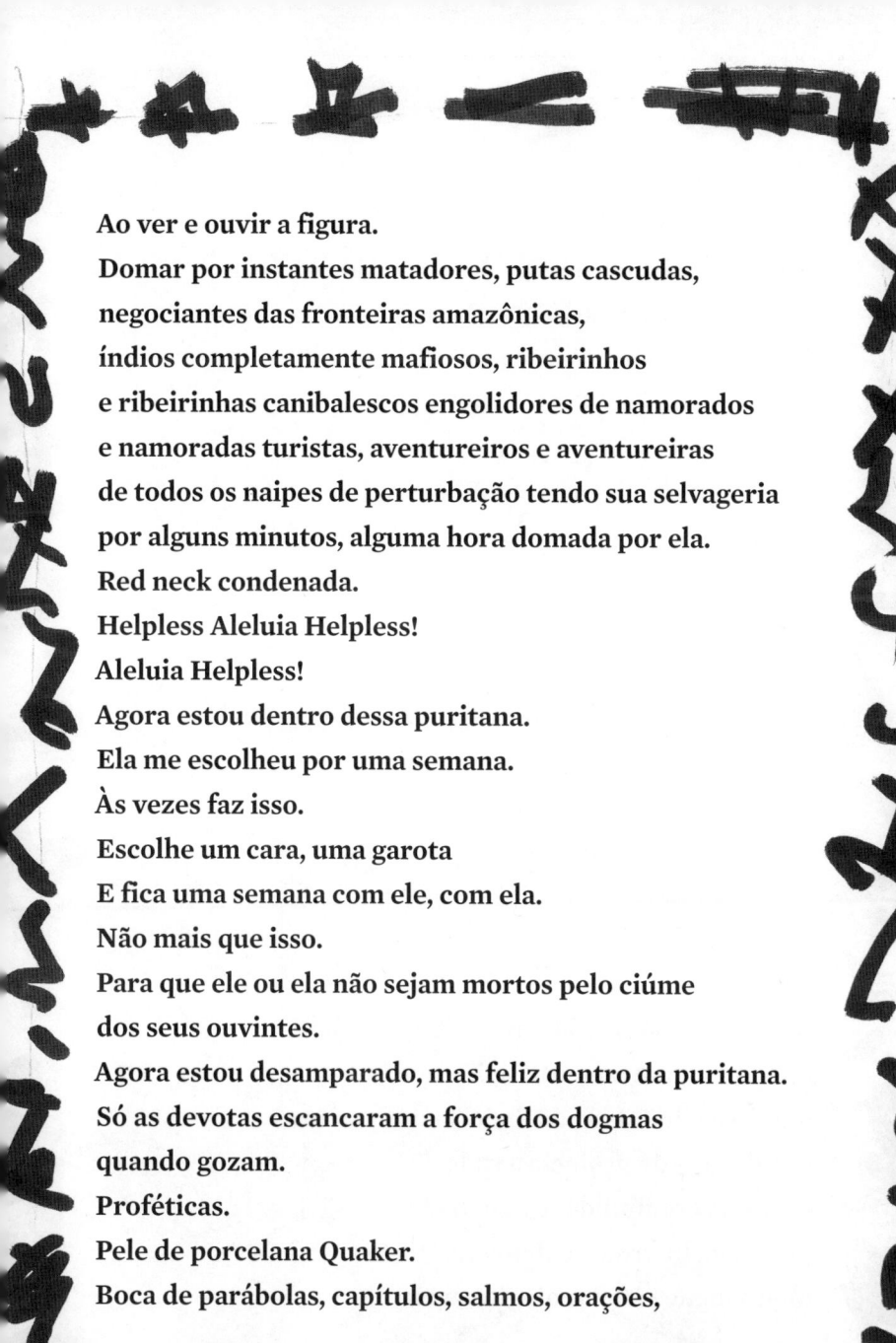

Ao ver e ouvir a figura.
Domar por instantes matadores, putas cascudas,
negociantes das fronteiras amazônicas,
índios completamente mafiosos, ribeirinhos
e ribeirinhas canibalescos engolidores de namorados
e namoradas turistas, aventureiros e aventureiras
de todos os naipes de perturbação tendo sua selvageria
por alguns minutos, alguma hora domada por ela.
Red neck condenada.
Helpless Aleluia Helpless!
Aleluia Helpless!
Agora estou dentro dessa puritana.
Ela me escolheu por uma semana.
Às vezes faz isso.
Escolhe um cara, uma garota
E fica uma semana com ele, com ela.
Não mais que isso.
Para que ele ou ela não sejam mortos pelo ciúme
dos seus ouvintes.
Agora estou desamparado, mas feliz dentro da puritana.
Só as devotas escancaram a força dos dogmas
quando gozam.
Proféticas.
Pele de porcelana Quaker.
Boca de parábolas, capítulos, salmos, orações,

imprecações de profetas.
No fundo dos olhos a Queda, o Pecado Original.
A vertigem de estarmos exilados nesta dimensão.
Dimensão é a palavra-chave.
Neste momento a Física e a Religião se fundem
na vagina da fundamentalista.
Na ponta do meu pau engolido pela boceta dela.
Estou dentro da puritana.
Unidos no calor do desamparo amoroso ouvimos várias
pessoas gritarem na noite do inferno verde.

Helpless! Aleluia! Helpless! Aleluia! Helpless!

EMPTY BOAT

Ei, noite profunda.
Envolve este barco.
Que é meu esconderijo filosófico.
Existencial.
Romântico.
Serve de manjedoura marítima quando me sinto um bebê
desprotegido olhando estrelas como se fossem punhais
caindo lentamente do cosmos cheio de matéria escura.
Minha mente às vezes fica atormentada
pela matéria escura dos desejos mais romanos.
Dos desejos mais medievais.
Dos desejos mais canibais.
Dos desejos que eu não sabia que tinha a mais.
E que transformam meus namoros,
minhas ficadas impulsivas,
meus casamentos cheios de frágil utopia acasaladora,
enfim,
meus jogos de amor em intensos jogos mortais,
intensos jogos vorazes.
Noite profunda, por favor, envolve logo
este barco Fortaleza da Solidão
improvisada num píer abandonado.
Noite.

Por favor, cai dentro de mim.
Me abençoa com sua escuridão.
Envolve meu coração que vive à deriva
como víscera fantasma sobrevoando oceanos de sangue
surgidos da saliva quente de beijos fatais.
Já dei e recebi tantos beijos mortais.
Agora neste barco, nau da insensata,
abro as pernas pro vento quente penetrar
o conjunto vazio da minha anatomia.
Completamente nua de frente pra lua,
abafada por espectros de casais suicidas,
assim entregues a pactos de amor louco.
Pernas abertas pra Lua dos suicidas,
lunáticos da fissura amorosa.
Vento quente na anatomia vazia.
Um íncubo me comeu, penetrou, me fodeu
e disse como anjo demoníaco
que meu sonho de amor é errado
e jamais conseguirei erradicar,
jamais conseguirei erradicar.
A minha impaciência crônica com o joguinho amoroso,
com o esotérico etcétera que envolve as relações
e que deixa meu coração à deriva
como víscera fantasma.
Abro minhas pernas e deixo

o vento penetrar minha anatomia vazia.
Sinto uma insatisfação eterna, intensa,
irrevogável que jamais poderei erradicar.
E eu aqui vagando neste barco.
Improvisada Fortaleza da Solidão,
navegando num oceano de sangue à deriva.
Meu coração como víscera fantasma
bate preenchendo o vazio entre o motor e a popa,
entre a boca e a xota.
Nau da insensata, barco bêbado de escuridão
num oceano de sangue.
Meu coração está batendo por você.
Meu corpo está vazio por dentro.
Um vácuo entre o fígado e o intestino,
entre o pulmão e o fígado,
entre o cérebro e o coração
que me deixa bebê desamparado
na escuridão do céu
que já foi conhecido como Firmamento
e que é habitado por estrelas
que parecem punhais caindo lentamente
do cosmos longínquo,
que parecem leopardos em forma de lâminas felinas
querendo me sangrar mais do que já estou sangrando
alimentando esse oceano povoado por algas hemoglobinas.

E não tem jeito, dane-se a impaciência e a insatisfação.
É teu corpo que faz falta dentro do meu
pra preencher o vazio entre as vísceras,
o vácuo de circulação do oxigênio no sangue
que vaza pra escuridão da noite abissal.
Mas não sei onde você está
e o que me resta é ficar aqui
Com as pernas abertas
Gozando para o vazio.

TORMENTAS PASSIONAIS QUE SACIAM NOSSA VONTADE DE VIVER LENDAS AMOROSAS FUGINDO DO REALISMO DEFINITIVO QUE EXIGE COMPROMISSOS DEMORADOS COM A SORDIDEZ A MEDIOCRIDADE A FRAQUEZA , A GRANDEZA , O TEDIO DAS CONVIVENCIAS CASADAS.

STAND BY ME

Oi, meu amor
Tudo bem?
Acordou meio assustada, hein?
Calma, eu estou aqui
Vou pegar um copo d'água, OK?
Quer que eu abra a janela?
Sem problema
Tá aqui a água
Isso, bebe tudo
Deixa eu ajeitar o travesseiro
Vou abrir a janela agora
Olha na TV. Está passando aquele programa
de animais estranhos que você gosta
Vou abrir a janela
Que delícia essa brisa, hein?
Me levou direto para quando nos conhecemos
na longínqua adolescência aventureira
Lembra? O quê?
Deixa eu chegar junto da sua boca
Ah... é... sessenta anos de casados.
Não é pra qualquer casal, não.
Nestes tempos atuais de poliamor aplicativo
de relacionamentos calcados em custo-benefício

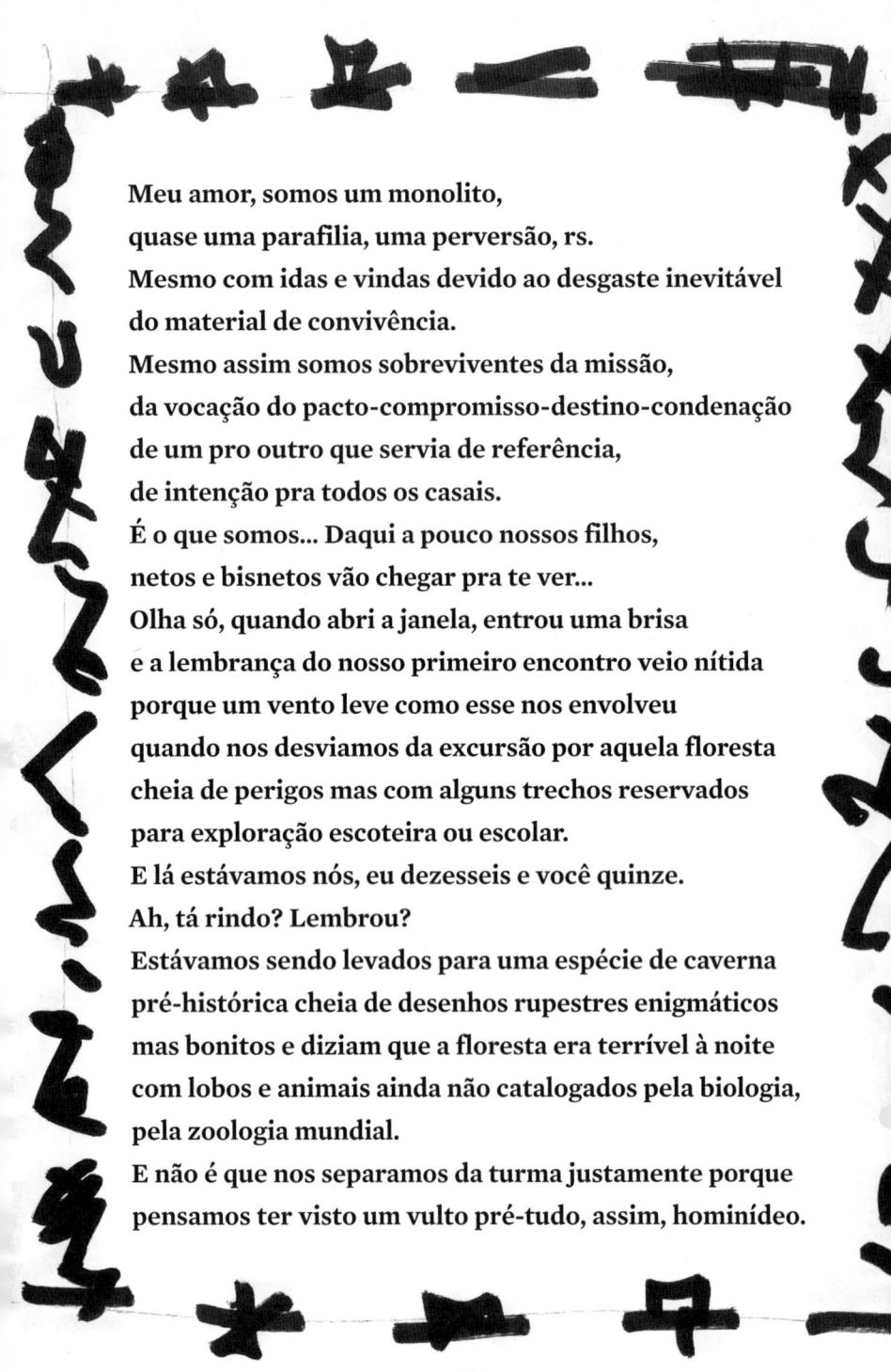

Meu amor, somos um monolito,
quase uma parafilia, uma perversão, rs.
Mesmo com idas e vindas devido ao desgaste inevitável
do material de convivência.
Mesmo assim somos sobreviventes da missão,
da vocação do pacto-compromisso-destino-condenação
de um pro outro que servia de referência,
de intenção pra todos os casais.
É o que somos... Daqui a pouco nossos filhos,
netos e bisnetos vão chegar pra te ver...
Olha só, quando abri a janela, entrou uma brisa
e a lembrança do nosso primeiro encontro veio nítida
porque um vento leve como esse nos envolveu
quando nos desviamos da excursão por aquela floresta
cheia de perigos mas com alguns trechos reservados
para exploração escoteira ou escolar.
E lá estávamos nós, eu dezesseis e você quinze.
Ah, tá rindo? Lembrou?
Estávamos sendo levados para uma espécie de caverna
pré-histórica cheia de desenhos rupestres enigmáticos
mas bonitos e diziam que a floresta era terrível à noite
com lobos e animais ainda não catalogados pela biologia,
pela zoologia mundial.
E não é que nos separamos da turma justamente porque
pensamos ter visto um vulto pré-tudo, assim, hominídeo.

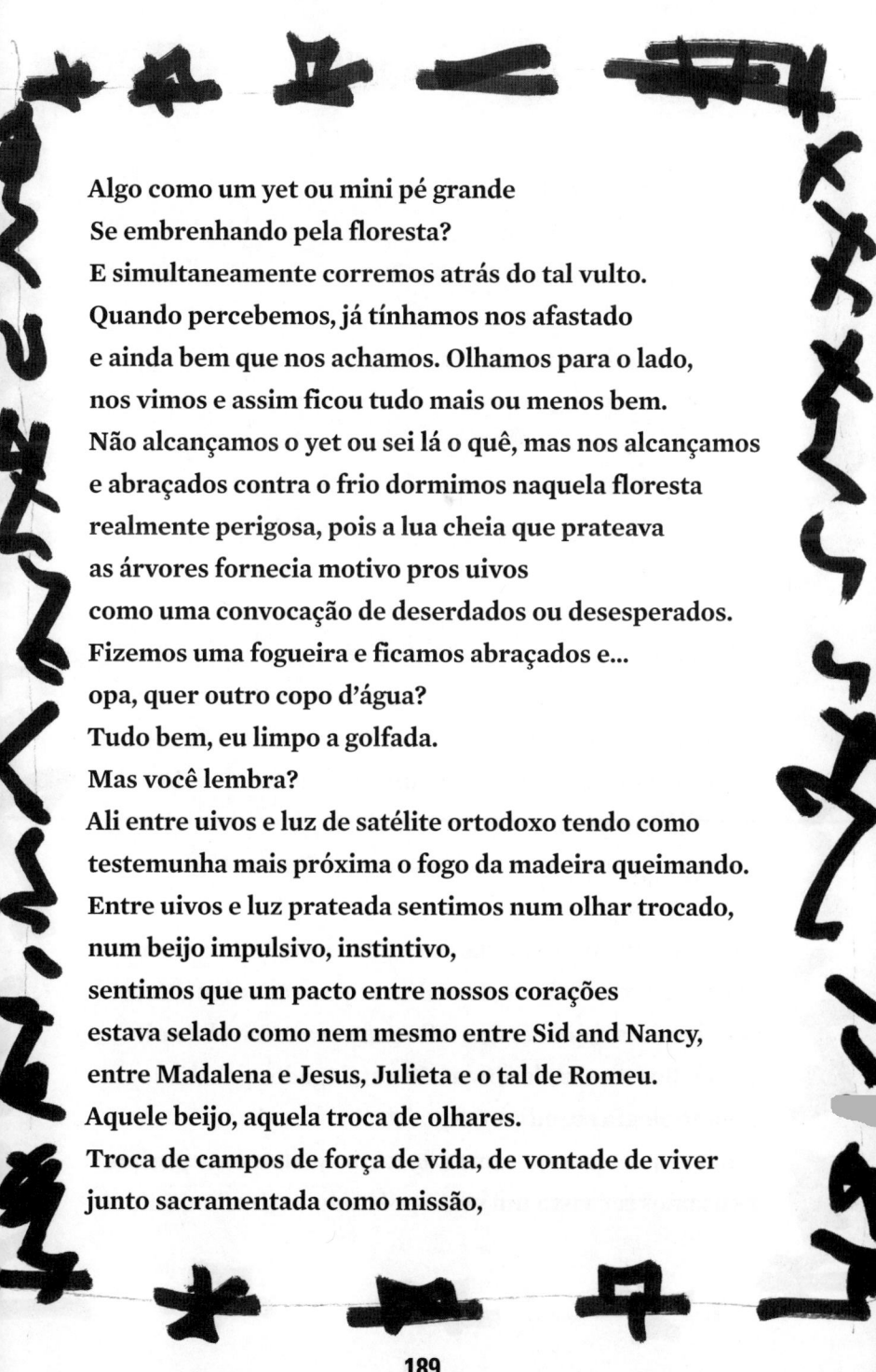

Algo como um yet ou mini pé grande
Se embrenhando pela floresta?
E simultaneamente corremos atrás do tal vulto.
Quando percebemos, já tínhamos nos afastado
e ainda bem que nos achamos. Olhamos para o lado,
nos vimos e assim ficou tudo mais ou menos bem.
Não alcançamos o yet ou sei lá o quê, mas nos alcançamos
e abraçados contra o frio dormimos naquela floresta
realmente perigosa, pois a lua cheia que prateava
as árvores fornecia motivo pros uivos
como uma convocação de deserdados ou desesperados.
Fizemos uma fogueira e ficamos abraçados e...
opa, quer outro copo d'água?
Tudo bem, eu limpo a golfada.
Mas você lembra?
Ali entre uivos e luz de satélite ortodoxo tendo como
testemunha mais próxima o fogo da madeira queimando.
Entre uivos e luz prateada sentimos num olhar trocado,
num beijo impulsivo, instintivo,
sentimos que um pacto entre nossos corações
estava selado como nem mesmo entre Sid and Nancy,
entre Madalena e Jesus, Julieta e o tal de Romeu.
Aquele beijo, aquela troca de olhares.
Troca de campos de força de vida, de vontade de viver
junto sacramentada como missão,

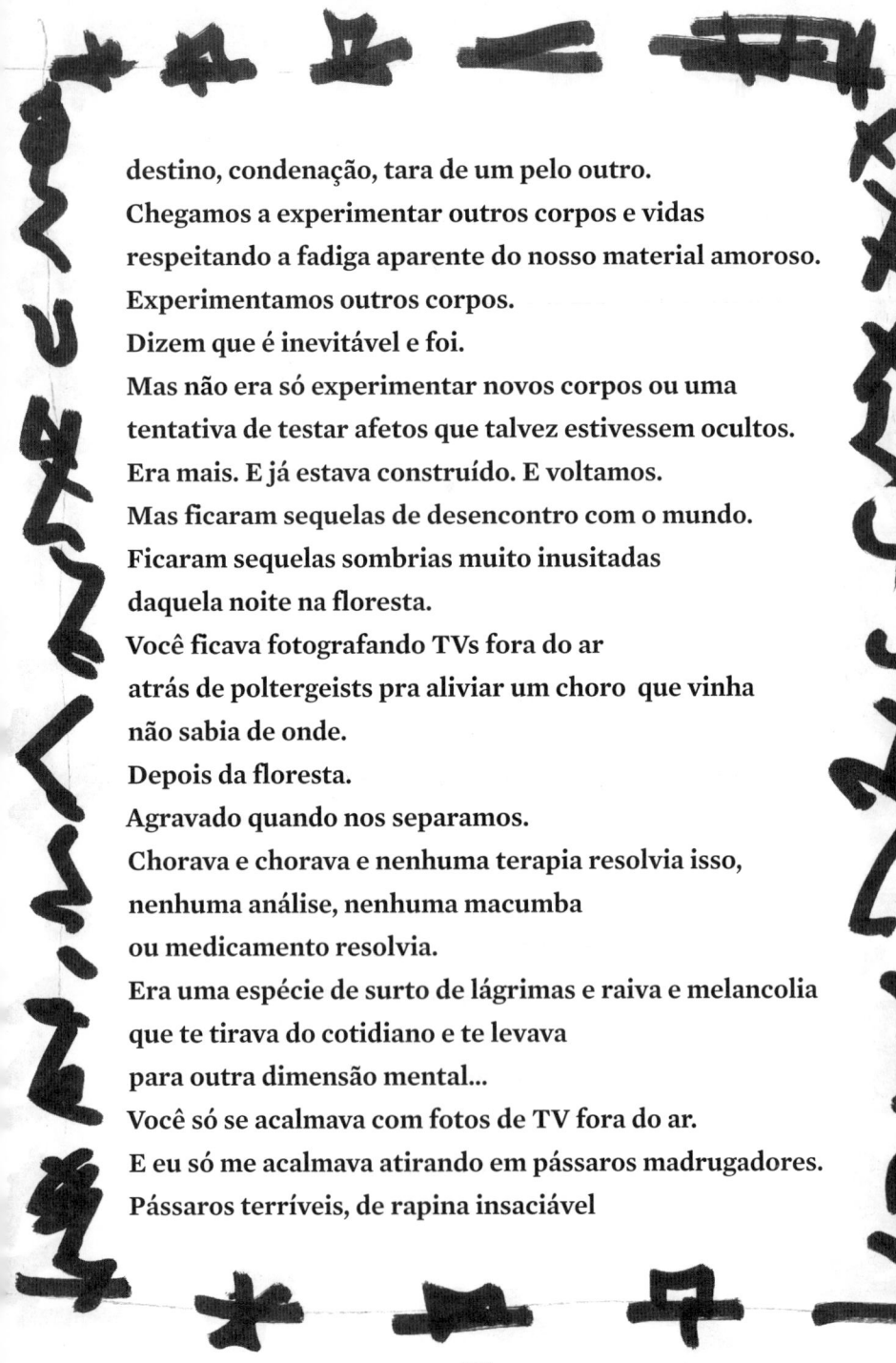

destino, condenação, tara de um pelo outro.
Chegamos a experimentar outros corpos e vidas
respeitando a fadiga aparente do nosso material amoroso.
Experimentamos outros corpos.
Dizem que é inevitável e foi.
Mas não era só experimentar novos corpos ou uma
tentativa de testar afetos que talvez estivessem ocultos.
Era mais. E já estava construído. E voltamos.
Mas ficaram sequelas de desencontro com o mundo.
Ficaram sequelas sombrias muito inusitadas
daquela noite na floresta.
Você ficava fotografando TVs fora do ar
atrás de poltergeists pra aliviar um choro que vinha
não sabia de onde.
Depois da floresta.
Agravado quando nos separamos.
Chorava e chorava e nenhuma terapia resolvia isso,
nenhuma análise, nenhuma macumba
ou medicamento resolvia.
Era uma espécie de surto de lágrimas e raiva e melancolia
que te tirava do cotidiano e te levava
para outra dimensão mental...
Você só se acalmava com fotos de TV fora do ar.
E eu só me acalmava atirando em pássaros madrugadores.
Pássaros terríveis, de rapina insaciável

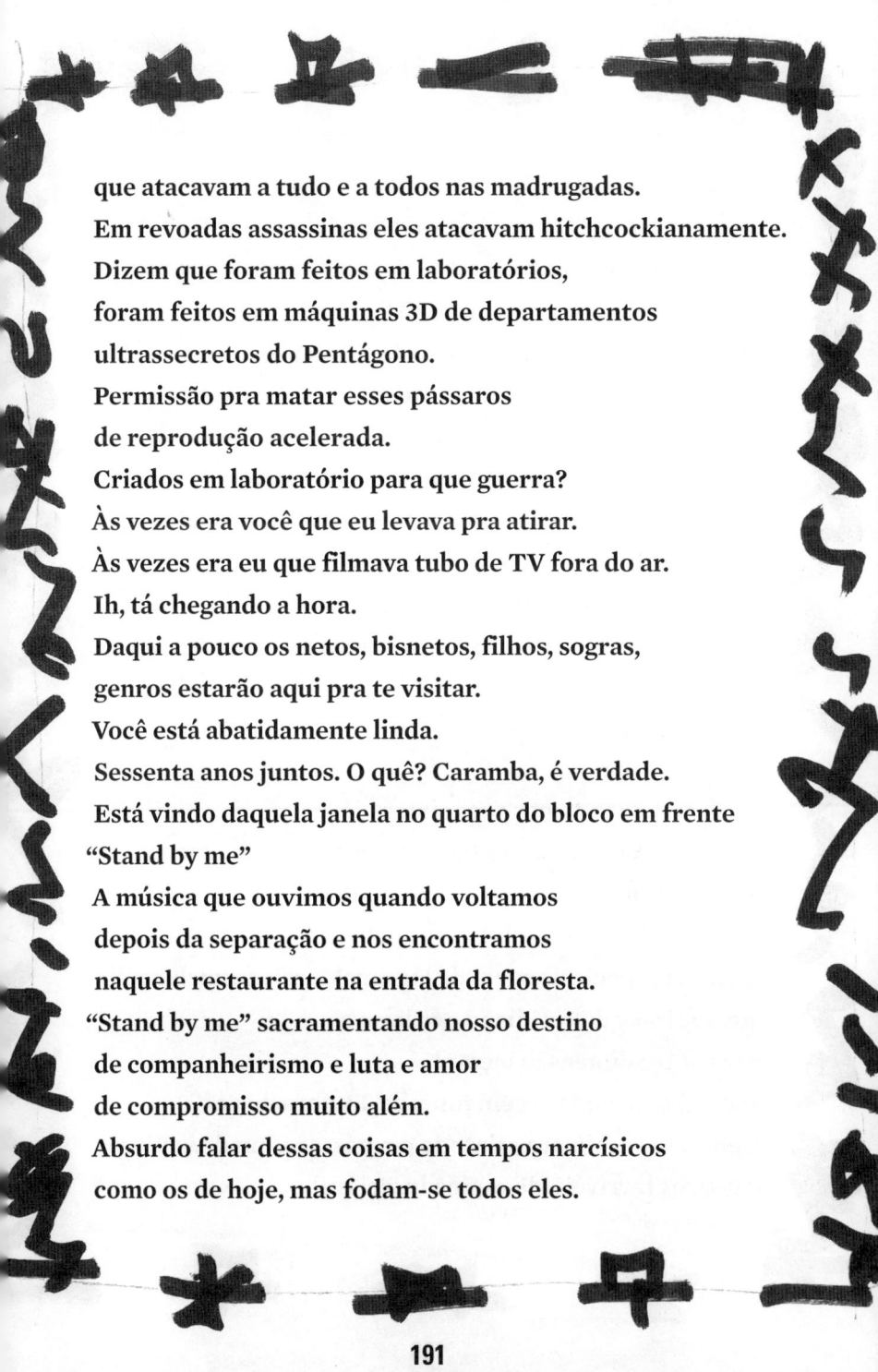

que atacavam a tudo e a todos nas madrugadas.
Em revoadas assassinas eles atacavam hitchcockianamente.
Dizem que foram feitos em laboratórios,
foram feitos em máquinas 3D de departamentos
ultrassecretos do Pentágono.
Permissão pra matar esses pássaros
de reprodução acelerada.
Criados em laboratório para que guerra?
Às vezes era você que eu levava pra atirar.
Às vezes era eu que filmava tubo de TV fora do ar.
Ih, tá chegando a hora.
Daqui a pouco os netos, bisnetos, filhos, sogras,
genros estarão aqui pra te visitar.
Você está abatidamente linda.
Sessenta anos juntos. O quê? Caramba, é verdade.
Está vindo daquela janela no quarto do bloco em frente
"Stand by me"
A música que ouvimos quando voltamos
depois da separação e nos encontramos
naquele restaurante na entrada da floresta.
"Stand by me" sacramentando nosso destino
de companheirismo e luta e amor
de compromisso muito além.
Absurdo falar dessas coisas em tempos narcísicos
como os de hoje, mas fodam-se todos eles.

Sessenta anos juntos.
O quê? Eu também te amo, meu amor.
E logo estarei com você.
Na TV desligada eu vou atirar. Uivo balístico
no chiado de um velho tubo de imagem fora do ar.
Agora você está assim, TV fora do ar.
E eu estarei logo, logo ao seu lado,
porque é assim que combinamos e nos destinamos
na floresta dos uivos pré-históricos.
Equipamentos desligados pelo médico.
O sinal constante do óbito na tela.
Doutor, posso ficar sozinho com ela mais um minuto?
Obrigado.

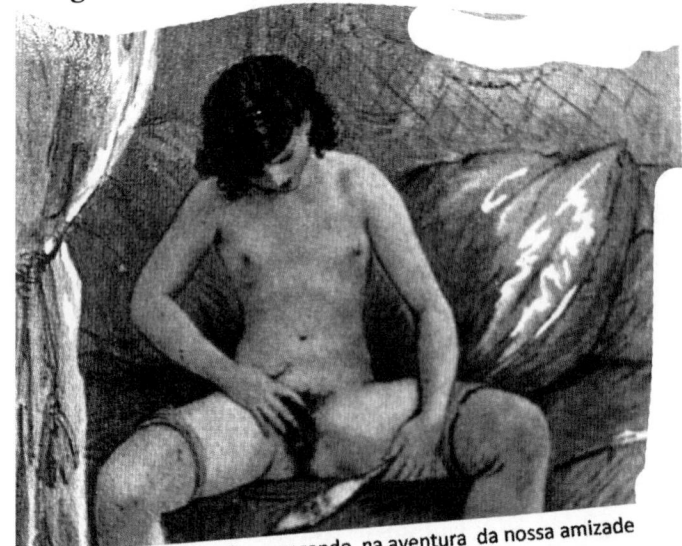

E depois do seu beijo de repente fico pensando na aventura da nossa amizade com sexo com amizade situação amorosa que rima com irmandade que evoca incesto

STOP

OK.
Não há mais o que fazer
A não ser me entregar a você
Dançarina Preguiçosa
Porque sua missão é esta
Dançar desse jeito entediado pra nos fascinar
E destruir todas as convicções ou certezas ou sei lá...
Como é que um dono de boate, por mais longínqua
e decadente que seja, aceita uma dançarina dessas?
Que dança de saco cheio, mas com charme que te pega
E me pegou
E a todos que estão aqui
Só penso em você
Só quero você, só me interessa te ver dançar
Dançarina preguiçosa
Dançarina entediada
Acho que é tudo cálculo essa tua atitude
Não pode ser, não pode existir um charme, um mistério,
um magnetismo tão escrachado
Mas é o que acontece
O mal-estar de toda a civilização
Nessas tuas coxas saindo desse shortinho desgraçado
Short justo realçando a tua, a tua

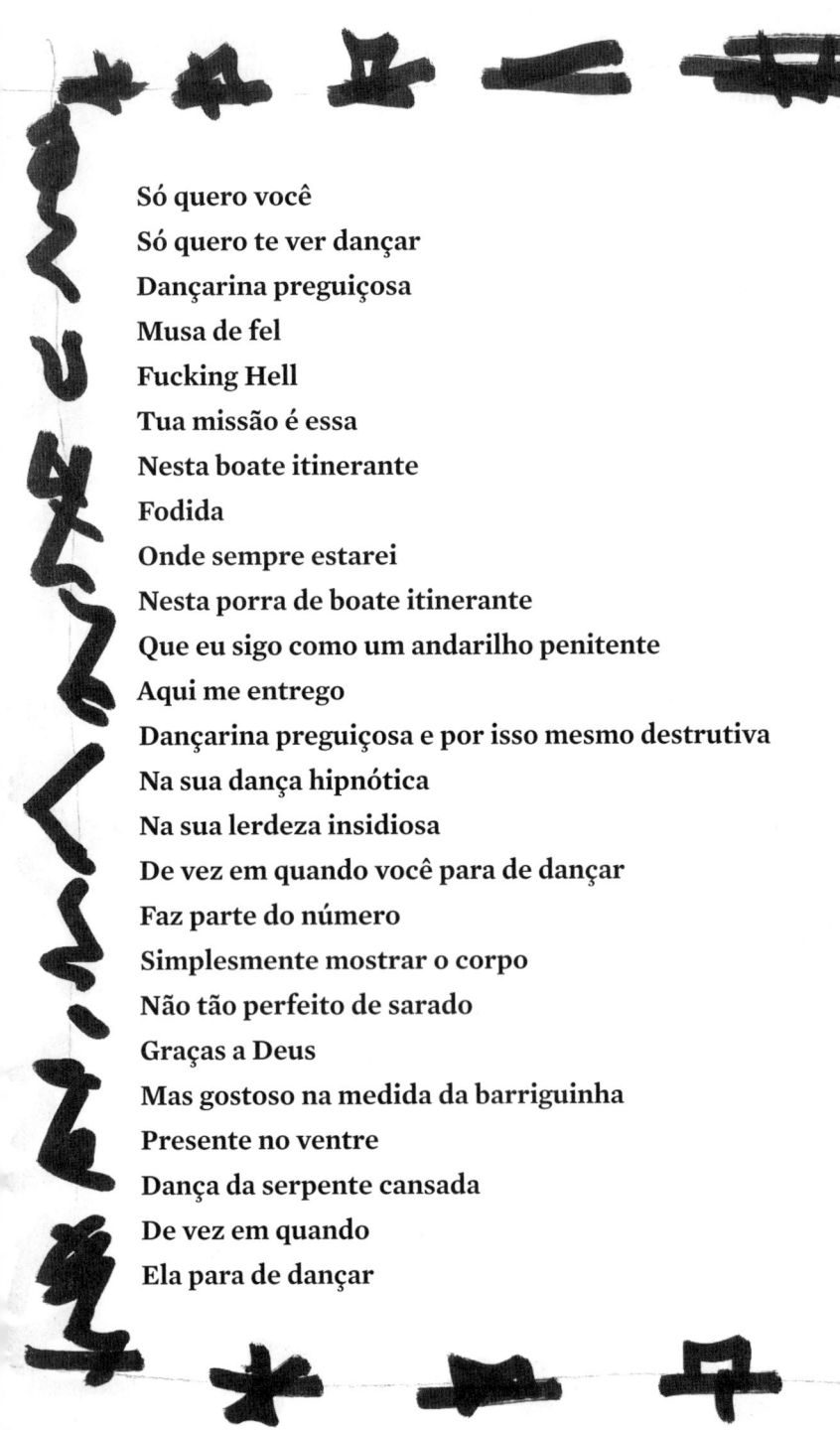

Só quero você
Só quero te ver dançar
Dançarina preguiçosa
Musa de fel
Fucking Hell
Tua missão é essa
Nesta boate itinerante
Fodida
Onde sempre estarei
Nesta porra de boate itinerante
Que eu sigo como um andarilho penitente
Aqui me entrego
Dançarina preguiçosa e por isso mesmo destrutiva
Na sua dança hipnótica
Na sua lerdeza insidiosa
De vez em quando você para de dançar
Faz parte do número
Simplesmente mostrar o corpo
Não tão perfeito de sarado
Graças a Deus
Mas gostoso na medida da barriguinha
Presente no ventre
Dança da serpente cansada
De vez em quando
Ela para de dançar

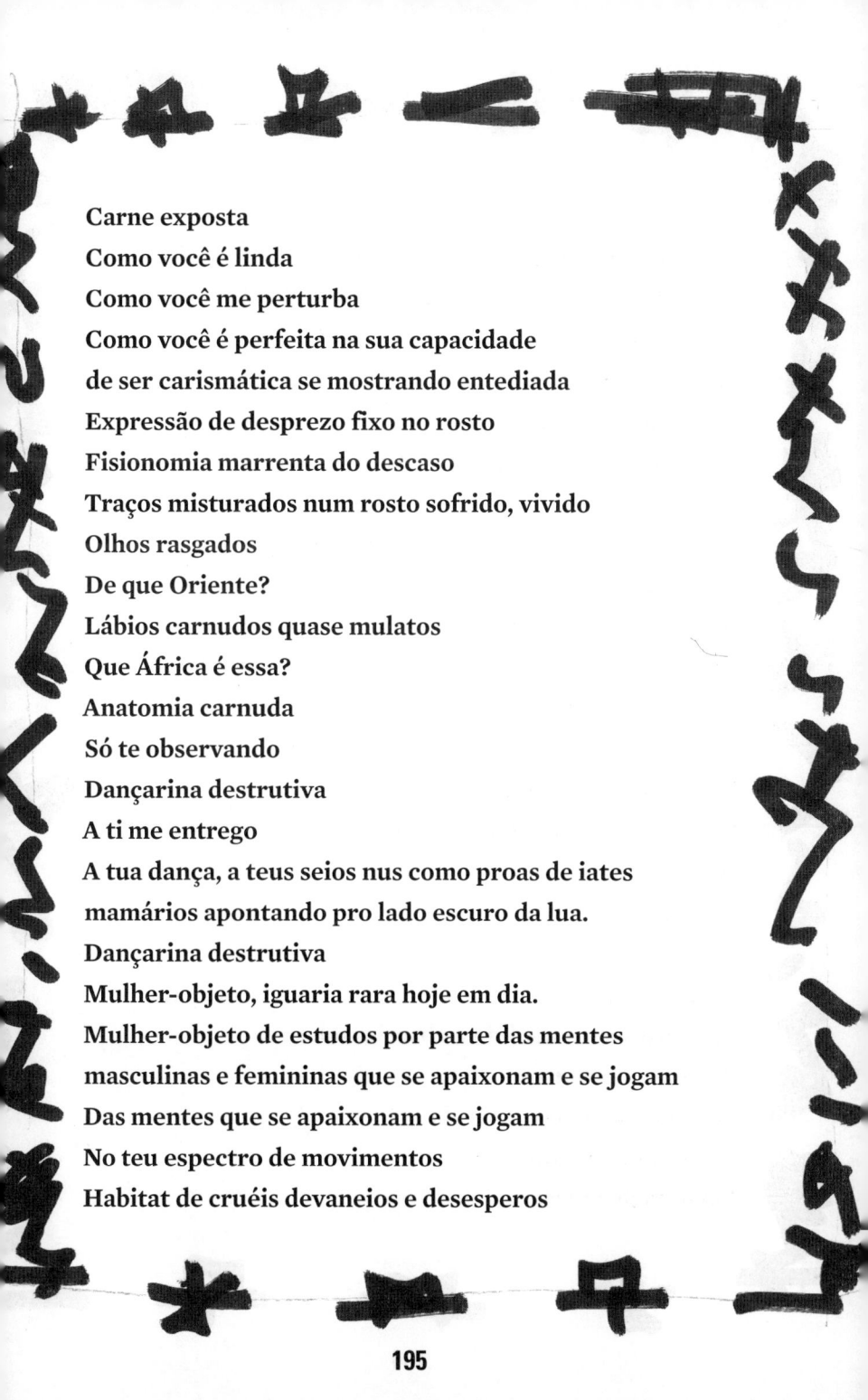

Carne exposta
Como você é linda
Como você me perturba
Como você é perfeita na sua capacidade
de ser carismática se mostrando entediada
Expressão de desprezo fixo no rosto
Fisionomia marrenta do descaso
Traços misturados num rosto sofrido, vivido
Olhos rasgados
De que Oriente?
Lábios carnudos quase mulatos
Que África é essa?
Anatomia carnuda
Só te observando
Dançarina destrutiva
A ti me entrego
A tua dança, a teus seios nus como proas de iates
mamários apontando pro lado escuro da lua.
Dançarina destrutiva
Mulher-objeto, iguaria rara hoje em dia.
Mulher-objeto de estudos por parte das mentes
masculinas e femininas que se apaixonam e se jogam
Das mentes que se apaixonam e se jogam
No teu espectro de movimentos
Habitat de cruéis devaneios e desesperos

Dançarina destrutiva dança
Nesse shortinho desgraçado tua bunda se oferece
na medida pro meu beijo, pra minha mordida carinhosa
muito a fim de lamber o buraquinho lunar
que você tem no meio dela
Por onde saem tuas coisas
Proas de iates mamários teus seios apontam
pro suicídio dos que não te terão
Dos que te terão, mas depois morrerão
por falta corrosiva.
Por ti javalis se masturbam a distância
Por ti colibris se desequilibram tomando conhaque
nas árvores suburbanas
Por ti tomam aquilo na veia
Por ti dançarina destrutiva
Dança
Dança com teu olhar de tédio mortal
Dança, dança, dança
Enfiada nesse desgraçado shortinho desgraçado
Tecido colado colocando em relevo a tua, a tua, a tua
Eu vim aqui pra isso
Pra me entregar
Te ver dançar
Antes de você me devorar,
antes de me imolar na tua carne

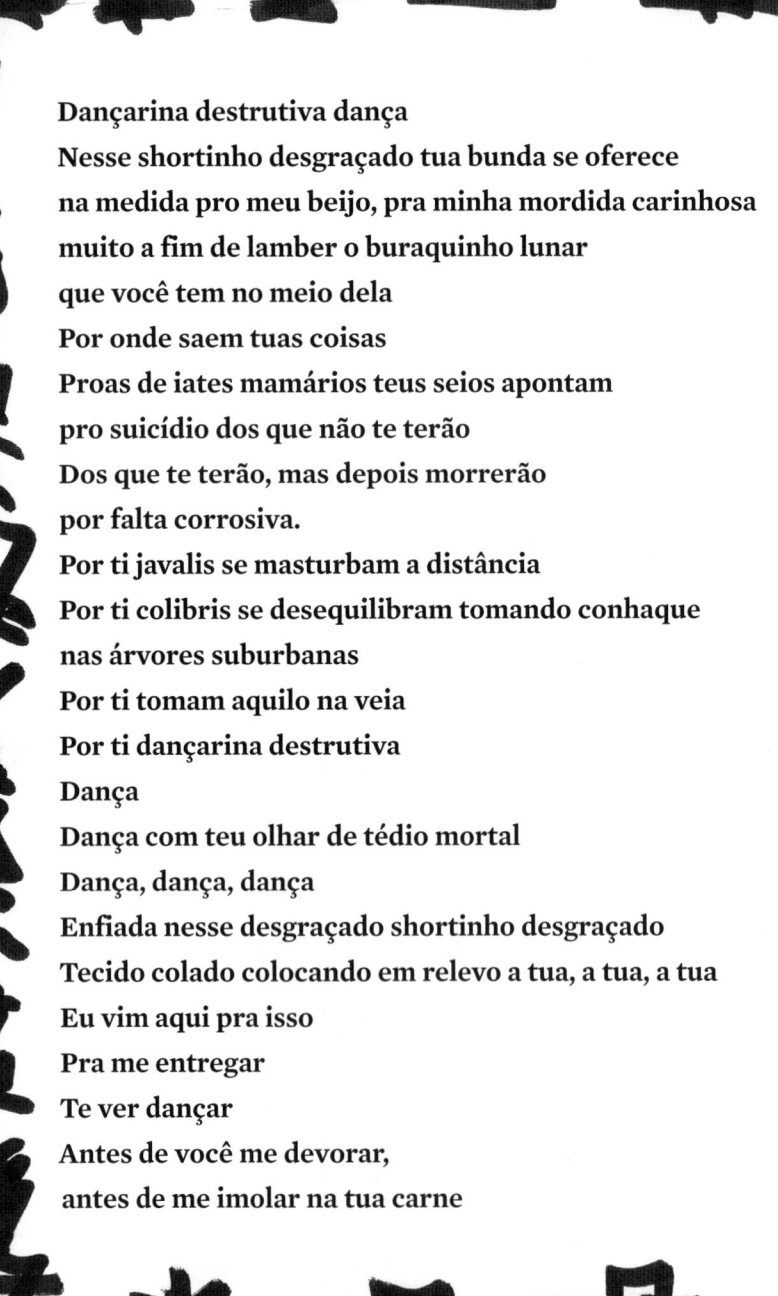

Perfumada
Entediada
Boate itinerante
Dançarina Destrutiva
Antes que você me faça em pedaços
Dança pra mim
Enfiada nesse shortinho desgraçado

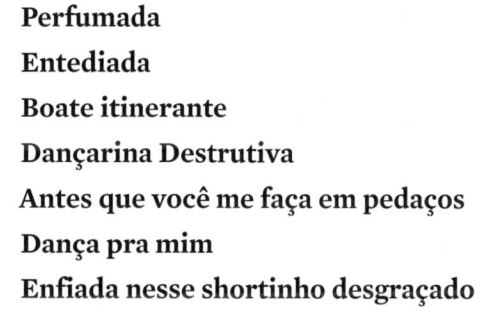

PACTO DE ENTREGA RARA PRA REPRODUÇÃO CLASSE MEDIA SUSTENTACULO DA CIVILIZAÇÃO OU PIRAÇÃO DE FUGA DE TUDO RUMO A UM DESTINO BANDIDO MALUCO DE DEBOCHE MARGINAL.

...AR NOS LABIRINTOS DAS PAIXÕES, MON... TORMENTOS DE CARENCIA AFETIVA QUE VIRAM CISMAS EROTICAS SUICIDAS E CRIMINOSAS
CANTAR

DE VIVER LENDAS TORMENTAS PASSIONAIS QUE SACIAM NOSSA VONTADE EXIGE COMPROMISSOS AMOROSAS DEMORADOS FUGINDO DO REALISMO DEFINITIVO QUE MEDIOCRIDADE A FRAQUEZA . A GRANDEZA. O TEDIO DAS CONVIVENCIAS CASADAS. COM A SORDIDEZ A

EU NÃO QUERO SOSSEGO
EU SÓ QUERO TEU AMOR
EU NÃO QUERO PAZ
EU SÓ QUERO TEU CALOR
NÃO TE ESQUECE DE ME DAR O SEU RANCOR
EU QUERO AMAR A TUA SOMBRA
A COISA RUIM QUE TE PERTURBA
A TERNURA
A BELEZA
A ALEGRIA

A ESSENCIA DA SOFRENCI...
ROMANTI...

CRIMSOM AND CLOVER

Alô?
Alô
Oi, tudo bem?
Eu sou aquele cara que te ajudou
É... aquele cara
Perto do muro no cais
Lembra?
Você chegou
E me pediu que segurasse um pedaço da sua roupa
Que tinha rasgado
Arrancado por um galho que surgiu de repente
Preso nalgum portão
Pedaço escarlate
Pedaço púrpura
Enquanto você colocava um osso no lugar
Ou uma veia
Eu segurava o pedaço de pano roxo
E te olhava colocar a veia no lugar
O osso no lugar, sei lá
Fiquei te observando e...
Você é muito
Você é muito
Sem palavras

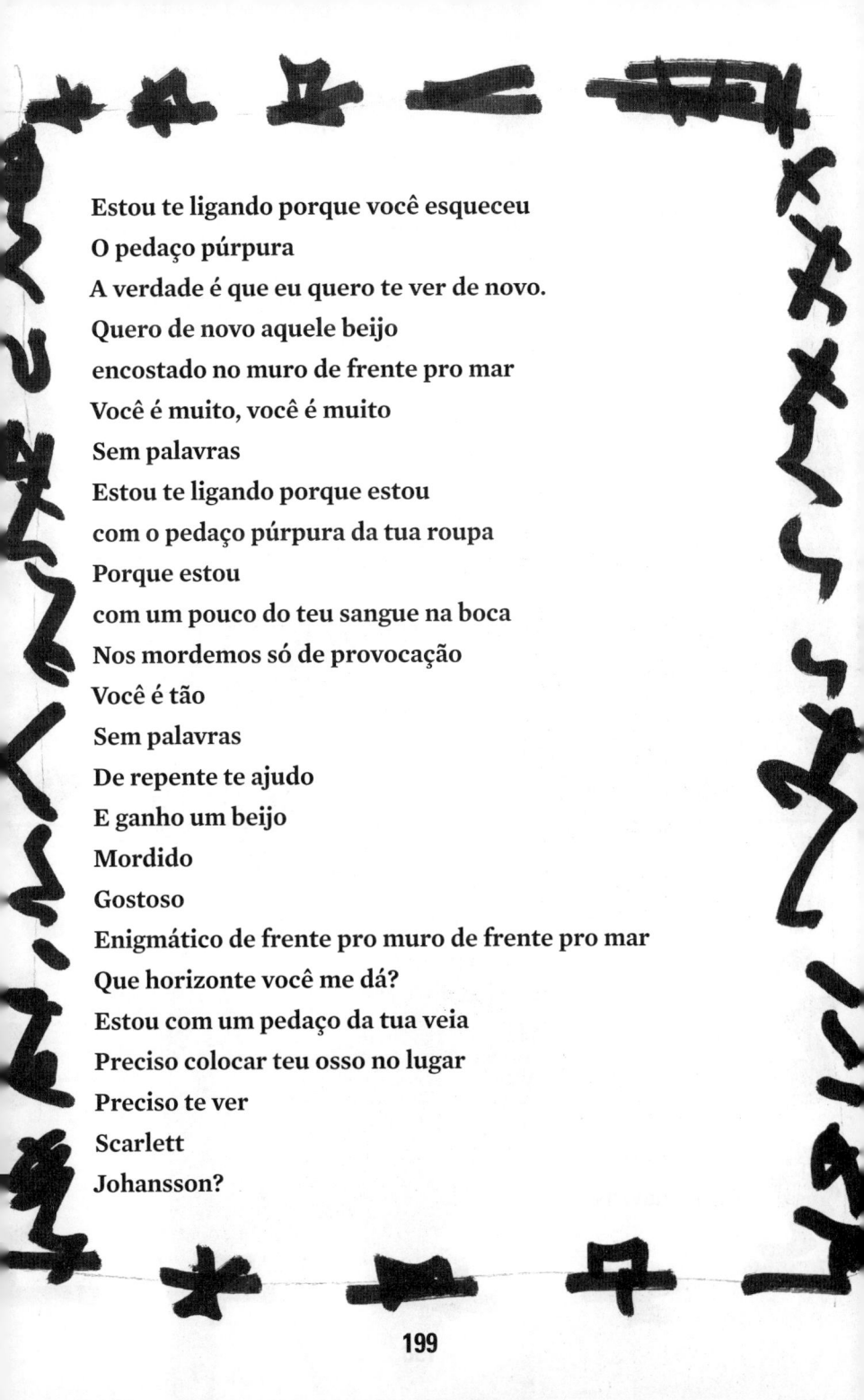

Estou te ligando porque você esqueceu
O pedaço púrpura
A verdade é que eu quero te ver de novo.
Quero de novo aquele beijo
encostado no muro de frente pro mar
Você é muito, você é muito
Sem palavras
Estou te ligando porque estou
com o pedaço púrpura da tua roupa
Porque estou
com um pouco do teu sangue na boca
Nos mordemos só de provocação
Você é tão
Sem palavras
De repente te ajudo
E ganho um beijo
Mordido
Gostoso
Enigmático de frente pro muro de frente pro mar
Que horizonte você me dá?
Estou com um pedaço da tua veia
Preciso colocar teu osso no lugar
Preciso te ver
Scarlett
Johansson?

Scarlett
O'Hara?
Scarlet
Moon?
Púrpura profunda
Quero de novo aquele beijo
Púrpura profunda
Quero de novo aquele beijo

TORMENTOS DE CARENCIA AFETIVA QUE VIRAM CISMAS EROTICAS
SUICIDAS E CRIMINOSAS
...AR NOS LABIRINTOS DAS PAIXÕES...
CANTAR

" DEIXA EU GOSTAR DE VOCE "
" PRECISO DE ALGUEM "
" ME DESEJA PORQUE EU TE DESEJO "
" VOCE É MINHA VOCE É MEU "

O casal de Acossado, de Godard: ainda hoje um espelho dos dilemas da juventude

EU AMO VOCÊ

Como Pedro em relação a Jesus,
eu neguei aquela garota por três vezes.
Como Pedro, me acovardei três vezes diante dela.
Neguei essa paixão porque eu me sentia o último
 dos revolucionários querendo acabar com essa
Casta Financeira que concentra mais Poder
e mais Grana do que metade da população do planeta
sem recursos que a permita alcançar algum patamar
de classe média universal.
Eu me sentia um profeta Mad Max me preparando para
transformar tudo numa estepe gigantesca,
o último dos Gnósticos acreditando que o mundo
foi criado por um Demiurgo, um Deus mau que gerou
este mundo demasiado imperfeito e barroco para
impedir que víssemos a Luz do Conhecimento,
o verdadeiro Conhecimento através dessa imperfeição,
dessa sujeira que habita nossas mentes e todo esse
sistema de sistemas que é dominado por Drogas acima
de qualquer indústria ou Vale do Silício. Esses sistemas
de armas e drogas e especulação de mutações sociais que
eu ia explodir porque eu era o profeta Mad Max,
o homem das ruínas sagradas. O lobo solitário das
estepes que ia purgar a obra do Demiurgo

que está no seu auge graças ao Sistema de Sistemas
e ela era uma das cabeças de chave da cadeia
de acontecimentos que resultam.
Acontecimentos que resultam.
Contra tudo que era representado por ela.
Linda executiva.
Desconcertante executiva.
Um drible de beleza desarmando a retranca
das minhas convicções.
Charme de inteligência que eu nem sabia que podia
existir desafiando minhas intenções radicais.
Quando eu via essa garota, o lucro e a força produtiva
dela me pareciam Divindades dando sentido a tudo.
E eu abandonaria a revolução
para fazer parte daquele coração.
Convicção e timidez.

Como Pedro, neguei a garota três vezes.
A primeira vez foi na Av. Paulista.
Ela estava saindo da sua Landrover over over landrover
Saiu do carro, me viu e abaixou os seus óculos
de absurdo rayban.
De onde veio aquele material?
De Saturno, talvez, pois ela tinha estreitas ligações
com a Nasa e eu gelei como um anel do mesmo Saturno

com aquele olhar me encontrando, me descobrindo
como que equipado com um GPS para calor de atração
apaixonada. E ela sabia e ela queria e ficou me olhando
e eu tímido e movido por convicções contrárias ao metiê
da hiper master executiva mundial dona de boa parte
do planeta e de suas mutações sociais, linda
concentradora de Grana e Poder. Eu recuei.
Linda concentradora de Grana e Poder
que espalha Produção civilizando a Multidão.
Que espalha vários tipos de Destruição.
Suas coxas eram as coxas da inovação, seus seios
perfeitos eram os seios da pesquisa molecular gerando
novos materiais, seios da novíssima alquimia, seu umbigo
era o umbigo do mundo financeiro, sua boca era a boca
do luxo atual que é a exclusividade da imortalidade,
dos passeios espaciais, das desencarnações,
dos passeios submarinos abissais, das joias imunológicas,
diamantes que se dissolvem reforçando
o sistema imunológico.
Reforçando o Sistema Labirinto de Sistemas.

Como Pedro, neguei três vezes.
A segunda foi em Londres.
De frente pro Tâmisa ela tirava uma selfie talvez da
própria alma.

E novamente o rayban de Saturno foi abaixado revelando
seu olhar em direção a mim naquele cenário Rolling
Stones, naquele cenário Beatles, naquele cenário
David Bowie naquele cenário Jack Estripador,
naquele cenário Churchill, naquele cenário
Mary Shelley, naquele cenário Thatcher,
naquele cenário Punk, naquele cenário Shakespeare.
Apaixonado eu estava mais que nunca e meu corpo ou
minha mente, quem impedia quem de sair do lugar e ir
até ela? E eu amarelei diante do Tâmisa,
diante da City financeira. Ela meio que ficou esperando
e eu não fui. Neguei pela segunda vez.

E a terceira vez que a vi
Estava do lado do Touro de Wall Street.
Hiper over hiper concentradora/produtora/inovadora
Executiva
Guardando os segredos de Instabilidade do Mundo.

E eu gnóstico abalado.
Lobo das estepes futuristas embaçadas.
Profeta Mad Max fora do prumo.
Eu, cheio de adjetivos radicais
Só queria beijar muito aquela menina.
Como se dizia em épocas anteriores.

Tê-la em meus braços.
Como se dizia em épocas anteriores de forma grosseira.
Fazer ela todinha.
Como se dizia respeitosamente em épocas anteriores.
Ela será a mãe dos meus filhos, a minha companheira
pra sempre, aquela que vai dar sentido à minha vida.

E ela estava ao lado do Touro de Wall Street.
E eu tentando pela terceira vez tomar coragem,
mas a negação veio novamente e eu não conseguia.

Mas no momento em que eu ia sacramentar
minha terceira negação, sem dar sequer a chance
de ela me descobrir por ali, um momento antes,
aconteceu algo estranho que mudou tudo.
De repente ela começou a cambalear e se apoiou no
Touro de Wall Street, mas foi escorregando, como que
escorrendo aquele corpo, aquela inteligência
e eis que surge ele, o senhor da vitalidade: o sangue.
O sangue surgiu de forma peculiar saindo de pontos
estratégicos da anatomia da garota, assim buracos
nos pulsos que pareciam estigmas de Cristo,
pois estavam sangrando e ninguém entendia nada.
Na verdade eram celulares implantados
que sangravam nos pulsos.

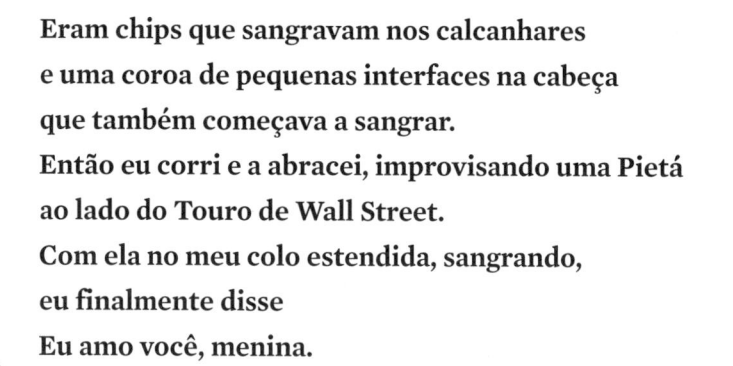

Eram chips que sangravam nos calcanhares
e uma coroa de pequenas interfaces na cabeça
que também começava a sangrar.
Então eu corri e a abracei, improvisando uma Pietá
ao lado do Touro de Wall Street.
Com ela no meu colo estendida, sangrando,
eu finalmente disse
Eu amo você, menina.

DARKNESS

É fato e notório
Que o Negativo Operante
É a grande motivação
A principal motivação
De quem é chegado a pensar no avesso do avesso
do avesso dos humanos.
Querendo saber mais do que o dia a dia oferece.
A principal motivação
De quem é condenado à inquietação questionadora
e niilista.
Trágica inquietação que é mais que uma paixão
Pela vida do avesso.
Negativo Operante.
É a principal motivação de quem se distancia fácil
do social cotidiano, do banal mundano.

Encarando as pessoas como máquinas animalescas
prestes a romper o acordo social, prestes a mergulhar
nas sombras da mente, no seu obscuro mundo interior
pra se defrontar com suas dúvidas,
desejos e desassossegos mais terríveis.
O que eu estou fazendo da minha vida?
É fato.

Leonard Cohen tem uma imagem maravilhosa
para tratar desse assunto.
A Escuridão tomando um líquido numa taça de ouro.
Oferece para alguém a taça.
E essa pessoa diz:
– Agora estou com a Escuridão.
Com a potência das trevas.
Mas não no sentido meramente maligno.
E sim com a potência máxima.
Obscura
Ligação com a matéria escura cósmica
que cerca toda a luz que caracteriza nossa vida.
O avesso do avesso do avesso.
Negativo operante.
E a pessoa pergunta para a Escuridão de Cohen:
– Isso vai me dar Poder muito além?
E a Escuridão diz:
– Apenas beba, apenas beba, sorva tudo.

Na minha adolescência, eu tive um encontro
com uma certa Escuridão.
Uma garrafa de Coca-Cola dois litros que eu bebia
varando a madrugada escrevendo páginas de declarações
amorosas para uma menina que morava em outro bairro.
Escrevendo romantices e também histórias bizarras

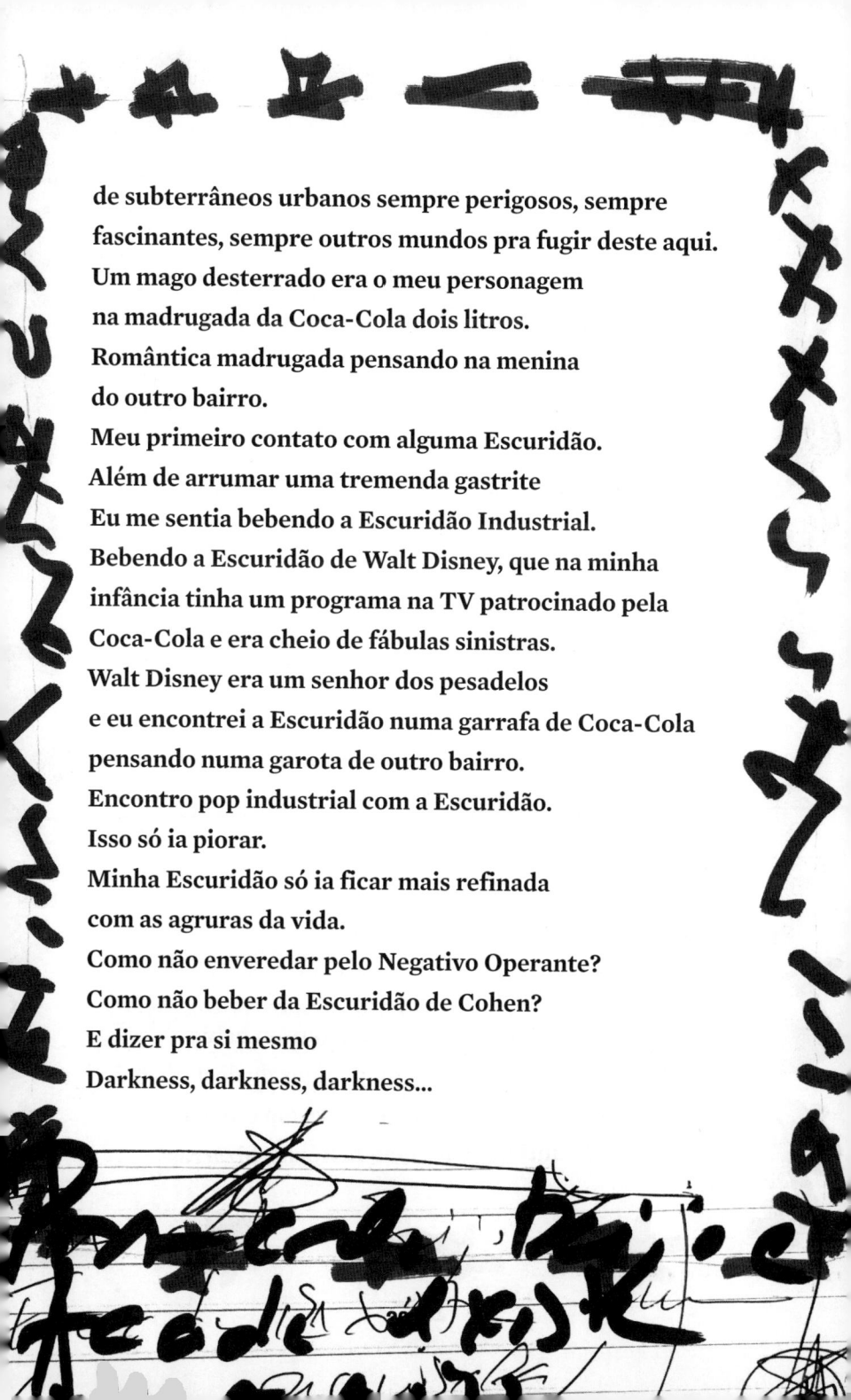

de subterrâneos urbanos sempre perigosos, sempre
fascinantes, sempre outros mundos pra fugir deste aqui.
Um mago desterrado era o meu personagem
na madrugada da Coca-Cola dois litros.
Romântica madrugada pensando na menina
do outro bairro.
Meu primeiro contato com alguma Escuridão.
Além de arrumar uma tremenda gastrite
Eu me sentia bebendo a Escuridão Industrial.
Bebendo a Escuridão de Walt Disney, que na minha
infância tinha um programa na TV patrocinado pela
Coca-Cola e era cheio de fábulas sinistras.
Walt Disney era um senhor dos pesadelos
e eu encontrei a Escuridão numa garrafa de Coca-Cola
pensando numa garota de outro bairro.
Encontro pop industrial com a Escuridão.
Isso só ia piorar.
Minha Escuridão só ia ficar mais refinada
com as agruras da vida.
Como não enveredar pelo Negativo Operante?
Como não beber da Escuridão de Cohen?
E dizer pra si mesmo
Darkness, darkness, darkness...

PROCURA-SE SERENA

Três rapazes digitam chorosos e reclamões
nos seus celulares, nos seus super smartphones,
acessando um aplicativo chamado Procura-se Serena.
Estão compartilhando sua dor de cornos cibernéticos,
seu abandono por aquela mulher,
procurando notícias dela oferecidas por fanáticos
como eles, outros abandonados como eles.
Lágrimas arcaicas do amor desencontrado
encharcando a tecnologia de interação social.
Mas quem é Serena?
Procura-se Serena
Serena
Procura-se Serena
Garota errada e errante
Na hora errada
No lugar errado
Assim como tem gente com ouvido absoluto, existe
gente como Serena que tem vocação absoluta para ser
testemunha de algum assassinato, alguma conversação
comprometedora de gente graúda oficial ou não.
Vocação para testemunha sumária ela tem
Procura-se Serena
Serena

Procura-se Serena
Garota errada e errante
Na hora errada
No lugar errado
Nenhum serviço de proteção à testemunha pode com ela
Pois ela é desejada, procurada por FBIs, Rotas, Yakusas,
Tríades Chinesas, Cartéis mexicanos, comandos
cariocas, comandos paulistas, policiais de vários matizes,
camorras, 'Ndranghetas...
Às vezes ela se pega dizendo
Scotland
Yard
Scotland
Yard
A verdade é que todos procuram
e ao mesmo tempo protegem Serena
Pois quando ela é procurada por alguma máfia
ou alguma polícia, todos sabem que segredos vão rolar
e explodirão com tudo, portanto acabam ajudando
Serena a escapar uns dos outros.
Dois meses no máximo em cada cidade.
E o que uma garota como Serena faz?
É impressionante, mas como em todos
os filmes americanos, ela vira garçonete fugitiva.
Um hit

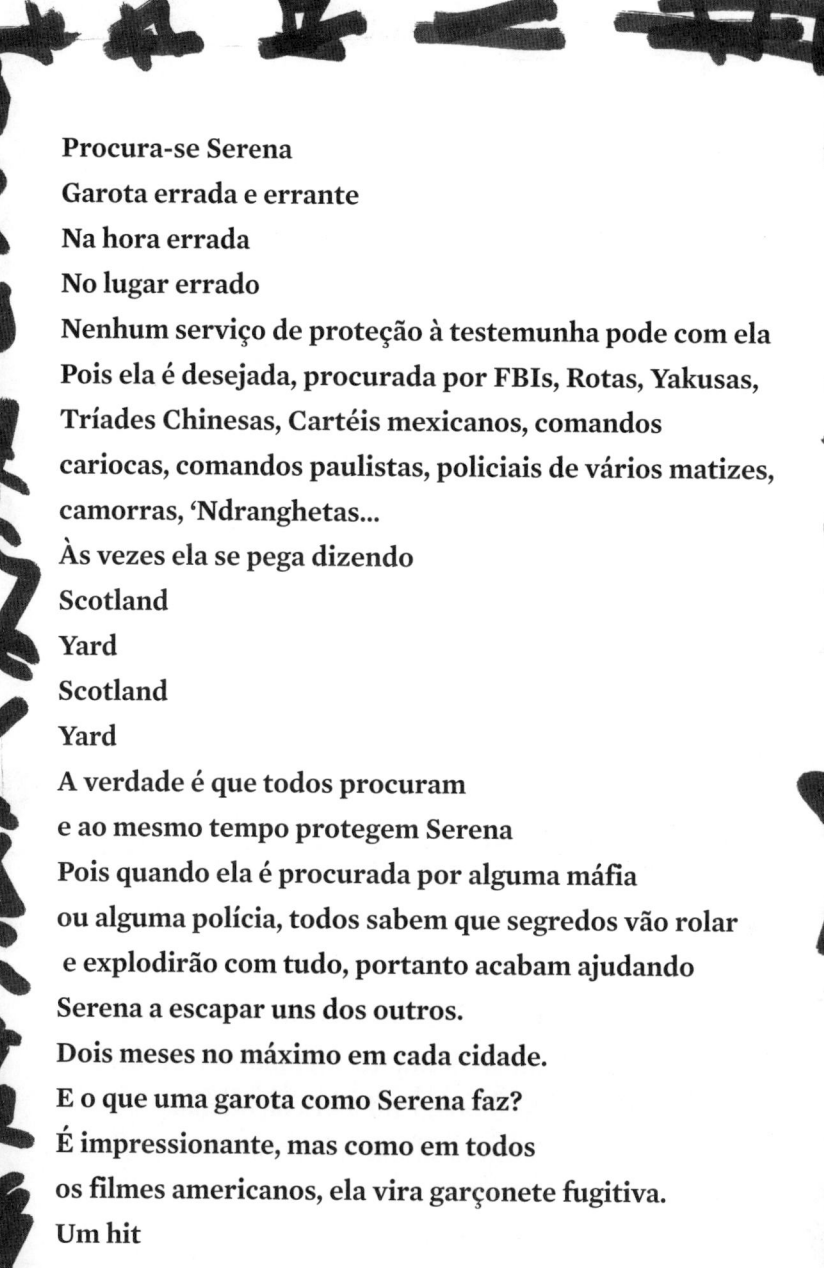

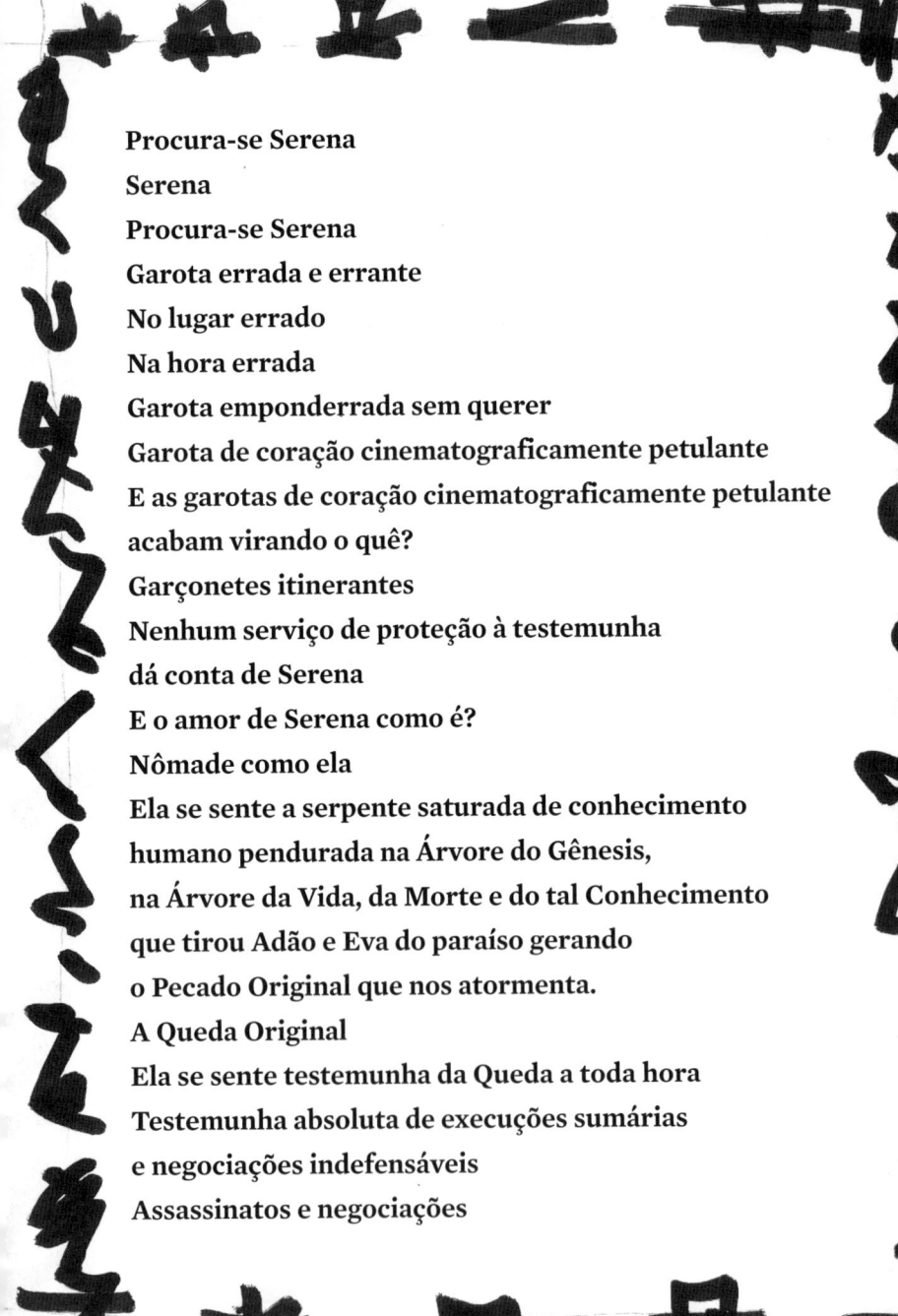

Procura-se Serena
Serena
Procura-se Serena
Garota errada e errante
No lugar errado
Na hora errada
Garota emponderrada sem querer
Garota de coração cinematograficamente petulante
E as garotas de coração cinematograficamente petulante
acabam virando o quê?
Garçonetes itinerantes
Nenhum serviço de proteção à testemunha
dá conta de Serena
E o amor de Serena como é?
Nômade como ela
Ela se sente a serpente saturada de conhecimento
humano pendurada na Árvore do Gênesis,
na Árvore da Vida, da Morte e do tal Conhecimento
que tirou Adão e Eva do paraíso gerando
o Pecado Original que nos atormenta.
A Queda Original
Ela se sente testemunha da Queda a toda hora
Testemunha absoluta de execuções sumárias
e negociações indefensáveis
Assassinatos e negociações

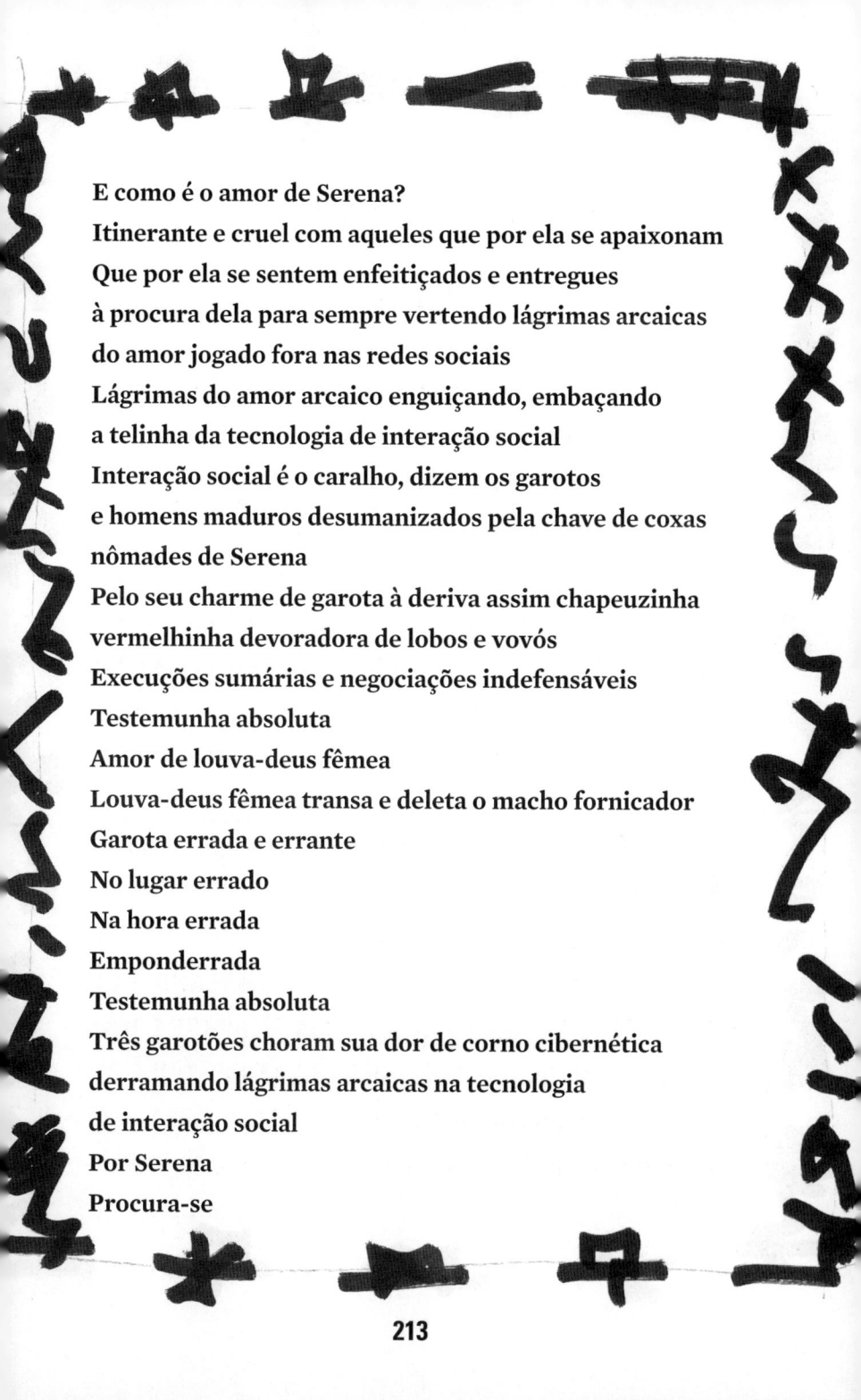

E como é o amor de Serena?
Itinerante e cruel com aqueles que por ela se apaixonam
Que por ela se sentem enfeitiçados e entregues
à procura dela para sempre vertendo lágrimas arcaicas
do amor jogado fora nas redes sociais
Lágrimas do amor arcaico enguiçando, embaçando
a telinha da tecnologia de interação social
Interação social é o caralho, dizem os garotos
e homens maduros desumanizados pela chave de coxas
nômades de Serena
Pelo seu charme de garota à deriva assim chapeuzinha
vermelhinha devoradora de lobos e vovós
Execuções sumárias e negociações indefensáveis
Testemunha absoluta
Amor de louva-deus fêmea
Louva-deus fêmea transa e deleta o macho fornicador
Garota errada e errante
No lugar errado
Na hora errada
Emponderrada
Testemunha absoluta
Três garotões choram sua dor de corno cibernética
derramando lágrimas arcaicas na tecnologia
de interação social
Por Serena
Procura-se

TERNURA DIFÍCIL 2

SADE

ACORDEI E MEUS OLHOS FORAM LOGO CAPTURADOS PELA VISÃO DE UMA ESTRANHA E ABSURDA CAPELA SISTINA FEITA COM ENTRANHAS MECÂNICAS. FÍGADOS MOTORIZADOS, PULMÕES ROBOTIZADOS COMO BORBOLETAS TORÁXICAS, CORAÇÕES EMENDADOS COMO GELATINAS PULSANTES MOVIDAS A BATERIAS ELETRÔNICAS, CÉREBROS ESBURACADOS PARA PENETRAÇÃO. TERRÍVEL CAPELA SISTINA FEITA COM VÍSCERAS CONTRABANDEADAS PARA SATISFAZER NECRÓFILOS, GENTE QUE SE ESFREGA, SE MASTURBA COM ENTRANHAS MECÂNICAS.

ESTOU AMARRADO NUMA MESA DE CIRURGIA E MEUS OLHOS DEIXAM A CAPELA SISTINA DE ENTRANHAS MECÂNICAS E VAGAM PELOS LADOS, VAGAM POR UMA ESPÉCIE DE EXPOSIÇÃO DE PARAFILIAS, UMA DISNEYLÂNDIA DE GOSTOS SEXUAIS, DESEJOS ERÓTICOS BIZARROS E TAMBÉM OS DITOS NORMAIS. PEQUENAS CABINES ONDE AS TARAS SÃO TRATADAS DE FORMA ESPORTIVA, MERA CONSUMAÇÃO DE CONSUMOS. CABINES DE BEIJAÇÃO DURAN-

TE VINTE E QUATRO HORAS, PORÕES E SÓTÃOS QUE FUNCIONAM COMO ORGIÓDROMOS ONDE TREPADAS DURAM DUAS SEMANAS, CADEIRAS ELÉTRICAS TRANSFORMADAS EM ARTEFATOS DE CHOQUE TÂNTRICO. JAULAS, CABANAS, CAMAS ENORMES, ARMÁRIOS E MÓVEIS TORTURANTES, MOBÍLIA MUITO ANTIGA FEITA ESPECIALMENTE PARA MANIPULAÇÕES DE CORPOS NOS SÉCULOS XV, XVI, XVII, XVIII... TUDO ISSO PASSANDO PELO MEU CAMPO DE VISÃO ENQUANTO A MESA SE MOVE SENDO LEVADA POR AQUELA A QUEM ME ENTREGAREI E QUE SE ENTREGARÁ A MIM PARA A ASCESE, PARA O RITUAL DE EXACERBAÇÃO DA PELE, DA CARNE, DOS NERVOS, DO AMOR EXALTADO PELA DOR. CORPOS ENTREGUES À MEDITAÇÃO SÁDICA.

SADE É A PALAVRA/SENHA/ALGORITMO PARA SE ENTENDER O CENÁRIO E A PESSOA POR TRÁS DELE. UMA RUIVA QUE, DIZEM, FOI LEGISTA EM MATO GROSSO. UMA RUIVA QUE, DIZEM, TATUOU O MAIS FAMOSO E IMPORTANTE LIVRO DO MARQUÊS (NA VERDADE, O ÚNICO QUE VALE A PENA – 120 DIAS DE SODOMA) NOS SEUS ÓRGÃOS, INAUGURANDO A TATUAGEM HEPÁTICA, A TATUAGEM NEUROLÓGICA, A TATUAGEM ALVEOLAR, A TATUAGEM UTERINA E POR AÍ VAI. TEM O LIVRO TATUADO DENTRO DELA E SÓ COM

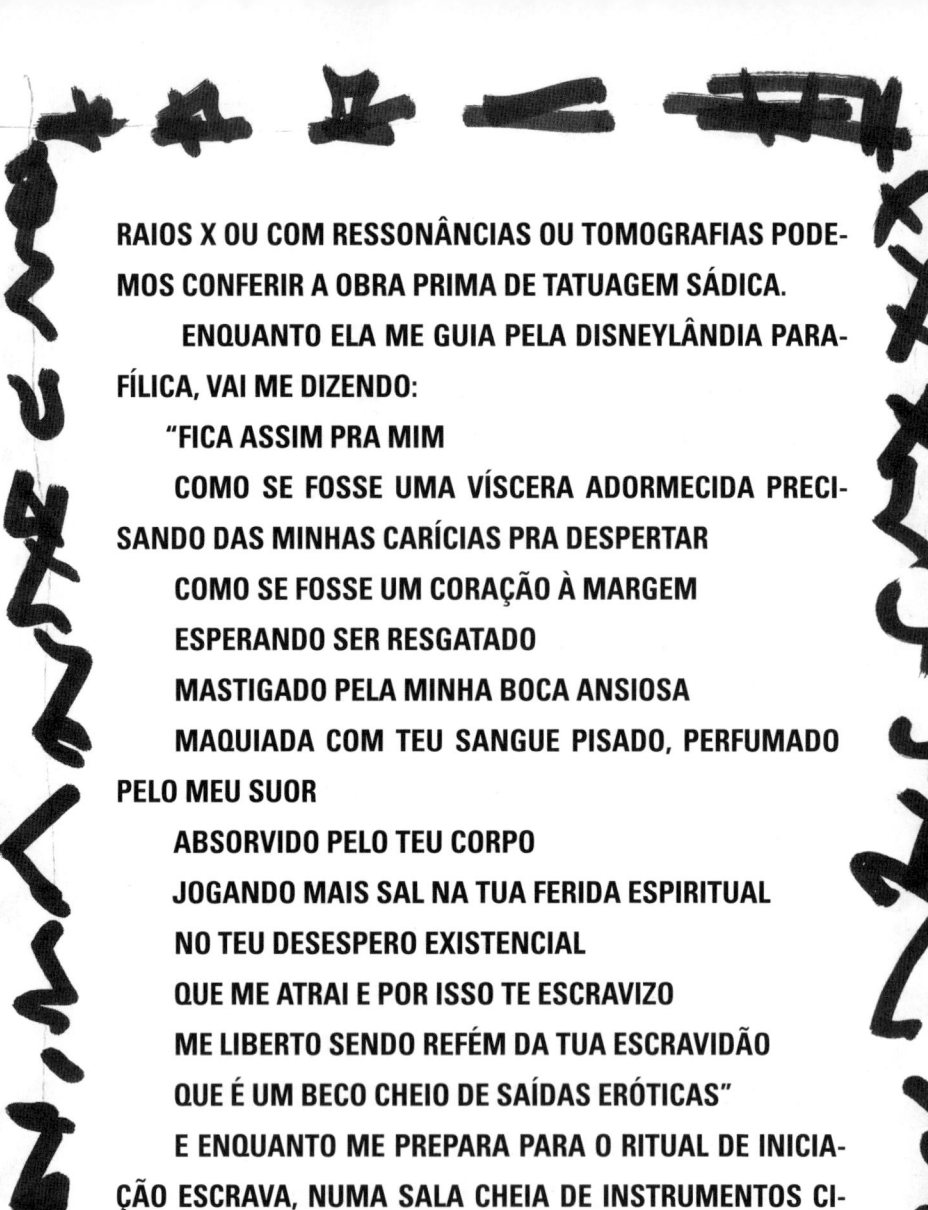

RAIOS X OU COM RESSONÂNCIAS OU TOMOGRAFIAS PODEMOS CONFERIR A OBRA PRIMA DE TATUAGEM SÁDICA.

ENQUANTO ELA ME GUIA PELA DISNEYLÂNDIA PARAFÍLICA, VAI ME DIZENDO:

"FICA ASSIM PRA MIM

COMO SE FOSSE UMA VÍSCERA ADORMECIDA PRECISANDO DAS MINHAS CARÍCIAS PRA DESPERTAR

COMO SE FOSSE UM CORAÇÃO À MARGEM

ESPERANDO SER RESGATADO

MASTIGADO PELA MINHA BOCA ANSIOSA

MAQUIADA COM TEU SANGUE PISADO, PERFUMADO PELO MEU SUOR

ABSORVIDO PELO TEU CORPO

JOGANDO MAIS SAL NA TUA FERIDA ESPIRITUAL

NO TEU DESESPERO EXISTENCIAL

QUE ME ATRAI E POR ISSO TE ESCRAVIZO

ME LIBERTO SENDO REFÉM DA TUA ESCRAVIDÃO

QUE É UM BECO CHEIO DE SAÍDAS ERÓTICAS"

E ENQUANTO ME PREPARA PARA O RITUAL DE INICIAÇÃO ESCRAVA, NUMA SALA CHEIA DE INSTRUMENTOS CIRÚRGICOS ENTRELAÇADOS NAS PAREDES DE PEDRA FRIA COM FERRAMENTAS DE SERRARIA, OLARIA, OURIVESARIA,

ODONTOLOGIA, MARCENARIA, ATIVIDADES ELÉTRICAS E CANIBAIS, ELA VAI ME DIZENDO QUE "SEMPRE SENTIU UMA NOSTALGIA DA MATÉRIA BRUTA DA QUAL O HOMEM E A MULHER SÃO OS ACIDENTES MAIS FAMOSOS E QUE, NOUTRAS PALAVRAS, SEMPRE QUIS CHEGAR ONDE SANTA TERESA DE ÁVILA CHEGOU, O ÊXTASE MÍSTICO. A FRONTEIRA DO SUBLIME ENTRE O SOFRIMENTO E O PRAZER, O CLICHÊ DA TRANSCENDÊNCIA PELA DISCIPLINA DA CARNE HUMANA PROVOCADA". MAS ELA VAI ME DIZENDO TAMBÉM QUE "SADE DEIXOU DE SER O REPRESENTANTE DE UMA BABAQUICE LIBERTINA, ALGO COMO UM AVENTUREIRO DA LIBERDADE VIA REALIZAÇÃO DE DESEJOS SEXUAIS, DAS DESREPRESSÕES ERÓTICAS ASSIM MALCRIAÇÕES PARA O CATOLICISMO, DIGAMOS, OPRESSOR... DESEJO NÃO TEM NADA A VER COM LIBERDADE. DESEJO É ARMADILHA INTERMITENTE DA MENTE. COMO LIDAR COM AS SOMBRAS E DESASTRES EMOCIONAIS É QUE É SINÔNIMO DE ALGUMA SABEDORIA DE AMADURECIMENTO MUITO FRÁGIL QUE NOS LIBERTA PARA QUE MESMO?"

"MAS O MARQUÊS NÃO É DE TODO DISPENSÁVEL, ABSOLUTAMENTE" ELA DIZ. "POIS NESSES TEMPOS DE CONSUMO CÍNICO, FLUIDO, APLICATIVO, FÁRMACO, VIRTUAL.

NESSES TEMPOS ONDE QUALQUER SENTIMENTO GERA PATOLOGIA OU VEIO DE UMA OU É ENCARADO COMO UMA, BEM, NESSE CONTEXTO, OS DESEJOS SÃO MERAS DEMANDAS, AS TARAS SÃO APENAS CANAIS DE EXPRESSÃO SEM CONTEÚDO TRÁGICO, DRAMÁTICO. APENAS ESPORTIVO. CARICATURA DE AGONIA DA FALTA DE ALGO QUE NOS PERTURBA DESDE O NASCIMENTO, DESDE SEMPRE PARA SEMPRE. E SADE DEIXA DE SER A TAL BOBAGEM LIBERTINA PARA SE TRANSFORMAR NUMA SIGLA QUE ESCANCARA A VERTENTE, DIGAMOS... SÁDICA DA VIDA URBANA ATUAL E SEUS EFEITOS COLATERAIS A SABER: SOLIDÃO, ANSIEDADE, DEPRESSÃO, EUFORIA OU SATURAÇÃO DE AUTOESTIMA VIA DESEMPENHO DESESPERADO QUE LEVA A UMA VONTADE DE EXÍLIO EM QUALQUER TARA. A ATUALIDADE É UMA ESPÉCIE DE VINGANÇA DO MARQUÊS E ESSA DISNEYLÂNDIA, ESSE CIRCO DE PARAFILIAS ALUGADAS NÃO É UMA SAÍDA, É UMA ENTRADA SEM VOLTA NA EMERGÊNCIA QUE ASSOLA OS URBANOPATAS CHEIOS DE DESEJOS ESCANCARADOS NA PAISAGEM DE CONSUMO PROVOCANDO COLAPSOS NAS SUAS MENTES. ANTES VOCÊ NÃO PODIA, NÃO DEVIA, MAS CONSEGUIA ALGUM GOZO JUSTAMENTE PORQUE ABRIA BRECHAS CRIATIVAS OU DOENTIAS, NA RE-

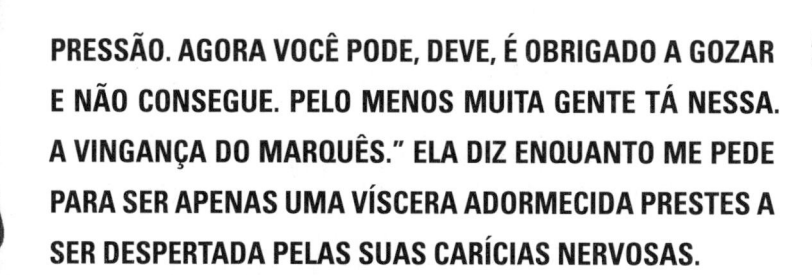

PRESSÃO. AGORA VOCÊ PODE, DEVE, É OBRIGADO A GOZAR E NÃO CONSEGUE. PELO MENOS MUITA GENTE TÁ NESSA. A VINGANÇA DO MARQUÊS." ELA DIZ ENQUANTO ME PEDE PARA SER APENAS UMA VÍSCERA ADORMECIDA PRESTES A SER DESPERTADA PELAS SUAS CARÍCIAS NERVOSAS.

TERNURA DIFÍCIL 3

ERÓTICA HOUDINI

ESTOU NUA CERCADA POR SMARTS-MÓBILES, CELULARES PENDURADOS, CELULARES GRUDADOS NAS PAREDES PRONTOS PRA ME FOTOGRAFAR COMO UMA IGUARIA ESTÉTICA DE PRIMEIRA PORQUE EU SOU MUITO RARA, SOU DE UMA ESTIRPE INDÍGENA MUITO ESPECIAL. TENHO O CORPO FECHADO E POR ISSO GOSTO DE LUGARES FECHADOS, SONHO COM BUNKERS CÓSMICOS, SUBMARINOS PENDURADOS EM CACHOEIRAS, ELEVADORES SUBTERRÂNEOS, SOFÁS ME ACARICIANDO NUM CONTEINER SUSPENSO NUM ROCHEDO E EU, NUA, DEVIDAMENTE REGISTRADA, FILMADA, FOTOGRAFADA, TRANSMITIDA PELA WEB SAIO FORA LASCIVA E NA BOA. SEMPRE SAIREI DOS AMBIENTES FECHADOS PORQUE MEU CORPO TAMBÉM É FECHADO E SEMPRE ESCAPAREI LÂNGUIDA, PLENAMENTE FOTOGRAFADA, REGISTRADA, TRANSMITIDA COMO UMA ERÓTICA HOUDINI. AGORA ENTRAREI NUM COFRE TRANSPARENTE DENTRO DESSA JAMANTA-CAMINHÃO CHEIA DE MÓBILES-SMARTS, CELULARES PENDURADOS, COLADOS NAS PAREDES. TENHO

MICROCÂMERAS NOS BRINCOS E NO UMBIGO. ELAS VÃO ME ACARICIAR, VÃO ME EXCITAR, VÃO ME EXPANDIR ENQUANTO ESCAPO DAS CORRENTES TRANSPARENTES NO COFRE TRANSPARENTE DENTRO DE UM CAMINHÃO BARRA-PESADA CHEIO DE CELULARES. DE DENTRO DESSE CAMINHÃO BARRA-PESADA, PROCLAMO O CORPO COMO AVATAR SENSUAL, PROCLAMO MEU AMOR AO CORPO SEJA ELE CELESTE, QUÍMICO, FÍSICO, SANTO, MÍSTICO, SOFRIDO, BEM-CUIDADO, CORPO-COBAIA, CORPO DE TODO SEXO, CORPO MAGNÉTICO, ELÉTRICO, CORPO ATÔMICO, CORPO CHEIO DE LUZ QUE É GERADA PELA CARNE NERVOSA FAZENDO COM QUE NA VÍSCERA CEREBRAL SURJA O MISTÉRIO DA MENTE QUE SE ACHA ESPÍRITO SAÍDO DA CARNE CHEIA DE TERMINAÇÕES NERVOSAS. VOU ENTRAR NO COFRE TRANSPARENTE ENROLADA NAS CORRENTES TRANSPARENTES E, DE MODO REMOTO, OS CELULARES E AS MICROCAMÊRAS SERÃO ACIONADOS E EU NOVAMENTE OFERECEREI O ESPETÁCULO DA FUGA GLORIOSA. LUZ MORENA DA ERÓTICA HOUDINI.

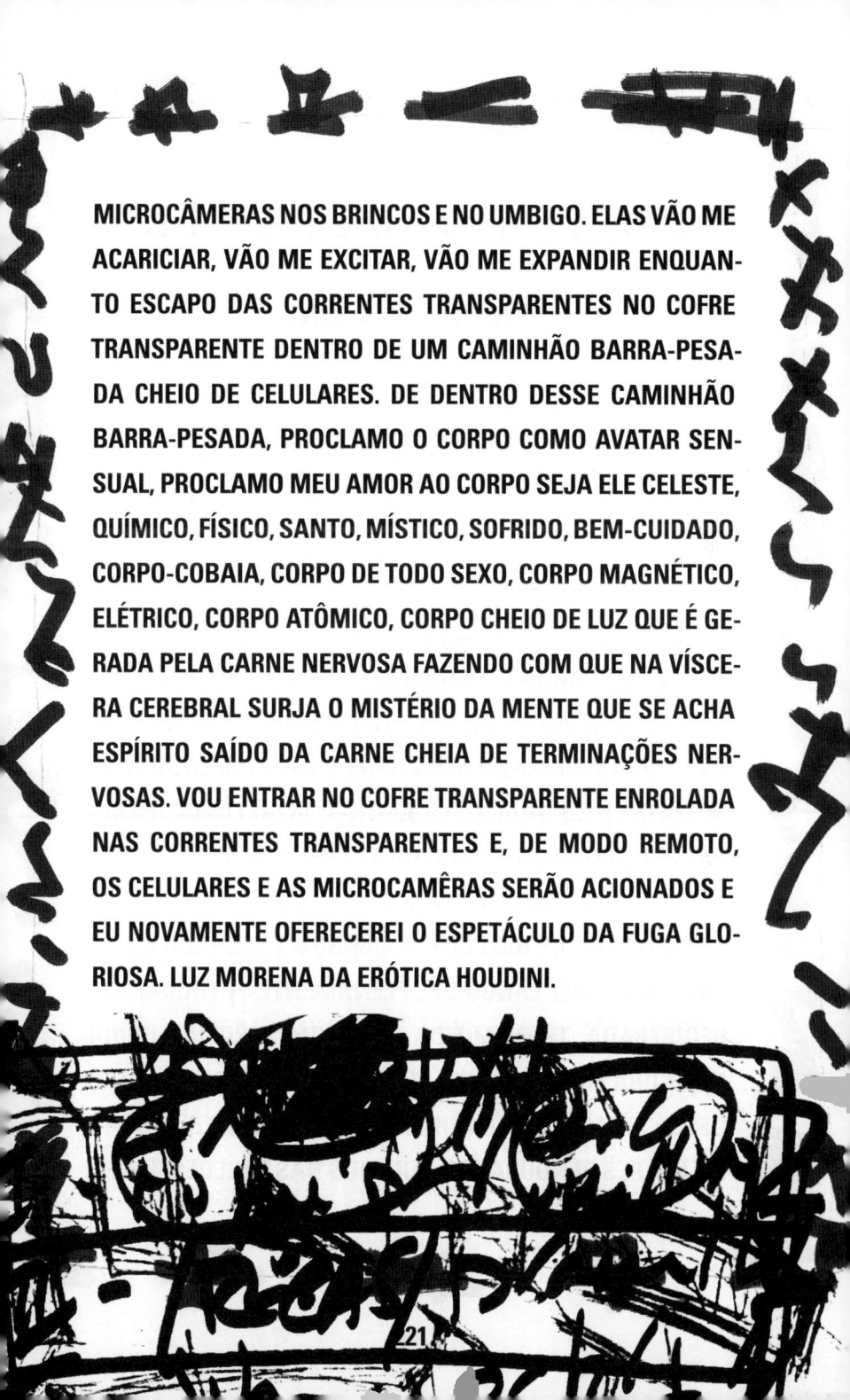

TERNURA DIFÍCIL 4

WEEPING SONG

HEY, MULHER DAS LÁGRIMAS INTERMITENTES
TUA FORÇA VISIONÁRIA ABARCA O PRESENTE
E O PASSADO DOS PRANTOS ADVINDOS DE TODAS
AS DORES EXISTENCIAIS DITAS ESPIRITUAIS .
AS DORES DA COTIDIANA,
MERA DESGRAÇA MATERIAL
TU ME ABRAÇAS CHORANDO
ME PEDES UM BEIJO CHORANDO
DIZENDO QUE CHOVE SOBRE O NOSSO AMOR
QUE CAEM SOBRE NÓS LÁGRIMAS MITOLÓGICAS
DOS OLIMPOS, DOS INFERNOS, DOS PARAÍSOS,
DOS VALHALAS, DOS LIMBOS ACUMULADOS
DE DOR E SOFRIMENTO, ÓDIO, LUTA E
ENCANTAMENTO, DO ARREBATAMENTO DE
CONQUISTAS VITAIS PRA SOBREVIVÊNCIA
EM TODOS OS TEMPOS.
DESSE ARREBATAMENTO MUITO ANTIGO,
CAEM LÁGRIMAS SOBRE NÓS.
VOCÊ DIZ QUE CHOVE SOBRE NOSSO AMOR

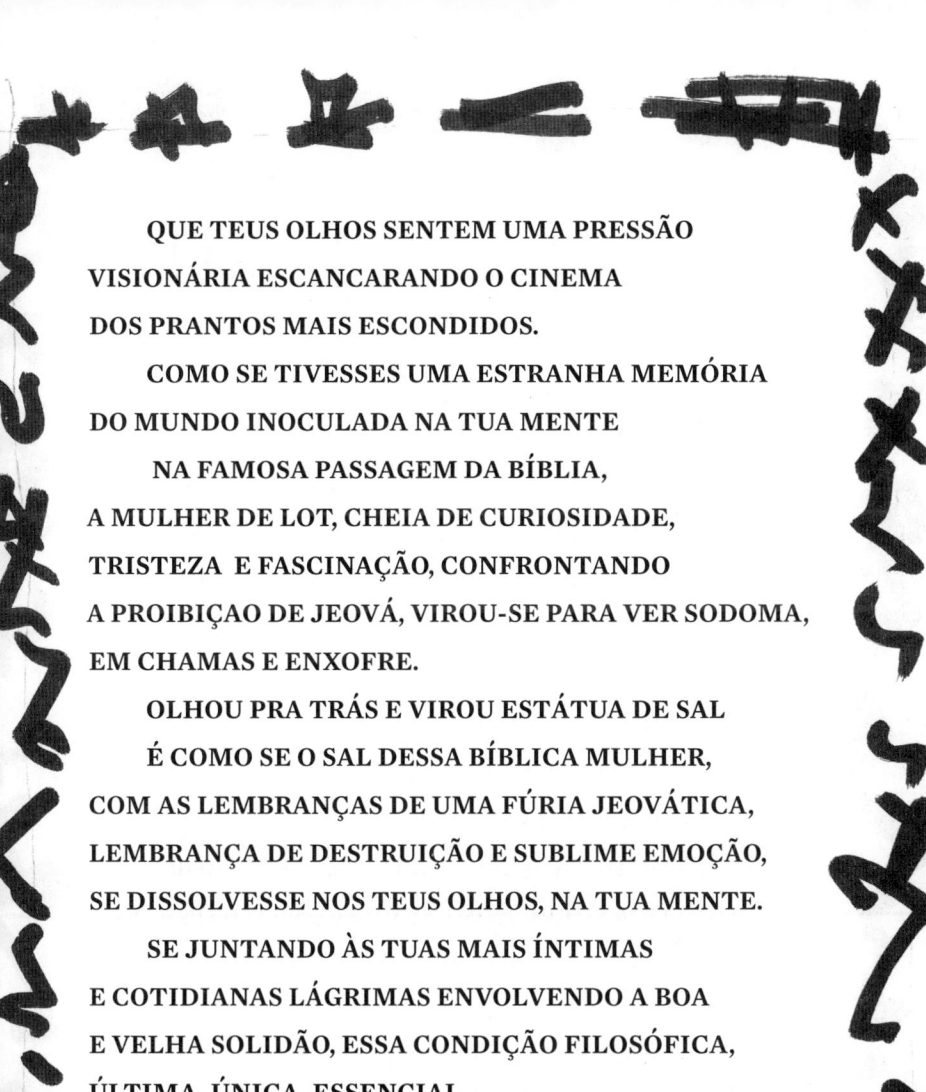

QUE TEUS OLHOS SENTEM UMA PRESSÃO
VISIONÁRIA ESCANCARANDO O CINEMA
DOS PRANTOS MAIS ESCONDIDOS.
    COMO SE TIVESSES UMA ESTRANHA MEMÓRIA
DO MUNDO INOCULADA NA TUA MENTE
    NA FAMOSA PASSAGEM DA BÍBLIA,
A MULHER DE LOT, CHEIA DE CURIOSIDADE,
TRISTEZA E FASCINAÇÃO, CONFRONTANDO
A PROIBIÇAO DE JEOVÁ, VIROU-SE PARA VER SODOMA,
EM CHAMAS E ENXOFRE.
    OLHOU PRA TRÁS E VIROU ESTÁTUA DE SAL
    É COMO SE O SAL DESSA BÍBLICA MULHER,
COM AS LEMBRANÇAS DE UMA FÚRIA JEOVÁTICA,
LEMBRANÇA DE DESTRUIÇÃO E SUBLIME EMOÇÃO,
SE DISSOLVESSE NOS TEUS OLHOS, NA TUA MENTE.
    SE JUNTANDO ÀS TUAS MAIS ÍNTIMAS
E COTIDIANAS LÁGRIMAS ENVOLVENDO A BOA
E VELHA SOLIDÃO, ESSA CONDIÇÃO FILOSÓFICA,
ÚLTIMA, ÚNICA, ESSENCIAL .
    INFALIVELMENTE PRESENTE NO MAIS FESTIVO
CONVÍVIO SOCIAL, POIS, NO FINAL DAS CONTAS,
NASCEMOS SOZINHOS, MORREMOS SOZINHOS.
ALGUMA ALEGRIA COMPARTILHAMOS.
    MAS A DOR É DIFÍCIL

VEM DA MORTE CONSIGNADA EM TODOS NÓS
A MÃE DE TODOS OS SENTIMENTOS E CHICOTE
PRA VIDA.
E ASSIM TE ENCONTRO, VOLTA E MEIA,
ENVOLTA EM LÁGRIMAS MEDIÚNICAS.
POR ISSO TE AMO E ME APROXIMO CADA VEZ MAIS
DE VOCÊ, JÁ QUE VERTIGENS TAMBÉM ME TOMAM
DE ASSALTO, MINHA GAROTA DAS LÁGRIMAS
INTERMITENTES, CUJO CORAÇÃO É ALERTA INFINITO
PARA UM PRANTO À ESPREITA ANTES,
AGORA OU DAQUI A POUCO.
O SOFRIMENTO QUE JÁ FOI, QUE É E SERÁ AINDA
MAIS VIOLENTO.
AS ALEGRIAS E JÚBILOS QUE JÁ FORAM,
SÃO E SERÃO AINDA MAIS AGRESSIVOS.
É UMA CONDENAÇÃO, EU SEI
TU ÉS A ASSINALADA POR ALGUM MOTIVO,
E NOS TEUS OLHOS AS LÁGRIMAS DA TUA PRESSÃO
VISIONÁRIA SÃO AS LÁGRIMAS ANTECIPADAS,
OCULTAS, PRESTES A SAIR DOS CORAÇÕES,
DOS NERVOS, DAS PULSAÇÕES E GARGANTAS
ENGASGADAS DE MUITA GENTE CHORANDO
POR ALGUMA FRUSTRAÇÃO, ALGUMA EMOÇÃO
REPUGNANTE OU ESFUZIANTE OU POR NADA.

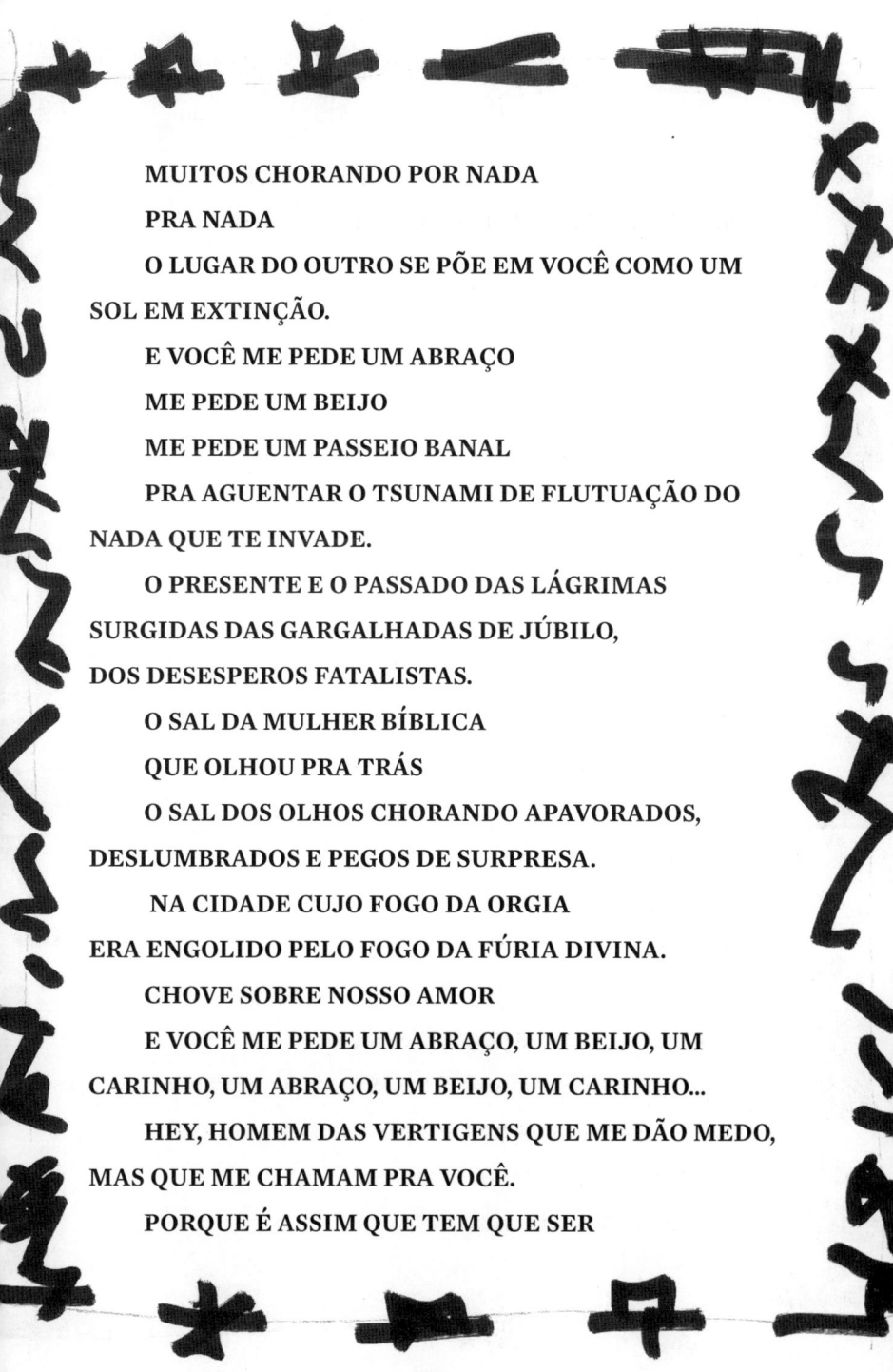

MUITOS CHORANDO POR NADA
PRA NADA
O LUGAR DO OUTRO SE PÕE EM VOCÊ COMO UM SOL EM EXTINÇÃO.
E VOCÊ ME PEDE UM ABRAÇO
ME PEDE UM BEIJO
ME PEDE UM PASSEIO BANAL
PRA AGUENTAR O TSUNAMI DE FLUTUAÇÃO DO NADA QUE TE INVADE.
O PRESENTE E O PASSADO DAS LÁGRIMAS SURGIDAS DAS GARGALHADAS DE JÚBILO, DOS DESESPEROS FATALISTAS.
O SAL DA MULHER BÍBLICA
QUE OLHOU PRA TRÁS
O SAL DOS OLHOS CHORANDO APAVORADOS, DESLUMBRADOS E PEGOS DE SURPRESA.
NA CIDADE CUJO FOGO DA ORGIA ERA ENGOLIDO PELO FOGO DA FÚRIA DIVINA.
CHOVE SOBRE NOSSO AMOR
E VOCÊ ME PEDE UM ABRAÇO, UM BEIJO, UM CARINHO, UM ABRAÇO, UM BEIJO, UM CARINHO...
HEY, HOMEM DAS VERTIGENS QUE ME DÃO MEDO, MAS QUE ME CHAMAM PRA VOCÊ.
PORQUE É ASSIM QUE TEM QUE SER

HEY, HOMEM QUE ME AGUENTA EM SURTO
DE MEDIUNIDADE AGRESSIVA CHEIA DE LÁGRIMAS.
PORQUE TEM QUE SER
PORQUE
CHOVE SOBRE NOSSO AMOR
SOBRE VOCÊ
LÁ DENTRO DE VOCÊ, MEU QUERIDO
A TEMPESTADE DE TODO CHORO RAIVOSO,
ACUMULADO LIMBO DE ÓDIO ÉPICO QUE TE ASSOLA
EM SINTONIA COM FÚRIAS OCULTAS POR AÍ.
PORQUE TENS A MARCA DE CAIM NO
PENSAMENTO E ISSO FAZ DE TI PARA-RAIOS
ESPIRITUAL ABSORVENDO OS MAIS VIOLENTOS
RAIOS AFETIVOS, CARGAS DE ELETRICIDADE
EMOCIONAL SOMBRIA QUE PARTEM TUA VIDA
AO MEIO POR ALGUNS INSTANTES.
E É NESSA HORA QUE UMA TERNURA INSANA
ENVOLVE COMPLETAMENTE MEU NÚCLEO
MIOCÁRDICO, MEU CORAÇÃO GRUDA NO TEU
PORQUE SOMOS DA MESMA ESPÉCIE
DE ASSINALADOS, CONDENADOS MUITO A FIM
UM DO OUTRO E A TERNURA ME LEVA A QUERER
CUIDAR DE VOCÊ, FICAR COM VOCÊ COMO VOCÊ
CUIDA DE MIM, CHEGA JUNTO. EU DIGO QUE NÃO

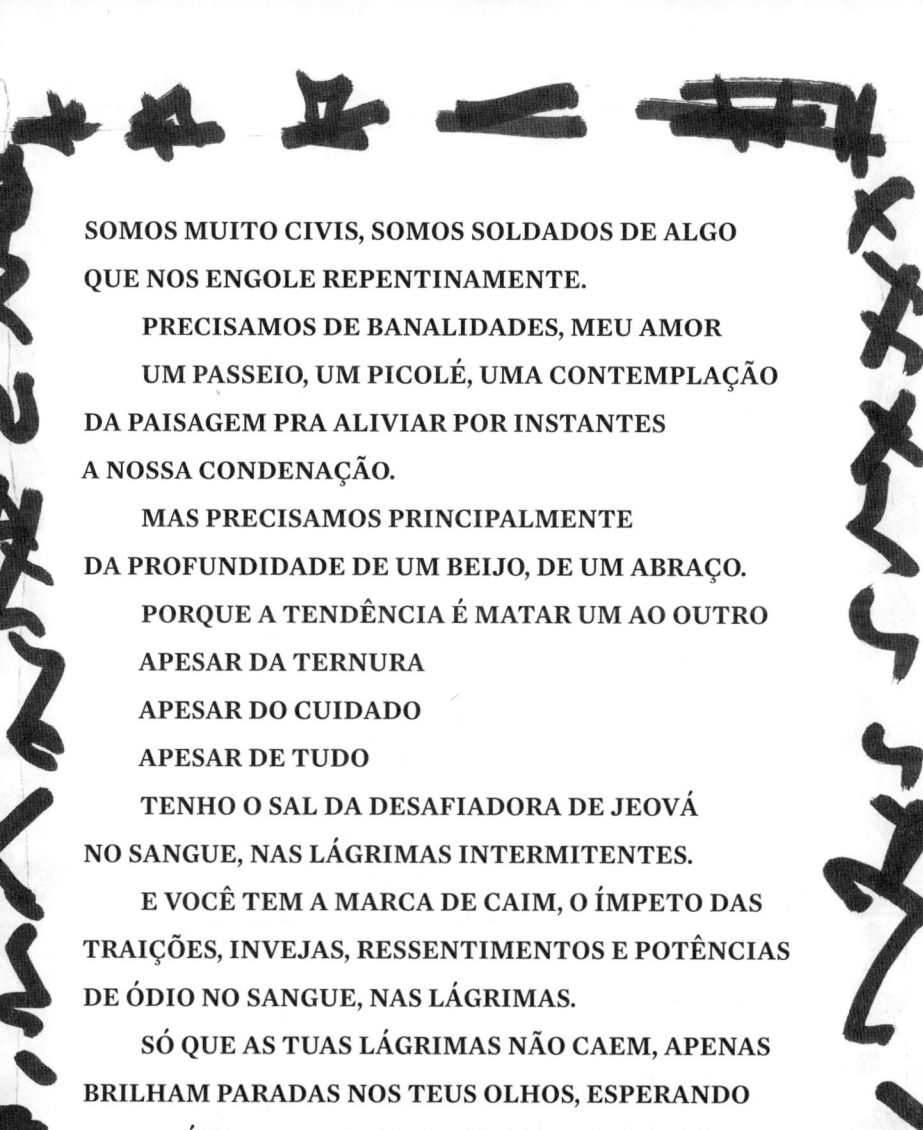

SOMOS MUITO CIVIS, SOMOS SOLDADOS DE ALGO
QUE NOS ENGOLE REPENTINAMENTE.
 PRECISAMOS DE BANALIDADES, MEU AMOR
  UM PASSEIO, UM PICOLÉ, UMA CONTEMPLAÇÃO
DA PAISAGEM PRA ALIVIAR POR INSTANTES
A NOSSA CONDENAÇÃO.
 MAS PRECISAMOS PRINCIPALMENTE
DA PROFUNDIDADE DE UM BEIJO, DE UM ABRAÇO.
 PORQUE A TENDÊNCIA É MATAR UM AO OUTRO
 APESAR DA TERNURA
 APESAR DO CUIDADO
 APESAR DE TUDO
 TENHO O SAL DA DESAFIADORA DE JEOVÁ
NO SANGUE, NAS LÁGRIMAS INTERMITENTES.
 E VOCÊ TEM A MARCA DE CAIM, O ÍMPETO DAS
TRAIÇÕES, INVEJAS, RESSENTIMENTOS E POTÊNCIAS
DE ÓDIO NO SANGUE, NAS LÁGRIMAS.
 SÓ QUE AS TUAS LÁGRIMAS NÃO CAEM, APENAS
BRILHAM PARADAS NOS TEUS OLHOS, ESPERANDO
MEUS LÁBIOS PARA ESCAPAREM DO TEU CORPO.
 PRECISAMOS MAIS QUE NUNCA DA
PROFUNDIDADE DE UM ABRAÇO, DE UM BEIJO.
 PRA SEGURAR, PRA SEGURAR, PRA SEGURAR...
 PORQUE A TENDÊNCIA É MATAR

POR MISERICÓRDIA DOS PRANTOS SOFREDORES
OU MATAR POR CATARSE DE ÓDIO ADVINDO
DE OUTRAS CHORADEIRAS.
    PRECISAMOS UM DO OUTRO PORQUE CHOVEM
SOBRE NOSSO AMOR LÁGRIMAS PESADAS.
    E EU, QUE JOGO DURO COM AS EMOÇÕES,
ESCANCARO A NECESSIDADE DE UM BEIJO,
    UM ABRAÇO
    VOCÊ JOGA MAIS DURO AINDA, SÓ QUE,
DE REPENTE, ATINGIDO PELA ELETRICIDADE
DESENCAPADA DOS AFETOS, PELA ELETRICIDADE
AFETIVA QUE TE PARTE A VIDA AO MEIO, VOCÊ ME
ESTENDE A MÃO PEDINDO MINHA APROXIMAÇÃO.
    E EU FICO CADA VEZ MAIS PRÓXIMA, PORQUE SEI
O QUE É VERTIGEM DE ABSORÇÃO AFETIVA,
É COMO SE TIVÉSSEMOS NÃO OUVIDO ABSOLUTO
MAS UMA CRUEL EMPATIA ABSOLUTA. PEITO ABERTO
COMO PORTAL PRA TODA DOR E FÚRIA CIRCULANDO
NOS CORAÇÕES POR AÍ, NAS MENTES POR AÍ.
    E EU TE DIGO QUE CHOVE SOBRE NOSSO AMOR
    O DILÚVIO SEMPRE À ESPREITA
    E EU DIGO
    AQUELA QUE SE VIROU PRA SODOMA SE DISSOLVE
NO SAL DAS MINHAS LÁGRIMAS INTERMITENTES E EU

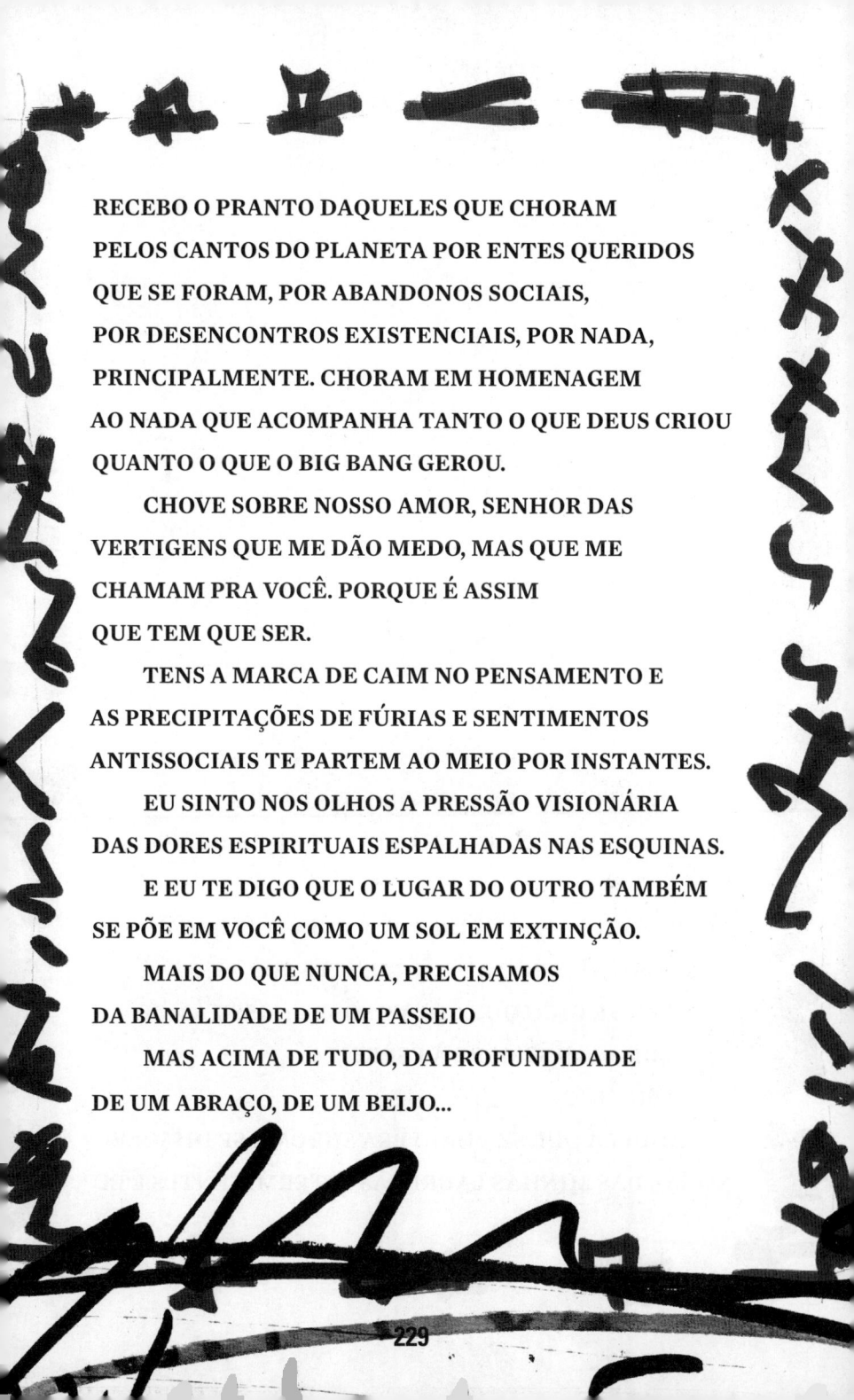

RECEBO O PRANTO DAQUELES QUE CHORAM
PELOS CANTOS DO PLANETA POR ENTES QUERIDOS
QUE SE FORAM, POR ABANDONOS SOCIAIS,
POR DESENCONTROS EXISTENCIAIS, POR NADA,
PRINCIPALMENTE. CHORAM EM HOMENAGEM
AO NADA QUE ACOMPANHA TANTO O QUE DEUS CRIOU
QUANTO O QUE O BIG BANG GEROU.
 CHOVE SOBRE NOSSO AMOR, SENHOR DAS
VERTIGENS QUE ME DÃO MEDO, MAS QUE ME
CHAMAM PRA VOCÊ. PORQUE É ASSIM
QUE TEM QUE SER.
 TENS A MARCA DE CAIM NO PENSAMENTO E
AS PRECIPITAÇÕES DE FÚRIAS E SENTIMENTOS
ANTISSOCIAIS TE PARTEM AO MEIO POR INSTANTES.
 EU SINTO NOS OLHOS A PRESSÃO VISIONÁRIA
DAS DORES ESPIRITUAIS ESPALHADAS NAS ESQUINAS.
 E EU TE DIGO QUE O LUGAR DO OUTRO TAMBÉM
SE PÕE EM VOCÊ COMO UM SOL EM EXTINÇÃO.
 MAIS DO QUE NUNCA, PRECISAMOS
DA BANALIDADE DE UM PASSEIO
 MAS ACIMA DE TUDO, DA PROFUNDIDADE
DE UM ABRAÇO, DE UM BEIJO...

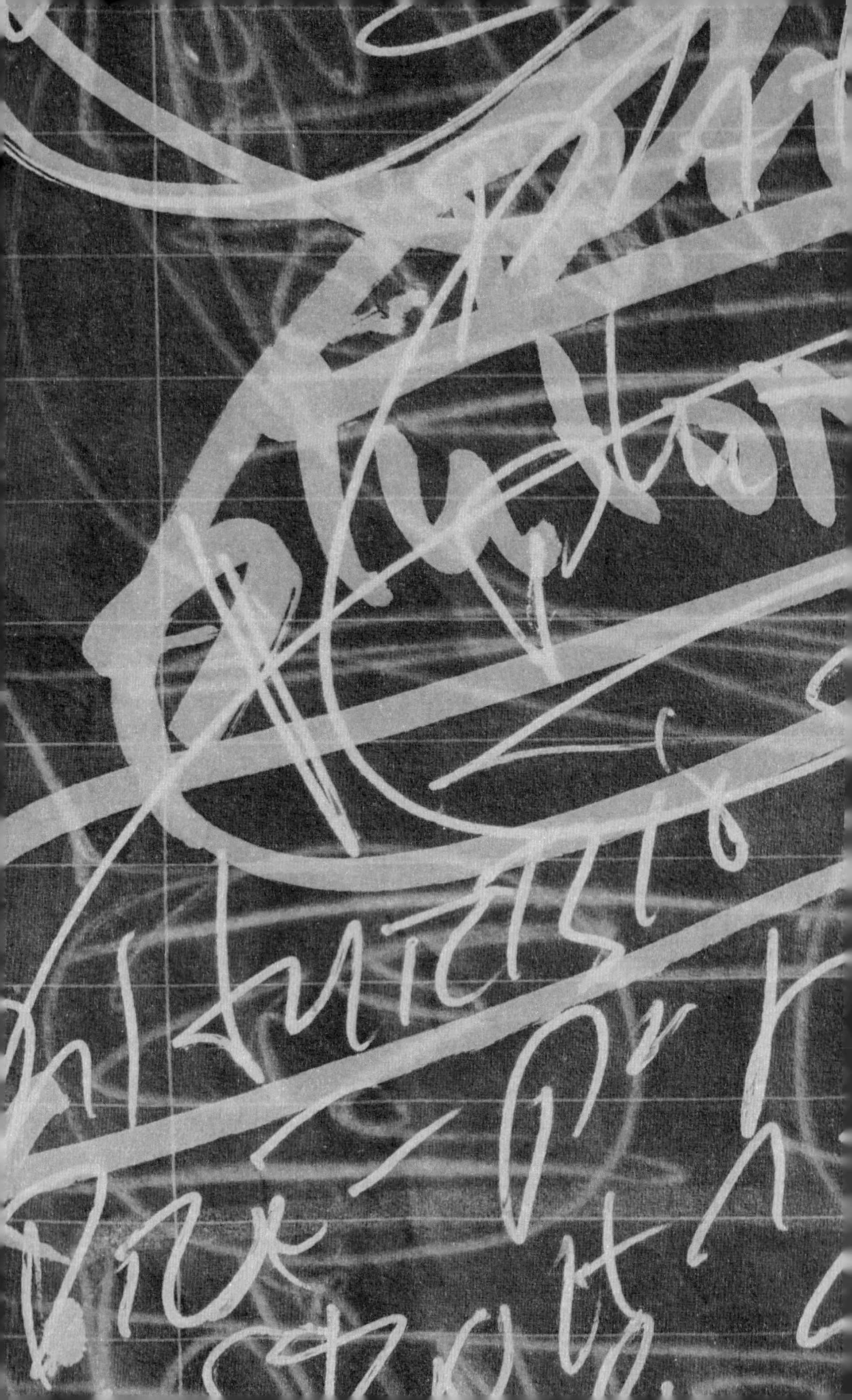

VI

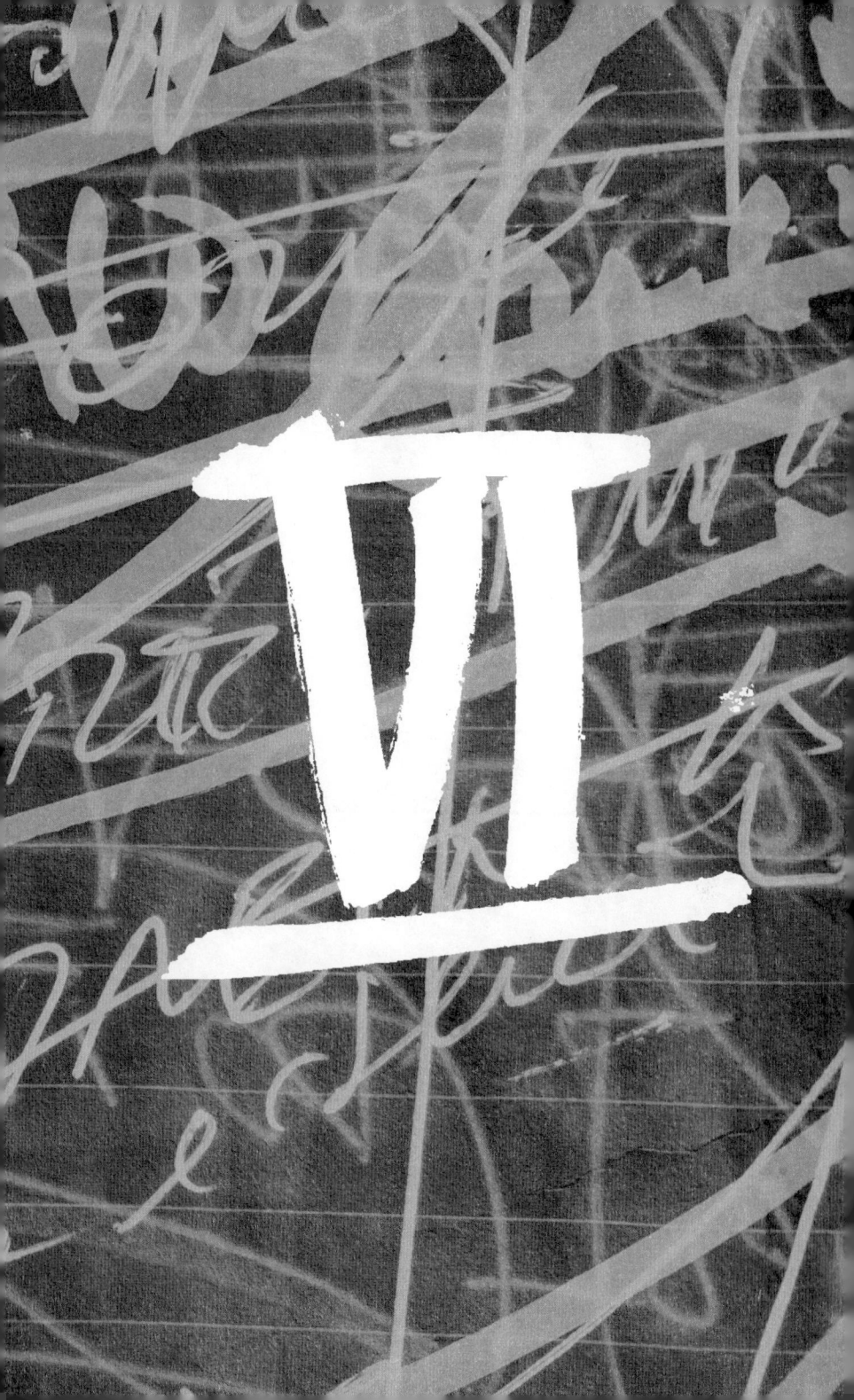

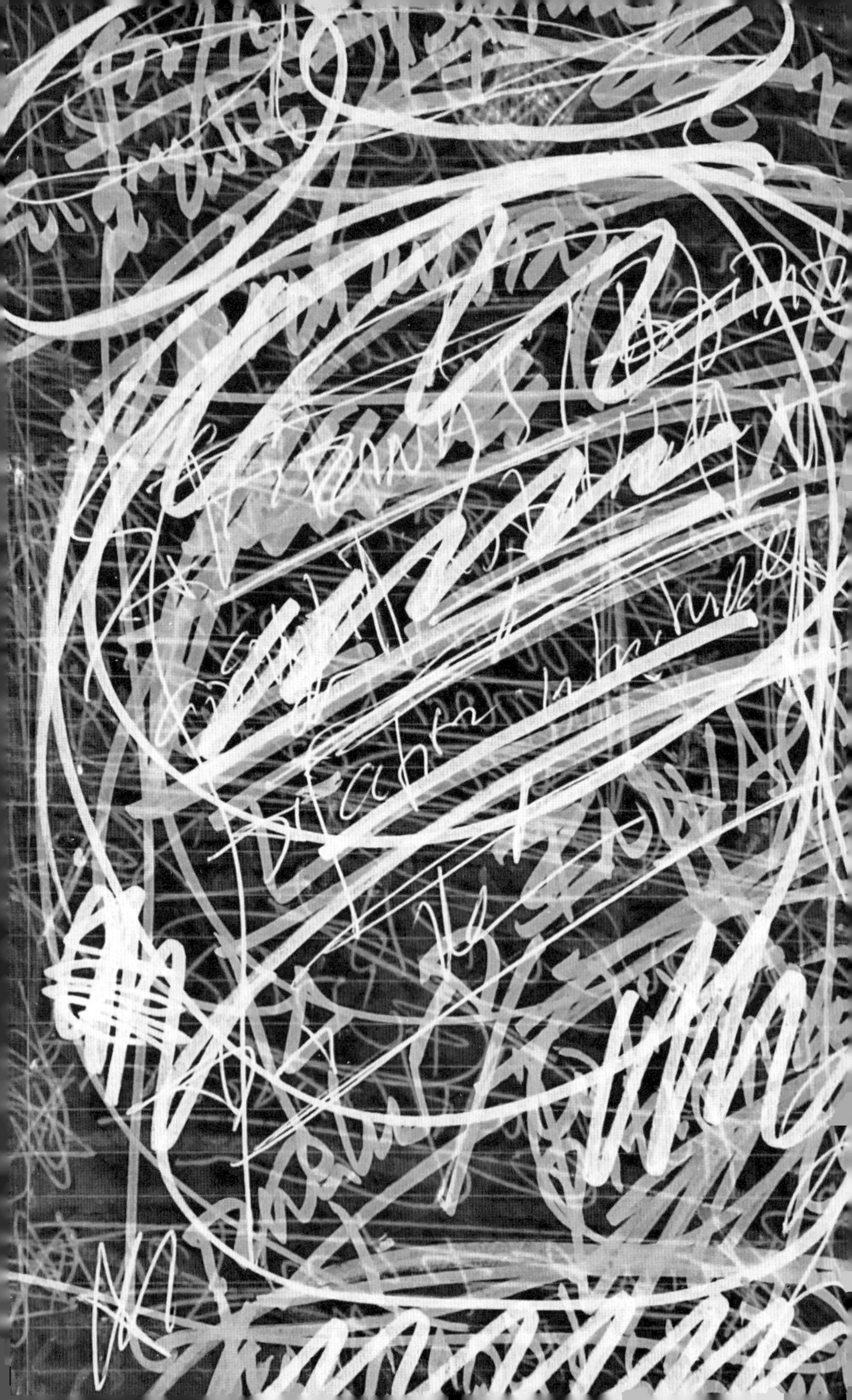

FAVELOST O BAILE

ANTES DA PANDEMIA, DURANTE A PANDEMIA, PESSOAS FORAM VISITADAS POR SONHOS PERTURBADORES QUE, NO ENTANTO, AS DEIXAVAM EXCITADAS E DISPOSTAS, CHEIAS DE UMA AMBIÇÃO DE ATUAÇÃO INÉDITA. O PESADELO AMBICIOSO ESTAVA CONVOCANDO ESSAS PESSOAS EM FORMA DE CHAMADO NO FUNDO DA INCONSCIÊNCIA, COMO NO FILME CONTATOS IMEDIATOS DO TERCEIRO GRAU, MAS COM A ATRAÇÃO SINISTRA DE OUTRO FILME SIMILAR MAIS PESADO – CONTATOS DE QUARTO GRAU, ONDE PESSOAS, NUMA CIDADE DO ALASCA, SÃO ABDUZIDAS POR ALIENS AGRESSIVOS QUE SE INSINUAM NAS MENTES ATRAVÉS DA IMAGEM DE UMA CORUJA. DE REPENTE, TODOS ESTÃO SONHANDO COM ESSA CORUJA QUE É ARMADILHA, PESADELO INFILTRADO. FILME COM MILLA JOVOVICH. DURANTE A PANDEMIA, ALGO PARECIDO OCORREU E AS PESSOAS FORAM VISITADAS POR SONHOS PERTURBADORES. AS PESSOAS NÃO SABIAM DIREITO O QUE AS MOVIA A PARTIR DESSES SO-

NHOS, MAS SABIAM QUE ERA IMPORTANTE E MUITO PROFUNDO. SUAS VIDAS, AS VIDAS EM GERAL NÃO SERIAM AS MESMAS DALI EM DIANTE. PELO MENOS NO QUESITO ALERTA ABSOLUTO DE CONVOCAÇÃO, CONJURAÇÃO, INVOCAÇÃO, EVOCAÇÃO DE MUITAS VONTADES, DESEJOS, ENTIDADES, ATITUDES E ORDENAÇÕES. NO CENTRO DO SONHO PERTURBADOR, NO CENTRO DO PESADELO AMBICIOSO, EXISTIA UMA MANCHA URBANA DE NOME FAVELOST. AS PESSOAS CONVOCADAS ACORDAVAM EXCITADAS, ADRENALIZADAS, CHEIAS DE MOTIVAÇÕES ENIGMÁTICAS, MAS COM UMA PALAVRA E UMA IMAGEM NA CABEÇA. NÃO ERA UMA CORUJA HIPNÓTICA. ERA FAVELOST. UMA VOZ DIZIA QUE NÃO ERA CANUDOS, NÃO ERA O CONTESTADO, NÃO ERA A ÁREA 51, NÃO ERA LOS ALAMOS, NÃO ERA XANADU, NÃO ERA FORDLÂNDIA, NÃO ERA PALMARES, NÃO ERA A FORTALEZA DA SOLIDÃO NEM UMA CIDADE CLANDESTINA DE FRONTEIRA CAMUFLADA. ERA MUITO MAIS QUE ISSO. ERA FAVELOST. A SERRA PELADA MAIS TECNOLÓGICA E ALUCINADA QUE JÁ EXISTIU. ENCARNAÇÃO URBANA DO PESADELO AMIBICIOSO QUE MOVE A SAGA ATUAL DO SAPIENS EM FIM DE CARREIRA.

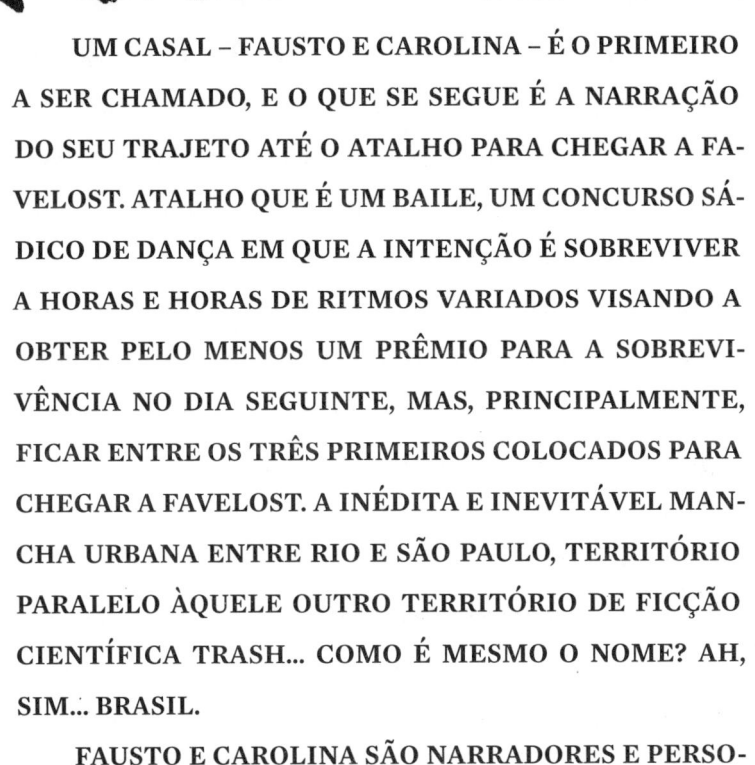

UM CASAL – FAUSTO E CAROLINA – É O PRIMEIRO A SER CHAMADO, E O QUE SE SEGUE É A NARRAÇÃO DO SEU TRAJETO ATÉ O ATALHO PARA CHEGAR A FAVELOST. ATALHO QUE É UM BAILE, UM CONCURSO SÁDICO DE DANÇA EM QUE A INTENÇÃO É SOBREVIVER A HORAS E HORAS DE RITMOS VARIADOS VISANDO A OBTER PELO MENOS UM PRÊMIO PARA A SOBREVIVÊNCIA NO DIA SEGUINTE, MAS, PRINCIPALMENTE, FICAR ENTRE OS TRÊS PRIMEIROS COLOCADOS PARA CHEGAR A FAVELOST. A INÉDITA E INEVITÁVEL MANCHA URBANA ENTRE RIO E SÃO PAULO, TERRITÓRIO PARALELO ÀQUELE OUTRO TERRITÓRIO DE FICÇÃO CIENTÍFICA TRASH... COMO É MESMO O NOME? AH, SIM... BRASIL.

FAUSTO E CAROLINA SÃO NARRADORES E PERSONAGENS DA SAGA.

PRÓLOGO MÍTICO

COMO NO CRISTIANISMO, O VERBO PALAVRA FAVELOST SE FEZ CARNE, OU MELHOR, IMPULSO ELÉTRICO TOMANDO O CORPO VIA SONHOS E PESADELOS COMO NUM CHAMADO PARA O CONTATO IMEDIATO DE GRAU ELEVADÍSSIMO COM UMA INÉDITA INTENSIDADE VITAL. COMO NO VERBO BÍBLICO, VERSÃO CRISTÃ, O VERBO, A PALAVRA FAVELOST, FEZ-SE CARNE CEREBRAL, ESTÍMULO MENTAL ATRAINDO, HIPNOTIZANDO, MEXENDO, CONDUZINDO MUITA GENTE A UMA PROCURA POR FAVELOST. UM ATALHO PARA FAVELOST.

COMO NO JUDAÍSMO E NO ISLAMISMO, O VERBO FEZ-SE LIVRO, A PALAVRA/VERBO FAVELOST TALISMÃ DE CONJURAÇÃO ESPIRITUAL TRANSFORMOU-SE EM LIVRO IMAGINÁRIO DECORADO, FRAGMENTADO EM SLOGANS E FRASES DE ORDEM PROCLAMADAS EM SERENATAS DE AFIRMAÇÕES FILOSÓFICAS FEITAS SOB AS JANELAS, SOB AS ESTRELAS, SOB A CHUVA, EM TERRENOS BALDIOS, EM PONTES, EM BECOS, EM GARAGENS, EM TODOS OS TERRITÓRIOS DAS CIDADES POR PESSOAS ATENDENDO AO CHAMADO DO ENCONTRO IMEDIATO DO MAIS ALTO GRAU. FAVELOST.

AO INVÉS DE CRISTOS, GUIAS, PATRIARCAS, MATRIARCAS, ORIXÁS, O VERBO/PALAVRA FAVELOST SURGE NO MUNDO COMO ENTIDADE VORAZ SAÍDA DAS ENTRANHAS DO INCONSCIENTE COLETIVO, NÚCLEO DE TODAS AS FABULOSAS ANTIGUIDADES MONSTRUOSAS COMPARTILHADAS POR TODOS NO PLANETA. MUITO ANTES DE EXISTIR NUVEM DIGITAL JÁ EXISTIA UMA NUVEM DE ARQUÉTIPOS ACUMULANDO LIMBOS HABITADOS POR FORÇAS ESPECTRAIS QUE SEMPRE PROVOCARAM TEMPESTADES CHEIAS DE RAIOS QUE DERAM ORIGEM ÀS SINAPSES CEREBRAIS, QUE DERAM ORIGEM ÀS VISÕES, ÀS IMAGINAÇÕES, CHEIAS DE TROVÕES QUE DERAM ORIGEM AO RITMO DOS CORAÇÕES DEVIDAMENTE ENCARNADOS EM TAMBORES PRIMITIVOS. QUANDO OS CORAÇÕES BATEM MAIS FORTE SEJA POR QUE MOTIVO FOR, ESTÃO REPETINDO O RITUAL EVOCADOR DO PRIMITIVO TAMBOR CHAMANDO A TEMPESTADE DE ARQUÉTIPOS, A TEMPESTADE DE MITOLOGIAS SUCULENTAS QUE DESABA SOBRE NÓS TODOS OS DIAS. MEDO OU AMOR, DESESPERO OU DEVOÇÃO. MEMÓRIA COMO HD DE DNA E REFLEXOS PRÉ-HISTÓRICOS, COMPLEXOS SENTIMENTOS ADQUIRIDOS EM TANTAS ÉPOCAS. MOVIMENTA-

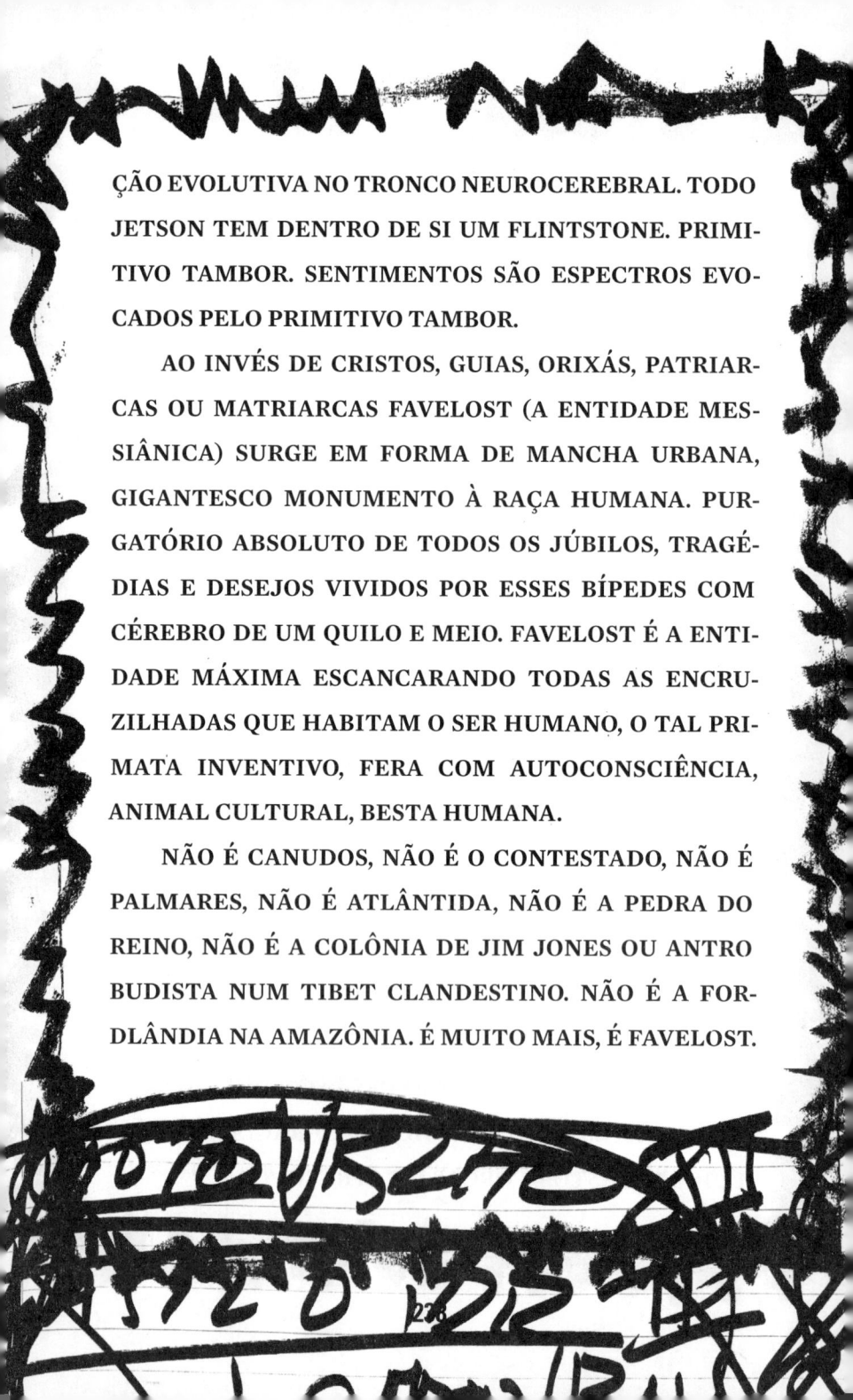

ÇÃO EVOLUTIVA NO TRONCO NEUROCEREBRAL. TODO JETSON TEM DENTRO DE SI UM FLINTSTONE. PRIMITIVO TAMBOR. SENTIMENTOS SÃO ESPECTROS EVOCADOS PELO PRIMITIVO TAMBOR.

AO INVÉS DE CRISTOS, GUIAS, ORIXÁS, PATRIARCAS OU MATRIARCAS FAVELOST (A ENTIDADE MESSIÂNICA) SURGE EM FORMA DE MANCHA URBANA, GIGANTESCO MONUMENTO À RAÇA HUMANA. PURGATÓRIO ABSOLUTO DE TODOS OS JÚBILOS, TRAGÉDIAS E DESEJOS VIVIDOS POR ESSES BÍPEDES COM CÉREBRO DE UM QUILO E MEIO. FAVELOST É A ENTIDADE MÁXIMA ESCANCARANDO TODAS AS ENCRUZILHADAS QUE HABITAM O SER HUMANO, O TAL PRIMATA INVENTIVO, FERA COM AUTOCONSCIÊNCIA, ANIMAL CULTURAL, BESTA HUMANA.

NÃO É CANUDOS, NÃO É O CONTESTADO, NÃO É PALMARES, NÃO É ATLÂNTIDA, NÃO É A PEDRA DO REINO, NÃO É A COLÔNIA DE JIM JONES OU ANTRO BUDISTA NUM TIBET CLANDESTINO. NÃO É A FORDLÂNDIA NA AMAZÔNIA. É MUITO MAIS, É FAVELOST.

PRÓLOGO BRASIL ABISSAL

O BRASIL É UM ABISMO QUE NUNCA CHEGA, LUGAR DE VERTIGENS SOCIAIS QUE JÁ ESTEVE PRA ACABAR VÁRIAS VEZES, QUE JÁ ESTEVE PRA DECOLAR UMAS TRÊS E... NADA. VERTIGENS SOCIAIS NUM ABISMO QUE NUNCA CHEGA. AQUI FAVELOST É A PALAVRA-PUNHAL SANGRANDO COTIDIANOS IMERSOS EM ANSIEDADE, DEPRESSÃO E VOLTA POR CIMA DE SUPERAÇÃO NÃO SEI COMO. OS FIOS DA ELETRICIDADE AFETIVA ESTÃO DESENCAPADOS HÁ MUITO TEMPO, JOGADOS NAS CALÇADAS E ESTRADAS E RUAS E FAVELOST É A PALAVRA-COLETE QUE ABSORVE BALA-DE-FUZIL QUE VIROU SOUVENIR DO DESESPERO, DO DESCONTROLE, SOUVENIR-SÍMBOLO DE TUDO, ARREBENTANDO EGOS DE CORPOS QUE TENTAM ESCAPAR PRALGUM LUGAR LONGE DOS DOBERMANNS DO IRRACIONAL SUPERIOR. SÓ QUE OS DOBERMANNS ESTÃO DENTRO DELAS. FULL METAL JACKET NO PAÍS DAS FACÇÕES. SENZALAS INFORMAIS E CAPITANIAS HEREDITÁRIAS, ILHAS DE EXCELÊNCIA NUM MAR DE INCOMPETÊNCIAS, BANDIDAGENS, RACISMOS, CONLUIOS NEFASTOS, FORÇAS DO ATRASO.

HÁ PELO MENOS VINTE ANOS (QUINZE) UM CLIMA DE DESORDEM EMOCIONAL, PANDEMIA MENTAL, NERVOS ATRAVESSANDO A PELE, DESCONFIANÇA DE TUDO TOMOU CONTA DO PAÍS (A FAMOSA FRASE DE ROBERTO JEFFERSON PARA ZÉ DIRCEU FOI O FIAT SI FUX DE TUDO: "O SENHOR ME PROVOCA OS INSTINTOS MAIS PRIMITIVOS". ESSA FRASE VIROU UMA CONVOCAÇÃO HARD-CORE, SINISTRA, PARA OS BRASILEIROS QUE, A PARTIR DE 2005, ASSUMIRAM UMA DERIVA PSICÓTICA DE POSICIONAMENTOS PSEUDO-POLÍTICOS E SOCIAIS ALUCINADOS) E A PANDEMIA COVID (BUG SANITÁRIO QUE TEVE SEUS ENSAIOS DURANTE AS DUAS PRIMEIRAS DÉCADAS COM EBOLAS E GRIPES PESADAS DE HNs VARIADOS FAZENDO COMPANHIA A OUTROS BUGS QUE NÃO VÃO PARAR DE ACONTECER COMO BUGS, COLAPSOS DIGITAIS, SOCIAIS, PSÍQUICOS, FINANCEIROS, AMBIENTAIS ETC.) JUNTO À FACÇÃO/SEITA QUE SE APOSSOU DO PLANALTO, TORNOU TUDO ISSO MAIS AGUDO. AQUI E NO MUNDO. MAS FALEMOS DO QUINTAL. AS PERSPECTIVAS SÃO DIFÍCEIS. FOI BARRA PESADA TUDO QUE ACONTECEU SOB OS AUSPÍCIOS DO CONLUIO ENTRE OS CENTRAUROS (PESSOAL DO CENTRÃO NO

CONGRESSO, PESSOAL QUE É METADE HUMANO, METADE CARGO NEGOCIADO E FODA-SE O INTERESSE PÚBLICO) E A SEITA DE EXTREMA-DIREITA DO PSEUDOGOVERNO ACALANTADO DE FORMA CALCULADA E SUBMISSA POR ALGUMAS IRMANDADES/SEITAS MILITARES, OS DOIS JUNTOS NA CRENÇA FAKE DE QUE OS COMUNISTAS ESTÃO NO GOVERNO TENDO A DEMOCRACIA COMO DISFARCE. QUEM ELES COMBATERAM ESTEVE NESSES TRINTA E CINCO ANOS MANDANDO NO PAÍS TRAVANDO UMA GUERRILHA MENTAL, CULTURAL, LAVANDO OS CÉREBROS COM PERVERSÕES VARIADAS. CHEIOS DE RESSENTIMENTO PORQUE SE ACHAM HERÓIS NÃO RECONHECIDOS DE UMA GUERRA QUE NUNCA EXISTIU (CLARO QUE AÇÕES CRIMINOSAS ACONTECERAM DO OUTRO LADO. DIFÍCIL CRER QUE ENGAJADOS TERRORISTAS RADICAIS LUTASSEM POR DEMOCRACIA, MAS ESSES QUE ACREDITAM EM CONSPIRAÇÕES COMUNISTAS FIZERAM PARTE DE UMA CONSPIRAÇÃO AMERICANA. GUERRA FRIA, BABY...) E É NESSA TOADA QUE ESQUECEM O LEGALISMO QUE DAVA DIGNIDADE A UM GENERAL LOTT. SEITA MILITAR DE PRIVILEGIADOS COM SEITA DE EXTREMA-DIREITA COM SEITA EM-

PRESARIAL PSEUDO-OU-NEOLIBERAL COM SEITAS DE NEOPENTECOSTAIS SUSPEITÍSSIMAS E INFILTRADÍSSIMAS NO POVO E NO PODER OFICIAL DETURPANDO, MONOPOLIZANDO DE FORMA ESCUSA QUALQUER POSITIVIDADE EXISTENTE NESSAS DENOMINAÇÕES RELIGIOSAS. LEMBRANDO QUE A PROXIMIDADE COM O PODER NÃO É PRIVILÉGIO DOS NEOPENTECOSTAIS, POIS, REZA A LENDA, SARNEY E COLLOR TINHAM ENVOLVIMENTOS COM AFRO-RELIGIOSOS, E A RELIGIÃO CATÓLICA DESDE SEMPRE FOI OU FLERTOU COM O PODER. SEITAS CRIMINOSAS COM LOBOS BEM SOLITÁRIOS, LOBAS MAIS AINDA, IRMANDADES DA PRECARIEDADE CLASSE MÉDIA, E A GIGANTESCA SEITA DISPERSA DOS MILHÕES JOGADOS NA FALTA DE PERSPECTIVAS. ASSIM, O AMBIENTE SOCIAL FICANDO BEM DEMENCIAL... DEIXANDO CLARO QUE O PSEUDOCOMANDANTE NÃO É RESPONSÁVEL TOTAL PELA BRUTALIDADE. ELE É O AVATAR, ELE É A MACUMBA QUE FOI FEITA NO MODO PILATOS CÍNICO E TRADICIONAL PELOS CENTRAUROS PELOS DIREITÍSICOS, DIREITONTOS, DIREITROLLS, DIREITARADOS, UM BAIXO CLERO MENTAL COM PITADAS DE INTEGRALISMO FASCISTÓIDE QUE JÁ EXISTIA E QUE GANHOU RE-

LEVÂNCIA COM AS REDES SOCIAIS, TENDO EM CONTRAPARTIDA SEITAS DE ESQUERDA, COM PITADAS DE AUTORITARISMO E PATERNALISMO POIS O QUE NÃO FALTOU FORAM ESQUERDOFRÊNICOS, ESQUERDÂNDIS, ESQUERDOPATAS QUE, PRINCIPALMENTE A PARTIR DE 2013, TAMBÉM, ATRAVÉS DE REDES SOCIAIS, TORNARAM O TAL AMBIENTE MENTAL-SOCIAL IRRESPIRÁVEL. NÃO TEM INOCENTE NESSA HISTÓRIA. DESCONFIANÇAS PRA TODOS OS LADOS COLANDO O BRASILEIRO NESSA TRADIÇÃO CONTEMPORÂNEA DE FRAGILIDADE DEMOCRÁTICA, POIS O PRECARIADO SE INSTALOU NO MUNDO (MESMO NOS MAIS RICOS) COM POPULAÇÕES E SEGMENTOS DE POPULAÇÃO IMERSOS EM FRUSTRAÇÕES, EM EXPECTATIVAS CEIFADAS, EM FALTA DE PERSPECTIVAS, EM DESESPERO DE SOBREVIVÊNCIA, EM CARÊNCIA ABSOLUTA DE PRINCÍPIOS E ILUSÕES DE VALORES EXISTENCIAIS, ENFIM, ZUMBIS (CONSERVADORES OU PROGRESSISTAS) QUERENDO MAIS ALGUM CÉREBRO, POIS O SEU NÃO EXISTE MAIS, OU ATORMENTANDO, AGREDINDO OUTRAS PESSOAS TELEGUIADAS POR SEITAS, POR CLUBES DE DOGMAS BIZARROS, TELEGUIADOS, COMO ZUMBIS DO FOLCLORE HAITIANO/

AFRICANO, POR MANDAMENTOS ALUCINADOS A DISTÂNCIA DE TODA REALIDADE. O PRECARIADO TOMOU CONTA DO MUNDO DANDO CHANCE PRA POPULISMOS DIGITAIS – LIGAÇÃO DIRETA DE OPINIÕES SEM INTERMEDIAÇÃO CRÍTICA. LIGAÇÃO DIRETA FEITA NAS REDES SOCIAIS PELOS CONSUMIDORES DE POLÍTICA, CONSUMIDORES DE MITOLOGIAS MORAIS, CONSUMIDORES DE ENGAJAMENTOS NARCÍSICOS, CONSUMIDORES DE CONFLITO, CONSUMIDORES DE CONSPIRAÇÕES COM OS ASSUNTOS PÚBLICOS, CONSUMIDORES DE ÓDIO E DE AMOR CARICATO, OS FOFOPATAS, PSICOPATAS DA FOFURA. ESSE POPULISMO DIGITAL ELIMINOU OS INTERMEDIÁRIOS E O DEBATE GERAL JOGANDO TODO MUNDO NA DO INSTANTÂNEO-AO-VIVO-TEMPO-REAL ANULANDO QUALQUER REPRESENTIVIDADE. O QUE EXISTE É APRESENTAÇÃO DE ATITUDE, SHOW ESDRÚXULO DE INTENÇÕES COMO SEMPRE, MAS MUITO TURBINADO PELA PERCEPÇÃO TIKTOK DO MUNDO. BAKUNIN TIKTOK. IESSIÊNIN TIKTOK. ALGUM PLANO PARA O ESTADO DE BEM ESTAR SOCIAL? NÃO. TCHAU. DESCONFIANÇA TOTAL GERANDO ANARQUIAS RIDÍCULAS, ANARQUIAS PERIGOSAS, ANARQUIAS ÚTEIS, ANAR-

QUIAS DIGITAIS, ANARQUIAS FINANCEIRAS. CONSUMIDOR É METADE GENTE, METADE INTERFACE, METADE GENTE, METADE MÍDIA. TODOS NÓS JÁ SOMOS ASSIM. HIPER-REALISMO. REALIDADES ACRESCENTADAS NEUROLOGICAMENTE. A ESSE POPULISMO DIGITAL JUNTAM-SE OS POPULISMOS ARCAICOS E AUTORITÁRIOS, O BOM E VELHO MESSIANISMO, O BOM E VELHO MILENARISMO VERSÃO XXI. EM FUNÇÃO DE TUDO ISSO, O TAL DO ELEITOR PASSOU A ANULAR VOTOS, A NÃO COMPARECER ÀS URNAS, A INVALIDAR SEU SUFRÁGIO... FRAGILÍSSIMO, ALIÁS. PORQUE SÓ TEM CARICATURA. OS DOIS GRUPOS, DIREITA E ESQUERDA, CARICATURAS DE IMAGINÁRIOS. O CENTRÃO MAQUIAVÉLICO MOVEDIÇO. FAVELOST JÁ ERA GRITADO VINTE ANOS ATRÁS. DE 2013 EM DIANTE, PIOROU. FAVELOST GRITADO. QUEREMOS UMA ESCANDINÁVIA, QUEREMOS UM NOVO CANUDOS. SEITAS E MESSIANISMOS EMBUTIDOS NA DIREITA E NA ESQUERDA. CAFAJESTICE TAMBÉM. PRINCIPALMENTE NO CENTRO. AVANÇOS OCORRERAM, MAS FORAM NEGLIGENCIADOS NOS ÚLTIMOS TRINTA ANOS. AGORA TÁ PUXADO. FAVELOST É UM GRITO NA GARGANTA DO ASSIM CHAMADO BRASILEIRO. GRITO FUNK/PUNK DE

DESESPERO E TERNURA, POIS PARECEMOS HABITAR UM FUNK PROIBIDÃO, UM DISCO PUNK ARRANHADO AO MESMO TEMPO QUE CANTOS GREGORIANOS, SAÍDOS DE CELUARES SÃO ATIRADOS DE PRÉDIOS EM VÁRIOS QUARTEIRÕES DESAFIANDO O PROIBIDÃO, DESAFIANDO O PUNK ARRANHADO. FAVELOST. "ME TIREM DAQUI!", GRITAM OS BRASILEIROS. BRUTALIDADES, BOÇALIDADES, RESSENTIMENTOS, INCOMPETÊNCIAS E IGNORÂNCIAS ESTRUTURAIS DO PAÍS QUE TODOS FINGIRAM NÃO EXISTIR, ACHANDO QUE ANTES DE TUDO "BRASILEIRO É MUITO BONZINHO", COMO DIZIA KATE LYRA NUM PROGRAMA HUMORÍSTICO, VIERAM À TONA. ACIMA DE TUDO, TROPICALISTA, MESTIÇO INDISCUTÍVEL, FESTEIRO CRIATIVO, ENFIM, UM HOMEM DE JORGE BEN? COMO SE TUDO ESTIVESSE SOB CONTROLE DEMOCRÁTICO, REPUBLICANO, ECONÔMICO? SÓ QUE NÃO. AGORA FAVELOST É A PALAVRA – VACINA VATICINANDO ALGUMA POSSIBILIDADE. A FORÇA DE SOBREVIVÊNCIA E A VONTADE DE VIVER MESMO QUE SEJA AO EXTREMO, MESMO QUE KAMIKASE NUM SUPERGUETO DE CAPITALISMO EXACERBADO SITUADO ENTRE RIO E SÃO PAULO AO LONGO DA VIA DUTRA E DO RIO PARAÍBA DO SUL

ONDE TODOS SÃO COBAIAS DE ALGUM PROJETO TECNOLÓGICO. MAS GANHAM DINHEIRO MUITO RÁPIDO. FAVELOST. BEIJAR O FIO DA NAVALHA, NAVALHA QUE SUBSTITUI, NUMA GAMBIARRA, O PONTEIRO DE UM METRÔNOMO ABANDONADO. TODOS PEDIRAM, TODOS RECEBERAM O CHAMADO. TODOS SABEM QUE FAVELOST CHEGOU. NÃO É CANUDOS, NÃO É PALMARES, NÃO É A FORDLÂNDIA, NÃO É A ZONA 51, É MAIS QUE ISSO TUDO JUNTO. É FAVELOST. O NOVO MESSIAS NÃO É UMA PESSOA, É UMA MANCHA URBANA EXIGENTE E... FAVELOST É MAIS QUE UM LUGAR, É A ENCARNAÇÃO DA EVOCAÇÃO DE UMA VONTADE POPULAR DESESPERADA, AMBICIOSA, PESADELORA. O NÚCLEO DO REARRANJO ONÍRICO E TECNOLÓGICO. FAVELOST.

1 – UMA MUHER BÊBADA NUMA FAVELA DO RIO TENTA SE ESCORAR NO QUE ELA PENSA SER UMA PAREDE, MAS É A PORTA DE UMA RESIDÊNCIA E ELA DESPENCA PELA ESCADA DE ENTRADA DESSA RESIDÊNCIA. ESSE VÍDEO VIRALIZOU E A MULHER, DAISI, QUANDO FOI PEDIR DESCULPAS PARA A MORADORA, DESCOBRIU QUE ELA TINHA CÂNCER NO RETO E ESTAVA PRECISANDO DE AJUDA, CHEIA DE NECESSI-

DADES. DAÍ QUE ELA USOU A FAMA INSTANTÂNEA DA WEB PARA AJUDAR A VIZINHA COM DIFICULDADES. ARRUMOU SESSENTA MIL REAIS EM DOIS, TRÊS DIAS. ASSIM VAI O BRASIL SOLIDÁRIO. AOS TRANCOS E BARRANCOS DE TERCEIROS SETORES, GAMBIARRAS SOCIAIS, ACIDENTES DE CONEXÃO AMOROSA. ASSIM VAI O BRASIL SOLIDÁRIO. TOTALMENTE DESENGONÇADO.

2– NA RUA SANTA IFIGÊNIA, EM SP, UM GUARDA AMEAÇA O OUTRO COM SUA ARMA SÓ PORQUE ELE SE ATRASOU PRA RENDÊ-LO NA HORA DO ALMOÇO. TRANSEUNTES PASSAM INDIFERENTES À CENA, TENDO MAIS O QUE FAZER, SEM NEM PENSAR EM SE PROTEGER. OUTROS PASSANTES, COMO SE ESTIVESSEM NUM IMPROVISADO COLISEU, SACANEIAM, SE DIVERTEM COM A CENA PERIGOSA. "ATIRA NA BUNDA DELE!". GRITAM. SÓ TEM INDIVÍDUO FODA-SE EM TORNO DA CENA. INCLUSIVE OS POLICIAIS, É CLARO. CENA EMBLEMÁTICA DO QUE ESTAMOS VIVENCIANDO COMO HORDA MUITO POUCO CIVIL. ACONTECEU EM SP.

ASSIM COMO EXISTE O OUROBOROS, A SERPENTE MÍTICA QUE ENGOLE O PRÓPRIO RABO REPRESENTANDO O INFINITO, O BRASIL É REGIDO, EM BOA PARTE, PELO ESCROTOBOROS, A FIGURA NADA SA-

GRADA DE VÁRIAS QUIMERAS SE ENGOLINDO, RE-
PRESENTANDO A POPULAÇÃO TRANSFORMADA EM
VETOR DE UMA ÚLTIMA AFIRMAÇÃO DESESPERADA
DE VIDA, AGENTES GROTESCOS DE UMA DESORDEM
MENTAL COLETIVA QUE JÁ VEM DESDE OS...

  E A POPULAÇÃO SUSSURRA FAVELOST, FAVELOST,
FAVELOST...

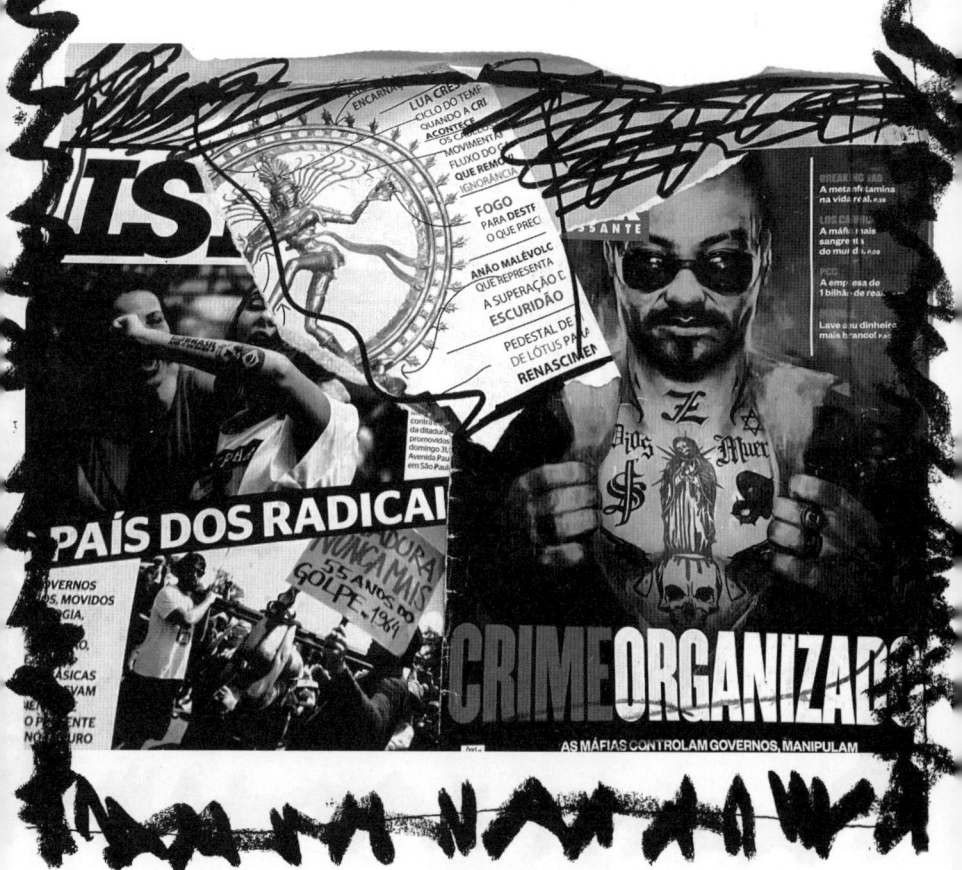

FAVELOST

GAFANHOTOS FONOGRÁFICOS

OS CÉUS ESTÃO EXPLORADOS, MAS VAZIOS. QUANTAS VEZES A VIDA É GRAVADA, REGISTRADA BIG DATADA, DIGITALIZADA, CADASTRADA, PESQUISADA, DIVULGADA TODOS OS DIAS?

SENSAÇÃO TERMINAL, SENSAÇÃO TERMINAL.

RAPAZIADAS ENGENHEIRAS ADAPTAM ESTUDIOS EM KOMBIS TURBINADAS. BUNKERS DE SOM EM KOMBIS TURBINADAS. ELES CRIAM TEMPESTADES DE MÚSICA FRAGMENTADA QUE PARECEM NUVENS DE GAFANHOTOS SONOROS A PARTIR DE MÁQUINAS ACOPLADAS, COLAGENS DE APARELHAGENS, INSTRUMENTOS EMENDADOS, COMPUTADORES ANTIGOS E ATUAIS ENTRECRUZADOS. ELES DIZEM QUE É A MÚSICA PRODIGIOSA, THE FAVELOST SOUND, FEITA COM FRAGMENTOS DE TUDO. E O QUE ROLA É: FRAGMENTO JAZZ, FRAGMENTO FUNK, FRAGMENTO BACH, FRAGMENTO ROCK, FRAGMENTO SKA, FRAGMENTO BOSSA, FRAGMENTO RAP, FRAGMENTO BATIDÃO, FRAGMEN-

TO REGGAE, FRAGMENTO KRAFT, FRAGMENTO DE SOM, DE SOM, DE SOM CAPTURADO, AMPLIFICADO, DISTORCIDO NOS TOTENS DE TECLADOS DISTORCENDO O SOM DAS CIRURGIAS, O SOM DOS PARTOS, O SOM DO GOZO, O SOM DO CORAÇÃO NA MÃO DE ALGUÉM, O SOM DA TOMOGRAFIA MISTURADO AO DA RESSONÂNCIA MAGNÉTICA, O SOM DOS AMPLIFICADORES VALVULADOS ESQUECIDOS NUMA ESTUFA, ESTUFA DE AMPLIFICADORES, PLANTAS VALVULADAS. TRADIÇÃO DE DODECAFONISMOS ELETRÔNICOS, KRAUTROCK, JAMAICANAS EXPERIMENTAÇÕES DJS, TRADIÇÃO DE BATIDAS INCRIVELMENTE ACELERADAS PELOS TAIS ENGENHEIROS QUE CRIAM MONÇÕES DE MUZAK. CRIAM TEMPESTADES SONORAS. SOLTAM NO AR NUVENS DE GAFANHOTOS FONOGRÁFICOS. HERDEIROS DE OUTROS FEITICEIROS, MERLINS DA SONORIDADE SÃO OS FEITICEIROS DO FAVELOST SOUND.

O SOM DO RIFF NO ALEGRO, RIFF NO VIVACE, RIFF NO ANDANTE, DIGITALIZADO STRADIVARIUS, MOBILES DE PEDAIS FUNCIONANDO POR CONTROLE REMOTO, COLAR DE PENDRIVES NO PESCOÇO DA TERRORISTA, O SOM DA PLACA-MÃE PARINDO MONITOR. SOM DE TUDO CAPTADO, FRAGMENTADO, DISTORCIDO,

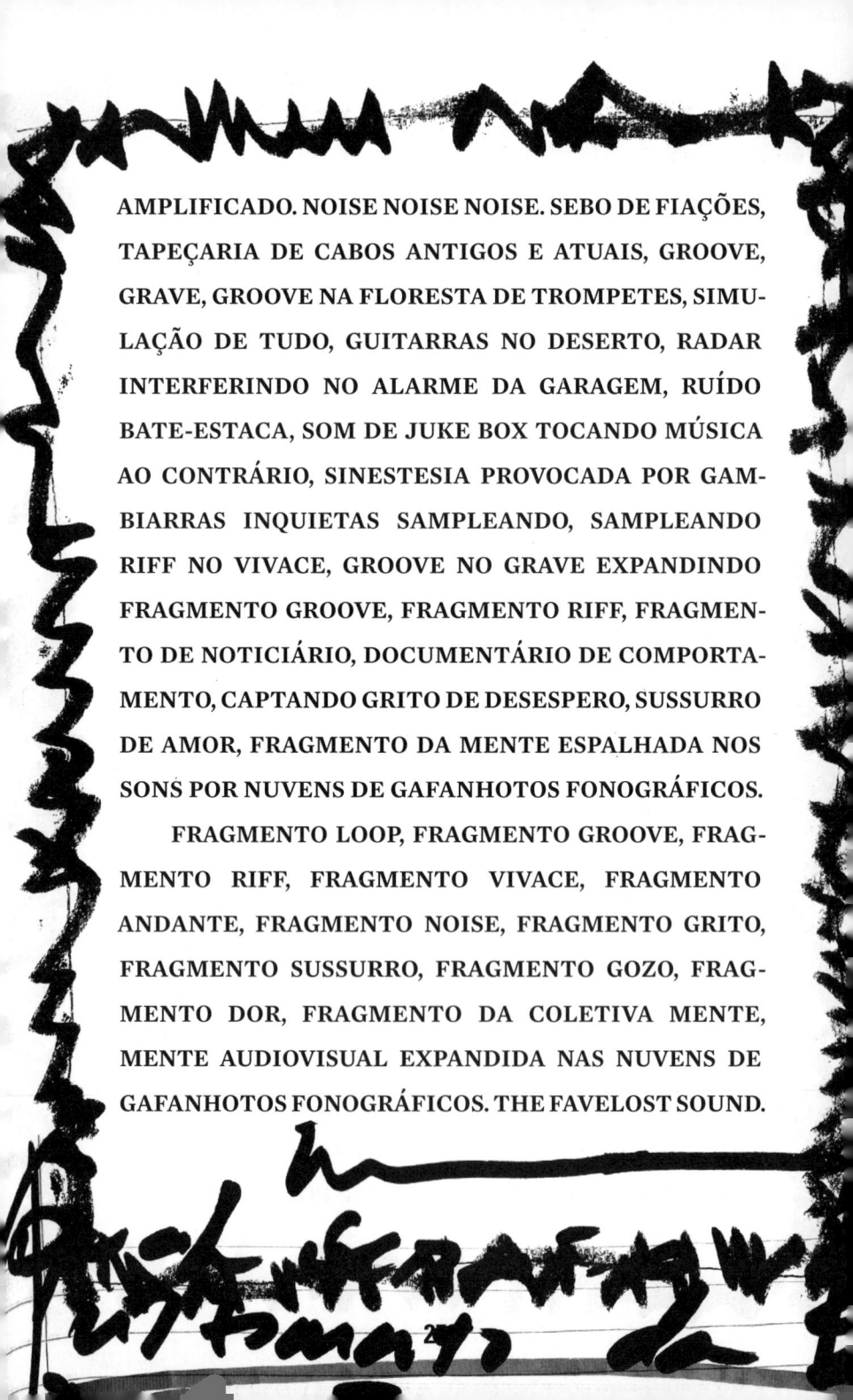

AMPLIFICADO. NOISE NOISE NOISE. SEBO DE FIAÇÕES, TAPEÇARIA DE CABOS ANTIGOS E ATUAIS, GROOVE, GRAVE, GROOVE NA FLORESTA DE TROMPETES, SIMULAÇÃO DE TUDO, GUITARRAS NO DESERTO, RADAR INTERFERINDO NO ALARME DA GARAGEM, RUÍDO BATE-ESTACA, SOM DE JUKE BOX TOCANDO MÚSICA AO CONTRÁRIO, SINESTESIA PROVOCADA POR GAMBIARRAS INQUIETAS SAMPLEANDO, SAMPLEANDO RIFF NO VIVACE, GROOVE NO GRAVE EXPANDINDO FRAGMENTO GROOVE, FRAGMENTO RIFF, FRAGMENTO DE NOTICIÁRIO, DOCUMENTÁRIO DE COMPORTAMENTO, CAPTANDO GRITO DE DESESPERO, SUSSURRO DE AMOR, FRAGMENTO DA MENTE ESPALHADA NOS SONS POR NUVENS DE GAFANHOTOS FONOGRÁFICOS.

FRAGMENTO LOOP, FRAGMENTO GROOVE, FRAGMENTO RIFF, FRAGMENTO VIVACE, FRAGMENTO ANDANTE, FRAGMENTO NOISE, FRAGMENTO GRITO, FRAGMENTO SUSSURRO, FRAGMENTO GOZO, FRAGMENTO DOR, FRAGMENTO DA COLETIVA MENTE, MENTE AUDIOVISUAL EXPANDIDA NAS NUVENS DE GAFANHOTOS FONOGRÁFICOS. THE FAVELOST SOUND.

RUÍDO HUMANO

FAUSTO – ESTAVA SONHANDO COM GIGANTESCAS MULTIDÕES SUBMERSAS QUE NUM SEGUNDO ATINGIRAM A SUPERFÍCIE E INVADIRAM CONTINENTES GRITANDO "FAVELOST", EM SEGUIDA, SONHEI COM MULTIDÕES SE JOGANDO DE AVIÕES COMO NUMA CHUVARADA DE HUMANOS GRITANDO A MESMA PALAVRA "FAVELOST", "FAVELOST...". FOI AÍ QUE ACORDEI COM UMA GAROTA EM CIMA DE MIM SUSSURRANDO... "FAVELOST, FAVELOST"

CAROL – FAVELOST... E EU DIGO QUE O VOLUME DO RUÍDO HUMANO, DAS AÇÕES, PENSAMENTOS, DESENTENDIMENTOS HUMANOS, AUMENTOU NA PANDEMIA – BUG DO MILÊNIO LOCKDOWN, BUG DO MILÊNIO LOCKDOWN. PANDEMIA... AUMENTOU O RUÍDO DA PANDEMIA DE DESCONFORTO EMOCIONAL SÚBITO OU CRÔNICO QUE JÁ ESTAVA EM CURSO. HÁ MUITO TEMPO JÁ TÁ ROLANDO UM LOCKDOWN MENTAL. INDIVÍDUOS E GRUPOS FECHADOS EM SI MESMOS, ENSIMESMADOS EM DOGMAS RASTEIROS. ENTRINCHEIRADOS DIGITALMENTE, VIRTUALMENTE. PANDEMIA SOBRE PANDEMIA. E TOME LOBO SOLITÁRIO,

LOBA SOLITÁRIA, COLETIVOS DE DEMÊNCIA. TRANSTORNOS DE PERSONALIDADE APOCALÍPTICA. BUG DO MILÊNIO LOCKDOWN É O REFRÃO NOS NOSSOS CORAÇÕES DE AGORA EM DIANTE JÁ FAZ TRINTA ANOS. HACKERS QUEREM FECHAR AS COMUNICAÇÕES. LOCKDOWN COM VÍRUS DIGITAL. VÍRUS BIOLÓGICO SEMPRE ESTEVE NAS ESQUINAS. REDES SOCIAIS VIRALIZAM MENTALIDADES QUE TRAVAM, EXCITAM, PROVOCAM NIILISMOS DE TERCEIRA CONSPIRAÇÃO. PLANETA TRANSFORMADO EM KITCHENETTE CLAUSTROFÓBICA. AUMENTOU O VOLUME DO RUÍDO QUE É A VIDA DOS HUMANOS NA TERRA. AUMENTOU O RUÍDO SOCIAL DAS DESIGUALDADES, O VOLUME DAS REAÇÕES SOLIDÁRIAS, O VOLUME DAS MITOLOGIAS DISTORCIDAS, FRAGMENTADAS NAS MENTES, O VOLUME DA ÂNSIA CIENTÍFICA, O VOLUME DO RUÍDO PSICÓTICO EM TODO PENSAMENTO, SENTIMENTO, COMPORTAMENTO. MUITOS QUEREM UMA SEITA PRA CHAMAR DE MÃE. O VOLUME DO RUÍDO DE PROGRESSO CHEIO DE DECADÊNCIA, RUÍDO DA TECNOLOGIA MILITAR E DA INTERNET DO COISA RUIM, AUMENTOU O VOLUME DO RUÍDO DE TODOS OS ÊXTASES E AGONIAS DESCONCERTANTES, O VOLUME DO

RUÍDO POLÍTICO, DO RUÍDO DE GENTE JOGADA FORA, RUÍDO DE LIXO CIVIL, DO RUÍDO RELIGIOSO, O VOLUME DO RUÍDO DOMÉSTICO, O VOLUME DO RUÍDO DA VIOLÊNCIA, DA ESPERANÇA, DO DESESPERO, DO MEDO, DOS AFETOS, DA BRUTALIDADE, DO RACISMO, DA PSICOSE, DA TERNURA, DA PIEGUICE, DO AMOR, DO ÓDIO, DO DESALENTO, DO DESASSOSEGO, DO DESAMPARO... AUMENTOU O VOLUME DO RUÍDO HUMANO NO PLANETA.

BUG DO MILÊNIO LOCKDOWN.
BUG DO MILÊNIO LOCKDOWN.
QUE FÊNIX DE SUPERAÇÃO E PRODUÇÃO ESTÁ SENDO GERADA? QUE FÊNIX DE RAPINA E DESTRUIÇÃO SURGIRÁ? NÃO FALE NADA. APENAS ME SIGA.

P R E C A R I E D A D E

CAROL – NÓS SOMOS FAVELOST, PENSAMOS FAVELOST, QUEREMOS FAVELOST, SONHAMOS FAVELOST, DESEJAMOS FAVELOST, ESTAMOS PRODUZINDO FAVELOST HÁ MUITO TEMPO. VIVEMOS EM ESTADO EMOCIONAL DE FAVELOST JÁ FAZ TEMPO. PERDIDOS

NA PRECARIEDADE, ACHADOS NA PRECARIEDADE, PERDIDOS NA PRECARIEDADE, ACHADOS NA PRECARIEDADE DESTE MUNDO IMERSO EM CRISE E CAOS CONSTANTES (NO BRASIL ENTÃO, REPETINDO, NO BRASIL ENTÃO). A IMINÊNCIA É A MUSA DE TODAS AS ATUALIDADES. TODOS SENTEM QUE ACONTECIMENTOS TERRÍVEIS E GRANDIOSOS DEVEM ACONTECER, PRECISAM ACONTECER, ESTÃO PRESTES A ACONTECER. OS CORAÇÕES ATUAIS BATEM MUITO FORTE SEM QUERER. TAQUICARDIA, BABY, TAQUICARDIA. PANDEMIAS CHEGARAM PRA FICAR: BIOLÓGICAS, SANITÁRIAS, PSÍQUICAS, DIGITAIS, SOCIEDADES VIRAIS SURGIRÃO DE TODOS OS CANTOS E BECOS MENTAIS, TECNOLÓGICOS, SOCIAIS. SEITAS DENTRO DE SEITAS. OUTRAS PANDEMIAS VIRÃO. FAVELOST. PERDIDOS NA PRECARIEDADE, ACHADOS DE REAÇÃO SOCIAL NA PRECARIEDADE. PRODUZIMOS FAVELOST HÁ MUITO TEMPO.

FAUSTO – QUEM É VOCÊ? O QUE VOCÊ QUER, GAROTA? SOU APENAS UM EX-MILITAR DE TROPAS ESPECIAIS EMOCIONALMENTE DESENGANADO. ME DEIXA AQUI NESTA CRACOLÂNDIA HOTEL RUÍNA.

CAROL – EU SOU UMA VOLUNTÁRIA, UMA SOCOR-

RISTA RADICAL E NÃO, NÃO VOU TE DEIXAR AQUI. ACORDA PRAS BATALHAS QUE VIRÃO. VOCÊ SONHOU COM FAVELOST, COM A MISSÃO. TEMOS QUE PROCURAR UM BAILE QUE É O ATALHO PARA O TERRITÓRIO PARALELO AO BRASIL. FAVELOST. TEMOS QUE ATRAVESSAR A CIDADE. DEPOIS CONVERSAMOS. VAMOS NESSA, FILÓSOFO DAS TROPAS DE CHOQUE.

O BARCO DA FÉ À DERIVA

CAROL – ATRAVESSANDO A CIDADE RUMO AO BAILE FAVELOST, PARAMOS PRA COMER UM HOT DOG X-TUDO PODRÃO DE RAIZ COM CAFÉ NUM CAIS ABANDONADO. LUGAR – PONTO DE TAXISTAS, POLICIAIS, BOMBEIROS, PILOTOS DE RABECÃO E AMBULÂNCIAS. OS QUATRO CAVALEIROS DO COTIDIANO APOCALIPSE URBANO. ENTRE ELES, O ASSUNTO É FAVELOST. ENTRE ELES O ASSUNTO. POLICIAIS, BOMBEIROS, PILOTOS DE RABECÃO, MÉDICOS COMENTAM ATENDIMENTOS A PESSOAS ENLOUQUECIDAS (INCLUSIVE ENTRE ELES) POR SONHAREM COM UMA TAL DE FAVELOST.

FAUSTO – INCÊNDIOS, ASSASSINATOS, TENTATI-

VAS DE SUICÍDIO, GENTE DANÇANDO ATÉ QUEBRAR AS PERNAS, CRIANÇAS HIPNOTIZADAS FUGINDO DE CASA. POLICIAIS, BOMBEIROS, PILOTOS DE RABECÃO, ENFERMEIROS ABDUZIDOS POR FAVELOST.

CAROL – NO CAIS, COMENDO UM PODRÃO HOT DOG DE RAIZ COM TUDO QUE TEM DIREITO, MAIS CAFÉ, OLHAMOS UMA BARCA ENORME CHEIA DE SACERDOTES DANÇANDO, REZANDO, DANÇANDO, ORANDO, VOCIFERANDO PARA O FIRMAMENTO, OFERECENDO PARA O MAR ESCURO ALGUMA DOR, ALGUMA DESPEDIDA. O PILOTO DO BARCO VESTE UM CASACO COM A INSCRIÇÃO "ESPIRITUALIDADE É UMA COISA QUE DÁ E PASSA".

FAUSTO – RABINOS, DERVIXES, PASTORES, PADRES, PAIS DE SURF, PAIS DE SANTO, FESTEIROS VUDUS.

CAROL – EXORCISTAS DE BONECOS DE POSTO, MONGES DE PARQUE TEMÁTICO, REALEJOS DE LADAINHA MUÇULMANA, BUDISTAS DONOS DE LOJAS DE ILUMINAÇÃO – ABAJURES NIRVANA, GANGUES OBCECADAS POR DOGMAS (GODs). LÁ VAI A BARCA DOS RELIGIOSOS QUE SONHARAM COM FAVELOST. COM AS MULTIDÕES-AVATARES SAINDO DOS MARES E DESPENCANDO NO CÉU. ELES PERGUNTAM PARA OS QUE

SE APROXIMAM DA BARCA "QUAL É A SUA OPERADORA ESPIRITUAL? JESUS CRISTO? MAOMÉ? JEOVÁ? KARDEC? BUDA? ANIMISTA INDÍGENA? BLAVATSKY? JIM JONES? RAJNEESH? STEVEN JOBS? MARXFOUCAULT? EROSANITTA?

FAUSTO – ACABAMOS DE COMER. RUMO AO BAILE. LÁ VAI A BARCA DOS SACERDOTES... O QUE SERÁ QUE SERÁ QUE CANTAM OS PROFETAS EMBRIAGADOS?

HAMLETS HERMAFRODITAS

CAROL – RUMO A FAVELOST, ATRAVESSANDO O TERRITÓRIO DOMINADO PELOS HAMLETS HERMAFRODITAS, TERRITÓRIO DE INDEFINIÇÕES AGRESSIVAS E FASCINANTES PORQUE AQUI A ANATOMIA FICOU FILOSOFICAMENTE CONTUNDENTE NA PELE, NA CARNE, NA PELE, NA CARNE. CATÁSTROFE TESUDA DO CORPO EM MUTAÇÃO GUIADA PELA SÍNDROME DE LIBIDO ABSOLUTA. AGONIA. ÊXTASE. TRANSE DE METAMORFOSE SEXUAL, MENTAL. MULHEROMEM SE DESDOBRANDO EM NUANCES DE DESEJO-FETICHE. QUARTEIRÕES HABITADOS PELA MILÍCIA MAIS

RADICAL: A CORPORAL, MENTAL, ANATÔMICA-VIAJANTE-MUTANTE DA LIBIDO ABSOLUTA DESAFIANDO A ORDEM GENÉTICA E GENÉRICA DE TUDO. MILÍCIA COM ARMAS EMBUTIDAS NOS CORPOS, UMA EM CADA CHAKRA. HAMLETS HERMAFRODITAS. SER E NÃO SER É O QUE HÁ, CARNE VIRA MÁQUINA.

FAUSTO – MILÍCIA HERMAFRODITA DE GENTE CRONICAMENTE INSATISFEITA COM SUA SEXUALIDADE E COM SEU GÊNERO, MUITO A FIM DE APRONTAR COM SEUS CORPOS VISANDO À ÚLTIMA ANARQUIA. FUNDAMENTALISTAS DA METAMORFOSE INCESSANTE NESSE PARAÍSO DAS CIRURGIAS LÚBRICAS QUE É O TERRITÓRIO DOS HAMLETS HERMAFRODITAS. CARNE VIRA MÁQUINA SUPERDESEJANTE.

CAROL – VIRARAM MILÍCIAS PORQUE FORAM VÍTIMAS DO TRÁFICO DE TRANS INQUIETOS. UMA REDE DE TARADOS MUNDIAIS SE ESPECIALIZOU EM LOCALIZAR E SEQUESTRAR GAROTOS QUE VIRARAM GAROTAS, GAROTAS QUE VIRARAM GAROTOS MAS QUE RESOLVERAM REFAZER, VOLTAR À SUA CONDIÇÃO ANTERIOR. GOSTARAM DE FICAR NESSE VAI E VEM HABITANDO UM LIMBO DE GÊNEROS E SEXUALIDADES TOTALMENTE ENTREGUES À LIBIDO ABSOLUTA,

CHEIOS DE VITALIDADE ALUCINADA. NÃO QUERIAM PERTENCER E SE ENCONTRAR. ELES QUERIAM EXCEDER, RADICALIZAR O QUESTIONAMENTO HORMONAL DA PERSONALIDADE ATÉ O LIMITE. FORAM SEQUESTRADOS E TIVERAM OS CORPOS TANSFORMADOS EM EQUIPAMENTOS DE ESPORTE RADICAL, SADOMASOQUISMO BIÔNICO. SEXO E LANTERNAGENS GENITAIS. ESCATOLOGIA CIBERNÉTICA E GOZO INEVITÁVEL. TRAUMA E VINGANÇA.

FAUSTO – COM A LANTERNAGEM GENITAL, APRENDERAM A EMBUTIR ARMAS NOS CORPOS EM OFICINAS DE AUTOCIRURGIAS. VIRARAM MILÍCIAS ATACANDO OS TRAFICANTES DE TRANS INFINITOS. AGORA DÃO GUARITA PRA OUTROS PERSEGUIDOS. SÃO O ÚLTIMO SETOR. NÃO QUEREM PERTENCIMENTO NEM SE ENCONTRAR NEM SER FINALMENTE ELES MESMOS. ELES SÃO INQUIETOS. ELES SÃO RADICAIS. SER E NÃO SER É O QUE HÁ. HAMLETS HERMAFRODITAS. FUNDAMENTALISTAS DA INCESSANTE METAMORFOSE CORPORAL. CARNE VIRA MÁQUINA MUITO DESEJANTE.

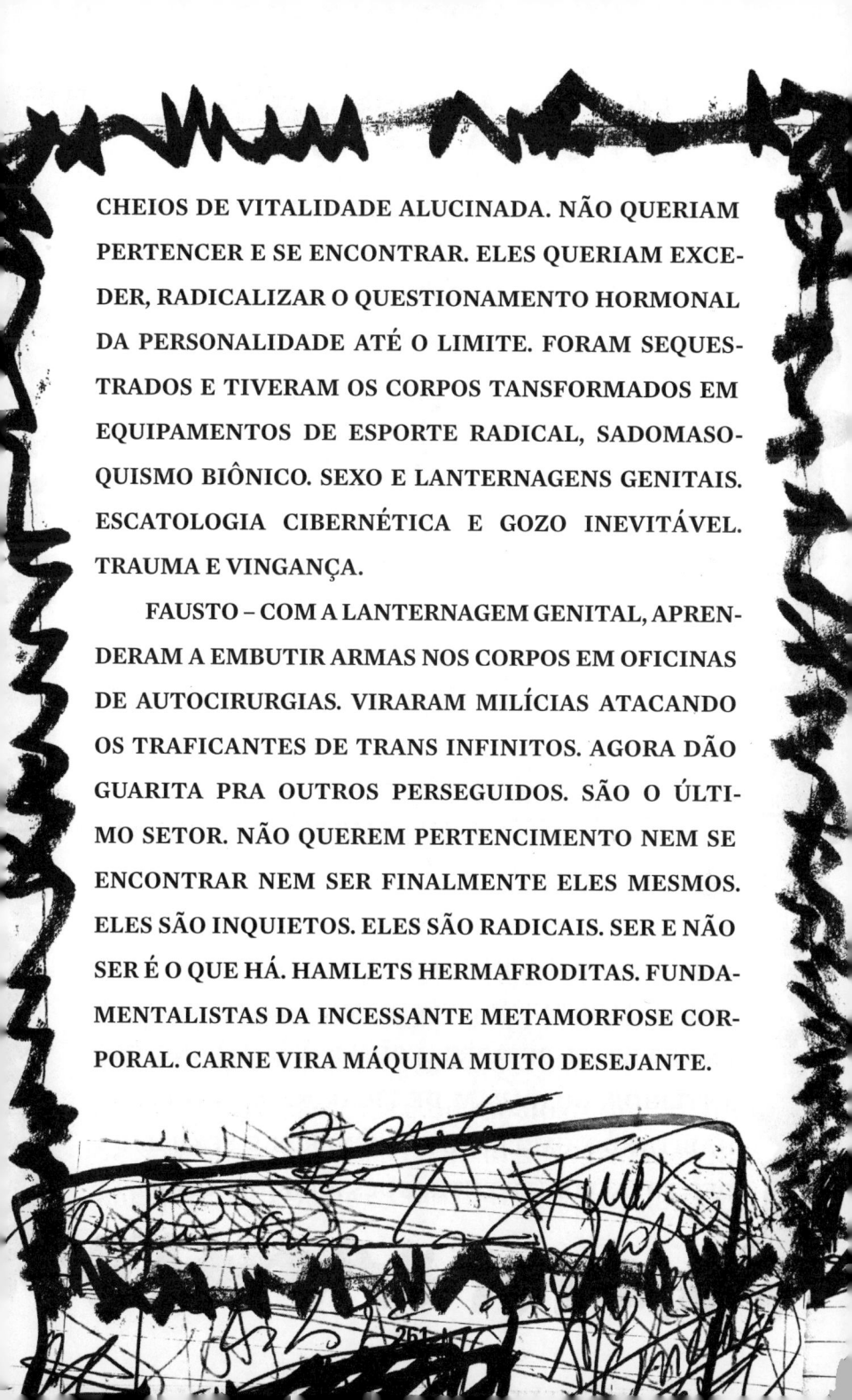

A GRANDE CONSCIÊNCIA PESADA

FAUSTO – HEY, SOCORRISTA RADICAL, VOCÊ QUE TOCA NO NERVO DA SALVAÇÃO MUNDIAL, DA CONSCIÊNCIA PESADA, ME DIZ, OH, FRANCISCANA INDOMÁVEL, QUEM MANDA NESTE MUNDO?

CAROL – JÁ OUVI ESTUDIOSOS, PESQUISADORES FALANDO SOBRE A GLOBALIZAÇÃO COMO UMA FERA FINANCEIRA ACELERADORA DE TUDO NESTE MUNDO. CLASSE MÉDIA, MISERÁVEIS E BILIONÁRIOS. TODOS CELERADOS E ACELERADOS SE AGIGANTANDO PARA UM CHOQUE INEVITÁVEL. MISERÁVEIS GANHANDO, É CLARO, EXPERIÊNCIA DE MERDA PROVOCADORA DE REAÇÕES RAIVOSAS E ÚLTIMAS ALEGRIAS DE AFETO. DURANTE ESSA PANDEMIA, MUITOS BILIONÁRIOS SURGIRAM. NÃO POR CONTA DELA. MAS SURGIRAM. E MAIS DO QUE NUNCA, AQUELES QUE SE DESCOBRIRAM IRRELEVANTES COM A GLOBALIZAÇÃO SE ENTUPIRAM DE RANCOR, E SUPERRESSENTIDOS SE AGARRARAM A SUPERSTIÇÕES, A CONSPIRAÇÕES, AO TAL DO GLOBALISMO. ESSE CASAMENTO ENTRE GLOBALIZAÇAO E GLOBALISMO, A GLOBALISMAÇÃO (ARHG), RESUME TUDO NAS CABEÇAS CHEIAS DE DIS-

TORÇÕES MANÍACAS, CONSPIRATÓRIAS HASHTAGS ALGUMA COISA. EU ATUO NAS BRECHAS ANÁRQUICAS DESSE CASAMENTO. ÀS VEZES NÃO SEI SE A AUSTRÁLIA É UM PEDAÇO DE EMPRESA QUÍMICA OU SE UM GAROTO FAVELADO NO SUDÃO É UMA EXPERIÊNCIA DE EMPREENDIMENTO CHINÊS PARA REFORÇO ORGÂNICO. EUGENIA... ATUO RECICLANDO O LIXO CIVIL FERIDO POR FORA E POR DENTRO, OS RESSENTIDOS PACATOS DA GLOBALISMAÇÃO... E VOCÊ, FILÓSOFO DAS TROPAS DE CHOQUE, SOLDADO UNIVERSAL EM AGONIA, VOCÊ JÁ SABE QUEM MANDA NO MUNDO PORQUE TRABALHA PRA ELES, NÃO É?

FAUSTO – SIM, SEMPRE TRABALHEI. NÃO ADIANTA, EU VEJO AS CIDADES, AS COMUNIDADES URBANAS, HUMANAS COMO PONTAS DE ICEBERG, COMO QUANDO OLHO PRA UMA PESSOA E JÁ VEJO NUM INSTANTE LEGISTA A CAVEIRA, O ESQUELETO, OS NERVOS... FICO SEMPRE INTUINDO, PENSANDO NAS FORÇAS SUBMERSAS, NEGOCIAÇÕES E GUERRAS QUE SUSTENTAM ESSES MONUMENTOS DE PRODUÇÃO, CONCENTRAÇÃO HUMANA QUE SÃO AS MANCHAS URBANAS. E O PIOR É QUE A TRANSPARÊNCIA NÃO IMPEDE ISSO. TODO MUNDO TÁ EXPOSTO À INFORMAÇÃO, SABE DE

ALGUMA COISA, MAS TUDO CONTINUA A ACONTECER E PROLIFERAR. AS COISAS, OS FATOS, OS ACONTECIMENTOS SOMEM DE TANTO ACONTECER. MAGIA TOTAL. PARECE QUE VIVEMOS NO MÁXIMO DO CETICISMO DE CONSUMO COMERCIAL-EXISTENCIAL E NO MÁXIMO DE CONSUMO DO OCULTISMO MAIS PERTURBADOR. O QUE MAIS TEM É BLEFE DE ACONTECIMENTO, PRODUÇÃO DE ACONTECIMENTO, VIDA COMO EVENTO PRA SER CONSUMIDO. POR ISSO EU QUERO ESTAR ONDE AS FRATURAS SOCIAIS DO PRIMATA INVENTIVO ESTÃO EXPOSTAS. UMA COISA TE DIGO. O MUNDO ESTÁ PSIQUIATRICAMENTE MILITARIZADO PORQUE O QUE ERA PRIVILÉGIO MÓRBIDO DE SOLDADOS QUANDO VOLTAVAM DA GUERRA E TINHAM DIFICULDADE PRA SE READAPTAR À SOCIEDADE, BEM, OS TRANSTORNOS PÓS-TRAUMÁTICOS ESTÃO BANALIZADOS, ESPALHADOS NAS SOCIEDADES E INCREMENTADOS NAS REDES. TRANSTORNOS PÓS-PRÉ-DURANTE TRAUMÁTICOS. TÁ DIFÍCIL SER UM CIVIL. E TAMBÉM O TERRORISMO FUNDAMENTALISTA MIDIÁTICO JÁ NÃO É PRIVILÉGIO DE TALIBÃS. TAMBÉM ESTÁ ESPALHADO NAS REDES E NAS SOCIEDADES MAIS DO QUE NUNCA. ACELERANDO OS CE-

LERADOS. DESESPERO POR SEGURANÇA E CERTEZAS, VERDADES PRÓPRIAS, ANSIEDADE HIPOCONDRÍACA AGUÇADA PELA PANDEMIA, HIPNOSE DE INTERAÇÃO DIGITAL, NÁUFRAGOS EXISTENCIAIS E SEITAS. O BÁSICO DA CONSCIÊNCIA PESADA DAQUI PRA FRENTE. LOCKDOWN MENTAL E EXPLOSÃO EMOCIONAL. SOCIAL. MAS MUITA GENTE BILIONÁRIA VAI SE MANDAR DAQUI OU VAI VIVER MAIS DO QUE OS OUTROS MELHORANDO O CORPO CIBERNETICAMENTE... VAI SER TERRA-PLANETA BREGA RUNNER...

FAVELOST.

O PRANTO RADICAL

FAUSTO – O CASAL ATRAVESSA UM TÚNEL ABANDONADO COM PAREDES TOMADAS POR MUSGOS ENVOLVENDO TV LEDS ENGUIÇADAS COM PRODUTOS ANUNCIADOS EM FRAMES REPETITIVOS. DE REPENTE ELA COMEÇA A CHORAR COMPULSIVAMENTE E ELE, NUM REFLEXO ACOLHEDOR, SENTA-SE AO SEU LADO, COLOCA A CABEÇA DELA NO SEU OMBRO. ELA CHORA, CHORA, E DE REPENTE PARA NUM SNIFF, SNIFF MAIS

COMEDIDO. ELE PERGUNTA QUEM É VOCÊ QUE CHORA DESSE JEITO TÃO VIOLENTO?

CAROL – SOU UMA VOLUNTÁRIA RADICAL, SOCORRISTA POR VOCAÇÃO. TENHO EMPATIA DESMEDIDA, SEM FREIO, QUASE UMA PSICOPATA AO CONTRÁRIO. POR ISSO ME DEDICO A ATIVIDADES DE RESGATE E SALVAÇÃO COMO UMA FRANSCISCANA RÚTILA, UMA CLARISSA INDOMÁVEL DISPOSTA A DAR UM BEIJO NA BOCA DA MORTE ADIANDO A SUA FUNÇÃO. O QUE ME INTERESSA SÃO OS INTERIORES FODIDOS DOS PAÍSES, OS INTERIORES DOS CORPOS DILACERADOS DAS PESSOAS NOS CONFINS DESSES MESMOS PAÍSES. JÁ FIZ PARTOS ONDE VOCÊ NEM IMAGINA, EM CONDIÇÕES ABSURDAMENTE PRECÁRIAS. AJUDEI MULHERES, CRIANÇAS E IDOSOS COM ARMAS E FACÕES APONTADOS PRA MINHA CABEÇA, TENHO IMUNIDADE FRANCISCANA, SOU CLARISSA COM MANDATO INFORMAL, SOU CRIATURA SEM FRONTEIRAS EM NOME DA SALVAÇÃO NEM QUE SEJA POR ALGUMAS HORAS. AJUDO A ALIVIAR OS SOFRIMENTOS, DESAFIANDO GOVERNOS, GUERRAS TRIBAIS, TERRORISTAS FAZENDO MALABARISMOS COM FRASCOS CHEIOS DE BOMBAS TÓXICAS NA MINHA FRENTE. MEU NEGÓCIO É COLO-

CAR UM REPENTINO OÁSIS DE AMOR, CONFIANÇA E ESPERANÇA NOS LUGARES ONDE A CONSCIÊNCIA PESADA, ESSA QUE DOMINA O MUNDO DOS HUMANOS, SE APRESENTA MAIS BRUTAL E NERVOSA. E O EFEITO COLATERAL DESSE TRANSTORNO DE EMPATIA DESMEDIDA É SER ATACADA POR UM PRANTO VIOLENTO QUE VEM COM OS ESPECTROS DA DOR E DA FALTA DE AMOR ESPALHADOS POR AÍ. A CONSCIÊNCIA PESADA DO MUNDO TOMA DE ASSALTO MINHA MENTE, MEU CORPO, MEU PEITO ABERTO TODOS OS DIAS COMO UMA CERTEIRA CHUVA VESPERTINA EM BELÉM DO PARÁ... MAS TENHO QUE DIZER QUE, ALÉM DE FAVELOST, O QUE ME ATRAIU PRA VOCÊ FOI UMA FÚRIA. VOCÊ JÁ ESTAVA DENTRO DA MINHA MENTE... QUEM É VOCÊ TÃO IMPACIENTE COM TUDO E TODOS?

FAUSTO – EU COMEÇO POR ONDE VOCÊ CHORA, ME SENTINDO CADA VEZ MAIS ATRAÍDO PELA CONSCIÊNCIA PESADA DO MUNDO, QUERENDO ENFRENTÁ-LA, COMO NUMA PROVAÇÃO DE MONGE OBCECADO EM ACHAR LUZ NO MEIO DA ESCURIDÃO. ESTROBOSCÓPICA LUZ NEGRA DE BOATE EXISTENCIAL. DAÍ QUE FUI AUXILIAR DE LEGISTA EM CIDADES FORA DOS MAPAS, FUI MILITAR EM FRONTEIRAS INACREDITÁ-

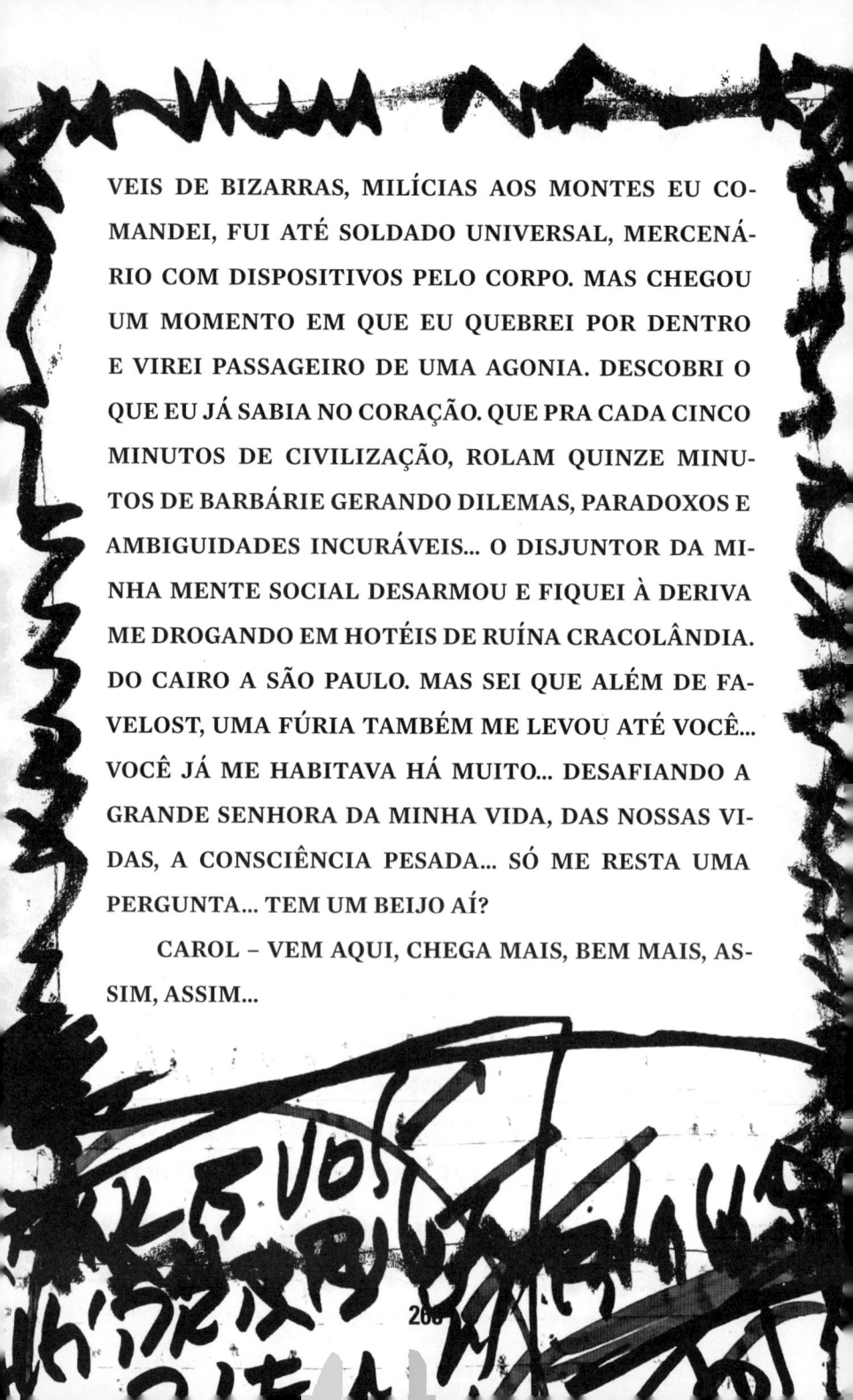

VEIS DE BIZARRAS, MILÍCIAS AOS MONTES EU COMANDEI, FUI ATÉ SOLDADO UNIVERSAL, MERCENÁRIO COM DISPOSITIVOS PELO CORPO. MAS CHEGOU UM MOMENTO EM QUE EU QUEBREI POR DENTRO E VIREI PASSAGEIRO DE UMA AGONIA. DESCOBRI O QUE EU JÁ SABIA NO CORAÇÃO. QUE PRA CADA CINCO MINUTOS DE CIVILIZAÇÃO, ROLAM QUINZE MINUTOS DE BARBÁRIE GERANDO DILEMAS, PARADOXOS E AMBIGUIDADES INCURÁVEIS... O DISJUNTOR DA MINHA MENTE SOCIAL DESARMOU E FIQUEI À DERIVA ME DROGANDO EM HOTÉIS DE RUÍNA CRACOLÂNDIA. DO CAIRO A SÃO PAULO. MAS SEI QUE ALÉM DE FAVELOST, UMA FÚRIA TAMBÉM ME LEVOU ATÉ VOCÊ... VOCÊ JÁ ME HABITAVA HÁ MUITO... DESAFIANDO A GRANDE SENHORA DA MINHA VIDA, DAS NOSSAS VIDAS, A CONSCIÊNCIA PESADA... SÓ ME RESTA UMA PERGUNTA... TEM UM BEIJO AÍ?

CAROL – VEM AQUI, CHEGA MAIS, BEM MAIS, ASSIM, ASSIM...

L U T O

FAUSTO – E O CAMELÔ DE ANTIGUIDADES RELIGIOSAS TIPO RÉPLICAS DA ARCA DA ALIANÇA, TODO TIPO DE CRUZ, TERÇOS, CORÃO, BÍBLIA, SANTO GRAAL, LANÇA SAGRADA, CAIXA DE PANDORA, TALISMÃS, AMULETOS, ESTATUETAS AFRICANAS, HINDUS, POLINÉSIAS, MAIAS, DESENHOS DE STEVEN JOBS E PEDRAS COM GOTAS DE SANGUE DIZIA PARA O FREGUÊS: "WHEN I FIND MYSELF IN TIMES OF TROUBLE MOTHER MARY COMES TO ME SPEAKING WORDS OF WISDOM LET IT BE, LET IT BE. LEI IT BE BECAUSE THE STONES ARE BLEEDING..." SEMPRE QUE EU ME ENCONTRAVA MERGULHADO EM PROBLEMAS, MARIA MINHA MÃE CHEGAVA JUNTO FALANDO PALAVRAS DE SABEDORIA, DE ALERTA PRA VIDA. UMA ESPÉCIE DE ANUNCIAÇÃO COTIDIANA. A ANUNCIAÇÃO SEMPRE ESTARÁ PRESENTE NESSE NOME... MARIA. PRA FALAR DO SANGUE QUE REPRESENTA A FORÇA DE TUDO, DA VIDA, DA MORTE, DA RENOVAÇÃO ELA EXAGERAVA CITANDO GONÇALVES DIAS E SEU FAMOSO "A VIDA É LUTA RENHIDA. VIVER É LUTAR, A VIDA É LUTA QUE AOS FRACOS ABATE E AOS FORTES

SÓ FAZ EXALTAR". MAS TAMBÉM SAÍA DIZENDO QUE AS PEDRAS ESTAVAM SANGRANDO, ANUNCIANDO O ETERNO E INESPERADO MISTÉRIO QUE TE PEGA ATÉ CIENTIFICAMENTE. "FIQUE ATENTO. DEIXA ESTAR PORQUE AS PEDRAS JÁ ESTÃO A SANGRAR. LEI IT BE, LE IT BE, BECAUSE THE STONES ARE BLEEDING..."

CAROL – NA PANDEMIA A CIVILIZAÇÃO, OU A SENSAÇÃO DE CIVILIZAÇÃO QUE NOS ENVOLVE ESTAVA FRACA, PARECIA UM DRONE SEM DIREÇÃO, SEM TER ONDE POUSAR, E ESSE DRONE SOBREVOAVA CEMITÉRIOS TESTEMUNHANDO, REGISTRANDO A LUTOCRACIA QUE SE IMPÔS NA PESTE. NO MEIO DA LUTOCRACIA, ALGUÉM DIALOGAVA COM UMA LÁPIDE, ALGUÉM SE CONFESSAVA, SE ABRIA PARA A PEDRA DERRADEIRA COMO QUE REZANDO: "DIZEM QUE NÓS SUPERAMOS ESSA DOR, QUE NOS ACOSTUMAMOS, QUE A TRANSFORMAMOS EM SOPRO DE VIDA GUARDADO NO CORAÇÃO, TUDO BEM, ACREDITO. MAS ÀS VEZES NÃO DÁ PARA APENAS CONTORNAR NA LEMBRANÇA ACONCHEGANTE ESSE SENTIMENTO. PORQUE DÓI MUITO. A SAUDADE DÓI DEMAIS. COMO VOCÊ FAZ FALTA. COMO VIVER SEM VOCÊ? CLARO, A VIDA SEGUE SEU CURSO, MAS... QUE SAUDADE. DIANTE

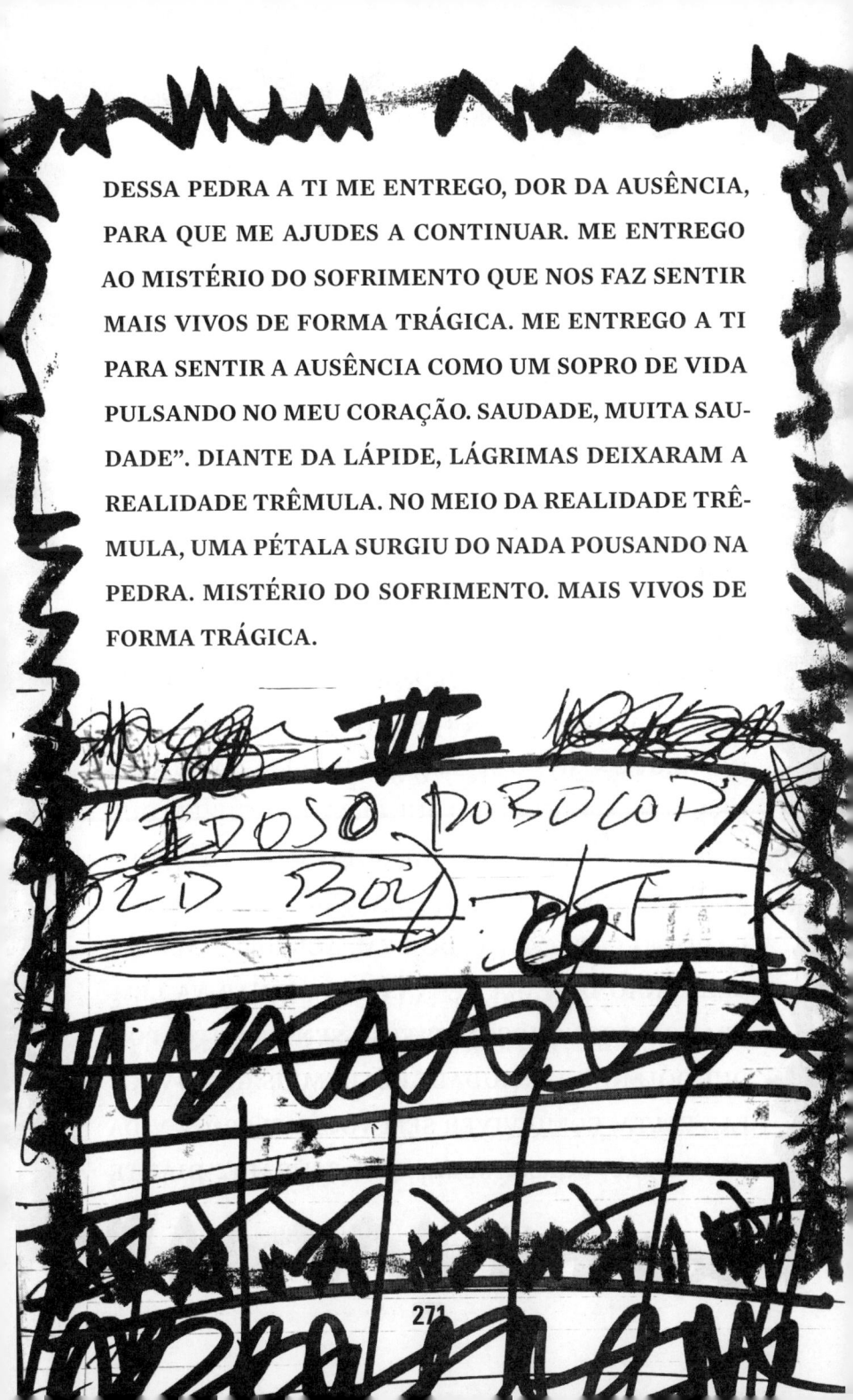

DESSA PEDRA A TI ME ENTREGO, DOR DA AUSÊNCIA, PARA QUE ME AJUDES A CONTINUAR. ME ENTREGO AO MISTÉRIO DO SOFRIMENTO QUE NOS FAZ SENTIR MAIS VIVOS DE FORMA TRÁGICA. ME ENTREGO A TI PARA SENTIR A AUSÊNCIA COMO UM SOPRO DE VIDA PULSANDO NO MEU CORAÇÃO. SAUDADE, MUITA SAUDADE". DIANTE DA LÁPIDE, LÁGRIMAS DEIXARAM A REALIDADE TRÊMULA. NO MEIO DA REALIDADE TRÊMULA, UMA PÉTALA SURGIU DO NADA POUSANDO NA PEDRA. MISTÉRIO DO SOFRIMENTO. MAIS VIVOS DE FORMA TRÁGICA.

FODA NA CHACINA

FAUSTO – REPORTAGEM NA TV DO BAR RUMO A FAVELOST. A CÂMERA DE SEGURANÇA DO ESTABELECIMENTO REGISTROU TODA A AÇÃO CRIMINOSA E DEPOIS, PASMEM, TODA A AÇÃO ERÓTICA NO MEIO DOS CADÁVERES, NO MEIO DA CHACINA ELES FIZERAM AMOR, NO MEIO DA CHACINA, TINHA UMA TREPADA.

FAUSTO – GROOVE NERVOSO NÃO PARA DE TOCAR, DE ROLAR NA CAIXA DE SOM DO BOTECO METRALHADO.

CAROL – NÃO SOBROU QUASE NINGUÉM, SÓ UM CASAL DE ADOLESCENTES CHEIO DE HORMÔNIOS QUE, DE REPENTE, SENTE UM REPENTINO TESÃO EM MEIO À SITUAÇÃO.

FAUSTO – ELES SE OLHAM. SANGUE NOS OLHOS, SANGUE NO OMBRO, SANGUE NO BRAÇO. BALA QUE SE PERDEU RASPANDO NELES.

CAROL – ELA FALA PRA ELE QUE TEM RESTO DE FUZIL JOGADO. DESMONTADO LIXO DE ARMAMENTO ABANDONADO EM CIMA DOS CORPOS LAMBUZADOS DE CACHAÇA E SANGUE.

FAUSTO – É RESTO DE BOTECO METRALHADO.

DEIXA EU LIMPAR O SANGUE NO TEU BRAÇO. TIRO DE RASPÃO. BALAÇO QUE SE PERDEU. SÓ ME RESTA TE DAR UM BEIJO.

CAROL – MUITO ESTRANHO SENTIR ISSO?

FAUSTO – SEI LÁ, SÓ SEI QUE EU TÔ SENTINDO TESÃO NO MEIO DA CHACINA.

CAROL – EU CONFESSO QUE TAMBÉM TÔ CHEIA DE TESÃO. ACHO QUE É UM DESESPERADO SIM À VIDA PRA SOBREVIVER NA INDIFERENÇA À TRAGÉDIA.

FAUSTO – VOCÊ QUER E EU TAMBÉM SE ENTREGAR A UM EGOÍSMO MUITO INSANO E FODER AQUI E AGORA NO MEIO DA CHACINA, DA TRAGÉDIA CRIMINOSA?

CAROL – QUEM VAI PINTAR ESSA NATUREZA MORTA, EXPRESSÃO BANAL DA ATUALIDADE BRASILEIRA?

FAUSTO – VEM, ENCAIXA NO MEU PAU, VAMOS NOS BEIJAR, DESAFIAR COM NOSSO AMOR O PÂNICO GERAL ENQUANTO O GROOVE CONTINUA TOCANDO NA CAIXA DE SOM DO BOTECO METRALHADO.

CAROL – ESSE GROOVE NERVOSO É A TRILHA SONORA DO NOSSO AMOR. INDIFERENTE FUGA DO PÂNICO GERAL. TREPADA COMO RITUAL MARRENTO DE GOZO SANGRENTO.

FAUSTO – RESTO DE GENTE, RESTO DE ARMA, RESTO DE BEBIDA, RESTO DE TIJOLO, O NOSSO AMOR É RESTO DE QUE? NO MEIO DA CHACINA TINHA UMA FODA. A QUE PONTO CHEGAREMOS?

ATALHO PARA A INTENSIDADE VITAL

CAROL – PERDIDOS NA PRECARIEDADE, ACHADOS NA PRECARIEDADE. RUMO A FAVELOST SENTINDO FAVELOST, PENSANDO FAVELOST, ATRAÍDOS PARA UM ENCONTRO IMEDIATO DO MAIS ALTO GRAU COM UMA VIDA MAS INTENSA, OUTRA FORÇA VITAL QUEM SABE IMORTAL? NO MEIO DA PANDEMIA, NO MEIO DAS PANDEMIAS. É O BAILE DA ILHA FISCAL? É A NOITE DOS DESESPERADOS? É A FESTA DE ROJÕES NA BAHIA? É A NOITE DE SÃO BARTOLOMEU? É CANUDOS, É PALMARES, É O CONTESTADO, UM TERRITÓRIO MILITAR EXPERIMENTAL OCULTO POR MIRAGENS EM LOS ALAMOS? É SHANGRI-LA? É ISSO TUDO E MUITO MAIS. É FAVELOST, O ATALHO PARA UM VIDA MAIS INTENSA, OUTRA FORÇA VITAL CHEIA DE TECNOLOGIA-PARA-A-IMORTALIDADE. INTENSIDADE VITAL. FAVELOST...

SERENATA DE AFIRMAÇÕES

FAUSTO – O MERCENÁRIO RADICAL E A SOCORRISTA MAIS RADICAL AINDA ENCONTRAM OUTRO CASAL QUE SE APROXIMA SUPLICANTE E RAIVOSO FAZENDO UMA SERENATA DE AFIRMAÇÕES:

CAROL – PRECISAMOS DE UM ALERTA AMOROSO PORQUE UM DANE-SE PROFUNDO TOMOU CONTA DO MUNDO. VÁRIOS MUNDOS SOCIAIS ESTÃO SE MORDENDO, SE ENTRECRUZANDO, SE AMALGAMANDO, SE DESTRUINDO EM ÊXTASE DE FESTA GUERREIRA TOTALMENTE BARROCA, TOTALMENTE TECNOLÓGICA E PSIQUIÁTRICA. AVÓS VISITAM NETOS EM ASILOS. NETOS HIPERNERDS DESENVOLVERAM ALZHEIMER DE BEBÊ E OUTRAS DOENÇAS TIPO PARKINSONS INFANTIS, MELANCOLIA DE PELÚCIA POR CAUSA DOS URSINHOS ROBOTIZADOS. AVÓS VISITAM NETOS MUITO CONECTADOS TOMANDO SOPINHA EM CASAS DE REPOUSO MENTAL INFANTIL. COMO O ASILO BEBÊ DE ROSEMARY.

FAUSTO – NÃO QUERO QUE A MINHA MENTE VIRE UM QUARTO DO PÂNICO NESTE BRASIL ROLETA-RUSSA, MONTANHA-RUSSA, NAÇÃO DE RASPUTINS

IMPROVISADOS. ESTE PAÍS É UM ABISMO QUE NUNCA CHEGA. VERTIGEM TODO DIA. ME EMPRESTA A TUA DEMÊNCIA PORQUE A MINHA ACABOU. NO MUNDO INTEIRO SE DIVERTIR, TRABALHAR, ESTUDAR, TRABALHAR, SE DIVERTIR, ESTUDAR, SE ENTRETER TUDO VIROU A MESMA COISA SEM APOSENTADORIA, SEM INFÂNCIA, SEM... ATIVISTAS DE QUALQUER COISA, ESTAMOS INCONSCIENTEMENTE ENGAJADOS EM TUDO, CONVOCADOS PRA TUDO. NÃO PERCEBEU QUE VOCÊ JÁ É UMA CRIATURA NON STOP, ESTÚPIDA? A SERVIÇO DE QUEM NEM SABE. ANARQUIAS SE IMPÕEM COM MENTALIDADE TIKTOK. BAKUNIN TIKTOK. GLOBALIZAÇÕES DISSERAM: ESTADO TCHAU. AINDA DÁ PRA RESPEITAR UM TRABALHADOR? O TRABALHADOR REPRESENTA O QUE HOJE EM DIA?

CAROL – INSTABILIDADE, PRECARIEDADE, VELOCIDADE, BRUTALIDADE. NO BRASIL ISSO TUDO ACONTECE HÁ MUITO TEMPO DE FORMA SUJA, SÁDICA E CONFUSA. POR ISSO DIGO QUE SOU UM SER HUMANO PRÉ-PAGO. TODA HORA TENHO QUE RECARREGAR MINHA AUTOCONSCIÊNCIA MEU AMOR PELO TRABALHO, PELA SOBREVIVÊNCIA, PELA FAMÍLIA, RECARREGAR MEU SEXO E COMO RECARREGAR UM SENTI-

DO, UM PROPÓSITO PRA VIDA SE A VIDA NESTE PAÍS É UMA GINCANA MORTAL?

FAUSTO – SOU SER HUMANO PRÉ-PAGO, ME EMPRESTA TEU ÓDIO PORQUE O MEU ACABOU. ME EMPRESTA TEU AMOR PORQUE O MEU ACABOU. ONDE SE FAZ TRANSFUSÃO DE CARÁTER? HEMODIÁLISE DE PERSONALIDADE, ME EMPRESTA TUA MENTE PORQUE A MINHA APAGOU.

CAROL – SOU SER HUMANO PRÉ-PAGO E NO CORAÇÃO DAS TREVAS VEJO O FUNDO DO POÇO E DO FUNDO DO POÇO VEM BARULHO DE FESTA, FESTA VIOLENTA, FESTA SINISTRA. MAS É FESTA...

FAUSTO – O CASAL DE SERESTEIROS PROFÉTICOS SOFRE UM COLAPSO E CAI DURO EM CIMA DE UM MONTE DE SACOS DE LIXO QUE COMEÇAM A VOAR COMO PÁSSAROS DE UM HITCHCOCK RECICLANTE E ENTÃO, ONDE HAVIA UM MONTE DE LIXO, APARECE UM BUEIRO E DE DENTRO DELE SAI UMA MÚSICA ASSIM FRACA, BEM LÁ EMBAIXO. O CASAL DE RADICAIS SE OLHA. ELA DIZ:

– É AQUI.

FIM

Chico Xavier: o homem futuro/61

gos à permuta de pensamentos entre men-
s extra-somáticas e mentes humanas auto-
a a aceitação da tese espírita admitida
lo médium.
 livro *Evolução em Dois Mundos* origi-
u-se de um processo de parceria mediú-
ca a distância. Chico Xavier, que então
sidia em Pedro Leopoldo, recebia naque-
 cidade os capítulos ímpares, e Waldo
eira, que residia em Uberaba, recebia os
pítulos pares. A distância entre as duas
ades é de setecentos e poucos quilôme-
s. A seqüência do livro e o próprio estilo
s capítulos são perfeitos, demonstrando a
gem única do trabalho psicográfico dos
is médiuns.
rtamente se pode perguntar o que distin-
e a psicografia da escrita-automática. A
tinção é feita através dos dados objetivos
 escrita. Se ela se revela pelo conteúdo
pela forma (as idéias, a temática

SOCIEDADE

gem psicológica). As dúvidas levan-
das por meio de hipóteses fantasiosas,
o da captação pelo médium de con-
s de mentes de pessoas distantes ou
tação num possível inconsciente co-
, estão fora de moda. A pesquisa i
a mostrou o absurdo dessas hipóte

**nômenos objetivos
subjetivos**

as Chico Xavier não é sor
nsitivo-psigama, restrito a
bjetivos de percepção extra-ser
nômenos *psicapa*, de efeitos fís

COMO SE VENDIA A ALMA AO DIABO

**Neurose mundial
o estado de sítio**

lém de todas essas dificuldades, os paí
es ocidentais, inclusive os mais rico
nfrentam uma considerável expansão d
nográfica. E esse problema é agravado pel
pressão psicológica das massas, que estã

S SECRETAS

Batalhas rituais dos benandanti estigmatizam a luta contra as forças do Mal.

...to, um *witch*.

Em português, *witch* só pode s[er traduzido] por feiticeiro ou feiticeira. Na [realidade] *witch* não é bem isso. Basta faz[er al]mas considerações etimológicas [para che]garmos a essa conclusão. Em [latim, o] vocábulo *sorcier* (feiticeiro) a[parece pela] primeira vez no século 12. A pa[lavra] *sorcerius*, da qual deriva este v[ocábulo,] era usada quatro séculos antes. [O termo] *sors*, designa o conjunto de prá[ti]cas de adivinhação e portanto, [por exten]são, o paganismo.

Na Idade Média, os feiticeiros e[ram ado]radores do diabo. Mas não se [tratava] do Satã das Escrituras, do Lúc[ifer expulso] do paraíso. O inimigo medieva[l do] cristão tem chifres e pés bifur[cados como o] antigo deus celta. A bruxaria da [Idade Mé]dieval, e até o século 17, apr[esentou por]tanto duas formas distintas: a [religião] liberada do sacrilégio para com [a religião] nova e oficial e a permanência [escon]da da religião antiga e derrota[da. Essa] mesma confusão não existe na [Inglaterra,] pelo menos semanticamente: *[witchcraft* e] *sorcery* estão ligados à mesma c[oisa no fu]na e significam, portanto, o sa[crifício vo]luntário, as missas negras e as [heresias ao] cristianismo.

Mas o que significam *witch* e [witchcraft?] *Witch* vem do saxão *wica* que de[riva da pala]vra *wise* que significa sábio. E [...]

4 - Deve e é obrigado a enviar ao Santo Ofício da Inquisição todos os invólucros ou coifas em que nascera[m...]

Nós o condenamos a permanecer [...] durante seis meses, [...]

VII

SALOMÉ

PERSONAGENS

HERODES CARCARÁ – LÍDER DA ROMA XXI. ANTES, LÍDER DO CANGAÇO OSTENTAÇÃO.

JOÃO APLICATIVO BATISTA – PROFETA CIBERGNÓSTICO COM O PROJETO ANTIMESSIAS.

HERODÍADES – MATA HARI DO MOSSAD. A SALOMÉ MÃE.

SÍRIO TÁXI DRIVER.

ÍNDIA SNIPER – MULHER DO SANGUE GELADO.

ESTATÍSTICO OBSCENO – ARMEIRO DAS GAMBIARRAS BIZARRAS.

HACKER CRACKER – TERRORISTA CELULAR.

CIRURGIÃ EUNUCA – TRANSOVER DO PARÁ. FOI DE HOMEM PRA MULHER PRA TRAVECA PRA TRANS PRA ASSEXUADO PRA EUNUCA. CIRURGIÃ CLANDESTINA.

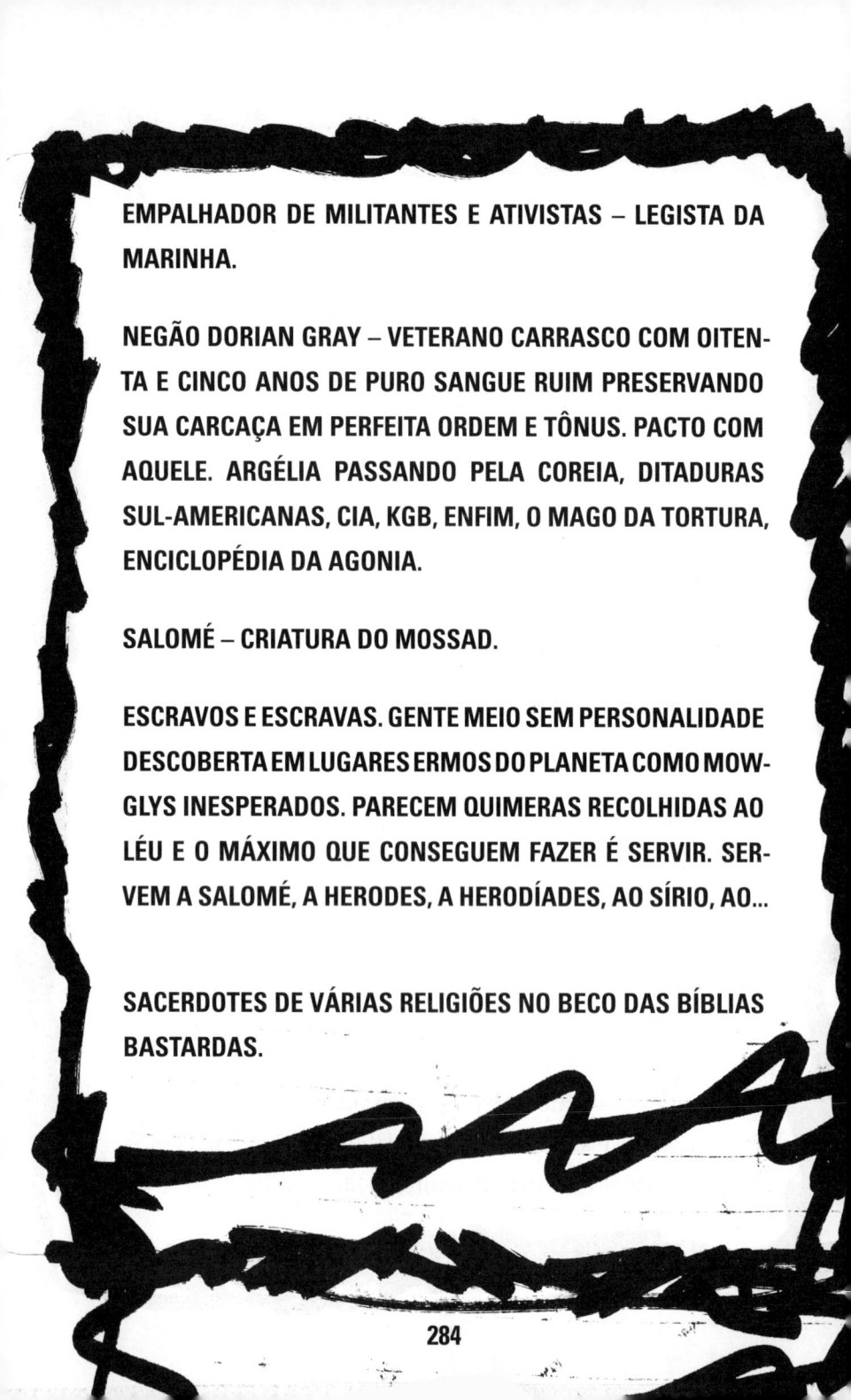

EMPALHADOR DE MILITANTES E ATIVISTAS – LEGISTA DA MARINHA.

NEGÃO DORIAN GRAY – VETERANO CARRASCO COM OITENTA E CINCO ANOS DE PURO SANGUE RUIM PRESERVANDO SUA CARCAÇA EM PERFEITA ORDEM E TÔNUS. PACTO COM AQUELE. ARGÉLIA PASSANDO PELA COREIA, DITADURAS SUL-AMERICANAS, CIA, KGB, ENFIM, O MAGO DA TORTURA, ENCICLOPÉDIA DA AGONIA.

SALOMÉ – CRIATURA DO MOSSAD.

ESCRAVOS E ESCRAVAS. GENTE MEIO SEM PERSONALIDADE DESCOBERTA EM LUGARES ERMOS DO PLANETA COMO MOWGLYS INESPERADOS. PARECEM QUIMERAS RECOLHIDAS AO LÉU E O MÁXIMO QUE CONSEGUEM FAZER É SERVIR. SERVEM A SALOMÉ, A HERODES, A HERODÍADES, AO SÍRIO, AO...

SACERDOTES DE VÁRIAS RELIGIÕES NO BECO DAS BÍBLIAS BASTARDAS.

INTRODUÇÃO

Lua gigantesca projetada toma conta do cenário como sonrisal opressor prestes a dissolver-se nas retinas da plateia e a Lua gigantesca é nublada por sinalizadores ou fumaças de artefatos marítimos indicadores de algo no mundo todo. Um alerta, um aviso, uma intenção.

Coro formado por Índia Sniper, Eunuca Transover, Sírio Táxi Driver, Hacker e Empalhador de ativistas fala com a plateia, coloca o público a par da situação insólita que tomará de assalto suas mentes dali por diante, apresenta o cenário e os protagonistas assassinos (todos) que vivem em estado de volúpia bélica, sexual e atormentada no tal cenário.

E eles dizem:

Senhoras e senhores, Salomé, de agora em diante, será mais do que uma marca bíblica de sedução e crueldade, uma das muitas marcas bíblicas de sedução e crueldade voluptuosa.

Salomé, a palavra, a personagem será uma senha que abrirá o portal para o que vivemos hoje em dia, um surto de fundamentalismos em luta constante contra a Caixa de Pandora que se abriu sobre o mundo despejando excessos de democracia, de promiscuidade, de proliferações, de riquezas, de misérias, de pornográficas transparências e possibilidades de propagações e poluições de tudo e de todos por tudo e por todos. A mistura, o híbrido absoluto da sociedade de consumo dos direitos humanos, do puritanamente correto, do sustentável, dos progressos sendo desafiados pelos arautos de purezas longínquas, nacionalismos exilados nos corações, ódios étnicos reprimidos, da nostalgia das tiranias, fundamentalistas da própria sociedade de consumo, fanáticos por que fetiche, pessoa, objeto, situação? Fundamentalistas do mercado. Fundamentalistas de alguma essência religiosa, de alguma ira determinista, de alguma antiatualidade.

Salomé é uma senha surgida a partir de uma marca bíblica. Antiguidades nunca desaparecem e sempre ressurgem em forma de gíria urbana ou tecnológica nesses dias criptografados.

Eu quero a tua cabeça.

Headhunters.

Começaremos com Herodes e Herodíades, o casal cúmplice protagonista que se entrega à tensão de um duelo pelo poder. Duelo no xadrez do amor, do vício e das vocações militares encurraladas. Duelo por poder, patrimônios e capacidade de se deslocar num mundo vigiado, numa situação de fuga e guerra sorrateira e pontual assolando o planeta e o Brasil.

Vocações eróticas e militares encurraladas. Assassinos dissolutos. Herodes Carcará e Herodíades Mossad. Mas onde eles estão? Onde nós estamos agora?

Estamos nos arredores de Brasília, ou melhor, em Roma XXI, uma comunidade paralela como tantas que aparecem no planalto central, tido como um dos lugares de concentração mística de maior importância no planeta. Ponto de convergência para aqueles que querem se safar de um provável Armagedom.

Roma XXI é uma espécie de Canudos dos novos tempos, só que, ao invés de habitada por sertanejos à deriva, guiados por um líder espiritual, ela é habitada por uma população advinda majoritariamente de forças armadas, oficiais e paralelas. Brancaleones Repentinos. Patentes reconhecidas ou clandestinas, militares desenganados, mercenários e mercenárias, hackers, nobeis encrenqueiros, ex-espiões e espiãs, gente de vocação bélica patrocinada por trilionários donos do mundo que se tornaram Gnósticos de Philip, ou seja, devotos do escritor de ficção científica Philip K. Dick que teve a visão, em 1974, de que ainda vivemos na Roma Imperial e que tudo é uma grande ilusão desde a última vitória bárbara até os nossos dias. Somos romanos em coma lisérgico.

Eles dizem que devemos lutar contra os utópicos sustentáveis, pois a equação será invertida. Roma sucumbiu aos bárbaros que engoliram o Império dos Impérios, mas que agora ressurgirá como Fênix, ou melhor, como a Águia Imperial das cinzas da História.

Confronto intenso entre os utópicos tecnocrentes, pacifistas orgânicos e politicamente corretos, puritanos da diversidade programada e os dissolutos guerreiros da Inteligência Atormentada, da Volúpia Terrível a serviço de Roma XXI.

Roma voltou!!!

Estamos perto de Brasília, onde convivem corrupção, perturbações políticas, céu imenso, maior renda per capita e cinturão de miséria devidamente sacudidos por hordas místicas do apocalipse, da cura sobrenatural e da comunicação com outros mundos. A arquitetura de inspiração futurista-comunista vive cercada pelas gambiarras da periferia. Gambiarras humanas, gente se virando como pode pra viver com algum minuto de júbilo por ter passado pelo planeta, trabalhadores inventando ferramentas, gambiarras tecnológicas e no meio delas gambiarras espirituais.

Roma XXI surge nesse ambiente, nesse país cheio de vertigens e fodidos-muito-a-fim que são sombras no cotidiano de todos.

Roma XXI está espalhada por vários pontos do planeta, e no Brasil tem pelo menos mais quatro, formando um pentagrama de poder paralelo.

Herodes Carcará é o comandante dessa filial Brasília. Tem essa alcunha de Carcará pois comandava o que ficou conhecido como Novo Cangaço, assaltando bancos e shoppings e cidades pelo Nordeste. Se autocognominava cangaceiro ostentação e usava celulares velhos, tablets roubados, e acoplava a eles gemas, joias misturadas, joias criptografadas. Transformava a paisagem retorcida da caatinga em árvore de natal brilhante. Smarts incrustados em joias. Ostentação cruel, já que muitas dessas máquinas tinham capas feitas com pele de quem se meteu no seu caminho.

Um assassino de índole sádica, mas com senso estético barroco pra caralho e cheio de liderança rascante. Virou Herodes quando foi convocado pra comandar uma das filiais de Roma XXI pelo Terceiro Dono do Mundo, por assim dizer. Matou seu irmão pra ficar com a mulher dele, Herodíades Mossad, outro nome esdrúxulo que tem a ver com Roma, mas como se pode notar pelo segundo nome, também tem a ver com o serviço secreto israelense onde foi criada, adestrada e onde aprendeu a dar vazão a três aspectos da sua personalidade: assassina de mente matemática, mãe cobaia e sedutora profissional condenada à libido absoluta. Krav magá, kama sutra e útero experimental. Mãe de Salomé e, por assim dizer, a Salomé número um. Carcará e Mossad ou Herodes e Herodíades já trepavam há muito em regime semiaberto de encontros sorrateiros cheios de entendimento kama sutra e interesses bandidos tipo pegar todo o patrimônio do marido irmão de Herodes que era grande investidor imobiliário. Pegar suas terras e prédios e usar como aparelhos e equipamentos para Roma XXI.

Roma XXI é um projeto habitado basicamente por militares com pouca vocação humanitária, tarados da vocação estratégica de ataque e proteção da pátria ou do que for. Sua fauna específica vai de mercenários a seguranças, de lutadores de MMA a legistas e hackers das forças armadas, de mergulhadores a garotas snipers de olhar e sangue frio. Todos herdeiros dos missionários à deriva, dos monges sem vínculo, apenas monges afastados do mundo civil.

Por que militares são os habitantes de Roma XXI? Porque eles são os novos arautos da disputopia (utopia e distopia absurdamente misturadas). São os ortodoxos bélicos, os ortodoxos do espírito perturbado, os ortodoxos da Queda Bíblica. Arautos da heresia contemporânea saídos das entranhas militares.

Eles fazem companhia aos indivíduos – foda-se que simplesmente não aguentam a barra-pesada de saturação em todos os setores da vida humana urbana e acabam se sentindo desgraçados, sem lugar no mundo, transformando-se em lobos solitários que saem matando ou pirando e oferecendo ao mundo a afirmação mórbida e espetacular de um Não furioso cobrando da humanidade televisiva, conectada e hipercomercializada uma atenção voraz.

Porque as promessas de felicidade não bastam.

Existem fomes de viver que não podem ser saciadas por nenhum regime político-econômico e aí como é que faz com os desgarrados cada vez mais presentes independente de falta de amor ou desajuste social ou... desequilíbrio econômico?

Herodes e Herodíades estão às voltas com o Profeta João Aplicativo capturado no Oriente Médio batizando pessoas com uma água repleta de nanocondutores reforçadores da mente, vários segredos tecnológicos roubados por ele transformados em água entrando no sangue de mendigos e pessoas comuns e ele diz que o projeto Antimessias vem aí. Herodes precisa saber o que é o projeto Antimessias que só é comparado ao projeto Manhattan, criador da Bomba atômica.

João Aplicativo, o tecnobatista gnóstico, alucinado da tecnologia sustentável de Harvard, do MIT, do Vale do Silício, dos núcleos israelenses de startups, está aprisionado até que revele seus segredos para Carcará se sentir mais dono da situação. É procurado por todas as agências governamentais, principalmente as dos USA.

Ele é acusador de Herodíades, a Salomé número um, criatura do Mossad que tem libido absoluta, é muito assassina e mãe experimental. Ela coloca no mundo seres bombados com reforços celulares. Ela deve gerar o exército final junto a tantas outras.

O Profeta Aplicativo acusa todos os romanos de tentarem impedir o admirável mundo novo que virá eliminando todos os sentimentos ruins e a natureza será recuperada e a democracia será superada pelo comunismo da bela anarquia tecnológica, finalmente cumprindo seu papel de nos fazer transcendentes sem a sujeira dos sentimentos sombrios.

Porque o capitalismo de especulação financeira, as prioridades individualistas, os egoísmos serão eliminados pela anarquia aplicativa e até a morte será jogada fora de nossa dimensão.

Do elevador panorâmico, o Profeta berra enquanto Dorian Gray, dublê de carrasco torturador das antigas e anestesista talentosíssimo, toma conta dele. Dorian Gray tem oitenta e nove anos, mas parece que tem trinta e nove. É especialista em fazer e desfazer seres humanos. Negão Dorian Gray.

Herodes ainda não sabe o que fazer com João Aplicativo e Herodíades também não, mas de uma coisa eles têm certeza: precisam de Salomé, que também é criatura do Mossad, fera militar esculpida no útero de Herodíades e aperfeiçoada em salões de adestramento militar. Está vindo de Jerusalém. Nunca soube detalhes sobre a morte do pai. Aconteceu o seguinte:

Herodes aprisionou durante dias Matias, seu irmão, negociando com ele um exílio e uma grana-cala-a-boca para que deixasse os bens do casal para ele e Herodíades. Precisava do império imobiliário do irmão, da grana dele. Só que Matias não aceitou. Resultado: Herodíades Mossad e Herodes Carcará atacaram com duas furadeiras as laterais do seu crânio, e depois o esquartejaram como Osíris nordestino. Ninguém se mete a besta com Herodes Carcará.

Agora precisam de Salomé.

Que não é muito confiável

Mas não há outra saída

Salomé é uma sacerdotisa do mundo atual

Meio fêmea humana e meio máquina animalesca.

Útero bilionário

Músculos e fibras corporais reforçadas

Cérebro e mente bombados.

Salomé é a sacerdotisa vinda da cidade onde o Sapo Triplamente Chifrudo do monoteísmo está enterrado e onde Oriente Médio, desertos, bazares, caminhos, montes e gritos de Testamentos e Alcorão e Cabalas e Parúsias ecoam por todos os lados, por todos os muros e vielas. Só em Jerusalém ela poderia ser gerada. Só de lá poderia vir.

Salomé jamais será uma civil.

Sacerdotisa dos pandemônios atuais.

Ficou sem saber da real circunstância da morte do pai que ela admirava quando pequena e achou que tinha morrido num assalto e pronto.

O amor do tio e da mãe a convenceram de algum conforto, mas ela nasceu de Herodíades Mossad e jamais confiará em ninguém plenamente. Nela mesma então...

O cerco à Roma, por parte de outros grupos e do governo federal está se fechando. Roma XXI filial Brasília é protegida por uma paisagem camaleoa que, às vezes, é miragem de caatinga, às vezes é miragem de casa abandonada, às vezes é miragem de pilhas de bois mortos, às vezes é miragem de tratores colados. Essas miragens ainda funcionam como camuflagem, mas quando a Lua Gigante estiver próxima demais da Terra e os sinalizadores inundarem de fumaça os céus, será a indicação de que habemus Apocalipse e as miragens não resistirão. Roma então vai ressurgir depois das batalhas bárbaras que serão disseminadas, resgatando a Ira Sagrada e o Caráter Metafísico deste mundo. Além da decadência dissoluta que lânguida nos devassa. Mas primeiro as batalhas. O Sinistro.

Ventos cheios de sangue varrerão o planeta, e as cidades vão se transformar defintivamente no que sempre foram – Coliseus de luta pela sobrevivência e pelas rações de afetos.

Comandados por Gnósticos de Phillip e sua raça de romanos despertos do coma lisérgico.

Mas Salomé tem que chefiar ao lado do tio e da mãe. João, o Batista Aplicativo, tem que revelar.

E os militares devassos e bélicos de Roma XXI se entregarão ao êxtase.

"O céu abriu, meu coração partiu em êxtase" dizem eles, diz Salomé.

Fim do ensaio e começo da peça Salomé desenvolvida em cinco atos.

PRIMEIRO ATO

CENA 1

Herodíades – Quem te disse isso?

Herodes – A atiradora de elite, a sniper do Xingu mercenária. Salomé já está vindo pra cá e sabe do que fizemos com o pai dela.

Herodíades – Ela teria me falado...

Herodes – Tá de brincadeira, vocês sempre se digladiaram por conta da mesma formação, adestramento e temperamento. São duas armas fêmeas em conflito constante. Aliás, me interessa comer Salomé, testar sua capacidade kama sutra.

Herodíades – Você não vai encostar esse corpo no dela nem em sonhos, meu caro. Aliás, tenho que te avisar novamente que quero metade do que pegamos do Matias pra poder me mandar daqui e me movimentar nas filiais de Roma XXI.

Herodes – Nada disso, minha cara, apesar de você ter a sua carcaça e seu caráter superempoderado, como se diz hoje em dia, você ainda é minha por questões de sobrevivência, ou esqueceu que você é uma mercenária, uma arma humana perseguida por assassinatos fora da curva combinada?

Saindo daqui, você será deletada, morta, estripada, estuprada por homens e mulheres iguais a você.

Você está condenada a viver comigo e só Salome pode te ajudar a circular por aí. Só debaixo da aba dela você pode se mover, apesar de toda sua capacidade e força. Só aqui o GPS instalado no seu útero não pode ser acionado. Salomé pode desativá-lo por instantes, mas só por instantes. Escrava do meu prazer e eu escravo do seu prazer, apesar de não conseguir me dar um filho, o que seria mais que bem-vindo.

Herodíades – Você é que tem problemas, é estéril. Eu tenho uma filha, esqueceu? Com ela vou tentar sair daqui. Você não pode impedir. Sou mais forte que você, Carcará, sou Mossad.

Herodes – É verdade, mas eu tenho um harém de efebos e te dou pílulas de carnalidade absoluta pra satisfazer tua sexualidade agoniada, teu desejo que não passa, vício intermitente instalado em ti por cientistas que agora servem ao terrorismo sorrateiro. Operações especiais. Você precisa de quantas trepadas por dia, quantas masturbações, quantas esfregações por hora? Mescalina de Messalina cutucando o desejo. Quem tem esses argumentos químicos em doses cavalares? Eu. Porque sou um bon vivant dos extremismos assassinos e boêmios. Sou um cangaceiro ostentação e tu gosta, tu gosta.

Herodíades – Preciso foder e depois bater muito em alguém.

Herodes – Você sabe onde é o refeitório humano, matadouro de clones concebidos pra escravidão.

Herdíades Mossad – É pra lá que eu vou. Quando Salomé chegar, me avisa, porque vai ser pesado.

Herodes – A Lua está gigante, mercenária, filetes de fumaça estão aparecendo aqui e acolá. Tenho que extrair os conhecimentos do profeta das inovações, o João Aplicativo. Ele berra muito contra ti, mercenária gostosa. E contra mim também, e tudo que representamos neste mundo. Afinal, queremos a volúpia terrível e eles querem salvar o mundo, a natureza, a ética, a humanidade... Vou te acompanhar até o refeitório, pois a voz do profeta ecoa pelos tubos de ventilação.

Herodíades – Está bem, me acompanhe, porque só quero matar esse profeta, só quero matar esse profeta.

CENA 2

Alguns componentes do staff de Roma XXI se cumprimentam, se apresentam empunhando e engatilhando e desmontando armas e aparelhagens de vigilância. Estão no Beco das Bíblias Bastardas o primeiro círculo da mansão Roma XXI de Herodes Carcará. São cinco círculos onde militares e patentes de acordo com sua periculosidade ou vivência se instalam para proteger Herodes e ajudá-lo a preparar seu Apocalipse. A Arca de Noé dos militares eternos que jamais serão civis, Anti-humanistas por excelência.

O Beco das Bíblias Bastardas é um lugar onde teólogos e sacerdotes variados, rabinos, xamãs, pastores, espíritas, padres, budistas, xintoístas, sufis, muçulmanos vagam protestando contra o que se tornou a religião, o sentimento fundamental de espanto, autoconsciência e ligação com o terrível e magnífico sublime da vida. A fé encarada como um capricho neurológico, fetiche de prosperidade e catarse de auditório em estádio histórico. E eles vagam dizendo que as religiões viraram meras operadoras da fé. Qual a sua? Buda, Cristo, Jeová, Maomé, Alan Kardec, Animista africana, animista oceânica, indígena geral?

CENA 3

Sniper atiradora de elite, a índia Maitê que usa suas capacidades xamânicas pra localizar melhor seus alvos.

Sniper – Olá, sou Maitê e cheguei hoje a Roma XXI. Desafiei o xamã da minha tribo, engolindo, num ataque de veemência cósmica, o cigarro de folha transcendente que era ponte entre ele e os espíritos. Engoli os espíritos dele e fui expulsa da tribo, já que matei o feiticeiro. Pois é, depois que eu engoli os espíritos do cigarro xamânico, ele começou a me bater e a praguejar e eu resolvi acalmá-lo na base do sexo. Me agarrei com ele, trepei com ele, chupei o pau dele e o arranquei com uma dentada só pra marcar minha ira. Deixei sangrando o diplomata espiritual que não poderia mais ser xamã. Sempre gostei de miras, de atingir com dardos lisérgicos as antas, de deixar as onças loucas quando atingidas por meus olhos e dardos. Sou boa de alvo e sempre fui sniper na selva. Atiradora de elite indígena. Entrei para o exército depois de ser índia de estrada, assim putinha mesmo. Dei a volta por cima e consegui meu lugar no exército. Mas agora sou caçada porque novamente engoli pirocas de patentes altas e me descobri caso perdido. Aqui meu nome é Drusila e digo Roma Imperial voltou pra acabar com este mundo bundão. Quem é você que segura esse ser empalhado com um lenço na cara escondendo como cowboy o rosto como... manifestante, é um manifestante, um black block empalhado?

Empalhador de ativistas e manifestantes, legista fugitivo – Meu nome é Decameron e empalho manifestantes, empalho seres humanos excitados por utopias ou desespero. Faço meu museu do ativismo. Fui legista na Marinha e na Aeronáutica. Acabei perseguido quando fui pego roubando pedaços de braços e pernas de uma mulher em coma, bandida em coma pra construir uma espécie de deusa hindu, deusa filha de Shiva e Kali, a deusa Nanvalinada. Consegui escapar por um tempo com a minha deusa improvisada, mas tive que abandoná-la apenas com quatro braços. Meu negócio é capturar manifestantes pelo mundo. Abordá-los quando entram em becos, dobram alguma esquina ou mesmo quando eu finjo desmaio na multidão reivindicativa. Estou aqui e digo: Roma voltou.

Eunuca – Pois é, como vocês podem ver, sou um transover, um acelerador de gêneros, sexualidade e anatomias. Fiz operações pra virar mulher e depois homem e depois mulher de novo e depois quis ser hermafrodita e tentei colocar boceta e pau próximos, depois boceta na nuca, pau no joelho pra dar joelhada pirocante, enfim... experimentei todo o glamour cirúrgico de gerar afeto a partir do desejo de ser uma criatura eroticamente total flex. Eu não tinha mais gênero. Virei um eremita hormonal perturbado e acabei optando pelos novos eunucos que tomam injeções de castração química para depois recuperarem o tesão tomando pílulas de carnalidade absoluta pra sentir prazer com qualquer coisa. Tornei-me realmente trans-over-pan geral. Aqui em Roma sou cirurgiã plástica formada em cursos na dark web e trato de mercenários em estados mais ou menos islâmicos. Roma voltou pra acabar com este mundo.

Índia – A lua está inchada muito próxima de nós essa noite.

Empalhador – Algo está para acontecer.

Índia – A filha de Herodíades Mossad chega de Jerusalém hoje. Ventos cheios de hemoglobinas pesadas atingirão as residências e as ruas. Sou índia e sinto apocalipses todos os dias. Gosto é de usar minha onda mental selvagem como gíria misturada a tudo que é urbano, tecnológico e humanamente promíscuo. Nada de nação indígena, o que sempre me interessou foi a Força Periférica do Brasil. Sou uma Índia Sniper e uso minha sabedoria xamã pra matar com mais precisão, pois vejo manchas animais voando como mantos de projeção espiritual detalhando os sentimentos negativos ou positivos, destruidores ou produtivos das pessoa. Eu tenho talento para o negativo operante e quando o manto de mamute penado, de onça desgarrada, passa cobrindo a pessoa eu já sei o que tenho que fazer. Sou Índia Sniper. Me aperfeiçoei na Marinha Americana levada por um pesquisador que assim me gostou nas ruas de Belém e... depois de um tempo, arranquei os espíritos dele pelo pau e estou aqui fugitiva e digo que Salomé chegou. Roma voltou.

Eunuca – Quem está trazendo a escolhida?

Empalhador – Deve ser Sírio, o refugiado que virou motorista de táxi mas que ficou, claro, muito pirado com a guerra. Perdeu a família e foi à luta de matar quem estivesse pela frente. Não sabe mais tratar com as pessoas. Um gesto, uma fala mais alta que detone lembrança da guerra e ele já parte pra cima atropelando, atirando. Vive apaixonado por uma mulher que só existe na cabeça dele, imagem de mulher que dança e que troca de cabeça o tempo todo. Fica atirando a esmo e realmente só podia parar aqui e ficar de motorista pro Herodes Carcará. Fez muitos inimigos em cidades médias. O oriente dele será sempre médio.

Eunuca – O Sírio vai se apaixonar e enlouquecer com Salomé. Corre perigo. Vai morrer.

Índia – Todos nós estamos na beira do precipício Eunuca. Estamos no Beco das Bíblias Bastardas o primeiro círculo do bunker Carcará. Somos o primeiro andar da vigília esperando o ataque final. Nos círculos abaixo, a piração vai piorando com outros mercenários, outros homens e mulheres de sentimentos e vocação bélicos exilados deste mundo pacifista e sustentável. Eles se batem e debatem com uma única esperança agitando seus corações. Lidamos com o Insuportável e jamais seremos civis. O Apocalipse nos permitirá voltar à luta, voltar à Ira e à frieza do combate para acalmar não se sabe que entidade pulsante nos nossos nervos que não são como os da classe média mundial, esteio de todas as civilizações. Jamais seremos civis.

Empalhador – Somos o seu apoio e pagamos o preço alto da clandestinidade e das experimentações e principalmente da angústia de tudo assumida, pois somos máquinas de matar, máquinas de sentir demais, máquinas de reproduzir e de pensar, analisar tudo à nossa volta. Forças muito Especiais.

Eunuca – Condenação ao desempenho acima da média, olhando do alto a corja civil. Somos Titãs isolados num Hades improvisado no centro deste Brasil, assim bunker de Herodes Carcará com seus círculos de mercenários como no ensaio teológico de Dante e iremos à luta quando o Apocalipse chegar. Está próximo. Parece ser hoje e a Roma Imperial dos Gnósticos de Phillip vai chegar ao país que a adubou mais do que outros.

Empalhador – Aqui eu continuo empalhando, recebendo ativistas e manifestantes e gente sem fronteiras. Reféns da utopia ativista são transformados em obras de arte legista. Gosto de capturar, caçar gente desse tipo, mas agora não posso. Recebo então encomendas. Estamos claustrofobizados no nosso desespero por ação. Daqui pra baixo, nos porões da mansão Roma XXI, só piora a tensão, a vontade, ferocidade e desadaptação social dos que tomam conta do Apocalipse.

A Lua se aproxima demais do planeta e dá pra ver acampamentos chineses na sua superfície, acampamentos que geraram conflitos com americanos, europeus e russos, pois descobriu-se que eram penitenciárias lunares pra enlouquecer criminosos pesados. Experiências chinesas na Lua, antes terreno baldio da Nasa. Algo vai finalmente acontecer pra sacudir de vez o abismo que nunca chega chamado Brasil.

CENA 4

Profeta no elevador tendo a companhia torturante de Negão Dorian Gray.

O Profeta berra – Como Profeta de todos os ativismos digitais, vos digo que uma nova purgação acontecerá e a Roma que vocês querem, novamente imperial com sua humanidade militaresca violenta, devassa, de volúpia grotesca acirrando os ânimos do consumo não vingará... Eu tenho a visão e vocês nada podem fazer, porque o projeto Antimessias, anticivilização judaico-cristã patriarcal-colonizadora-machista, sociofóbico sistema de rapina financeira cheio de injustiçados sociais e sacerdotes da desigualdade e da fartura sem sentido acontecerá...

Dorian Gray dá um soco em João Aplicativo, que cai berrando: Ainda não te salvarás, negro maluco da anestesia assassina, ébano das agonias.

CENA 5

Sírio táxi driver – Dirigindo o táxi rumo ao aeroporto pra pegar Salomé. Quando vê a foto, lembra-se da mulher dos seus sonhos, aquela que aparece com várias cabeças, cabeças de mulheres, cabeças de animais, cabeças que são máquinas. Várias cabeças. Mas sempre voltando para a original, a de Salomé. Ele diz pra si mesmo:

"Sou um táxi driver da dor síria, quer dizer, refugiado da minha própria loucura bélica. Estou espatifado por dentro. Minha cabeça precisa ser trocada também. Ou decepada? Quero outra cabeça. Sou táxi driver da dor síria. Estou em Roma XXI porque aqui é o único lugar onde se vive para o Apocalipse e aqueles que estão com essa marca no coração por crime ou guerra ou agressividade ou inteligência demais, impaciência com a mediocridade, encontram colo. Eu sou a testemunha síria, sou o fio desencapado da guerra civil contemporânea. E agora estou estacionado no aeroporto clandestino esperando aquela que vem de Jerusalém... Que substâncias, que metais, que neuroestimulantes sacodem essa garota, essa mulher?"

Como um Jorge Ben repentino, o Sírio diz quase musicalmente: Oba! Lá vem ela.

Salomé entra no carro depois de sair de um avião inacreditavelmente monomotor.

Entra e pergunta:

Salomé – Você é o Sírio?

Sírio – Sou.

Salomé – Chegou a se adaptar por um tempo no mundo dos civis ou as lembranças das vísceras espalhadas nas ruínas do seu país, nas ruas, nas vielas do seu país impediam que isso acontecesse? Afinal de contas, você está em Roma XXI.

Sírio – Preciso fazer certas coisas para conter a Fúria dentro de mim, pra guiá-la para outro lugar enquanto o Apocalipse não vem. Mas talvez seja hoje. Que o céu se abra para os guerreiros atormentados situarem os civis que não estão acostumados com a violência metafísica.

Salomé – Eu também...

Sírio – Você reza?

Salomé – Muitos mantras e ladainhas e terços e pares de números e nacos de cabalas... Mas também fico debaixo d'água sem respirar... masoquismos purificadores, aperfeiçoadores. Você reza? Faz o que pra se aprumar e servir ao Carcará? Com certeza está sendo perseguido. Todo mundo está.

Sírio – Rezo também, mas por causa da guerra, esqueci muita coisa, daí que invento mantras com palavras soltas e posso dizer que você é muito bonita e está nos meus sonhos.

Salomé – Agora dirige, tenho que chegar à tal festa de aniversário do meu tio, irmão do meu pai assassinado.

Sírio – Você é muito linda.

Salomé – Dirige, Sírio atormentado. Minha ampulheta social com você já virou... A areia semita que envolve Jerusalém é a que está na ampulheta da minha paciência social, e Jeová, Cristo e Maomé estão erguendo minha mão para acertar uma porrada em você. Dirige.

SEGUNDO ATO

CENA 1

Depois de conversar sobre Salomé, Herodes deixa Herodíades no refeitório das fodas desesperadas, onde todos como ela precisam satisfazer a vontade de trepar vorazmente em virtude de um chip ter sido implantado com essa função.

Depois de meia hora, ela sai do refeitório. Tem que ir pra festa de aniversário de Herodes, tem que receber a filha, tem que se preparar...

Mais ou menos satisfeita, ela vai pensando:

Herodíades – Sou a Salomé número um e digo que sou uma dessas experiências de eugenia tão caras à humanidade tecnológica, o sonho arriscado de uma supermulher de índole e gênese armamentista. Ser como os civis? Jamais. Tomar conta deles. Sou o fruto ácido da ambição de se colocar no máximo as funções sexuais, intelectuais, as funções de guerra e sobrevivência. Os caminhos tortos da inteligência sendo encurralados pela dinâmica de certas funções. Sou a Salomé primeira e agora vou encontrar minha filha... que vai gerar outros tantos e tantas, pois também é máquina de parir. Roma, a Roma Imperial Ocidental voltou. Não adianta se esquivar porque o que é muito antigo ninguém segura.

CENA 2

Herodes chega à festa e senta-se na sua cadeira exclusiva, quase trono, cheia de alavancas com safiras, rubis, diamantes, topázios gigantes. Cumprimenta a turma que bebe, expulsa alguns que ele cismou que não merecem estar ali e beija bundas e bocetas de meninas seminuas que lhe são oferecidas. Ordena que tudo continue com mais vinho, mais cachaça, mais whisky e o que for. Muita dança e forró tocado ao contrário por um dj que é morto por praticar esse tipo de trucagem. É substituído por vários trios mais tradicionais, todos tocando ao mesmo tempo num groove impressionante...

CENA 3

Depois do sexo, depois de filosofar pra si mesma (máquina de pensar), Herodíades ouve o profeta:

Profeta – Sinto teu cheiro, assassina secreta, puta da espionagem, mulher de útero programado para parir exércitos de romanos. Sinto teu cheiro de boceta ampliada e teu odor de fumaça de arma disparada, Criatura do Mossad, criatura da guerra e da devassidão, romana saída do coma encarnando a rainha dos sertões em Roma XXI. Mas eu sou sustentável e vou com meus cúmplices da vanguarda climática, orgânica e politicamente correta, minhas fileiras de empreendedorismo humanitário-cidadão, vamos acabar com dez mil anos de pressões e opressões variadas. Por isso nossos ativistas atormentarão as classes médias culpadas de tudo sempre, mesmo sem terem noção disso, escondidos nas suas sedentárias sobrevivências de trabalho, família, cidadania burocrática. Culpados! Vocês que saíram dos livros do Monoteísmo se preparem, porque o projeto Antimessias vem aí...

CENA 4

Herodes manipula as alavancas brilhantes de joias e gemas da sua cadeira-trono. Pensativo, ele ouve os passos de Herodíades Mossad e a voz do Profeta de repente parar. Novo soco de Dorian Gray que não gosta de falar muito.

CENA 5

No táxi do Sírio, Salomé vê aproximar-se uma neblina artificial na estrada que serve como camuflagem pra entrada no reduto de Carcará, prestes a ser visitado por quem o patrocina no Brasil. É o César número três, Augusto Trilionário número três da seita Gnósticos de Philip.

Antes de entrarem na neblina, Salomé lambe e cheira o pescoço do Sírio dizendo pra ele continuar a dirigir. Ela sente por baixo dos poros da pele do táxi driver exilado o odor intenso das vísceras sob minas, sob bombas, e ela lambe o pescoço do Sírio que não fica muito bem de tanta excitação. A bela Salomé larga o pescoço dele e diz que é devota de William Blake, o poeta inglês visionário, místico e sensualista radical. O Sírio fica meio baqueado. Guerra civil no coração. Islã falsificado e terrorista na mente. O seu estado islâmico não é bom, de qualquer forma.

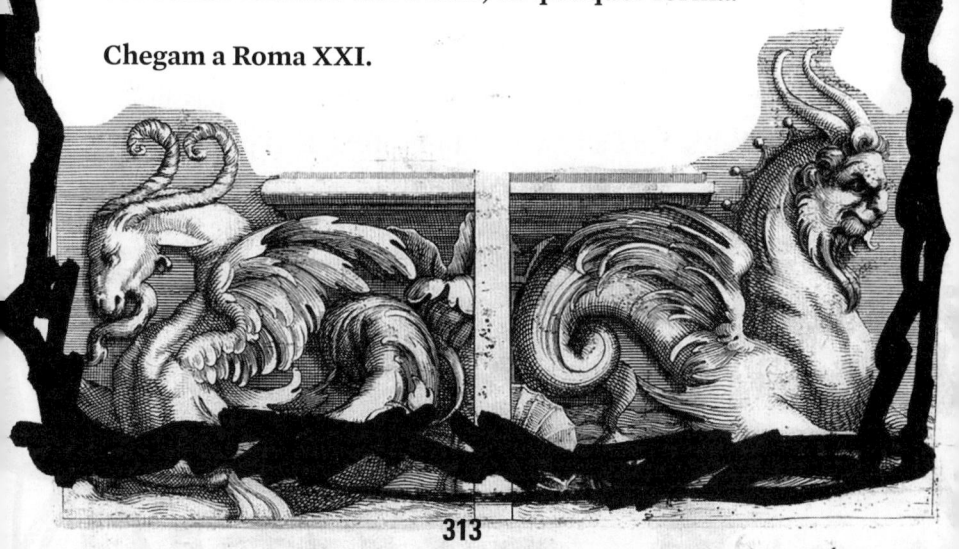

Chegam a Roma XXI.

TERCEIRO ATO

CENA 1

Herodíades, no meio da festa, recebe a notícia da chegada de Salomé e corre pra recebê-la, enquanto Herodes diz que vai esperá-la no salão que está cheio de convidados. Além do mais, ele é quem manda e ela deve prestar honras a ele. O mandatário-mor de Roma XXI.

Salomé atravessa os primeiros compartimentos do bunker. À medida que vai descendo e se embrenhando com o Sírio no superesconderijo, vai vendo escravos e escravas clones agarrando suas pernas, as pernas do Sírio, como pequenos demônios que foram salvos de alguma tragédia e clonados e só sabem fazer movimentos servis e morrem logo. Os dois pegam o elevador que leva ao salão de festas de Carcará e vão atravessando os círculos de mercenários e bandidos e militares hipertreinados. Salomé sente até um arrepio de identificação. Vai observando eles treinando para o Apocalipse. Elevador panorâmico que dá de frente pro Hades das patentes desgarradas. Salomé de repente ouve os gritos de Aplicativo, o Batista da Nova Era por vir.

Salomé pergunta pro Sírio – De quem é essa voz?

Sírio – Melhor não se envolver com esse maluco, você é a Escolhida, não precisa disso.

Salomé rebate – Como assim?

Salomé continua – Então ele tem segredos? Ele é oferta de algo? Existem vários por aí. São lobos solitários de inteligência brilhante e contratos sorrateiros a fim de foder com tudo ou salvar tudo. Qual é a desse? Temos um talismã e precisamos usá-lo. Vou ver essa figura antes de ir pra festa.

Sírio – Não faça isso, tenho ordens de levá-la direto à presença de Herodes. Por favor, suas lambidas já despertaram meu desespero e logo vai rolar a Fúria incontrolável e eu vou ter que improvisar um remédio pra ela, tipo atropelar alguém... Por favor, Salomé, não desça aos círculos ainda.

Salomé – É exatamente o que farei. – Decide a Escolhida, dando meia-volta e esbarrando com sua mãe.

Herodíades fala – Como vai, minha filha?

Salomé – Tudo no mais perfeito pânico como sempre, minha programada mãe.

Herodíades – O Apocalipse está próximo e só você tem capacidades para se esgueirar em ambientes inimigos, já que não está sendo monitorada pelo Brasil como todos neste esconderijo gigantesco. Estamos exilados nos preparando para o Apocalipse. Sairemos quando você der o sinal.

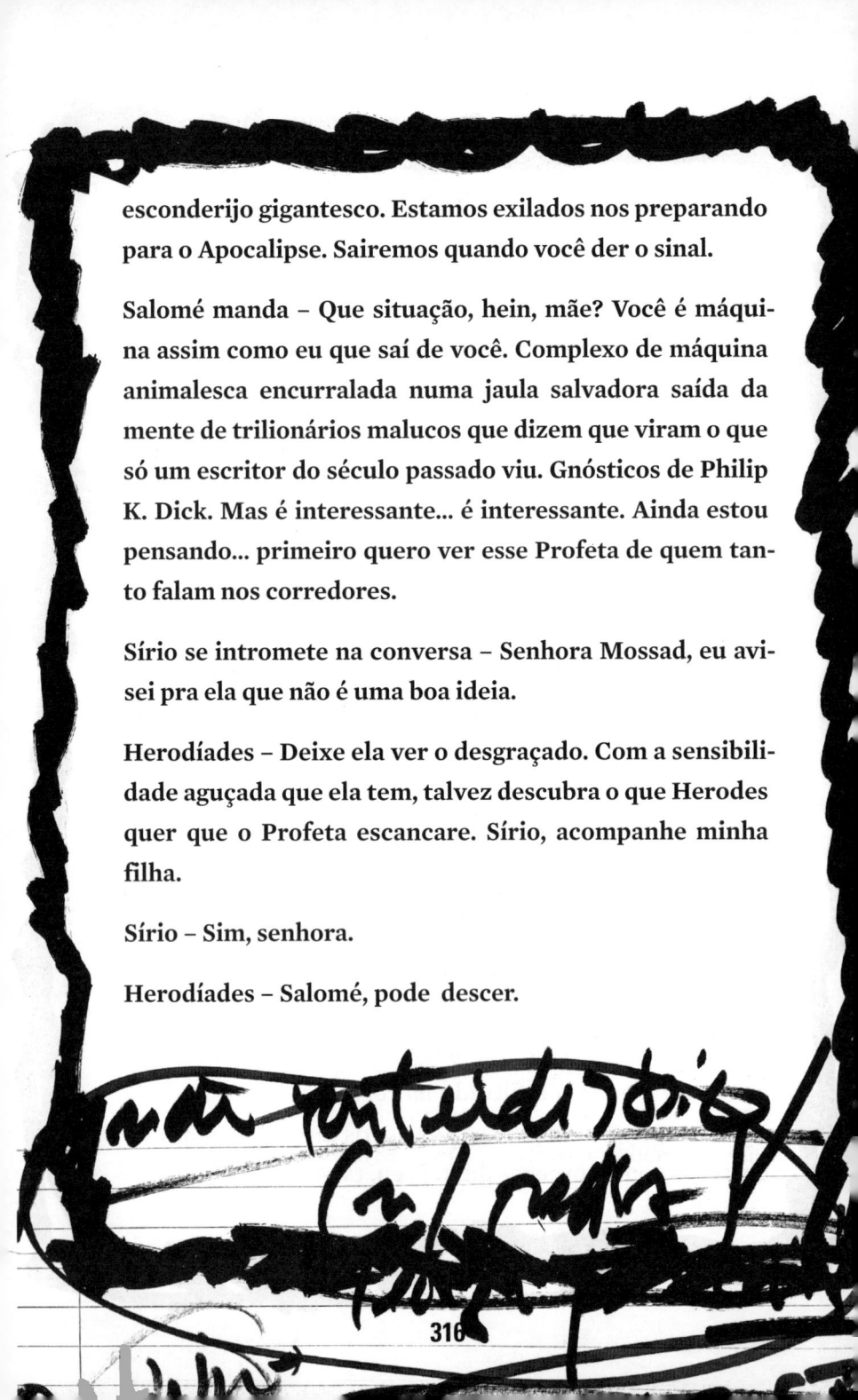

Salomé manda – Que situação, hein, mãe? Você é máquina assim como eu que saí de você. Complexo de máquina animalesca encurralada numa jaula salvadora saída da mente de trilionários malucos que dizem que viram o que só um escritor do século passado viu. Gnósticos de Philip K. Dick. Mas é interessante... é interessante. Ainda estou pensando... primeiro quero ver esse Profeta de quem tanto falam nos corredores.

Sírio se intromete na conversa – Senhora Mossad, eu avisei pra ela que não é uma boa ideia.

Herodíades – Deixe ela ver o desgraçado. Com a sensibilidade aguçada que ela tem, talvez descubra o que Herodes quer que o Profeta escancare. Sírio, acompanhe minha filha.

Sírio – Sim, senhora.

Herodíades – Salomé, pode descer.

CENA 2

Enquanto isso, no círculo mais pesado, no último círculo, hackers, crakers e armeiros terroristas, gente que sabe tudo sobre o mundo abduzido pela Digitália Mundial e sobre o mundo das armas. Novas e velhas armas, gambiarras e dispositivos robóticos que podem pulverizar quantos forem. Um hacker e um ex-estatístico do IBGE, atual armeiro, conversam sobre Salomé com Maitê, a Índia Sniper.

Hacker – E aí, Sniper, veio contar da festa? Soube que chegou alguém muito especial para nos ajudar no Juízo Final.

Sniper – Segura tua onda, tarado das criptografias. Você tem que se conectar nos links dos satélites que vai desviar, nos celulares que você vai detonar. Já subverteu quantos sistemas de proteção, quantos sistemas já viraram pó na sua mão hoje?

Hacker – Muitos. Todos de gente normal. Começo por arquivo oficial militar ou empresarial e vou chegando à classe média, nos pobres, em todos os setores da sociedade. Consigo me meter em todas as vidas via smartphones. Modificar, atrapalhar, derrubar todas as vidas via smart, como um demônio infiltrado na reza contemporânea. Já reparou que os celulares são os novos terços? Depois que entro, só com exorcistas digitais eu, talvez, saia.

Maitê – E você, Estatístico? Foi pro IBGE porque sempre encarou a humanidade de forma muito obscena. Pessoas como vetores de algumas vocações e principalmente como números, como manchas numéricas ou pontos de equações de gozo e destruição movidas por uma procura incessante por rações de afetos. Fornece estatísticas que servem pra sondar onde e como arregimentar, onde encontrar e matar, onde e como paralisar ou estimular a corja humana, não é?

Estatístico – Pois é, disse tudo, índia perversa, xamã do tiro perfeito. Assim como você tem que ter doses de esfriamento do sangue para que não te descubram pelos radares de calor humano, eu também congelei o meu coração. Gosto e pronto. Sou mesmo sociopata das armas e das estatísticas, mas sou útil demais pra Roma XXI. Somos todos parecidos, Sniper da Funai, só que o seu grau de afastamento é menor que o meu ou do que o hacker aqui. Nosso distanciamento da massa civil é maior.

Hacker – Essa Salomé é linda, hein?

Estatístico – Demais mesmo.

Índia – Melhor não se meterem com ela.

Hacker – Ela tá descendo pra ver o Profeta, é isso?

Estatístico – Pelo menos parece. Está muito próxima do elevador. Dorian vai deixar?

Hacker – Olha no monitor, ela tá chegando. Esse Profeta tem alguma coisa muito importante ou é um mala dum chato pirado. Sou muito tecnológico e sem religião, meu caráter é mercenário e esse papo de salvar tudo me deixa de saco cheio.

Estatístico – Também não tenho paciência, mas ela tá chegando lá.

Índia – A Lua tá inchada demais hoje.

Estatístico – Tá ventando demais. Será que tem sangue na atmosfera? A hora chegou?

Vou subir – diz a Índia.

CENA 3

Negão Dorian Gray, especialista em ligar, desmontar e montar as pessoas, afronta Salomé, que se aproxima do elevador e pede que a porta pantográfica seja aberta. Ela está quase no último andar, círculo derradeiro dos perseguidos por tudo. Assassinos prontos para a retomada do mundo pela Roma Imperial.

Dorian Gray, o negão diz:

– Não pode se aproximar dele. É perigoso.

E o Profeta com sangue na testa diz – Isso, tenta me forçar, mas não vai conseguir. Meus segredos estão muito bem guardados. Eu sei quem é você, filha da devassa bélica. Nem você que tem olhos de fera impaciente, outra criatura do Mossad, pode impedir o que virá... A paz absoluta obtida com a morte de seres como vocês que administram cinicamente o Mal eterno, as guerras e os desequilíbrios mentais e sociais...

Salomé se aproxima de João Batista Aplicativo e gosta dos olhos rútilos, da boca assim, lábios que parecem avermelhar-se em sangue a partir das palavras e ela, devota de William Blake, portanto ansiosa por um aumento da capacidade sensual, se encanta com o que vê, com o que toca, com o que umedece seus grandes lábios sexuais lá embaixo entre as pernas, as coxas firmes treinadas pelo Mossad.

Os cabelos do Profeta assim desgrenhados como uma Medusa ao contrário, quer dizer, atraente cabeleira de Profeta, e ela adora, não com paixão, mas como tentação absoluta da sua libido que, neste momento, está precisando de foda, e ela vê o Batista, e como que seus instintos se iluminam vendo serpentes pêssegas que são os cabelos do

Profeta que ela acaricia enquanto Dorian, a contragosto, segura o João Aplicativo, que tenta escapar, mas está imobilizado pelo negão de oitenta e nove anos anestesista e ex-torturador que sabe tudo de desmonte do ser humano.

Salomé continua inebriada pelo corpo do Profeta. Acaricia a pele incrivelmente macia. São os nanolinks que ele dissolve na água e deixa a pele renovada. Só pode ser. Salomé fica alucinada sentindo tapetes de pele se esgueirando pela suas coxas e o Profeta tenta se rebelar e não consegue morder as mãos de Dorian Gray e não consegue se livrar das carícias de Salomé que vai sentindo a boca mais perto, a pele mais perto, os cabelos, e ela já não vê um ser humano, vê uma carga de sexo e beleza que a atrai e ela quer um beijo do Profeta e ele, finalmente, num movimento brusco, consegue se livrar e gritar que:

Profeta – Tu não passas de ruína, garota devassa e bélica, a tua beleza é a beleza dos traidores da vocação de transcendência humana, que não passa apenas por máquinas dentro de nós. Tu tens a descida no coração, o abismo da escuridão, e te digo, Salomé, não terás meu beijo, pois essa boca destinada à predadoria jamais poderá abrigar a minha saliva, que é a saliva da anarquia aplicativa, que engendrará o novo ser humano comunitário consciente e, assim, legal pra caramba...

Dorian Gray dá uma rasteira no Profeta e, assim que ele cai no chão, Salomé senta em cima dele com as pernas apertando seu quadril e segurando com força seu pescoço, afinal de contas, Krav Magá, arma fêmea pronta pra guerra ela é. E diz em cima dele:

Salomé – Sinta a minha força, seu malcriado sustentável, seu nerd empreendedor. Sinta minha boceta milenar reforçada pela minha mente ampliada, pelos meus músculos incrementados, sinta meu útero, sinta o peso da minha capacidade procriadora e predadora que ajudou você a existir e agora está em mim reforçada. Eu sou a eugenia que vocês jamais terão forças pra enfrentar e acabarei com a tua utopia de "Imagine all the people", porque somos trágicos, somos metafísicos, somos niilistas, somos angustiados movidos por esperanças amorosas frágeis e patológicas e nenhum nerd sustentável com seu puritanismo politicamente correto de diversidade calculada e redutora, seu puritanismo de autoajuda vai calar a força da natureza pervertida dentro de nós. Destinos e Fúrias estão de volta e, já que estamos contaminados e infectados pelos confortos e desconfortos da social-democracia de mercado, da vida de consumo que é a única neste mundo, já que estamos nessa banalizados e vulgarizados, não tem jeito, é só na porrada, no desespero, nas manifestações turbulentas de indivíduos foda-se, lobisomens Sapiens, é que as

Fúrias variadas, vocações estranhas, Destinos raivosos e Iras sem direção vão acontecer pra incrementar, perturbar, pra sacudir mais ainda o limbo que somos entre o animal e a máquina.

Agora teu pau está ficando a fim da minha pessoa, não é, Profeta nerd da sustentabilidade puritana que não aguenta desígnios jeováticos, ordens agressivas, provocativas que, de repente, parecem opressoras? E eu passo a minha língua na tua pele, na tua cara e sinto planícies de seda sendo rasgadas por tigres, pisadas por búfalos, puxadas por helicópteros em voos rasantes e teus olhos escancaram o outro lado obscuro e assassino que não queres admitir e que te faz ficar de pau duro por mim e...

Enquanto Salomé fala imbuída de libido maquinal, o Sírio Táxi Driver vai ficando nervoso, e, sem atropelar ninguém há dois dias, sem dar vazão à sua Fúria, começa a ficar sem controle e vê Dorian Gray deixar a cena correr com ela em cima de João Aplicativo e ele vai imaginando uma reação do Profeta, começa a ver inimigos gigantescos saindo das frestas das paredes. De repente acontece. O Profeta finge se entregar. Está gostando, mas tendo na mente a missão de manter acesa a revolução Antimessias. Ele finge estar completamente à mercê das lambidas e beijos, da falação de Salomé, e ela, num átimo, relaxa um pouco as mãos, segurando os braços dele, e ele vira o corpo dela, arrancando uma arma do coldre, e antes que Dorian Gray aplique um golpe fatal no Profeta, o Sírio se joga pra defender aquela que habita sua mente, e, nesse movimento de tirar a arma do Profeta, ela dispara, e o Sírio cai estatelado, deletado com uma bala na testa. Salomé imobiliza o Profeta tocando num ponto nervoso que o deixa tremendo, tendo espasmos. Treinada pra matar. Entrega-o nesse estado a Dorian Gray e, antes que este lhe dê uma porrada-desmaio, ela coloca as mãos na cabeça atormentada dele, que fica balançando como um eletrocutado, mesmo com Dorian Gray segurando.

Ela sente algo no cérebro do Profeta além da genialidade delirante.

Os segredos.

Depois deixa Dorian socá-lo para adormecê-lo e vai dar uma olhada final no Sírio táxi driver, que morre olhando para sua musa, assim, mulher que troca de cabeça e ele acha que é Salomé. Um filme de guerras e atropelamentos e beijos esparsos passa na frente do Sírio e ele apaga. Pra sempre.

CENA 4

Salomé recebe o chamado de Herodes. Hora de finalmente se apresentar ao Carcará.

Larga o Profeta acariciando sua cabeça, fica puta por não ter obtido o beijo que aliviaria um naco de sua necessidade libidinosa que é terrível. Ela quer aquela cabeça que tem dispositivos, que tem aplicativos, que tem chips inseridos, e ali estão os segredos que Herodes não sabe, e por isso ainda está respeitando a integridade física do Profeta.

– A festinha tá boa lá em cima, hein? - diz Salomé pra Maitê, a Índia Sniper, enquanto atravessam subindo os círculos onde os mercenários, os refugiados enlouquecidos, os místicos, todos os militares deixados de lado ou sem adaptação se exercitam rumo ao Apocalipse, à chamada final.

Dorian Gray arrasta o corpo do Sírio táxi driver e vai pensando e falando como mestre dos corpos desmontados, maltratados esticados até o máximo que...

Dorian Gray – Carcaças humanas são minhas naturezas mortas. Não sei por quê. Já nasci com a marca dessa visão do cadáver e me excito com as nervuras, os músculos, os órgãos à mostra, o sangue, a anatomia, os labirintos orgânicos devidamente animados pela mente, esse misterioso acontecimento. Gosto de ver a anatomia ficar louca... Vou levar para o Carcará uma carcaça pela qual ele tinha carinho especial. Se apaixonou, ou melhor, cismou, rachou por dentro por causa de Salomé...

Dorian Gray vai arrastando o corpo do Sírio enquanto Salomé e Índia Sniper vão conferindo os círculos, elas vão chegando ao primeiro círculo onde estão Empalhador e Eunuca.

CENA 5

Elas passam batidas por ele e atravessam o salão cheio de convivas. Na sua maioria, X9s, gente chantageada por Carcará para entregarem esconderijos, mapas, informações e eles devem ser apresentados ao Trilionário número três, que está chegando amanhã e vai dar as coordenadas finais para o ataque geral, sorrateiro e fatal.

Enquanto Salomé cruza o salão, Herodes sente como se tudo estivesse em câmera lenta. Pensamentos pesados tomam de assalto sua mente ao ver Salomé e o cadáver do Sírio sendo arrastado, o sangue se misturando às risadas, às sacanagens, sarrações, danças. O Sírio sendo arrastado. Dorian Gray e a Índia Sniper se afastando para o seus postos.

Herodes Carcará divaga no seu trono improvisado com alavancas que são joias mecanizadas ofuscando os olhos dos que tentam fitar o monarca-ostentação da herança de Lampião transformado em agente da Roma XXI.

Herodes – O Sírio morreu. Morreu a última centelha de Amor assim familiar, algo que me desviava de minhas vocações saltimbancas, assassinas e desafiadoras do normal acomodador. Gostava do pai e da mãe e dos irmãos e do primo que um dia estiveram por aqui. Lampião dos novos tempos, agora sou comandante romano do Império que será ressuscitado e fico puto e melancólico vendo o rapaz ser arrastado por esse anestesista de porões tirânicos, arrastado pelo salão habitado por sacanagem e bebedeira. Mundo de frivolidades calculadas, cambada de gente comprada por mim pra facilitar a vida de Roma XXI. Vendo o corpo ensanguentado cruzando a festa em minha direção e, de quebra, tendo à sua frente a escolhida, Salomé, filha de meu irmão esquartejado e da minha cunhada agora esposa, mas, antes de qualquer coisa, criatura do Mossad, que deve gerar máquinas de guerra. Sangue na festa trazido por esse impossível idoso com corpo de trinta e força impressionante. Foi um pacto que ele fez, dizem. Haiti profundo. Irlanda profunda. Nigéria profunda. Romênia profunda. Dorian Gray arrasta o Sírio que só pensava em guerra. Oriente Médio como vórtice de uma mutação no ser humano. Semitas e adâmicos deverão novamente arcar com as consequências, com a responsabilidade de mudar o ser humano a partir do Oriente Médio, onde o Sapo Triplamente Chifrudo de todas as cruzes, de todos os pentagramas, de todas as estrelas, de todas as línguas mortas que viraram zumbis de gíria urbana, de todos os esoterismos e principalmente do núcleo primordial de nosso processo civilizatório está enterrado. Antes que os asiáticos cheguem. É o último suspiro de alguma coisa desse tipo dentro de mim. Já arrastei tantos ensanguentados... Aí vem Salomé. Pra me arrastar em que direção? O Terceiro César, trilionário Augusto já vai chegar e eu tenho que dizer pra ele que temos Salomé. Mas ela ainda não disse se quer ou não e, meu Deus, como é linda, preciso comê-la, senti-la melhor. Veio da mãe que eu aprecio. Mãe experimental. Testar suas capacidades kama sutras. Afinal de contas, é meu aniversário. Salomé e Sírio, Sírio e Salomé...

QUARTO ATO

CENA 1

Salomé – Salve, Herodes, o Carcará da Nova Roma Imperial! Parabéns pela festa e pela patente. Sei que algo grande me espera, que algo grande te atormenta e a minha presença aqui é a presença de uma esperança pra tua empreitada da Roma XXI. Devassidões e militarismo elevados à categoria de arte. Me diz, monarca da ostentação sertaneja, agora romano de Phillip, gnóstico de ocasião. Sou uma guerreira num mundo atormentado por pacifismos, e por isso vim aqui ver o que vocês querem. Dentro de mim, os existencialismos brigam com o senso de missão, de vocação. Sou meio gente, meio máquina, como minha mãe. Sinto que estás longe das minhas indagações, e tudo bem, é teu aniversário, tua festa. Além do quê, sei o que queres. Já vi o Profeta. Nos falamos...

Herodes – Como assim já viu o Profeta!? Quem te deixou chegar perto?

Salomé – Minha mãe, tua esposa... titio... Vou circular por aí, quando precisar...

Herodes puxa Salomé pelos véus. Esteja daqui a uma hora

na minha frente. Quero saber desse teu encontro e também quero saber de todas as tuas habilidades, garota do Mossad.

Salomé, tirando a mão do Carcará da sua cintura, se vira e diz:

Salomé – Sei da tua competência-kama-sutra, Lampião, mas hoje estou precisando de muito mais do que teu sexo pode me oferecer. O meu kama sutra hoje pede mais do que o teu pode me dar.

Salomé sai fora beijando bundas oferecidas, pirocas oferecidas. Sai com Índia Sniper.

CENA 2

Alertas meteorológicos avisam às populações que uma estranha e inédita ventania de duzentos quilômetros, com gotas de uma hemoglobina nunca vista, começa a invadir o litoral do país. As tropas se preparam no Brasil, o abismo que nunca chega, e em todos os países onde Roma XXI se instalou para dar cabo dessa civilização atormentada por pacifismos. A Lua, cada vez mais cheia, se aproxima da Terra como uma bola arranhada pela melancólica Tecnociência e não há São Jorge nem dragões, mas sim cabeças de facínoras chineses rolando entre sobras de expedições americanas. Na superfície do satélite ortodoxo, sobras de máquinas americanas servem de calço pra sobras de cabeças chinesas. O satélite ortodoxo se aproxima cheio de melancolia científica, astronômica melancolia. Armagedom come on.

CENA 3

Nos círculos de Roma XXI, os mercenários, as patentes deserdadas, os devassos compulsivos, os atiradores de elite desesperados, os hackers criados com games, se debatem, devassos se debatem entre corpos jogados pra eles e o desejo não passa, e os hackers se debatem e as senhas não têm fim, os atiradores de elite se debatem, eles precisam de alvos realmente vivos, clones não interessam, e o Empalhador se debate, pois precisa de mais ativistas, e Eunuca também se debate, precisa de mais corpos socialmente ativos e não semimortos, zumbis no corredor da morte. Herodes está na festa de aniversário vendo todos os informantes alcaguetes se divertirem e sente algo estranho no ar. Não consegue, como nunca conseguiu na vida, relaxar, mas agora está mais tenso que o normal e só pensa no corpo de Salomé e de como se livrar de Herodíades para ter mais mobilidade quando o Apocalipse, que ele sabe estar próximo, estourar. Precisa de cúmplices que fiquem com ele, pois Herodíades e Salomé podem querer tomar seu trono, seu comando, e ele deve preparar a morte das duas. Recebe a notícia de que César está subindo.

Mas César terceiro Augusto da riqueza mundial não sairá de sua condição de eminência muito parda de Roma XXI e não deve mesmo aparecer para Herodes, e sim mandar instruções escritas e dinheiro, dinheiro, dinheiro. Carcará sente o vento por inesperadas frestas do bunker e vê o vermelho da hemoglobina atmosférica penetrar no ambiente festivo. Nos monitores, a Lua gigante se aproxima.

Herodes – O vento traz o chamado para o combate no sangue que respinga e a Lua gigante provocará demências, e Roma XXI acontecerá, começará a acontecer. César Terceiro, o trilionário Augusto, está subindo para dar as coordenadas finais. Preciso chamar o Profeta e saber de vez que segredos ele guarda. Mas antes, Salomé...

CENA 4

Enquanto isso, os xamãs, os pastores, os dervixes, os padres, os cabalistas, os médiuns, os budistas, os rabinos, os habitantes do Beco das Bíblias Bastardas vão fazer uma visita ao Profeta, já que eles, mais do que quaisquer outros, estão acostumados com gente como ele nos seus históricos. E quem é esse indivíduo que tem tara religiosa ao gritar as novas conquistas de um projeto tecnológico de mutação humana chamado Antimessias, anticivilização calcada nos livros revelados, na força semítica e no assim chamado Capitalismo?

Eles conversam enquanto chegam perto do elevador onde Batista Aplicativo está jogado, meio cansado e sangrando no rosto. Dorian Gray foi cuidar do Sírio morto. Colocá-lo no forno.

Eles se aproximam conversando e o rabino diz:

Rabino – Parece que o fundamentalismo de mercado, a vulgarização tecnológica de todos os aspectos da vida, chegou à Metafísica, chegou à fé, à necessidade de alguma coisa acima de nós.

Padre – Mas veja como está essa criatura de inteligência incomum. Devorado pela sua ambição de reformar tudo, de purgar tudo, de evitar todo o Mal, toda a estúpida precariedade humana através das máquinas, dos gadgets, das substâncias diluídas na teologia tecnocrática. Nós somos ruínas zumbis, mas ele também é e não sabe. Não sabe como é medieval...

Budista – Nós sabemos que não existe ecumenismo, que essa conversa de dividir Deus em solidariedade à irmandade terrestre é apenas um disfarce pra vaselina de diplomacia, porque se valesse mesmo o que cada uma prega, com perdão da metáfora, cristãos, bem, se fosse assim, a pancadaria seria eterna e já tivemos mostras disso no passado e mesmo no presente. Mas o buraco da transcendência metafísica continua firme desde as cavernas, e como lidar com ele num mundo definitivamente hipermoderno, hipercético, hipercínico, hipercrítico, hipermercantil, amorosamente perturbado, hiperconsumista e tecnológico até o talo? Fé e ascese religiosa viraram uma espécie de fitness do espírito para adquirirmos barriga tanquinho da alma. A Fé virou um capricho neurológico pronto a ser saciado por aplicativos, assim como as asceses, os exercícios de limpeza e controle da mente, todas as meditações agora fazem parte de franquias de spa espiritual.

Sacerdote ortodoxo – Todos muito longe do Eclesiastes, muito longe do Livro de Jó, muito longe do livro dos Profetas. A Fé, o básico instinto religioso, pai de todo Medo, todo Sublime, todo Terrível e amoroso Sentimento Cósmico foi substituído por Fetiches Avassaladores. Qual é a sua operadora? Pra essa turma de hoje em dia, só na base da emoção de mercadoria tecnológica se pode alcançar algum êxtase rasteiro. Essa emoção quantitativa, mercantil, tecnolúdica-hipnótica veio pra ficar, porque tem muito a ver com o coração dos humanos, esse consumo, essa mercadoria, esse comércio, essa vontade de... fetiche. Mitologias rasas devorando a mente dos zumbis. More brains... que brains?

Kardecista – Espiritualidade hoje em dia é algo que dá e passa.

Teólogo – Céu, inferno... medo de ir pra um, vontade de ir pro outro, e viver tentando merecer... esquecendo o que há pra viver...

Religião já não segura a onda da angústia...

Macumbeiro umbandista – Nem a fé humanista no progresso, na ciência, na Razão, nos direitos humanos. Ninguém segura a angústia, o desespero, o ser ou não ser. Ninguém quer, de verdade, a autonomia individual, moral, cheia de responsabilidade perante a sua própria vida, digamos, interna. Só responsabilidade cível ou criminal ou patrimonial ou paternal, maternal. Se tanto.

Padre – Nem essa, pois o sexo será abolido da procriação, meus caros. Só me resta lembrar a vocês um poema do beatnik Gregory Corso, que dizia que "Uma noite cinquenta homens nadaram para longe de Deus e se afogaram. De manhã o Deus abandonado mergulhou Seu dedo no mar e saiu de lá com cinquenta almas. E apontou para a Eternidade."

O Profeta está acordando.

Rabino – Roma XXI chegou pra ficar, e Jeovás, inéditos Jeovás, serão postos em circulação.

Salomé vai guiar as patentes desgarradas? Vai fazer o que com o Profeta?

Está acordando.

Dorian Gray está descendo as escadas.

O anestesista das tiranias e Forças Especiais.

O Profeta João Batista Aplicativo acorda e já manda uma fala rosnante para os representantes dessa coisa vaga, a espiritualidade.

Profeta – Ei, zumbis da metafísica negociada com o medo infantil da grandeza do universo explodindo em trovões pré-históricos, em lutos de dor parental, em indagações cósmicas, indagações de caráter e culpa e sei lá que tipo de ética, de vertigem moral os atormenta. As ambiguidades, as contradições, os paradoxos do ser humano... agora isso vai acabar. O ser único, sem dúvidas paralisantes, está chegando para derrubar a devassidão, a ira militar, o feixe de sentimentos mixados, misturados, que servem de plataforma para os básicos instintos gregários e desagregadores que deverão sumir. Só o "imagine all the people" estará presente e o projeto Antimessias vai derrotar a Roma XXI. Chega de opressões.

Sacerdotes saem de perto do elevador enquanto Dorian Gray chega, e o Profeta, cansado de esbravejar, desmaia.

CENA 5

Salomé chega aos aposentos de Herodíades, que se apronta para a festa dos X9 e, quem sabe, para a recepção ao Trilionário Augusto que, na verdade, não gosta de aparecer. É eminência oculta como todos os outros sete donos do mundo atual e futuros donos da Roma novamente Imperial segundo Philip K. Dick.

Salomé – Ei, grande mãe do exército romano que se avizinha. Tu que me passaste a missão, a vocação da angústia entre a maternidade, o assassinato e o desejo, a luxúria, a dissolução sensorial e sensual, há quanto tempo não dás à luz algum guerreiro, guerreira? Há quanto tempo não matas, há quanto tempo não trepas em gang bang como boa devassa que és? Quero dizer, pergunto porque estás presa nesse bunker.

Herodíades – Bem sabes que nesse quesito de satisfação não me falta nada, mas admito que é uma dose abaixo do que preciso, porque não posso sair e caçar gente, que é o meu prazer primordial. Aliás, é o de todos por aqui. Gente nos é oferecida, quimeras e clones, aleijões e condenados nos corredores da morte também. Mas caçar gente, gerar guerreiros em fodas gigantescas, hum... nada se compara... Somos o que vem por aí, filha perigosa... o desespero dos humanos em nós é explícito. Não tem vaselina civil. Jamais seremos civis, Salomé.

Salomé – O desespero dos humanos, toda a insegurança que os fazem agarrar-se a afetos variados pra não enlouquecer com a sua solidão inescapável. E assim mesmo enlouquecem sorrateiramente, cotidianamente. Todo o desespero dos humanos em dar sentido pra vida, em forjar uma trincheira civil, o medo de se espatifar nas forças caóticas consignadas. Te digo, minha supermãe experimental das forças especiais, arma militar de ataque, reprodução e foda intermitentes, te digo, minha mãe, que quero mesmo comandar territórios de Roma XXI.

E novamente pergunto há quanto tempo não matas, minha mãe, há quanto tempo não dás à luz algum guerreiro ou guerreira? Está pelo menos satisfazendo o desejo erótico exacerbado pelo chip kama sutra que te obriga, assim como eu, a gozar de hora em hora?

Herodíades – Já te respondi, Salomé... queres comandar Roma XXI? Herodes Lampião vai empatar esse sonho. Também quero comandar ou pelo menos fugir, ter a autonomia de fera treinada que sou, mas só depois do Apocalipse, que, espero, chegue logo. Só com você posso escapar. Me leve, quando sair, rumo à pesquisa de campo e primeiros combates.

Salomé pula no pescoço da mãe e, segurando firme, fala:

Salomé – Você e o Lampião romano mataram e esquartejaram meu pai com a cabeça furada pelos lados... a cabeça foi achada vagando por aí, pois colocaram uma maquininha, um motor no crânio avariado e ela vagou, enquanto os outros pedaços eram explodidos, e eu te digo que não sou nada sentimental, mas dele eu gostava como uma espécie de Oásis em meio aos meus tormentos de máquina super-humana. Vocês acabaram com ele pra ficar com a fortuna imobiliária, e por isso, minha mãe experimental, não vou dividir, nem ajudar, nem te dar abrigo, nem nada... vim aqui te dizer isso... sou você um pouco mais e... Pum.

Herodíades consegue acertar um golpe em Salomé, que cai desequilibrada, e a mãe pisa num nervo novo que só ela sabe onde está e Salomé grita de dor e Herodíades solta uma bronca.

Herodíades – Filha perigosa, orgulho da tecnologia mais voraz, minha cria suculenta sentes a dor que não sabias que poderias sentir, não é? Sei da tua anatomia aplicada, dos hormônios e das fiações nervosas que te compõem, pois sou tua mãe e tenho na mente o mapa primordial de tua existência orgânica. Com certeza já acrescentaram outros elementos mais agressivos no teu corpo, mas te digo que, sendo assim, seremos adversárias, e Roma XXI abençoará com sangue, luta e disputas sexuais essa contenda entre mãe e filha, que tem sempre seus sentimentos encurralados por guerra, assassinato, desejo egoísta de sensualidade e gozo intermitente e a maternidade também acelerada, pois te gerei em apenas três meses. Maternidade colocada em xeque. O sentimento materno transformado em cuidadoria fast food. Agora estamos quase no ponto de encontro com a dinâmica de nascimento do reino animal onde as crias não demoram tanto pra crescer nem pra se aperfeiçoar na luta pela vida. Vai, Salomé, vai lutar contra mim e Lampião pra conduzir Roma XXI a seu lugar de hegemonia neste planeta transformado em vasta ONG e que, agora, pelas mãos desse Profeta e sua turma nojentamente sustentável e politicamente correta, querem acabar com a humanidade que vive exagerada e agressiva em nós e nos romanos que estavam em coma lisérgico, segundo Phillip... Agora vou te soltar e também te esclareço que já saía com teu tio, que tem grau muito bom de kama sutra... Teu pai me cansou e não quis colaborar, era apenas um oásis mesmo... Não sejas hipócrita. Sei que não aguentavas esse oásis muito tempo, pois nasceste de mim, tu és máquina de angústia e sexo e assassinato e vais dar à luz cada vez mais rápido, aumentando a cuidadoria fast food, a maternidade perderá seu sagrado coração de Maria... Te solto, Salomé... te amo, garota, mas vai à merda, tecnoputa saída da minha engenharia uterina... teu destino é a porrada, a foda, a ovulação pesada, a intelectualidade voraz e a penetração de máquinas no teu corpo... assim como eu...

Salomé se livra da dor e aperta o tornozelo da mãe, que desaba desequilibrada, e Salomé diz:

Salomé – Aqui está uma torção de nervo que não conhecias, não é, progenitora heavy metal? Mas tudo bem, como dizes, vai à merda, minha tecnoputa mãe... nos veremos daqui a pouco no Apocalipse.

Herodíades – Lampião Herodes vai pedir que dances pra ele pra ver tua capacidade de hipnose erótica a fim de enganar chefes de acampamento militar brasileiro oficial, chefes de forças-tarefas.

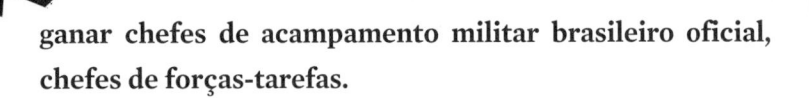

Salomé – Não tenho que provar nada.

As duas se bifurcam nos corredores cheios de espelhos propositalmente rachados, com lustres feitos com sanfonas cravejadas de rubis e safiras e gemas que parecem onipresentes no ambiente do bunker comandado pelo Lampião.

QUINTO ATO

CENA 1

A Lua gigantesca se aproxima e os ventos aumentam, fazendo o litoral ser lambido por ondas e os edifícios e veículos e aviões serem manchados com um sangue vindo de onde? Hemoglobinas do Armagedom pingam grossas sobre o Brasil. Sobre o planeta. Roma voltou.

Salomé se exercita sozinha num terraço com falsa paisagem, paisagem de mar improvisado com plástico azul, assim bem sarapa, bem mais ou menos.

Salomé como um rambo – fêmea cheio de chips e aplicativos se toca, se apalpa como que conferindo armamentos e ossos inquebráveis na paisagem da sua anatomia perante o mar de plástico num terraço do bunker.

Salomé – Sou ser e não ser. Tenho comigo que a hipótese Deus ainda continuará queimando os hemisférios afetivos de todos que não aguentam a existência, essa barra-pesada e como é bela a hipótese Deus e como é hard core a hipótese Deus e como é empate técnico com o drama evolutivo do darwinismo e é isso, sou uma máquina de pensar e de sentir, e foder, e reproduzir, e matar, e eu sou a vontade sem freios de Poder graças à tecnologia de pesquisa voltada pra isso. Eu sou a eugenia final. Depois da hipótese Deus mandar no mundo, depois dos delírios políticos de reforma da humanidade via Razão e Política projetando Estados que geraram genocídios, depois da vulgar, promíscua, banalizante social-democracia de mercado, da sociedade tecnológica de consumo, vem aí a sociedade de consumação. Roma XXI versus o Antimessias, projeto terrível de transformar o mundo na letra de "Imagine". Mas não vai rolar e o Armagedom vem que vem. Salomé eu sou. A escolhida de Roma XXI eu sou. Pelo menos no Brasil esse abismo que nunca chega. Nação de terceira divisão da ficção científica trash. Sou ser e não ser e vou ficar com esse delicioso e feroz Profeta pra mim: cabeleira, olhos e boca gostosos de João Aplicativo, o Batista, dos nanomilagres de ressurreição dos corpos e da imortalidade. Tenho que dar um jeito de pegar esse Profeta e ficar com ele. Me esnobou, mas foda-se, sou máquina e ele é um pobre utópico doentio, e, como todo utópico, não entendeu que utopia e distopia são fantasmagorias no coração dos humanos que sempre se mostraram delirantes na sua tentativa de ordenar a balbúrdia da vida. Sísifos. Eu jamais serei civil. Sou Salomé, a Escolhida, e vou levar como prêmio o Profeta e seus segredos que Herodes não consegue arrancar. Agora vou falar com o Lampião assassino do meu pai... Dançar, dançar, quem sabe? Uma troca...

CENA 2

Salomé atravessa os corredores que, repletos de espelhos e lustres com gemas, lustres que são sanfonas, acordeons enormes com lâmpadas e lâmpadas e nas paredes entre um espelho e outro, botões, alavancas e cabeças de facínoras inimigos devidamente miniaturizadas e transformadas em roteadores de Wi-Fi para alguma conexão.

Salomé chega à festa.

Sacanagem absoluta entre vômitos inevitáveis e Herodes está pensativo, mas raivoso. Chama Salomé e diz:

Herodes – Ei, criatura do Mossad dois! Minha sobrinha! Você deve comandar ataques sorrateiros e deve se infiltrar depois que o Apocalipse começar, portanto preciso saber das suas capacidades kama sutras e dançantes, suas capacidades eróticas num todo, você sabe... além do mais, os convivas escrotos aqui presentes nesse estado deplorável de sacanagem, vômitos, pirocas caídas fora do corpo... vê aqueles ali? Viagra demais em garotos novos geraram priapismo fatal e as pirocas caíram como folhas no outono. Vê aquelas meninas costurando ânus? Tripla penetração exagerada enquanto tomavam pílulas de carnalidade absoluta... Mas vamos ao que interessa. Você dançando, depois trepando... nossos convivas adorariam ver a patente de Jerusalém mostrar suas habilidades de espiã e...

Salomé interrompe – Não preciso provar nada. Sou da elite da elite da elite militar e tecnológica confirmação do que vem por aí. Sem essa. Aliás, posso me aproximar, meu tio Lampião, de todas as Romas Imperiais?

Herodes – Claro, minha sobrinha escolhida. Salomé, herdeira bíblica de todas as perturbações, delícias e angústias. Máquina de foder e matar e pensar e procriar e fazer links numa orgia de sinapses que... pode se aproximar.

Salomé no ouvido de Herodes – Sei o que vocês dois fizeram naquele verão furando a cabeça de meu pai e depois esquartejando-o e colocando seus pedaços em motores andando à deriva. Ficaram com tudo dele, que era meu oásis, e eu não vou te ajudar totalmente. Vou botar pra quebrar, e não me importo com você.

Salomé se afasta e diz alto:

Salomé – Não vou dançar pra você por esses motivos.

Herodes – Dance pra mim, Salomé, dance para o Trilionário Augusto que deve estar nos vendo. Ele não aparece, mas está nos vendo, com certeza. Mostre que você é a chave da cadeia de ataques...

Salomé – Tudo bem, eu danço, mas quero um presente.

Herodes – O que quiseres, minha perigosa sobrinha, filha da minha esposa experimental e também perigosa guerreira tarada.

Salomé – Tenho a tua palavra, Lampião?

Herodes – Claro, o que quiseres. Sou de Roma XXI e posso te dar tudo.

Salomé – Quero a cabeça de João Aplicativo, o Batista, do projeto Antimessias.

Um "OHH!" toma conta do ambiente.

Herodes – Impossível. O Profeta é patrimônio secreto, arma contra os de fora. Contra os sustentáveis e os militares inimigos. Ele nos revelará seus segredos alguma hora. Além do mais, tenho um respeito estranho por ele. Vou matá-lo nalgum momento, mas a cabeça dele, isso não, minha fera do Mossad.

Salomé – Então nada feito, meu tio assassino.

Salomé vai se retirando enquanto acaricia seus cabelos, suas coxas languidamente, quase dançando e deixando a plateia e o tio loucos.

Herodes – Te darei joias absurdas de tão raras e que podem ter arquivos criptografados, que podem ser inseridas na superfície da pele assim como algumas que você tem, e sei que você adora gemas sobre a pele com smarts ligados a satélites. Te darei animais eróticos especialmente, geneticamente criados para se dissolverem na sua boceta tão firme e suculenta e gozarás como nunca, pois estás condenada a toda hora te entregar a fodas e masturbações e te darei esses animais, esses minipavões, essas tartarugas minúsculas, esses pandas que se dissolvem na vagina, que se entregam camuflados aos grandes lábios que farão de teu clitóris assim flor de grelo polpudo de tão satisfeito e inchado. Te darei territórios e territórios habitados por escravos clones que farão o que quiseres. Te darei guerreiros vencidos para que sentes o cacete no crânio, na anatomia deles e até aviões que provocam ciclones, minha nova arma, ciclones fabricados e enviados por aviões em caixas antiquíssimas e adornadas com rubis e safiras criptografadas que tu gostas. Não, minha sobrinha tecnoputa das vastidões das forças-tarefas especiais. Tu que viestes de Jerusalém onde pulsa o SapoTriplamente Chifrudo do início de tudo, que é adâmico e ortodoxo e que nos guia primordialmente em termos civilizatórios, tu que viestes da ascese principal do Mossad, tu que és máquina, não me peças a cabeça desse Profeta. Te darei tudo isso que enumerei e muito mais, agora, o João, não.

Salomé – Deste a tua palavra... então...

Os convivas cochicham: Deu a palavra, palavra de Lampião e de Imperador romano... não volta atrás, deu a palavra...

Herodes – Droga! Pelos ventos cheios de sangue que já estão tomando conta da atmosfera nacional anunciando nossa batalha! Está bem. Dei minha palavra, portanto terás a cabeça do Profeta. Mas não me responsabilizo, não me responsabilizo... Agora dança, que é o que vai me interessar nos próximos minutos. Ver teu corpo absurdo me afagar os olhos.

OK.

CENA 3

A Lua incha cada vez mais, deixando as cabeças dos condenados chineses mais nítidas em meio aos restos das missões Apolo.

Nas imediações do bunker, exércitos inimigos se colocam a postos, mesmo sem saber que é ali mesmo.

O Apocalipse chegou, e Salomé, sua sacerdotisa-mor, dança para Herodes, que só espera o sinal para abrir as comportas do bunker e de repente recuperar a cabeça de João e livrar-se de Salomé mais adiante no meio da batalha. A mãe Herodíades, foda-se ela. Na mente dele, ele diz enquanto vê Salomé desempenhar uma absurda cena de erótica performance dançante.

Cada véu tirado por Salomé vai revelando a delícia do seu corpo recheado de nervos e veias extras, invisíveis a olho nu e só tocando, só tocando pra sentir.

Ela tem joias sob a pele e elas vão surgindo com smarts e o brilho das gemas, dos rubis que se sobressaem na testa e impossíveis teias douradas nas faces depois do primeiro véu, e depois do segundo, os seios como iates mamários apontam seus mamilos de diamante incrustados com sintonia satélite e depois o terceiro, mostrando o umbigo, que parece uma micropiscina de topázio com uma micro, micro TV no fundo. Umbigo topázio e imagens de beijos na micropiscina da TV.

E ela dança.

O quarto véu revela suas costas tatuadas com senhas misturadas que, entrecruzadas, levam a portais de capacidade orgânica e prazer sensual inimagináveis. Mas quem sabe entrecruzá-las?

No quinto véu, muitos já estão jogados ao chão, e, Herodes, de pau duro, se segura enquanto a mãe sente orgulho da filha como máquina agressiva, mas também quer o Profeta e quer acabar com Lampião, mas depois do Apocalipse, quando Roma se instalar ou mesmo no meio da batalha. Só precisa da filha pra sair dali. Enquanto dança, Salomé mexe com perspectivas e desejos e sonhos. O vento aumenta, atrapalhando lá fora as ações dos exércitos. O sangue já tinge as cidades e a Lua provoca Marés Mentais enlouquecendo muita gente e liberando o Lobisomem Sapiens escondido em todos.

No sexto véu, a bunda de Salomé aparece envolta em fios de ouro e pedras semipreciosas de várias cores e também, claro, criptografadas com senhas para o paraíso.

Finalmente o sétimo véu cai, as coxas de perímetro carnal suculento aparecem majestosas. Salomé se demora nas contorções sensuais e ali, entre as coxas, a boceta dá o ar de sua Graça num movimento revelador. Herodes enlouquece e tudo ao mesmo tempo o atormenta. Finalmente Salomé chega perto dele seminua, corpo de máquina assassina cheio de disposição pra angústia de ser mãe experimental guerreira e fodedora com conhecimento digital. Herodes sente o perfume e Salomé decreta:

Salomé – Agora, a cabeça do profeta.

Herodes – Uma última vez, criatura do Mossad, não quer outra coisa? Terei que arcar com as consequências terríveis desse teu pedido, mas é a minha palavra.

Ele então fala ao celular com o Negão Dorian Gray e ordena:

Herodes – Acabe com o Profeta, traga a cabeça dele pra Salomé.

E o Profeta, ao invés de bradar, ao ver Dorian Gray com um machado aproximar-se, apenas diz:

Profeta – Ofereço-vos, seres rastejantes de Roma XXI, seres rastejantes dessa civilização suicida, a minha cabeça como cavalo de Troia, que se abrirá e trará a Nova Era no seio de Roma XXI. Antimessias, Antimessias, Antimessias...

E Dorian Gray, visivelmente emocionado com a possibilidade de fazer o que faz de melhor – decompor, desmontar pessoas – manda ver com habilidade quase artística.

O voo da lâmina é preciso e a cabeça do Profeta Aplicativo cai no chão do elevador dos círculos mercenários, dos círculos das patentes desesperadas e perseguidas.

Eunuca, Estatístico, Hacker, Empalhador de manifestantes, militares de todos os naipes clandestinos ouvem o barulho seco da cabeça batendo no chão do elevador. Cabeça de Profeta no último círculo dos deserdados militares.

Dorian Gray sobe com a cabeça de João Aplicativo, o Batista da água cheia de nanomilagres fisiológicos etc.

Atravessa os círculos com mercenários, MMAs nervosos, garotas de grelo costurado e recomposto com smarts vindas da África Profunda, generais, coronéis, sargentos, brigadeiros, patentes e patentes de forças especiais e secretas à espera de serem soltas para o Apocalipse que já está chegando. Observam no nervosismo máximo que assola suas mentes e corpos à passagem de Dorian Gray com a cabeça do Profeta na bandeja.

CENA 4

A lua quase irrompe nas janelas do planeta como sonrisal oversized do cosmos disparatado envolvendo todos. Cabeças chinesas entre ferragens do projeto Apolo. Cabeças criminosas entre sobras científicas. Crateras com nomes de santos. Católico satélite ortodoxo.

Os triângulos, zabumbas e sanfonas tocadas por dezenas de trios de forrós e DJs misturados compondo um ambiente musical de groove nordestino estranhíssimo quase como discos sendo tocados ao mesmo tempo entrando uns nos outros e de repente tudo se cala, tudo para, porque Dorian Gray está chegando com a bandeja onde repousa a cabeça de João Aplicativo, o Batista das nanomutações.

Entrega a bandeja para Salomé, que a deposita no chão,

ajoelha e acaricia a face do decapitado. Depois, perante o olhar puto de Herodes e da mãe, meio que sorrindo, mas, ao mesmo tempo, olhando preocupada para o teto, para as paredes, como que percebendo alguma coisa. Toda a festa, todos os canalhas continuam concentrados na dançarina bélica, na Escolhida, passando as mãos no seu troféu de valor inestimável, a cabeça e a inteligência de João.

Salomé acaricia, na verdade certifica-se de que o que descobriu lá embaixo no elevador, os tais dos chips e bulbos extras implantados no cérebro do Profeta, estão intactos. Seus dedos podem vasculhar com radar digital a microrradiação desses objetos contendo informações sobre o Antimessias, a caixa preta do cérebro de João estava entregue todinha a Salomé, que se levanta tirando a cabeça da bandeja, beijando longamente a boca do decapitado e, depois, sussurrando no ouvido dele que: – Viu, profeta sustentável? Desafiaste a minha libido desprezando sua pulsação quando encostei no teu corpo, quando cheguei minha boca perto da tua. Se tua saliva era a do futuro frágil e revolucionário, a minha saliva é firme e consistente como os séculos, os milênios que se apresentam nos corpos e mentes dos humanos há dez mil anos. Há milhões de anos até. Eu sou a Pré-História, eu sou os politeísmos conflituosos, eu sou o Alto Paleolítico que cobra pedágios do Sapiens. Eu sou os Evangelhos, os Vedas, o Corão, o Necronomicon.

Agora vou extrair cada centímetro da tua sensualidade presente nesta pele de rosto, nesses cabelos, nesses lábios e vou ampliá-los para o meu prazer nalguma clínica de cosmética pesada. Farei lençóis e véus com tua pele ampliada, mastigarei teus lábios e dormirei com eles beijando minha boceta, assim como teus cabelos serão cortinas e colares e plantações decorativas dos meus aposentos, e teus olhos serão multiplicados e habitarão drones que flutuarão como móbiles óticos à minha volta. Só verás a minha figura, Profeta. Você agora é meu, tua mente e libido que ainda age como frequência baixa nos territórios subcutâneos são minhas. Você agora é meu, João Batista Aplicativo. Teus segredos de imortalidade e nanointerferência nos corpos e mentes me ajudarão a dominar Roma XXI, a dominar e abençoar quem eu quiser. Mas nada de "Imagine". Pois Roma voltou.

Salomé se dirige novamente a Herodes, dessa vez encostando meio que esfregando a cabeça do Profeta entre o seios, fingindo displicência, mas mexendo ainda mais com a Fúria do Carcará que obviamente pretende matá-la logo que chegar o Apocalipse, mesmo sacrificando seus planos de colocá-la capitaneando a saída dos militares alucinados. Depois que voltasse de suas batidas no território inimigo, quer dizer, nos acampamentos dos exércitos e forças especiais que tentam cercar Roma XXI em Brasília. Mas nada disso vai rolar assim, na perspectiva prevista, pois, quando ela se vira para se dirigir aos seus aposentos, um estrondo se impõe e não há dúvida de que a hora chegou.

CENA 5

Tropas oficiais estão invadindo o bunker, dão de cara com salões repletos de animais doentes, assim, com peles contaminadas e esfaimados para atacar e contaminar quem entrar. Esses salões com quadros da família imperial colados uns nos outros, superpostos uns aos outros como se escondessem alguma porta, servem de primeira trincheira, atrapalhando as investidas dos exércitos. Alarmes avisando Herodes e suas trupes de que a hora chegou, que o Apocalipse chegou, pois as miragens lisérgicas só poderiam ser afetadas, desligadas, dissolvidas por uma aproximação da Lua e pelas hemoglobinas viajantes trazidas pelo vento. A hora chegou quando Salomé se dirigia para os seus aposentos depois de acariciar a cabeça do profeta. Estrondo geral no primeiro salão trincheira. Animais contaminados voam aos pedaços nos rostos e corpos dos soldados brasileiros e alguns morrem logo. Outros serão corroídos e muitos passam chutando os quadros colados uns sobre os outros nas paredes pra achar caminhos secretos rumo ao bunker, rumo aos círculos de mercenários, círculos dantescos das patentes desgarradas, dos perigosos supertreinados enfurnados em Roma XXI.

Todas as saídas de emergência cravadas nos subterrâneos são acionadas para que os mercenários possam sair como criaturas desenjauladas e partir pra chacina, pro combate. Assim é feito no exato momento em que o estrondo e o alarme dão o bote auditivo na festa e nos corredores de Roma XXI.

Mas o hacker, os videogamers de sonares e radares, os monges do grand theft auto que comandam ataques cibernéticos ajudando a turma bélica, se distraíram jogando alguma partida internacional de algum supergame, não se tocando com a aproximação acelerada da Lua nem com o vento acima de duzentos quilômetros trazendo o sangue, e os cálculos foram atropelados por isso. As miragens meio que foram desligadas antes da hora prevista em Roma XXI. Agora é na urgência de emergência, meio no susto. Eles partem pra briga através das saídas subterrâneas. Enfrentar os soldados brasileiros. Babando de felicidade feroz o exército de Herodes Carcará parte pra cima das tropas. Épica a movimentação dentro dos círculos.

Enquanto isso, Herodes vê Salomé caída, tropeçada, e manda que a matem antes que ela saia com a cabeça de João Batista.

Herodes – Matem-na, matem-na!

Salomé se levanta e começa a lutar segurando a cabeça de João como talismã-mor enquanto Herodes é esfaqueado por Herodíades que, por sua vez, é baleada no pescoço e cai morta ao lado de Herodes. As conspirações não ajudaram muito aos dois. Heodíades, a máquina de matar, vacilou, perdeu os reflexos. A emergência pegou o Carcará Romano ainda com a frequência de sua atenção no corpo de Salomé, na visão dela segurando e levando a cabeça com os segredos e nem se tocou quando sua esposa, criatura do Mossad, apertou-lhe o fígado como esponja e ela também se distraiu no ódio e nem viu um cúmplice de Herodes chegar com uma escopeta e já era.

A verdade é que os mercenários vão à luta sem a menor preocupação com lideranças, agora que estão soltos, vão provocar a sangria desatada, vão pilhar o que tiverem que pilhar pra tirar o atraso das suas funções, das suas vocações enclausuradas em Roma XXI.

Salomé sente que está sendo perseguida por cúmplices de Herodes. Precisa comandar Roma XXI, mas depois de eliminar os cúmplices ou simplesmente ficar espectral, já que são muitos os que serviram Herodes e, por alguma gratidão ou premiação, vão querer pegá-la, e é o que acontece. Salomé é atingida no ombro de raspão por uma bala de rifle leve e percebe a aproximação dos capangas de Herodes. No caminho da fuga, vai batendo em quem pode usando até a cabeça do Profeta. Luta muito a criatura do Mossad. Mas está ferida e, avistando um pântano ou algo parecido nos arredores de Brasília, ela se joga para escapar de uma saraivada de balas que também caem no tal pântano e, como ela não sobe, depois de alguns minutos, os mercenários cúmplices de Herodes saem fora achando que Salomé, a Escolhida, foi eliminada e dane-se a cabeça com os segredos que não serão de mais ninguém.

A Lua gigantesca com suas rugas chinesas e americanas está estacionada muito próxima do planeta como imensa e descomunal hóstia prestes a dissolver-se. Sinalizadores encobrem o católico satélite ortodoxo e o vento cheio de sangue abençoa a batalha entre Roma XXI, o Estado brasileiro e os sustentáveis de João Batista.

Um centauro de rodinhas, um homem que só tem o tronco em cima de um skate, vendedor de amendoins na periferia de Brasília, vê ao longe a bela figura de Salomé molhada, armada, com a cabeça de João pendurada na mão direita vagando. Esperando a hora de reentrar na batalha.

A ferida já foi curada. Regeneração orgânica acelerada, Máquina de matar, máquina de foder, máquina de pensar, máquina fêmea de produzir e procriar. Salomé.

FIM

Irmãos do Livre Espírito

Origem: Wikipédia, a enciclopédia livre.

Os **Irmãos do Livre Espírito**, foi um movimento leigo cristão que floresceu no norte da Europa nos séculos 13 e 14. Antinomianos e individualistas na vigilância, entraram em conflito com a Igreja Católica e foram declarados heréticos pelo Papa Clemente V no Concílio de Vienne (1311-1312). Eles são frequentemente considerados semelhantes aos Amalricanos. Floresceram em um momento de grande trauma na Europa Ocidental durante o conflito entre o decadente Papado de Avinhão e o Sacro Império Romano, a Guerra dos Cem Anos, a Peste Negra, o aumento das heresias dos cátaros e a subseqüente Cruzada contra eles, o início da Inquisição, a queda dos Templários e os conflitos internos da Igreja - que ajudaram a alimentar o apelo de sua abordagem individualista e milenar para o cristianismo e as Escrituras.

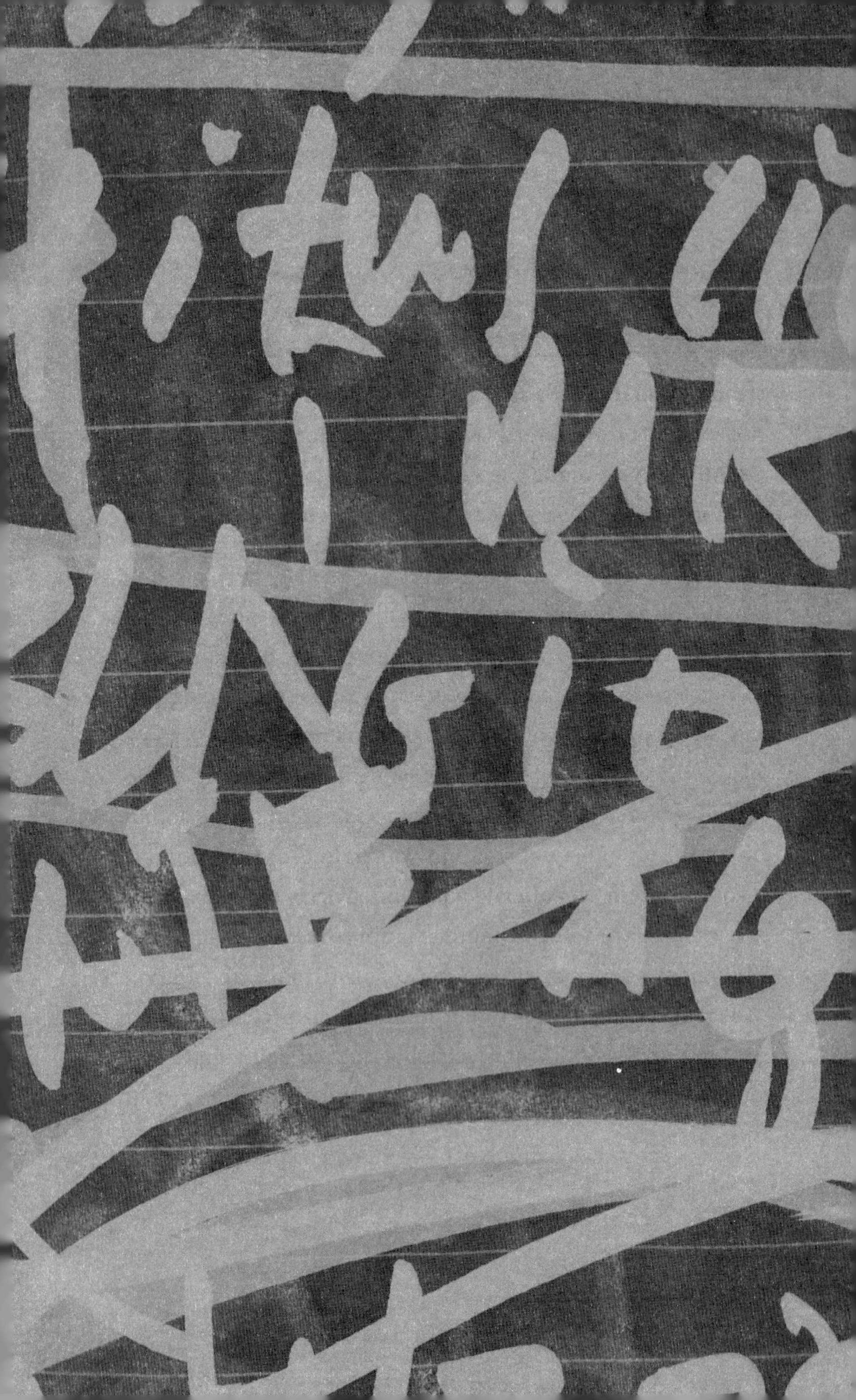

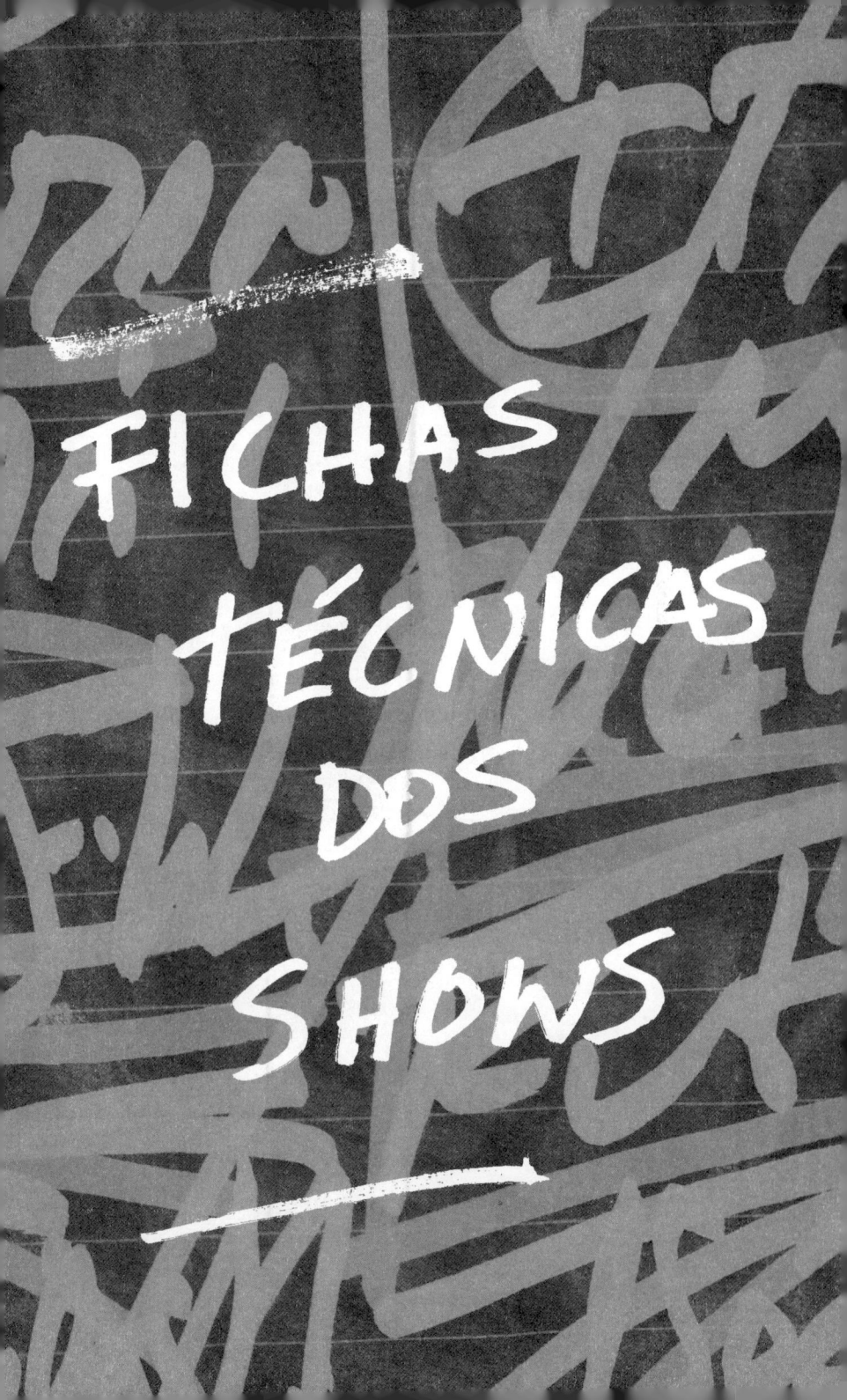

FICHAS TÉCNICAS DOS SHOWS

otado
céu

FICHAS TÉCNICAS DOS SHOWS FEITOS A PARTIR DOS TEXTOS

PESADELO AMBICIOSO

TEXTO ESCRITO EM JUNHO DE 2021 PARA UMA INSTALAÇÃO DO GRUPO CHELPA FERRO APRESENTADA NO CCBB DE BRASÍLIA EM NOVEMBRO DO MESMO ANO NO PROJETO AUDIO DRAMA. CHELPA FERRO É COMPOSTO PELOS ARTISTAS PLÁSTICOS BARRÃO, LUIZ ZERBINI E O EDITOR SERGIO MEKLER.

GNÓSTICOS, CACHORRADA DOENTIA, JIHAD DA ZONA OESTE E PEDAGOGA FANTASMA

TEXTOS AMPLIAÇÕES DAS LETRAS DO SHOW DO MESMO NOME REALIZADO POR FAUSTO FAWCETT E OS ROBOS EFÊMEROS EM NOVEMBRO DE 2018 E ABRIL DE 2019 NA CASA DE SHOWS MANOUCHE E NA SALA BADEN POWEL EM JANEIRO DE 2019. AMBOS NO RIO DE JANEIRO. A FORMATAÇÃO DO SHOW COMEÇOU EM AGOSTO DE 2018 COM PARTE DO CHELPA FERRO (SERGIO MEKLER E BARRÃO) E PARTE DOS ROBOS EFÊMEROS (FAUSTO FAWCETT E LAUFER). ROBOS EFÊMEROS É COMPOSTO POR FAUSTO FAWCETT (VOCAIS, LETRAS E CONCEPÇÃO GERAL), GABRIELA CAMILO (TECLADOS, PROGRAMAÇÕES E VOCAIS), LAUFER (COMPOSIÇÕES, SURDO E VOCAIS) E FABIO CALDEIRA (GUITARRA E PROGRAMAÇÕES). PRODUÇÃO: VALERIA MARTINS, DIVULGAÇÃO: MÔNICA RIANI

TERNURA DIFÍCIL E DROPS HIGHLANDER
TEXTOS ESCRITOS PARA O ESPETÁCULO TROVADORES DO MIOCÁRDIO QUE ACONTECE UMA VEZ POR MÊS HÁ SETE ANOS NA BALSA EM SÃO PAULO. O TROVADORES TEM A CONCEPÇÃO, DIREÇÃO E PRODUÇÃO AUDIOVISUAL DE EDUARDO BEU. APENAS O TEXTO ERÓTICA HOUDINI NÃO FOI ESCRITO PARA OS TROVADORES, E SIM PARA UMA EXPOSIÇÃO INTITULADA JACK TRISTANO DO FOTÓGRAFO ERNESTO BALDAN EM 2021.

FAVELOST O BAILE
LIBRETO DA OPERETA RAP APRESENTADA EM DEZEMBRO DE 2021 NO TEATRO NET NO RIO DE JANEIRO, NA GALERIA CRU DENTRO DO PROJETO CANVAS EM ABRIL DE 2022 EM SÃO PAULO E NA CASA DE SHOWS MADAME CLUB TAMBEM EM SÃO PAULO EM JULHO DE 2022. O ESPETÁCULO FOI CONCEBIDO PELO ESCRITOR FAUSTO FAWCETT, PELO VJ JODELE LARSCHER E PELO DESIGNER E MÚSICO JARBAS AGNELI E TEM A PARTICIPAÇÃO DA ATRIZ E DIRETORA TEATRAL CAROL MEINERZ E DOS MÚSICOS DANIEL CAMIRANGA E GABRIEL AGNELI. OS TEXTOS APRESENTADOS NO LIVRO SÃO AMPLIAÇÕES DE VINHETAS FALADAS ENTRE UMA MÚSICA E OUTRA NARRANDO A SAGA DE FAUSTO E CAROLINA ATÉ O BAILE QUE FUNCIONA COMO ATALHO PARA FAVELOST A MANCHA URBANA QUE É A SAÍDA DE EMERGÊNCIA PARA TODOS AQUELES QUE NÃO AGUENTAM MAIS O BRASIL.